Tessa Hadley

# *Das Jahr der Veränderungen*

Roman

*Aus dem Englischen*
*von Christa Schuenke*

Kampa

Die englische Originalausgabe erschien 2007 unter dem Titel
*The Master Bedroom* im Verlag Jonathan Cape, London.

*Für den Blick hinter die Verlagskulissen:*
*www.kampaverlag.ch/newsletter*

Die Übersetzerin dankt dem Deutschen Übersetzerfonds, der die Arbeit
an diesem Buch mit einem großzügigen Stipendium gefördert hat.

Der Kampa Verlag wird in der Schweiz vom Bundesamt für Kultur
mit einem Strukturbeitrag für die Jahre 2021–2024 unterstützt.


www.kampaverlag.ch
Covergestaltung: Lara Flues, Kampa Verlag
Covermotiv: © T. S. Harris.
All rights reserved 2023 / Bridgeman Images
Satz: Tristan Walkhoefer, Leipzig
Gesetzt aus der Stempel Garamond LT / 240140
Druck und Bindung: GGP Media GmbH, Pößneck
Auch als E-Book erhältlich
ISBN 978 3 311 10057 7

# *Eins*

Nein, es war kein Zeichen. Kate weigerte sich, darin ein Zeichen zu sehen.

Sie fuhr sowieso nicht gern Auto. Sobald sie zu Hause ankam, würde sie den Wagen verkaufen; aber um ihr ganzes Zeug aus London wegzuschaffen, hatte sie ihn natürlich gebraucht. Auf der Rückbank stapelten sich Bücherkisten und Reisetaschen mit allen möglichen Habseligkeiten, die sie einfach nicht hatte zurücklassen können und die ihr nun im Rückspiegel die Sicht versperrten. Wenn sie Auto fuhr, lebte sie permanent in dem Bewusstsein, dass sie jeden Moment sterben könnte; darum trat sie, wenn sie bremsen musste, stets mit der verzweifelten Rücksichtslosigkeit einer Spielerin aufs Pedal, und genauso wechselte sie auch die Spur; doch das, was dann tatsächlich passierte, kurz nachdem sie den Bryglas-Tunnel an der Ausfahrt Newport verlassen hatte, das war nicht ihre Schuld. Das allgemeine Tempo war nicht besonders hoch. Sie hatte eigentlich so zeitig losfahren wollen, dass sie nicht in den Berufsverkehr kam, doch dann hatte sie Stunden und Minuten damit verplempert, die Schlüssel abzugeben und die benoteten Examensarbeiten in der Universität vorbeizubringen, und so war die Zeit mal wieder wie im Flug vergangen. Würde ihr Leben wohl jemals in den klaren Bahnen verlaufen, die sie ihm vorgezeichnet hatte? Und nun saß sie hier auf der mittleren Spur fest, im Regen und im winterlich trüben Dämmerlicht, zwergenhaft klein zwischen all den hoch aufragenden Trucks mit ihren vor Nässe dampfenden Rädern, mitten in einer langen Schlange aus Newport kommender Autos, hielt sich krampfhaft mit beiden Händen am Lenkrad fest und würde wahnsinnig gern rauchen, traute sich aber nicht, eine Zigarette aus der Schachtel auf dem Armaturenbrett zu fummeln. Der Kater in seinem auf dem Beifahrersitz festgeschnallten Korb drehte sich mit angelegtem Fell im Kreis und drückte damit genau jene Mischung aus Unbehagen und Langeweile aus, die sie selbst empfand.

Und plötzlich fiel im Halbdunkel etwas vom Himmel. Kate dachte zuerst, es sei ein Bündel Schmutzwäsche, eingewickelt in ein Laken. Ehe sie die Katastrophe noch recht mitbekommen hatte, knallte das Ding auch schon seitlich an einen großen Containertruck auf der Kriechspur, und außerdem war es gar kein Bündel, das harmlos auseinanderfallen konnte, sondern entpuppte sich als feste Masse, die durch ihr Eigengewicht zurückgeschleudert wurde und auf das rote Auto unmittelbar vor ihr zugeflogen kam. Der Wagen musste ausweichen. Was blieb ihm weiter übrig? Das formlose graue Ding donnerte auf die rote Motorhaube, blieb an der Windschutzscheibe kleben, versperrte die Sicht und wurde, als der Wagen in die schnellere Außenspur hinüberschwenkte, nach vorne katapultiert, wobei es einen langen Flügel von sich streckte. Schneeweiße Federn, reihenweise angeordnet in perfekter Symmetrie und angestrahlt von lauter Autoscheinwerfern. Im nächsten Moment wurde es auf die Straße geschleudert und von dem herannahenden

Chaos verschluckt. Auf der Überholspur fuhr dem Roten einer in die Seite und schob ihn auf den Mittelstreifen. Die Autos kamen angetanzt und blieben mitten auf der Fahrbahn stehen, wo gerade Platz war. Die eigentliche Katastrophe vollzog sich überraschend geordnet: Kate fuhr ganz gesittet und ohne viel Getöse auf einen weißen Lieferwagen auf, ihr kleiner Citroën beschrieb einen Halbkreis und kam auf der anderen Straßenseite, quer zur Fahrbahn, zum Stehen. Dann traf ihn irgendwas und schubste ihn ein paar Meter nach vorne. Sie war nicht verletzt, noch nicht mal besonders erschrocken, wie sie fand. Was für ein Theater, dachte sie. Schöne Begrüßung hier daheim. Nur der Kater protestierte mit empörtem Kreischen.

Nein, das war kein Zeichen, das war der reine Hohn.

Wundersamerweise schien niemand verletzt zu sein. Die Frau in dem roten Auto kletterte auf der Fahrerseite heraus und ging um den Wagen herum, um sich den Schaden zu besehen. Die anderen lenkten ihre Fahrzeuge, so gut es ging, auf den Standstreifen und warteten auf die Polizei. Kates Citroën hatte zwei ordentliche Beulen abgekriegt, sprang aber problemlos an. Allerdings hielt sie es nicht aus, im Auto sitzen zu bleiben, sondern ließ Sim alleine, stellte sich unter einen fremden Regenschirm und wurde auf diese Weise Teil jener merkwürdigen, stocknüchternen Schicksalsgemeinschaft. Man war sich einig, dass es ein Schwan gewesen sein musste; offenbar hatte er die Starkstromleitung gestreift und war abgestürzt. Ob er schon tot war, als er den ersten Truck traf, konnte niemand mit Bestimmtheit sagen. Oder war's doch bloß eine Gans? Ein Schwan, bestätigte jemand, der einen lang ausgestreckten Hals gesehen zu haben meinte. Kate schaute in die Richtung, in die die Leute zeigten; der Schwan war jetzt nicht mehr von der nassen, ölig-dunklen Fahrbahn zu unterscheiden, es war nur noch ein Etwas da, das aussah wie eine aufgeweichte Matratze.

Die Frau aus dem roten Auto – sie hatte eine gewisse poetische Bedeutung erlangt, ganz so, als sei sie von dem Vogel eigens auserkoren worden und nur gerade so noch mal davongekommen – kam herüber und mischte sich unter die Leute: blond, weißer Trenchcoat, den der Regen in kürzester Zeit dunkel färbte. Man fragte sie, ob es ihr gut gehe, sie nickte wütend, sah starr vor sich hin, wie um die Tränen zurückzuhalten, und wollte offensichtlich in Ruhe gelassen werden. Jemand lieh ihr ein Handy, sie telefonierte. Und nun wurde Kate bewusst, dass sie sie flüchtig kannte. An den Namen konnte sie sich nicht erinnern, nur daran, dass es die Frau von David Roberts war, Carols jüngerem Bruder. Carol war Kates beste Freundin – oder zumindest ihre älteste. Kate hatte die Frau vor ein paar Jahren ein, zwei Mal bei Carol getroffen und sie nichtssagend gefunden – bieder, eine Grundschullehrerin. Jetzt – wahrscheinlich hatten das Nachbeben des Unfalls und die Romantik des allgemeinen Überlebthabens ihre Urteilsfähigkeit in Mitleidenschaft gezogen – glaubte sie in dem eher grobknochigen Gesicht mit dem großen, verletzlichen Mund doch etwas zu erkennen, das man durchaus anziehend finden konnte: eine geradezu grimmige Scheu, als könnte sie, sobald man sich bemühte, ihr freundlich zu begegnen, zuschnappen. Sexuell konnte man dieses mürrische Wesen schon interessant finden, zumindest für eine gewisse Zeit.

Allerdings war sie sowieso nicht der Typ Frau, der Kate gefiel; bestimmt mokierte sie sich über alles, was sie für intellektuelles Geschwafel hielt. Kate gab vor, sie nicht zu kennen, und dachte sich, dass das der anderen wohl auch am liebsten war. Kate war's auf alle Fälle lieber so.

Billie, Kates Mutter, wohnte noch immer in demselben Haus, in dem sie einst zur Welt gekommen war. Auch Kate war dort geboren, genau wie Billie, in jenem großen alten Schlafzimmer, in dem niemand mehr schlief. Sam Lebowicz, Billies Vater, Inhaber einer Kette von Kurzwarengeschäften in den Welsh Valleys, hatte das Haus gekauft, als er 1910 geheiratet hatte; seine Frau hatte es auf den Namen *Villa Firenze* getauft, nach der Stadt, in der sie ihre Flitterwochen verbracht hatten. Es lag an einem kleinen See mit Ruderbooten, der den höchsten Punkt eines langen, schmalen, sanft ansteigenden und aus der eigentlichen Stadt hinausführenden Parks bildete; blickte man von diesem Park aus auf die dunstverhangene, in Blau und Violett changierende Hügellandschaft jenseits des Sees, so konnte man meinen, man befinde sich am Rande der Zivilisation; dabei hatte man den See in zwanzig Minuten umrundet, und auch die Stadt erstreckte sich in jenen Tagen nur ein paar Kilometer über ihn hinaus. Die Villa Firenze war ein düsterer Bau aus rotem Backstein, der neben dem See auf einer Anhöhe stand, mit einem steilen Vorgarten, durch den sich der Weg von der Straße aus im Zickzack durch einen weitläufigen Steingarten bergauf wand; einfacher war der Zugang von einer Seitenstraße aus. Das Haus hatte ein rundes Türmchen und im ersten Stock eine lange geschlossene Veranda, eine späte Nachahmung einiger hübscher präraffaelitischer Phantasiebauten im Stadtzentrum. Auf der Rückseite der Villa hatte es früher eine große Rasenfläche und allerlei Gesträuch gegeben und dahinter eine kleine Wildnis, in der Kate ihre Schaukel gehabt hatte; aber den größten Teil dieses Areals hatte Billie in den siebziger und achtziger Jahren an irgendwelche Investoren verkauft, und nun schaute man aus den hinteren Fenstern auf einen Wohnblock und auf das Eckhaus eines kleinen Privatgrundstücks.

Kate hatte ihre Londoner Wohnung vermietet und ihren Job aufgegeben (beziehungsweise ein Jahr unbezahlten Urlaub genommen); sie kam nach Hause, um sich um ihre Mutter zu kümmern, die dreiundachtzig war und immer vergesslicher wurde. Und außerdem langweilte sie ihr Londoner Dozentinnendasein. Sie war bereit für eine Veränderung, sie wollte nicht alt werden, indem sie immer wieder nur das Gleiche tat. Sie kam über die kiesbelegte seitliche Einfahrt, stellte den Motor ab und blieb in der Stille sitzen, wartete, bis das Gejaule und Gedröhne der verrückten Autobahn allmählich versickerte, und dachte, wenigstens werde sie nun nie mehr Auto fahren müssen. Die Beulen im Citroën waren ihr egal; sie würde ihn einfach verschenken. Da sie damit rechnete, dass Billie gleich herbeigeeilt käme, um sie zu begrüßen, blieb sie bei geöffneter Tür im Auto sitzen und rauchte endlich die Zigarette, nach der sie sich so sehr gesehnt hatte. Hier in der Dunkelheit umfing sie der vertraute Vorstadtfrieden. Der Regen blieb teils in der hohen Araukarie hängen, teils prasselte er auf die immergrünen Sträucher. Unten im See planschte eine unsichtbare Ente. Der kalte Duft nach Kiefern und bitterem Rindenmulch war wie der Geruch der Vergangenheit selbst. Sie machte Sims Korb auf und ließ den Kater raus, damit er sich auf ihrem Schoß festkrallen und ihr mit seinem Schwanz Fragezeichen ins Gesicht malen konnte. Er wusste, wo er war; Kate hatte ihn immer mitgehabt, wenn sie am Wochenende nach Hause kam. Das Auto hatte sie überhaupt nur angeschafft, weil es mit Sim in der Bahn so umständlich war.

Billie kam nicht herunter. Als Kate fertig geraucht hatte, nahm sie den Kater unter den Arm und stieg die Stufen zum Seiteneingang hinauf, von dem man zu einer langen Veranda mit Buntglasfenstern gelangte, auf der früher Zimmerpflanzen wuchsen. Ihren Schlüssel brauchte sie nicht, denn die Tür stand einen Spaltbreit offen, aber drinnen war es trotzdem stockfinster. Sie ging in die Diele und machte Licht. Die Diele war holzgetäfelt und hochherrschaftlich, und an dem monströsen bronzenen Kronleuchter mit seinen vier Flammen, der, solange sie denken konnte, wie ein umgedrehter Kessel an Ketten von der Decke hing, brannte nur eine einzige schwache Glühbirne.

»Billie?«, rief Kate. »Wo bist du denn? Ich bin wieder zu Hause! Ich bin da und bleibe hier!«

Suchend schaute sie in alle dunklen Räume und behielt Sim dabei unterm Arm, obwohl er mauzte und sich mit seinen kräftigen Hinterbeinen heftig wehrte. Er war ein kohlrabenschwarzer Kater mit einem harten kleinen Kopf, gleichsam ein Symbol für die besondere Stärke seines Katzenwillens.

»Mummy? Wo bist du denn?«

Sie packte Sim noch ein wenig fester und stieg die breite Treppe am Ende der Diele hinauf; der Treppenabsatz dort war stets in vielfarbiges Licht getaucht dank einer Straßenlaterne, die durch das Buntglasfenster schien, auf dem junge Mädchen plaudernd um einen alten Schaduf herumstanden und anmutig Wasserkrüge auf den Schultern balancierten. Billie hatte neuerdings die Angewohnheit, jede Nacht in einem anderen Zimmer zu schlafen, aber niemals in dem großen alten Schlafzimmer, das nach vorn hinausging, und sie hatte Kate geschworen, dass sie auch nie in deren Zimmer übernachtete. Kate fand sie schließlich in einer kleinen Kammer im hinteren Teil des Hauses, in der die Ersatzstühle aufbewahrt wurden, die Billie unten aufstellte, wenn sie eines ihrer Konzerte gab. Das Bett war ordentlich bezogen – gestreifte Bettwäsche, ein Kissenbezug und Decken –, aber Billie lag unter einer der schmutzigen alten Seidendecken, die schon seit Jahren nicht mehr benutzt worden waren. Sie schlief ganz ruhig, nicht als halte sie ein Mittagsschläfchen, sondern als sei schon Schlafenszeit; sie hatte ihr Nachthemd an, obwohl es erst sechs Uhr abends war, und auf dem Nachttisch standen ein Glas Wasser und ihr kleiner Tiegel mit Gesichtscreme. Dabei hatte Kate mittags, bevor sie losgefahren war, extra noch angerufen und Billie daran erinnert, dass sie kam. Sie hatte fest damit gerechnet, dass das Abendbrot fertig war, wenn sie eintraf, oder wenigstens, dass der Gasheizofen an war und der Fernseher lief.

Sie ließ Sim los und blieb noch eine Weile im Schummerlicht, das aus dem Treppenhaus hereinfiel, bei ihrer Mutter sitzen. Sie hatte immer noch ihren dicken schwarzweiß karierten Wintermantel an, doch trotzdem spürte sie nun, wie ihr die Kälte in die Füße stieg und an den Beinen hochkroch. Billie schlief wie ein Engel. Genau das war es, was ihr in den Sinn kam, als sie Billie dort so liegen sah: ein alter Engel, und die rosige Haut so dünn, dass man darunter den perfekt geformten Schädel mit seinen tiefen melancholischen Augenhöhlen und der Nase, die als schmaler, starker Bogen aus dem Gesicht ragte (und die Kate geerbt hatte), durchschimmern sah. Ihr schneeweißes Haar lag offen auf dem Kissen ausgebreitet, ohne den ordentlichen französischen Twist, den sie sich immer noch mit ein paar schnellen Handgriffen zusammenstecken konnte; Handgriffe, an die sie sich vielleicht auch dann noch erinnern würde, wenn sie einmal alles andere vergessen hätte. Sie schlief immer auf dem Rücken, Kate kannte sonst niemanden, der so schlief – wie ein Kind; ihr Mund stand offen, sie sabberte ein bisschen und schnarchte leise. Viel Kinn hatte sie nicht; hatten Engel vielleicht nie. Kate kamen plötzlich Zweifel, vorerst fühlte sich sie sehr allein in ihrem neuen Leben. Die Vorstellung, sich eine Schürze umzubinden und alles in Ordnung zu bringen, das Haus wieder zu einem Zuhause zu machen, kleine nahrhafte Gerichte für ihre Mutter zu kochen und die neuen Zimmerpflanzen auf der Veranda zu pflegen, gefiel ihr sehr. Aber wirklich vorstellen konnte sie es sich nicht. Eigentlich war Häuslichkeit gar nicht ihr Ding. Sie zog Billies Tür hinter sich zu, schlich sich, um ihre Mutter nicht zu wecken, wieder in die Diele und nahm den Hörer ab. Es war immer noch dasselbe dicke alte braune Wählscheibentelefon, das sie schon in den siebziger Jahren gehabt hatten, bevor Kate zum Studium gegangen war.

»Max?«, sagte sie.

Dass sie Max anrief, war echt nicht in Ordnung. Max hatte Kate vier Jahre lang abgöttisch geliebt, aber irgendwann hatte er schließlich begriffen, dass er nur eins haben konnte: entweder sie oder seine Selbstachtung, beides ging nicht. Da hatte er sich gerettet und sich stattdessen eine süße Kleine gesucht, mit der er Kinder kriegen konnte. Diese Veränderung war noch ganz frisch, sodass die Kinder bisher lediglich als Idee existierten; und sich anpassen zu lernen, war noch nie Kates Stärke gewesen.

»Katie, das ist echt kein guter Zeitpunkt«, sagte Max.

Seine sanfte amerikanische Stimme, die sie manchmal richtig krank gemacht hatte – zu nachgiebig, zu freudig –, schien Kate in diesem Moment alles zu versprechen, was man sich von der Großstadt wünschen kann: guten Wein in großen Gläsern, weiche Designersofas, Gespräche über Artikel in der *London Review of Books*, teure Elektronik aus den richtigen Geschäften.

»Ich habe einen schrecklichen Fehler gemacht.«

»Ich hab dich gewarnt. Wo bist du?«

»Ich bin hier. Zu Hause. Sie hat vergessen, dass ich komme, sie ist schon ins Bett gegangen, sie schläft ganz fest, sie hat jedes Gefühl für Tag und Nacht verloren. Max, was wird nur aus mir werden, wenn ich hierbleibe? Du kennst mich, ich hab ja selbst Probleme, zwischen Tag und Nacht zu unterscheiden. Und sie hatte die Haustür sperrangelweit offen gelassen. Ich glaub, ich kehre einfach auf dem Absatz um und fahr wieder zurück. Sie wird nicht einmal wissen, dass ich hier war, oder? Wahrscheinlich weiß sie nicht mal mehr, dass ich versprochen hab zu kommen. Meinst du, ich könnte meinen Job in der Abteilung wiederkriegen?«

»Sollten nicht morgen deine Mieter bei dir einziehen?«

»Ich ruf gleich morgen früh an und hol mir die Schlüssel zurück. Ich zahl ihnen eine Entschädigung. Ich spiel Theater. Erzähl ihnen, dass Billie gestorben ist.«

»Das kannst du nicht machen, Katie.«

An der Art, wie er jedes seiner Worte genau abwog, merkte sie, dass Sherie mit im Zimmer war oder zumindest von der Küche aus mithörte und dabei das Abendessen aus dem River-Café-Kochbuch zubereitete. Max hätte Sherie gegenüber niemals so getan, als sei nicht Kate am anderen Ende, sondern jemand anders, gleichzeitig aber lag ihm daran, Sherie sein Bedauern und auch seine Distanziertheit gegenüber Kate zu signalisieren.

Voller höhnischer Verachtung knallte Kate den Hörer auf, Verachtung, weil Max sich so leicht hatte in die Enge treiben lassen. In die Enge treiben, so nennt man das doch, oder? So und nicht anders.

Sie war nicht mal dazu gekommen, ihm die Sache mit dem Schwan zu erzählen.

Sie sah sich in der Diele um. Wenigstens war es sauber, soweit sie das im Schummerlicht erkennen konnte, jedenfalls; das hieß, dass, wie vereinbart, dreimal in der Woche die Frau von der Firma *Mopp & Bucket* zum Putzen kam. Vielleicht hatte die Frau von *Mopp & Bucket* auch alle Betten bezogen, damit Billie reihum in allen schlafen konnte. Abgesehen von Sim war bis jetzt das einzige Indiz für Kates Ankunft ihre Handtasche, die sie auf der Eichentruhe abgestellt hatte, bevor sie nach oben ging: sehr weiches, dunkelbraunes Leder, geräumig, italienisch, mit einem Verschluss aus Schildpatt. Zärtlich dachte sie an ihr kultiviertes, professionelles Ich, das es verstanden hatte, eine so schöne, unkonventionelle Tasche auszuwählen und diese so zu tragen, dass sie damit auffiel. Dieses Ich konnte doch unmöglich hierher zurückkommen und sich an diesem verrückten Ort mitten im Nirgendwo niederlassen. Ausgerechnet in Wales, du lieber Himmel! In diesem Moment kam Sim aus dem Küchenkorridor stolziert. Sie nahm ihn hoch, schnappte sich die Tasche, zog die Haustür hinter sich zu und zwängte Sim wieder in seinen Reisekorb; er spuckte vor Wut und verfluchte sie in der Katzensprache. Dann zündete sie sich noch eine Zigarette an, stieg ins Auto und rauchte.

Aber sie wäre gar nicht in der Lage, wirklich die ganze Strecke bis nach London zurückzufahren. Sich noch einmal dem Albtraum des Verkehrs zu stellen, das würde sie nicht hinbekommen. Ganz abgesehen davon, dass sie auch gar nichts mehr hatte, wohin sie hätte zurückkehren können.

Und außerdem, jetzt, wo sie Billie hatte schlafen sehen, fand sie die Vorstellung, dass die Arme ganz allein in einem leeren Haus aufwachte, einfach unerträglich.

Als David Suzie sah, wusste er sofort, dass irgendwas nicht stimmte. Er hatte schon vorhin, als er vor dem Haus geparkt hatte, bemerkt, dass ihr Auto nicht da war, hatte sich aber nur gedacht, sie bringe wohl Hannah zum Ballettunterricht oder zu einer Freundin zum Übernachten oder sei mit Joel zum Schwimmen gefahren; er hatte den Terminkalender der Kinder nicht immer im Kopf. Er war spät dran, er hatte auf dem Anrufbeantworter Bescheid gesagt, dass er später heimkommen werde, er müsse noch die Unterlagen für eine Gesundheitsschutzkonferenz am nächsten Tag fertig machen. Als er auf das Haus zuging, sah er durch das erleuchtete Küchenfenster seine Familie Pizza essen und fand es ganz schön spät fürs Abendbrot. Sie konnten ihn nicht sehen, weil es draußen dunkel war. Sie wohnten in einer schmucklosen Neubausiedlung in einem Ausläufer der wachsenden Stadt, nah bei der Autobahn, die die Peripherie umrundete; dahinter gab es nur noch einen Golfplatz, dann ein öffentlich zugängliches Grundstück mit einem alten Haus darauf, dann Felder. David hielt einen Moment inne, bevor er die Hintertür aufschloss; er genoss es, allein zu sein in der summenden, durch das Geräusch der Autobahn immer wie angespannt wirkenden Dunkelheit: kein Dröhnen, nur ein schütteres Gemurmel aus Tempo und Bewegung, das überallhin drang und irgendwie allem die Substanz entzog und die Beständigkeit. David störte das nicht, er empfand es sogar als eine Art Leichtheit.

»Wo hast du denn das Auto abgestellt?«, fragte er, während er sich auf dem Türvorleger die Füße abtrat.

Suzie war dabei, etwas in die Mikrowelle zu stellen, sie drehte sich nicht um.

»Voll reingedonnert«, sagte Hannah genüsslich. Sie stand am Tisch, aß ihre Pizza und hatte ein Stückchen Tomate am Kinn. Sie liebte Krisen. Ganz im Gegensatz zu Joel, der mit seinen Beanie Babies spielte und alles um sich herum vergessen zu haben schien.

»Du machst wohl Witze, oder?«

»Ich war in einen Unfall verwickelt«, sagte Suzie ganz ruhig. »Ich war auf dem Heimweg von der Fortbildung im Lehrerzentrum in Gwent. Aber mir fehlt nichts. Das Auto vor mir ist in einen LKW reingefahren, der aus einer Seitenstraße kam. Ein Wunder, dass niemand verletzt wurde. Bloß mein Auto ist hin – Totalschaden.«

»Großer Gott«, sagte David. »Warum hast du denn nicht angerufen?«

Suzie zuckte die Achseln. »Wozu? Es ging mir doch gut.«

Aber als sie sich umdrehte, wusste er, dass es ihr nicht gut ging. Suzie war eigentlich ganz robust, die ließ sich nicht so leicht aus der Bahn werfen; ihr Gesicht war irgendwie ein wenig spitz nach vorn gezogen und in sich geschlossen, mit seinem sandfarbenen Teint und dem hellen Flaum, den man sehen konnte, wenn das Licht aus einem ganz bestimmten Winkel kam, hatte es etwas von einem Fuchs. Sie war groß, schlank und grobknochig, ihre breiten Schultern stemmten sich trotzig gegen jede Herausforderung; doch jetzt war es, als sei etwas in ihrem Innern aus der Verankerung gerissen, als habe sie einen unter Strom stehenden Draht berührt, das Haar klebte ihr am Kopf wie eine angetrocknete dunkle Matte. Und ihre schockstarr aufgerissenen blauen Augen erschreckten ihn.

»Außerdem hab ich ja Giulia angerufen«, sagte Suzie und konzentrierte sich darauf, Joels Pizza zu zerschneiden. Giulia war Suzies Schulleiterin an der Ladysmith School und ihre Freundin.

»Für sie war es einfacher, von der Schule aus rüberzukommen und mich nach Hause zu fahren, nachdem ich meine Aussage bei der Polizei gemacht hatte. Und dann hat sie darauf bestanden, mich ins Krankenhaus zu bringen, damit ich mich untersuchen lasse. Wir hatten ja eh ausgemacht, dass Jamie die Kinder abholt, weil ich mir schon gedacht hatte, dass ich mich vielleicht verspäte. Und sie haben gesagt, mir fehlt nichts. Ich bin nur ein bisschen durcheinander.«

»Du hättest mich wirklich anrufen sollen.«

Sie sah ihn an und versuchte zu lächeln. Als sie Joel seinen Teller auf den Tisch stellte, sah er, dass ihr die Hände zitterten.

»Ist doch egal«, sagte sie. »Spielt doch jetzt eh keine Rolle mehr.«

David zwang sie, ihm genau zu beschreiben, wo sich der Unfall ereignet hatte; er wollte verstehen, warum dieser LKW so unvorsichtig, ja geradezu kriminell in den Verkehr eingebogen war. Suzie konnte sich nicht mehr genau erinnern. Sie sagte, es sei alles sehr schnell gegangen. Er stellte sich das Chaos vor, den Regen, das Verhängnis, an dem sie so haarscharf vorbeigeschrammt war.

»Wo ist denn Jamie?«, fragte er ärgerlich. »Warum hilft er denn nicht mit?«

Jamie war Davids siebzehnjähriger Sohn aus erster Ehe.

»Ruf ihn. Frag ihn, ob er Pizza möchte.«

»Du solltest nicht hier stehen und alles selber machen. Warum gehst du nicht und legst dich hin? Ich kümmere mich. Ich bringe dir einen Tee, oder was Alkoholisches?«

»Mir ist es ehrlich gesagt lieber, wenn ich Beschäftigung habe.«

Jamie war in seinem Zimmer oben im Dachgeschoss. Er lag rücklings auf dem Bett und rauchte, und als David die Falltür aufmachte und zu ihm raufgeklettert kam, drehte er nicht mal den Kopf; der ganze Raum stank nach Dope. David überkam wieder das nur zu vertraute Gefühl von Ohnmacht; er wusste nicht, wie er mit dem Jungen reden sollte, wie dahinterkommen, was in seinem Kopf vorging, oder ihm etwas verbieten konnte, das nun mal verboten gehörte. Jamie geriet weder in Rage noch kämpfte er, wie er einfach alles ignorierte, was sie zu ihm sagten: »Zieh nicht die Leiter hinter dir mit hoch, rauch nicht, rauch nicht im Haus, bleib nicht über Nacht weg, ohne uns zu sagen, wo du bist.« Wenn sie empört waren und die Fassung verloren, lächelte er, als würde er sich für sie schämen. David öffnete das Dachfenster, damit der Gestank abziehen konnte.

»Suzie fragt, ob du Pizza möchtest.«

»Geht's ihr jetzt wieder gut?«, sagte Jamie. »Tut mir leid mit dem Schwan.«

»Welcher Schwan?«

»Hat sie dir das nicht erzählt? Na, der, der ihr aufs Auto gestürzt ist.«

»Auf ihr Auto? Wovon redest du denn?«

Er dachte sich, der Junge sei vielleicht vom Dope benebelt.

Jamie richtete sich auf und stützte sich auf einen Ellenbogen. Er trug ein zerrissenes Unterhemd; er schüttelte sein dichtes kupferbraunes Haar zurück, das er sich selbst auf Schulterlänge abgeschnitten hatte. Irgendetwas an dem breiten Gesicht mit den paar Pubertätspickeln über den kräftiger werdenden Wangenknochen, den ausgeprägten Augenringen und den schwarzen, wie mit dem Bleistift hingekritzelten Brauen rührte David im Innersten; er war es nicht gewohnt, Männer schön zu finden. Der Junge war wie seine Mutter (was nicht gerade beruhigend war). Am Ende des Bettes sah er Jamies große braune Füße, nackt und riesig, mit schmutzigen Sohlen und rauen, sehnigen Knubbelzehen; was war nur aus den weichen Kinderfüßen geworden, als David mal einen Moment nicht hingeschaut hatte.

»Ein Schwan ist runtergestürzt und genau auf ihr Auto, sie musste rüberschwenken auf die Überholspur.«

»Dass es ein Schwan war, hat sie mir gar nicht erzählt. Vielleicht wollte sie die Kinder nicht erschrecken.«

»Er muss eine Stromleitung gestreift haben. Dann ist er seitlich gegen einen LKW geprallt und dann auf ihre Motorhaube.«

Einen Augenblick lang sah David das Bild deutlich vor sich: Was für ein Drama, überhaupt nicht Suzies Ding. »Weil, sie weiß doch, wie Hannah ist«, sagte er. »Die würde sich doch über einen Schwan mehr aufregen, als wenn Menschen verletzt worden wären.«

»Sie haben aus dem Krankenhaus angerufen. Giulia war bei ihr.«

Wieder einmal spürte David Zorn in sich aufwallen. Wenn er und Suzie in letzter Zeit Meinungsverschiedenheiten hatten – zum Beispiel über die Frage, ob sie Hannah auf die private Mädchenschule nach Howells schicken sollten –, hielt Suzie ihm bisweilen vor, Giulia sehe die Sache aber soundso, Giulia sage aber das und das, und dabei merkte sie weder, dass sie das tat, noch, dass es ihn störte. Giulia war gegen die Privatschule, wie aus der Pistole geschossen, ratterte sie das ganze Sammelsurium der sozialen Probleme bei den Schülern ihrer eigenen Schule runter, sie bezahlte aus eigener Tasche die Taxikosten für eine Familie von Roma-Kindern, die jeden Tag vom anderen Ende der Stadt zur Schule fahren mussten. David mochte sie, fand aber, sie handele im Allgemeinen zu impulsiv und aus einem gefährlichen Idealismus heraus. Manchmal, wenn er heimkam, war kein Mensch zu Hause, weil sie alle bei Giulia waren. Oder

Giulia und Suzie saßen bei ihm am Küchentisch, tranken Wein und unterhielten sich angeregt und ohne groß zu überlegen, wie Frauen das halt so taten, sie hatten Spaß, und er fühlte sich ausgeschlossen.

Die Kinder reagierten noch nachträglich auf den Unfall. Hannah hämmerte sich mit heißen Wangen durch ihre Klavierübungen und wusste kaum, wohin mit ihren überschießenden Gefühlen. Als Suzie sie zurechtwies, weil sie Joel gekitzelt hatte, obwohl er das hasste, weinte sie übertrieben laut und lange. Joel blieb erst mal stumm und reglos in der Badewanne liegen, und dann bibberte er in seinem Spiderman-Pyjama und weigerte sich, ins Bett zu gehen, weil in seinem Zimmer der Mond durchs Fenster schaute. Als Baby hatte er sich immer vor dem Mond gefürchtet. David ging ihm seine Gutenachtgeschichte vorlesen, und als er wieder nach unten kam, fand er Suzie in der Küche mit lauter winterlichen Zweigen aus dem Garten für ihren Januartisch in der Schule: ein zerfledderter vom gelben Jasmin, ein knorriger vom Apfelbaum und einer von der Silberbirke mit Knospen dran, die sich schon zu röten begannen. Ihre Haare waren wieder nass, es war, als bringe sie den kalten Atem des regendurchtränkten Gartens mit in die zentralgeheizte Luft. Sie gab sich sehr beschäftigt, band die Zweige mit Bindfäden zusammen. Suzies Hände waren groß und nicht gerade schön, aber geschickt darin, Sachen mit der Kinderschere auszuschneiden, Schnürsenkel zuzubinden und aufgeschürfte Knie mit Zaubersalbe einzureiben.

»Du solltest morgen nicht in die Schule gehen.«

»Ich will aber«, sagte sie entschlossen, ohne ihn anzusehen. »Es geht mir wirklich gut.«

»Dann nehme ich dich mit in die Stadt.«

»Das brauchst du nicht. Menna holt mich ab. Die neue Lehrerin, die Mutterschaftsurlaubsvertretung.«

Er wartete, dass sie ihm endlich erzählte, was wirklich auf der Autobahn passiert war, aber sie sagte nichts. David guckte noch die Spätnachrichten, dann ging er ins Bett; er gab sich Mühe, dem roten Faden in dem Artikel über Tiermedizin zu folgen, den er eigentlich vorm Einschlafen noch lesen wollte, und horchte auf das laute Gurgeln des Wassers, das irgendwo aus einer mit Laub verstopften Dachrinne lief.

Suzie legte noch die saubere Wäsche zusammen und räumte die Stapel ordentlich weg. Sie war ausgesprochen pingelig und hatte auch einen ziemlichen Putzfimmel: Die Kinder hatten jeden Tag frische Sachen an, der Wäscheschrank war prall gefüllt mit gebügelten Laken, Bett- und Handtüchern. Das Haus war frisch renoviert gewesen, als sie es vor vier Jahren gekauft hatten, aber Suzie hatte inzwischen trotzdem alle Zimmer noch mal neu gemalert. Überall waren Spuren ihres Wirkens sichtbar: an den Raffhaltern für die Vorhänge, den Zierstreifen auf den Tapeten, den Potpourrischalen, den aus Eichenholz geschnitzten Zugschaltern der Lampen, den Schalen mit Glaskieseln, den blühenden Zimmerpflanzen. Die Spielsachen der Kinder wurden jeden Abend in die akkurat beschrifteten Aufbewahrungsboxen geräumt. Der einzige Raum, der vor ihr verschont geblieben war, war Jamies Dachkammer. Jamie hatte ihr einmal seelenruhig erklärt, falls sie dort jemals etwas anrühren sollte, wäre er weg, und Suzie hatte eingewilligt und gesagt, wenn er unbedingt in einer Räuberhöhle leben wolle, werde sie sich nicht einmischen. Früher hatte es zwischen den beiden ständig gekracht, obwohl sich Suzie schon um Jamie gekümmert hatte, als er noch klein war; in letzter Zeit war es aber besser geworden. Also war die Dachkammer kahl und weiß getüncht, ohne Teppiche und ohne Jalousie am Oberlicht, Jamies Bücher waren an den Wänden aufgestapelt, seine Klamotten lagen auf einem Haufen, und schlafen tat er in schmutzigem Bettzeug, das er alle paar Monate selber wechselte.

Schließlich räumte Suzie ihre Sachen weg und zog sich aus, um zu duschen; befangen, mit zusammengezogenen Schultern, nestelte sie an ihren Kleidern herum, als sei ihr bewusst, dass sie beobachtet wurde. Normalerweise war sie fröhlich und locker; als sie das erste Mal miteinander schliefen, war er schockiert gewesen, wie bereitwillig sie sich ausgezogen hatte.

»Warum hast du mir nichts von dem Schwan erzählt?«, fragte er und guckte über den Rand seiner Lesebrille hinweg zu, wie sie sich mit ihrem T-Shirt beinah strangulierte. Als sie sich endlich befreit hatte, standen ihr die noch immer regenstarren Haare wie eine Krause aus gesträubten Federn ums Gesicht, als sei sie wütend über seine Frage.

»Woher weißt du denn das?«

»Von Jamie. Du hast's ihm doch erzählt.«

»Ach ja? Kann ich mich gar nicht dran erinnern.«

Sie setzte sich in Unterwäsche auf die gepolsterte Kommode am Fußende des Betts und schlang die Arme um den Oberkörper, ihr langer Rücken war gekrümmt, ihre Beinahe-Nacktheit war ihm so vertraut, als wär sie eines seiner Kinder.

»Tut mir leid«, sagte er. »Ich will dich ja nicht drängen, es mir zu erzählen, wenn es dich so aufregt. Das einzig Wichtige ist, dass du unverletzt bist.«

»Es wird dir nicht gefallen«, sagte Suzie.

»Was wird mir nicht gefallen?«

»Das Gefühl, das ich hatte, als ich das Ding auf mich zukommen sah.«

»Ach komm, erzähl schon. Warum sollte mir das denn nicht gefallen?«

Sie blickte auf; ihr Gesicht war überschattet von der Anstrengung des Denkens.

»Als das Ding da plötzlich vom Himmel fiel und auf mich zugestürzt kam, da dachte ich, es ist Francesca.«

»Du lieber Himmel.«

Francesca war Davids erste Frau, Jamies Mutter; Suzie hatte sie nie kennengelernt. Sie hatte sich umgebracht, war aus dem Fenster gesprungen, als Jamie drei war, nachdem sie sich von David getrennt hatte und in eine Sozialwohnung im neunten Stock eines Hochhauses gezogen war.

»Ich hatte überhaupt nicht an sie gedacht. Ich denke nie an sie. Und dann: Knallt da was auf meine Motorhaube. Ich wusste einfach, rein intuitiv, dass sie das ist.«

»Das ist doch lächerlich.«

»Na bitte, wusst ich's doch, jetzt bist du sauer.«

David setzte die Lesebrille ab und faltete sie zusammen.

»Ich bin weder sauer noch sonst irgendwas, ich bin bloß der Meinung, dass das überhaupt nichts zu bedeuten hat. Wenn man im Schock ist, bringt das Gehirn allen möglichen Müll nach oben.«

»Sie war doch kein Müll.«

Er war geduldig, wandte den Blick ab. »Ich meinte ja auch nicht sie, natürlich nicht. Ich hab bloß gemeint, dass du das, was dir heut passiert ist, irgendwie mit ihr in Verbindung bringst.«

»Wir haben nie über sie geredet.«

Er zuckte die Achseln. »Warum auch? Was könne es denn da noch zu sagen geben – nach all der Zeit?«

»Du kannst dir gar nicht vorstellen, was das für ein Schlag war, der mich da getroffen hat, was für ein schwerer Aufprall: Das Auto ist richtig hochgehüpft, hochgehüpft ist es. Für einen Schwan war's eigentlich viel zu schwer. Und dann war plötzlich alles dunkel. Ich hatte gar keine Zeit, mir eine rationale Erklärung zu überlegen.«

»Aber inzwischen kennst du ja die rationale Erklärung.«

»Ja, könnte sein.«

Jetzt reichte es David allmählich: Suzie war doch immer so vernünftig gewesen, darum hatte er sie doch geheiratet.

»Ja«, sagte er entschieden, »inzwischen kennst du sie.«

»Ja.« Suzie stand auf und ging ins Bad, um zu duschen.

»Hast du Giulia diesen Unsinn auch erzählt?«

Sie schüttelte den Kopf. »Nein, niemandem.«

Und dann, nachdem sie geduscht hatte und die Nachttischlampen aus waren, schlief Suzie trotz allem sofort ein: auf der Seite, mit dem Rücken zu ihm, die Knie angezogen, leicht durch die Nase atmend und eine saubere Wärme ausstrahlend, die nach ihrem Shampoo roch. David aber lag ernüchtert wach. Viel später hörte er, wie sich Jamie katzenhaft durch seine Falltür herunterließ und durchs Haus streifte, sich in der Küche etwas zu essen nahm und sein Fahrrad durch die Haustür nach draußen bugsierte; der Junge fuhr nachts stundenlang Rad, und dann schlief er den halben Tag und schwänzte wahrscheinlich das College. David versuchte sich vorzustellen, wie das wohl wäre, schlafen zu gehen und aufzuwachen, wann es einem passte, total selbstbestimmt zu leben, ohne ständig an die anderen denken zu müssen, ohne die harten, einengenden Zwänge des Erwachsenenlebens.

David und Suzie waren sich zum ersten Mal in London begegnet, im Regent's Park. Und weil sie beide dort noch nie zuvor und auch danach nie mehr gewesen waren, blieb der Park mit seinen breiten sonnigen Alleen, seinen von Rabatten mit langstieligen Blumen gesäumten Blickfluchten, seinen plätschernden Springbrunnen in ihrer Phantasie ein heller, freier Ort. David, der damals im Guy's Hospital arbeitete, hatte einen freien Vormittag: Er fuhr Jamie in seinem Kinderwagen spazieren. Suzie, die im vierten Semester ihres Lehramtsstudiums an der Goldsmiths University war, schwänzte an diesem Tag ihre Vorlesungen. Jamie war eigentlich zu alt für den Kinderwagen, aber er weigerte sich zu laufen: Er saß da, die Knie hochgezogen fast bis unters Kinn, beugte sich begeistert vor, verwurstelte die schlabbrige alte gelbe Decke zu seinen rituellen Knoten, nuckelte an dem Zipfel, den er sich um den Daumen gewickelt hatte, und guckte, so geschützt, missmutig in die Welt. Er hatte sich an jenem Morgen im Park verletzt – wahrscheinlich hatte er, im Wagen sitzend, den Fuß am Boden schleifen lassen, und David war aus Versehen drübergefahren, das passierte alle naselang. Suzie war eine große Blonde in einem ärmellosen Kleid mit Blümchenmuster, die zufällig vorbeikam: Anfangs hatte ihr David bloß verübelt, dass sie sein Missgeschick mit angesehen hatte, seine Hilflosigkeit, sein schreiendes Kind. Das Jahr nach Francescas Tod war das schlimmste seines Lebens gewesen.

Suzie schleckte ein Eis. Sie blieb stehen und sah Jamie an.

»Ob er vielleicht auch eins will?«

David hatte ihn aus dem Kinderwagen gehoben und auf eine Parkbank gesetzt, um sich seinen Fuß anzuschauen (nur eine leichte Prellung); Suzie hatte ebenfalls auf der Bank Platz genommen und ihm zaghaft die Eistüte hingehalten.

»Wenn du das haben möchtest«, sagte sie, »dann musst du aufhören zu weinen und dich zu mir auf den Schoß setzen.«

Jamie hatte sie argwöhnisch angeschaut, war dann aber zu Davids Überraschung zu ihr auf den Schoß geklettert; er war kein Kuschelkind, ließ es aber zu, dass sie ihn an die Brust drückte, und dafür leckte er an ihrem Eis; nach und nach hörte er auf zu schluchzen. Es sah ein wenig ungeschickt aus, wie sie ihn in ihren sommersprossigen Armen hielt, sie hatte anscheinend nicht viel Umgang mit kleinen Kindern.

»Ich hab bloß Angst, er wird Sie vollkleckern.«

»Kann er ruhig machen. Ist eh nur ein alter Fummel.«

Als David darauf erwiderte, das Kleid sei doch sehr hübsch, war das die reine Höflichkeit, er achtete nicht groß darauf, was Frauen anhatten; aber Suzie hatte ihn missverstanden. Später gestand sie ihm einmal, sie sei damals nur stehen geblieben, weil er ihr gefallen habe.

»Wo ist denn seine Mutter?«, fragte sie und taxierte David unverhohlen.

Diese kleine Szene mit dem Kind, das sich beruhigt hatte und brav auf ihrem Schoß saß, war alles andere als beispielhaft für das, was später folgen sollte. Suzie hatte es nervend und schwierig gefunden, für Jamie die Mutter zu spielen, Jamie hatte es ihr nicht leicht gemacht. In dieser entscheidenden Stunde aber war Suzies unkomplizierte Offenheit David wie ein Ausweg aus dem dunklen Labyrinth seiner Probleme vorgekommen.

## *Zwei*

Eines Morgens rief Carol Roberts an, um mal zu hören, was bei Kate so los sei. Sie und Kate waren zusammen zur Schule gegangen und danach in London auf dem University College gewesen; das war alles lange her. Von den Mädchen aus ihrer alten Clique war Carol vielleicht die, die sich am wenigsten verändert hatte: Im privaten Umgang war sie immer noch schüchtern, brüsk, ungraziös, großzügig; sie hatte immer noch ihre nicht zu bändigenden strohgelben Locken, die allerdings dunkler wurden und in Silber übergingen, was besser zu ihrer robusten, eckigen Statur und ihrem rötlichen Teint passte. Carol hatte jahrelang in Wales bei einer großen Wohnungsbaugesellschaft gearbeitet, die sie inzwischen leitete. Ihr Leben war zwar unglaublich vollgepackt mit Arbeit, und sie war ohne jeden Zweifel sehr erfinderisch und wahnsinnig beeindruckend in diesem Leben, über das sie sich niemals beklagte, auch wenn sie hin und wieder stöhnte und sich, einfach vor Erschöpfung, flach auf den Boden legte oder lauthals auf die anderen Gesellschafter schimpfte oder einen riesengroßen Schluck Gin in ihren Tonic verlangte, aber selbstverständlich würde sie sich trotz allem die Zeit nehmen, Kate zu besuchen.

Sie parkte ihr Auto am See und ging dann den steilen Zickzackweg durch den Steingarten hinauf, wie sie es immer tat, aus Nostalgie, weil sie und Kate früher hier gespielt hatten, dass sie in der französischen Résistance kämpften oder Revolutionäre auf der Flucht vor der Staatspolizei seien. Freundinnen waren sie erst geworden, als sie schon dreizehn oder vierzehn waren, aber Kate besaß eine blühende Phantasie, sie spielte immer noch ihre ausgedachten Spiele, auch als die meisten das längst hinter sich hatten. Am oberen Ende des Zickzacks angelangt, spähte Carol durch die Fenster in das leere Esszimmer, zwängte sich dann durch die wild wuchernden Lorbeer- und Escalloniasträucher an der Seite des Gebäudes und wartete, ohne zu klingeln, an der Haustür; von drinnen kam Musik. Carol war praktisch veranlagt, wurde aber bisweilen auch von starken Gefühlen heimgesucht. Eine Geige und ein Klavier spielten etwas aus dem neunzehnten Jahrhundert, etwas Leichtes, Liebliches, das eingängig sein und von der verlorenen Vergangenheit erzählen sollte. Carol war in diesem Haus seit jeher ein und aus gegangen. In den letzten Jahren war Kate an den Wochenenden oft heimgekommen, und Carol hatte sie dann jedes Mal besucht; sie war auch hergekommen, wenn Billie alleine war, und hatte stets darauf beharrt, dass das keine bloße Nettigkeit war, sondern dass sie die Mutter ihrer Freundin wirklich mochte. Sie sagte immer, für sie sei Billie so was wie eine Figur aus einem Roman von der Sorte, die sie nicht lesen könne, weil es ihr an der nötigen Empfindsamkeit fehle (Carol hatte Soziologie studiert, Kate Slawistik). Kate meinte, der Roman entwickle sich nach und nach in Richtung *Finnegans Wake*.

»Ach Gott, du weinst ja«, rief Kate, als sie die Tür aufmachte; die Musik war zu Ende, Carol hatte auf die

Klingel gedrückt und drinnen, aus den Tiefen des Hauses, jenes rostige Läuten vernommen, das einst die Aufmerksamkeit der Hausmädchen erregen sollte (die es freilich schon seit fünfzig Jahren nicht mehr gab).

»Bescheuert, oder?«, sagte Carol. »Das ist, weil ich euch spielen gehört hab.«

»Waren wir denn so schlecht? Hast du das gehört, Billie? Carol musste weinen, so furchtbar waren wir. Schick siehst du aus. Ich vermute mal, das ist deine Arbeitskleidung. Ich hab richtig Ehrfurcht vor dir, so im Hosenanzug. Du siehst ja wie ein Ratsherr aus. Oder wie eine Witwe. Eine Ratsherrnwitwe.«

»Ist alles in Ordnung bei dir? Stimmt das, du hast deinen Job aufgegeben und deine Wohnung vermietet? Max hat mich angerufen.«

»Ich sag dir, du, ich heule fast vor Kälte. Die Zentralheizung spielt verrückt, und der Mann sagt natürlich, wir brauchen einen neuen Kessel, und ich bin nicht bereit, ihm zu glauben, dass der alte nicht noch mal irgendwie repariert werden kann. Wir stecken also in einer Sackgasse. Vielleicht behältst du lieber den Mantel an, wenn ich du wär, ich würde ihn jedenfalls anlassen.«

Billie trug ein mit blauen Kornblumen gemustertes Kleid und eine weiße Strickjacke und saß im Salon im hinteren Teil des Hauses am Stutzflügel. Der Gasheizofen lief auf vollen Touren, und Carol fand es wahnsinnig warm im Raum.

»Carol ist da, Mummy.«

»Ach, wie schön«, sagte Billie und drehte sich am Klavier vergnügt lächelnd um, derweil ihre Hände immer noch über den Tasten schwebten; ihre rosige Haut war faltenlos, vom Alter matt und weich geworden. Vor langer Zeit hatte sie Carol einmal Klavierunterricht gegeben. Es war allerdings nicht viel bei ihr hängen geblieben, außer dass die Hände über den Tasten so geformt sein mussten, als würden sie Orangen halten.

»Die liebe Carol. Die haben wir ja schon ganz lange nicht mehr gesehen, die Carol. Nicht wahr?«

Carol gab Billie einen Kuss und zog Mantel und Jackett aus. Ihr Gesicht glühte vor Hitze; sie hatte sich damit abgefunden, dass sie in Gegenwart dieser zwei zierlichen, zartgliedrigen Frauen immer das Gefühl hatte, aus einer gröberen Fleischsorte als sie zu bestehen; Kates Gesicht mit seinen schattigen Vertiefungen und den langen Nofretete-Augen wirkte fein und kompliziert, Carols Gesicht hingegen war einfach. Kate trug wie üblich ihren etwas unübersichtlichen Lagenlook in Kastanienbraun, Grün und Creme, der auf gewisse Londoner Läden hindeutete, in die Carol, die sonst keine wie auch immer geartete Autorität fürchtete, sich nicht hineintraute; Kate hatte die Ärmelbündchen ihrer schwarze Ajourstrickjacke fröstelnd über die Hände gezogen, ihre Nasenspitze war gerötet. Carol ließ sich auf den Stuhl fallen, der am weitesten vom Gasheizofen entfernt stand; die Glasscheiben der französischen Fenster, die über die gesamte Außenfront des Raumes gingen, waren ganz beschlagen. Die wintertoten Glyzinien, die wie ein Vorhang vom Dach der offenen Veranda an der Rückseite des Hauses herabhingen, schluckten das Licht, sodass man mitten am Tag die Lampen einschalten musste.

»Wir spielen nur, um uns warm zu halten«, sagte Kate. »Wir müssen bald raus. Gleich kommt die Frau von

*Mopp & Bucket*, und wenn die unsere Klos putzt und unsere Böden wischt, während wir hier weiter faul rumsitzen und nichts tun, dann könnte das revolutionären Unmut entfachen. Wollen wir nicht einen Parkspaziergang machen und dann runterfahren in die Stadt, einen Kaffee trinken und shoppen gehen? Ich hab mir ja, nachdem ich hier zu Hause angekommen war, geschworen, nie wieder Auto zu fahren, also erledigt Billie das für mich, ihr macht es richtig Spaß. Und wenn wir wieder zurückkommen, sind unsere Badezimmer sauber, und die Frau von *Mopp & Bucket* hat ihr Geld eingesteckt und uns rätselhafte kleine Zettel dagelassen. So würde sich's doch leben lassen, findet ihr nicht auch?«

»Aber Billie hat doch noch nie eine Prüfung bestanden. Hat sie denn einen Führerschein? Billie, du darfst nicht zulassen, dass Kate dich zwingt zu fahren.«

»Es ist ganz einfach, Liebes«, beruhigte Billie sie. »Und es macht richtig Spaß. Wir fahren ja nicht auf den großen Straßen.«

»Carol muss sich aufregen. In ihrer Familie hat der öffentliche Dienst Tradition. Hör nicht auf sie. Wollen wir's noch einmal spielen? Aber du darfst nicht kritisieren. Wir sind beide mächtig eingerostet. Und auch nicht weinen. Das ist genauso abschreckend.«

Carol gab sich ihrer Bewunderung hin. Früher, als sie selber noch Orangen überm Klavier gehalten hatte, fand sie ihre Finger immer bloß zu dick und ungeschickt, trotz Billies Geduld. Kate, die mit der Geige unterm Kinn vor dem Notenständer stand, sich im Takt wiegte und ihr dichtes schwarzes Haar zurückgeworfen hatte, war eine Gestalt von geradezu romantischer Selbstbeherrschung und höchster Sensibilität. Und Billie sah ganz und gar nicht so aus, als ob sie das Spielen verlernt hätte. Carol hatte selbst zu Kate gesagt, es wäre sicher gut für ihre Mutter, wenn sie ihre Fähigkeiten weiter ausüben würde und dabei bis an ihre Grenzen ginge. Carol war zutiefst berührt von der Musik, konnte aber die Stücke nicht auseinanderhalten und sich hinterher an keine Melodie erinnern, konnte Haydn nicht von Schubert unterscheiden und Mahler nicht von Debussy. In schwachen Augenblicken, wenn sie allein war, ertappte sie sich oft dabei, wie sie inbrünstig ein paar Fetzen von irgendeinem fürchterlichen Popsong summte.

Als sie fertig waren – bravourös, der vollendete Schlussakkord, mit dem Musiker immer in die niederen Sphären zurückkehren –, nahm Kate Carol mit nach oben, um sich den Mantel anzuziehen und dabei mit ihr zu reden.

»Geh noch mal Pipi machen, Mummy«, rief sie Billie von der Treppe aus zu. »Sonst musst du bestimmt unterwegs.«

Und Billie willigte fröhlich ein.

Kate hatte immer noch das lange Zimmer, das sie schon früher gehabt hatte; es hatte einen holzgetäfelten kleinen Erker, der auf den Garten schaute und mit seinen Bleiglasflügelfenstern an eingesperrte Mädchen erinnerte, die darauf warteten, erlöst zu werden. Zum letzten Mal renoviert worden war es, als Kate ein tyrannischer Teenager war und freie Hand hatte, und so waren die verblassten lila Wände mit Spuren von Blu-Tack und den Umrissen alter Poster übersät. Oberhalb der Zierleisten schimmerten überall die Gespenster eines Kinderzimmerfrieses durch die Farbe hindurch, der Rattenfänger von Hameln und Rumpelstilzchen und irgendwelche Prinzen, die sich durch Dornenhecken schlugen. Jetzt war das Zimmer vollgestopft mit all dem Zeug, das Kate aus London mitgebracht hatte: Bücher, die aus den Regalen quollen und sich auf dem Boden stapelten, Kleider, die an den Knäufen des Kleiderschranks und innen an der Tür hingen, ihr noch nicht eingerichteter Computer auf dem großen, tintenbekleckten Schreibtisch, an dem sie einst fürs Abitur gebüffelt hatte, ein riesiger bunter chinesischer Papierdrachen, eine Edelstahlstehlampe mit weißen Glaskugeln. Gerahmte Drucke von einer Paula-Rego-Ausstellung, Fotografien von André Kertész und von einem Rachel-Whiteread-Haus standen an der Wand, zusammen mit anderer Kunst, die Carol aus Kates Londoner Wohnung kannte.

»Ich versuche, Elemente des einundzwanzigsten Jahrhunderts hier reinzubringen«, sagte Kate, »aber dieses Haus verschlingt mein ganzes postmodernes Zeug und spuckt es als Burne-Jones und Dante Gabriel Rossetti wieder aus.«

»Das ist doch nicht mal die Hälfte von deinen Sachen. Was hast du mit all dem anderen Zeug gemacht? Hast du das etwa einfach deinen Mietern überlassen, damit sie alles kaputt machen?«

Kate malte sich vor dem hohen Drehspiegel die Lippen rot an, presste sie zusammen und schüttelte den Kopf. »Ich hab alles, was ich finden konnte, ins Auto gepackt, den Rest ins kleine Gästezimmer gebracht und die Tür abgeschlossen.«

»Als wir damals im dritten Studienjahr dieses Haus in Kilburn gemietet hatten, sind wir einfach in das abgeschlossene Zimmer eingebrochen. Wir haben die Briefe von den Vermietern gelesen, ihre Sachen durchwühlt, uns ein Leben für sie ausgedacht und ihre Kleider getragen.«

»Wir waren furchtbar. An Leute wie uns hätte ich meine Wohnung niemals vermietet. Ich hatte darum gebeten, welche von der richtig langweiligen Sorte zu kriegen, und von dem kurzen Treffen, das wir hatten, hab ich den Eindruck, das hat geklappt.«

»Was willst du denn den ganzen Tag hier machen? Wie willst du das aushalten? Hast du ein Projekt, irgendwas, woran du arbeitest?«

»Ein Projekt. Was für eine uncharmante Idee. Du hörst dich ja an wie mein Chef.« Kate wechselte die Schuhe, tauschte die hochhackigen gegen ein Paar noch viel höhere schwarz-grüne, vorne eckig und mit grünen Lederschleifen, das sie sich aus einem Schrank mit mehreren Reihen höchst bemerkenswerter Exemplare ausgesucht hatte.

»Ach, übrigens, mich ärgert dein Komplott mit Max. Wehe, du redest mit ihm über mich!«

Das überhörte Carol geflissentlich. »Weißt du, das wird noch richtig schwer werden. Billie wird weiter abbauen.«

»Das musst du mir nicht sagen. Geld ist ja da. Ich werde eine Hilfe bezahlen.«

»Hättest du dich mal lieber weiter an Max gehalten. Er ist so ein netter Kerl.«

»Als ob du nicht wüsstest, dass genau das der Grund ist, warum ich nicht bei ihm geblieben bin. Mich an ihn halten! Warst du nicht mal Feministin?«

»Aber das tut dir schon wieder leid, oder? Tu doch nicht so, als hättest du nicht manchmal Panik, weil du alle Brücken hinter dir abgebrochen hast, und zwar wirklich alle. Nicht nur Max. Jetzt auch noch der Job und die Wohnung und London.«

Kate wickelte sich in ihren weiten schwarz-weiß karierten Mantel, der wie ein Cape aussah, große schwarze Knöpfe hatte und asymmetrisch geschlossen wurde. »Tja, ganz schönes Trümmerfeld mit meinen Brücken.«

»Spiel doch hier nicht die Neunmalkluge. Das ist keine Metapher. Du hast mal gesagt, du möchtest Kinder mit ihm haben.«

»Das war Unsinn. Da war ich nicht ganz bei Trost.«

»Aber es ist bald zu spät.«

»Meine Güte, Carol. Jetzt hör doch mal auf, dir mein Hirn zu zermartern! Das schickt sich nicht! Krieg du doch erst mal selber Kinder, verdammt. Für dich ist es auch bald zu spät.«

»Ach was, ich bin ein altes Arbeitspferd. Ich sterbe in den Sielen.«

»Auch Arbeitspferde haben Fortpflanzungsorgane, weißt du? Wenn wir schon bei solchen Redensarten sind.«

Und dann ließ sich Carol in ihrem schicken Hosenanzug, der bereits ein paar Knitterfalten hatte, abrupt rücklings auf Kates Bett fallen; ihre Füße in den flachen braunen Schuhen ragten über das Fußende hinaus. Die seidige bronzefarbene Tagesdecke von Habitat, die eigentlich für ein Doppelbett gemacht war, ergoss sich an den Seiten auf den Boden.

»Und jetzt bist du eingeschnappt.« Kate schaute stirnrunzelnd zu ihr hinunter.

»Nein, überhaupt nicht. Ich musste nur gerade denken, wie herrlich es wäre, jetzt die Augen zuzumachen. Nur ganz kurz.«

Kate schlich so leise, wie es in diesen Schuhen möglich war, durchs Zimmer, nahm ihre Tasche, suchte die Schlüssel, sprühte sich mit ihrem Parfüm ein. Das war schon immer Carols Spezialität gewesen. In der Schule war sie auch oft eingeschlafen, einmal sogar vor den hölzernen Spinden, in denen sie ihre Sportsachen aufbewahrten; als sie mit Interrail unterwegs waren, hatte sie in der Bahn im Gepäcknetz geschlafen; sie war auf Kates Dinnerpartys eingenickt oder neben ihr im Theater. Sie war immer nur ein paar Minuten weg, dann gingen ihre ziemlich hellen blauen Augen wieder auf, und gleich war ihre ganze Aufmerksamkeit und Verantwortung wieder erwacht. Kate, die sogar in ihrem dicken Mantel fror, hob eine Ecke der seidigen Tagesdecke hoch und deckte ihre Freundin liebevoll damit zu.

David ging forschen Schritts von der Gesundheitsbehörde im Cathays Park, wo er arbeitete, hinunter zum Millennium Centre in der Bay; es war ein klirrend kalter Abend, mondlos und still. Den Kamelhaarmantel bis oben zugeknöpft, den Schal fest um den Hals gewickelt, angespannt, teils, um seine Kernwärme zu schützen, teils aber auch in freudig-erregter Erwartung der Musik, die er bald hören würde: An der Welsh National Opera wurde Händels *Jephta* gespielt. Er kannte die Oper nur von Schallplattenaufnahmen und freute sich ganz unbändig darauf, sie live und in Farbe auf der Bühne zu sehen. Im maßwerkähnlichen Geäst der winterlichen Bäume vor dem Museum mit seinem Säulenvorbau hingen weiße Lichter; das Behördenviertel mit seiner versammelten Masse blasser Gebäude – Museum, Gerichte, Universität, das Welsh Office, das zentrale Polizeirevier – war der einzige Ort, an dem er sich immer ein klein wenig kolonisiert fühlte, denn in seiner Vorstellung glichen die alten Verwaltungsgebäude in Delhi oder Ottawa bei Nacht den hiesigen, die in melancholischer Erhabenheit vor sich hin träumten. Im Alexandra Dock, neben der langen Straße, die das Stadtzentrum mit der Bay verband und nicht für Fußgänger bestimmt war, glitzerte schwarzes Wasser, sodass die Stadt plötzlich auf einem schwarzen Meer zu schwimmen schien, gleichsam von ihrem Tagesdasein abgeankert. Wie die Leute über das neue Millennium Centre in der Bay dachten, der ganze Streit über die Architektur, wie der gekrümmte Rücken eines Gürteltiers – alles das interessierte ihn nicht; er wusste sehr wohl, dass er sich leicht von Äußerlichkeiten beeindrucken ließ, dabei waren die ihm gar nicht so wichtig, er war vor allem neugierig auf das, was innen drin war. Bisweilen stellte er sich seine Liebe zur Musik als unterirdisches Höhlensystem in seinem Innern vor, riesengroß und mit Kristallen an den Wänden und von oben unzugänglich.

Suzie wartete im Foyer auf ihn; sie war mit dem Auto gekommen – mit dem neuen, das sie nach ihrem Unfall hatten kaufen müssen –, damit sie nachher zusammen zurückfahren konnten. Er kaufte stets zwei Karten für die Oper oder für Konzerte, aber normalerweise ging er mit seiner Mutter oder seiner Schwester hin; Suzie hatte bis jetzt nie mitkommen wollen. Er blieb am Eingang stehen und suchte sie im munteren Gedränge der Leute, die aus der Kälte hereinströmten, ihre Mäntel an der Garderobe abgaben und Programmhefte kauften; sie stand mit dem Rücken zu ihm, ihr honigblondes Wuschelhaar steckte tief in ihrem schwarzen Mantelkragen, die Hände in den Taschen – vor Verlegenheit, nahm er an, er kannte sie schließlich. Wenn sie sich irgendwo fehl am Platze vorkam, ließ sie immer die Schultern hängen und stand mit trotzig gesenktem Kopf da; sie zwang die Leute, die sie nicht beachteten, sich irgendwie zu ihr zu verhalten, die einen gingen einfach um sie herum, während andere sie interessiert betrachteten, sei es aus Gewohnheit, sei es, weil sie jung und attraktiv war. Als er sie jetzt sah, fiel ihm wieder ein, dass er sich gewundert hatte, dass sie, die sich doch jahrelang nicht die Bohne für seine Musik interessiert hatte, unbedingt zu diesem Konzert mitkommen wollte. Suzie und er waren in den letzten Wochen etwas kühl miteinander umgegangen; vielleicht sollte es eine versöhnliche Geste ihrerseits sein.

Als David ihr von hinten auf den Arm tippte, drehte Suzie sich um – erleichtert und gleichzeitig anklagend. »Es dauert ja drei Stunden«, rief sie. »Hab ich zufällig jemand sagen hören. Wieso hast du mich denn nicht gewarnt?«

»Du hast nicht gefragt.«

Er küsste sie auf die Wange; sie hatte sich geschminkt, hatte irgendein rosa Zeug auf der Haut, und Parfüm trug sie auch.

»Das ist echt nicht mein Ding.«

»Du hast es doch noch gar nicht gehört!«

»Ich meine, das alles hier«, sagte sie und sah sich mit nervösem Lächeln um.

David versuchte das Opernpublikum mit Suzies Augen zu sehen. Sicher, es war alles naiv und angenehm provinziell, die lärmenden Begrüßungen und die spießigen Ausgehklamotten; nicht wie Covent Garden. Es gab vergnügte alte Ehepaare mit runzeligen Gesichtern und dicken Bonbontüten und Studenten vom Welsh College of Music and Drama. Aber Suzie fühlte sich nun mal persönlich beleidigt, wenn sie irgendwo etwas wie Dünkelhaftigkeit zu wittern meinte.

»Komm, wir bringen unsere Mäntel zur Garderobe. Dann können wir die Getränke für die Pausen bestellen gehen.«

»Drei Stunden!«, sagte Suzie. »Da brauch ich garantiert was zu trinken.«

»Ich freu mich, dass du mitgekommen bist«, versuchte er sie aufzumuntern, als sie nach einem Programmheft Schlange standen. »Es wird dir bestimmt gefallen.«

»Ich hab gedacht, mal sehn, was du so treibst. Wenn das so was Großartiges sein soll.«

»Es ist wirklich großartig.«

»Ich war noch nie im Leben in der Oper.«

»Genau genommen ist es natürlich gar keine Oper. Es ist ein Oratorium.«

»Und was soll das sein, wenn's fertig ist?«

David hatte schon den ganzen Tag in dem Bewusstsein gelebt, dass ihn am Abend Händel erwartete – eine Musik, bombastisch, tiefgründig und dennoch allgemein zugänglich; jetzt bekam er Angst, dass ihm die Sorge um Suzies Wohlbefinden sein kostbares Erlebnis verwässern könnte. Nachdem sie ihre Pausengetränke bestellt hatten, standen sie mit einem ersten Gin an der Bar, die sich hinter einem der riesigen Buchstaben befand, die aus der wie der Bug eines Schiffes geformten Fassade herausgeschnitten waren und auf Walisisch und Englisch einige Verse aus einem Gedicht bildeten, er wusste nicht mehr, aus welchem. Suzie trug ihren weißen Hosenanzug und ein seidiges blaues Top; sie überlegten, worüber sie sich unterhalten könnten, kamen auf die Kinder und spielten das vergnügte Ehepaar, damit die Zuschauer auch was davon hatten. Suzie taute langsam auf; ihr fiel ein, dass sie ihm ja von der neuen Lehrerin erzählen wollte, der Mutterschaftsurlaubsvertretung bei ihr in der Schule.

»Richtig gruselig«, sagte Suzie. »Sie sagt, sie hat das zweite Gesicht. Die sitzt neben mir im Lehrerzimmer, wir trinken Kaffee, da packt sie mich plötzlich am Arm und sagt: ›Entschuldigen Sie, aber ich sehe das so deutlich vor mir, ich muss es Ihnen einfach sagen.‹ Anscheinend weiß sie lauter Sachen über mich, die sie unmöglich wissen kann. Sie wusste, dass meine Mutter vor vielen Jahren den Ring meiner Großmutter am Strand verloren hat. Das hab ich in der Schule nie jemandem erzählt. Sie wusste auch, wie meine Mutter ist. ›So was passiert ihr immer wieder‹, hat sie gesagt, ›sie achtet einfach nicht auf ihre Wertsachen. Auf dich und deine Schwester übrigens auch nicht.‹ Ich meine, woher weiß die, dass ich eine Schwester habe?«

»Die haben ihre Tricks«, sagte David. »Die locken solche Sachen aus dir heraus, ohne dass du es merkst. Das ist natürlich alles Hokuspokus.«

»Sie wusste auch von dem Unfall. Nichts Konkretes. Aber dass ich Angst habe vor einem weißen Vogel, der vom Himmel fällt.«

»Wahrscheinlich hast du mit Giulia darüber geredet. Ich weiß nicht, ob es mir recht ist, dass meine Kinder von jemandem unterrichtet werden, der an solche Sachen glaubt.«

»Jetzt hab dich doch nicht so. Was soll das denn schaden?«

»Und was hat sie für deine Zukunft vorausgesehen?«

In diesem Punkt blieb Suzie eher vage und schien keine Lust zu haben, es ihm zu erzählen.

»Ach, ich weiß nicht, das Übliche halt. Eine Veränderung.«

In der zweiten Pause kriegten sie sich in die Haare. David entdeckte das Tablett mit ihrer Nummer, zwei neuen Gläsern Gin und einer Flasche Tonic.

»Ich finde das entsetzlich!«, sagte Suzie in einer Lautstärke, die rings um sie herum den einen oder anderen Rücken zusammenzucken ließ. Aus dem Zuschauerraum quoll eine Menschenmenge hervor und schien sie zusammenquetschen zu wollen. »Es ist einfach grauenhaft.«

David schenkte Tonic ein; sorgfältig verteilte er den Inhalt der Flasche auf beide Gläser.

»Schade, dass es dir nicht gefällt.«

»Es liegt nicht an der Musik.«

»Wie meinst du das, *nicht an der Musik*? Die Musik ist doch das A und O.«

»Die Musik ist bestimmt hervorragend, soweit ich das beurteilen kann.«

»Das ist sie in der Tat. Wirklich schade, dass du das nicht so wahrnehmen kannst.«

»Aber ihr sitzt hier alle und genießt so: *Mhm, ja, doch,*

*sehr interessant, sehr schöne Orchestrierung; und der Kontrapunkt, sehr effektvoll* – ihr sitzt seelenruhig da und hört zu, wie einer allen Ernstes einem Gott gehorchen will, der von ihm verlangt, dass er seine Tochter tötet. Ich meine, tut mir leid. Bin ich hier echt die Einzige, die das für ziemlich krank hält? Wir haben bei uns Kinder, die mit blauen Flecken zur Schule kommen und so weiter. Ist das nicht dasselbe?«

Sie atmete schneller. Der seidige blaue Stoff ihres Tops schmiegte sich an ihre Brüste und ließ das Licht changieren; David straffte sich. Er war entschlossen, sich nicht darum zu kümmern, dass die Umstehenden zuhörten. Wenn sie sich das nicht selbst beantworten konnte, dann hatte es sowieso keinen Sinn.

»Und bei diesem Dilemma sollen wir wohl auch noch Mitleid mit ihm haben? *Das blutende Herz eines Vaters!* Das ist doch widerlich. Wenn das die Hochkultur sein soll, dann besten Dank auch.«

Sie nahm rasch einen Schluck Gin, und dabei lief ihr ein Tropfen am Kinn hinunter.

»Du beurteilst ein Werk des achtzehnten Jahrhunderts nach gewissen Prinzipien des einundzwanzigsten Jahrhunderts.«

»Ich bin nun mal ein Mensch des einundzwanzigsten Jahrhunderts. Glaub bloß nicht, ich weiß nicht, wie die Sache ausgeht. Dazu muss ich nicht mal ins Programmheft gucken. Er wird sich für das Opfer entscheiden, und im letzten Moment werden ein paar Engel vom Himmel herunterkommen und alles wieder in Ordnung bringen.«

»So etwa lässt es sich zusammenfassen.«

»Ich glaube nicht, dass ich das noch länger durchhalte. Mir reicht's.«

Er war maßlos enttäuscht von ihr. »Okay.«

»Wie kommst du nach Hause, wenn ich das Auto nehme?«

»Zu Fuß. Oder mit dem Taxi. Kein Problem.«

»Kate Flynn ist hier, hast du gesehen? Die Freundin von Carol.«

»Hab ich nicht gesehen.«

»Sie sitzt ein paar Reihen vor uns. Vielleicht kann sie dich mitnehmen. Oder wenn du möchtest, bleib ich halt doch noch.«

»Auf gar keinen Fall.«

Sie standen hilflos herum und tranken ihre Gläser aus; er kramte in seiner Jackentasche nach ihrer Garderobenmarke.

»Warum bist du denn überhaupt mitgekommen?«, fragte er. »Was sollte das denn?«

Sie schüttelte den Kopf, als könne er das sowieso nicht verstehen. »Als Abwechslung. Ich wollte wirklich, dass es mir gefällt, ganz ehrlich. Was Aufmunterndes, mal was anderes. Aber ich hätte es wissen müssen.«

Er dachte, er wäre erleichtert, wenn sie weg wäre, aber sein Herz stampfte wild vor Wut, er hatte das Gefühl, von allen angestarrt zu werden. Er hätte genauso gut ebenfalls nach Hause gehen können; nach dem, was gerade passiert war, hatte er eh nicht mehr die Ruhe, den Rest des Oratoriums zu genießen. Noch vor dem Klingeln kehrte er in den Saal zurück und setzte sich wieder auf seinen Platz. Kurz bevor die Lichter für den dritten

Akt ausgingen, entdeckte er Kate Flynn, die fünf oder sechs Reihen vor ihm im Parkett saß und in ihrem Programmheft las. Er hatte sie schon eine ganze Weile nicht mehr gesehen – ein Jahr vielleicht oder länger. Er staunte, dass er sie sofort erkannte, sogar von hinten, ohne ihr Gesicht zu sehen: Der Kopf saß so gerade und hellwach auf dem langen Hals, als würde er von einem Draht gehalten; die großen Ohrringe, die unter ihrem kurzen Haar baumelten. Ihm fiel wieder ein, dass Kate seit jeher, sogar schon als Teenager, zwei schlohweiße Strähnen in ihrem dichten schwarzen Haar gehabt hatte, eine an der Schläfe und eine im Nacken, und dass sie deswegen immer gehänselt worden war; er war sich nicht sicher, ob er die Strähnen auf diese Entfernung erkennen konnte. Kate war zwei, drei Jahre älter als er, ungefähr so alt wie Carol, seine Schwester.

Offenbar war sie tatsächlich allein hier, denn der Platz neben ihr war frei, und es kam auch niemand mehr, um sich dort hinzusetzen. Dieser Gedanke beruhigte ihn noch, als das Licht langsam erlosch. Das war auch das Beste: Wer der Meinung war, dass man solche Erfahrungen mit jemand anders teilen könne, der machte sich etwas vor. Während des gesamten letzten Akts, bis zu Jephtas visionärer Arie »Tragt sie, Engel, sanft mit euch / auf zu den azurnen Höh'n«, hielt er sich fest an dem Gefühl, dass hier zwar alle gemeinsam, als ein Ganzes, zuhörten, aber dennoch jeder für sich allein war. Eigentlich war es ihm egal, dass Suzie heimgegangen war, dass sie sich nicht für die Dinge interessierte, die ihm wichtig waren. Dadurch war er frei. Schlimmer wär's gewesen, sie hätte sich zum Beispiel jetzt für *Jephta* begeistert und nächste Woche erklärt, dass sie *Madame Butterfly* oder *La Bohème* genauso gut finde. Suzie war im Irrtum, sie war ganz sicher im Irrtum. Die Musik, die jene beinah abstrakten Worte so machtvoll hervorbrechen ließ, drückte nicht die Selbstgefälligkeit der Macht aus, sondern ihre Anstrengung und ihren Schmerz.

Als die Vorstellung zu Ende war und das Publikum nach draußen strömte, ließ David die drängelnden Leute vorbei und wartete auf Kate. In eine dunkle, blumenbestickte Stola gehüllt, die sie über eine Schulter geworfen hatte, kam sie die Treppe herunter, sorgfältig auf jede Stufe achtend, doch mit entrücktem Blick, immer noch versunken in die Musik.

»Kate! Kate Flynn!«

Es wäre kein Wunder gewesen, wenn Kate sich über eine derart stürmische Begrüßung erstaunt gezeigt hätte; schließlich war ihre Beziehung nie wirklich eng gewesen und auch, als sie erwachsen waren, nie darüber hinausgegangen, dass er der kleine Bruder ihrer Freundin war, den man halt dulden musste. Sie schien erfreut, ihn zu sehen.

»David!«

Kate blieb stehen und streckte ihm beide Hände entgegen, was den Strom der Menschen innezuhalten zwang, und David ergriff sie mit einer Herzlichkeit, derer er sich gar nicht für fähig gehalten hätte. Sie hatte immer noch diese weiße Strähne, die sie sich aus dem schmalen, intellektuell wirkenden Gesicht mit der fein akzentuierten Nase und den schräg stehenden schwarzen Augen gestrichen hatte.

»Bist du mit Carol hier? Ich weiß doch, sie begleitet dich immer.«

Er schüttelte den Kopf. »Alleine.«

»Schade. Ich hab Carol schon ewig nicht mehr gesehen. Ich bin auch alleine. Ich hatte eine Karte für meine Mutter, aber sie hat sich's anders überlegt.«

»Vielleicht gehen wir noch was trinken?«

Sie fasste ihn kurz ins Auge, abwägend. »Hier?«

»Von mir aus gern hier. Die Bar im Untergeschoss müsste doch offen sein, oder? Oder irgendwo anders.«

»Warum eigentlich nicht? Bringen wir uns doch mal wieder auf den neusten Stand.«

David, eben noch bebend vor gerechtem Zorn, war plötzlich geradezu verwegen, fast so, als hätte Suzies Abgang ihm eine ganz neue Freiheit gegeben, die Freiheit, einfach zu machen, was er wollte. Er wollte eine Freundin haben; er stellte sich eine Gemeinsamkeit vor, die wie ein kühler Luftzug wäre, eine Vereinigung der Intellekte. Früher hatte er Kates Intellekt gefürchtet. Er hatte sie hochnäsig und sarkastisch gefunden. Früher, als er ein grüner Junge war, der in der Schule Naturwissenschaften büffelte und den Mund nicht aufkriegte.

»Komm doch einfach mit zu mir nach Hause«, sagte Kate, als sie im dichten Strom der Leute die Treppe hinuntergingen. »Ich müsste langsam mal nach meiner Mutter schauen, obwohl – ich hoffe, sie liegt schon im Bett. Ich hab noch eine Flasche Glenmorangie, die getrunken werden will.«

»Du meinst, zu euch nach Hause?«

»In unser altes Haus. Dasselbe gute alte Haus. Ich bin wieder zurück, ich will hier leben. Hat Carol dir das nicht erzählt?«

»Kann sein, sie hat so was gesagt, aber mir war nicht

klar, dass es auf Dauer ist. Ich weiß schon, deiner Mutter geht's nicht gut.«

»Gesundheitlich geht's ihr prima, sie verliert bloß langsam den Verstand. Heute Abend, ich hatte sie gerade so weit, dass sie sich was Schönes anzieht, da fällt ihr plötzlich ein, dass sie sich irgendwas im Fernsehen angucken muss. Sie hatte den ersten Teil gesehen und wollte unbedingt wissen, wie es weitergeht. Ich habe in der *Radio Times* nachgeschaut, und da stand natürlich nichts dergleichen, aber sie hat es sich einfach nicht ausreden lassen.«

»Ach, das tut mir leid«, sagte David. »Ich hab deine Mutter immer gemocht.«

»Du wirst sie nach wie vor mögen. Sie ist irrsinnig charmant, selbst in ihrem verwirrten Zustand. Aber bis wir dort sind, wird sie hoffentlich im Bett sein.«

Sie fuhren zusammen mit dem Taxi zu Kates altem Haus am See. David nahm an, seine freudige Erregung darüber, dass er den Mut zu dieser freundschaftlichen Geste gehabt hatte, werde sich nach und nach legen, doch weit gefehlt. Er war zwar in der Jugend nur ein paar Mal in dem Haus gewesen, aber er konnte sich lebhaft an alles erinnern; als Kate die Tür aufschloss und ihn durch das Prunksaal-Imitat von einer Eingangshalle in den langen Salon führte, sah er, dass sich hier kaum etwas verändert hatte. Es war das prächtigste Haus, das er kannte; als Junge hatte er es mit einer Mischung aus Ehrfurcht und Unbehagen betrachtet; fast wie ein Palast war es ihm vorgekommen mit seinem Turm, den langen Veranden vorn und an der Rückseite und all den Buntglasfenstern. Die Einrichtung des Salons war schon in den siebziger Jahren altmodisch gewesen: eine Art helle Silbertapete, ein Kronleuchter, Aquarelle und Stillleben, die von der Bilderleiste hingen, ein kleiner Stutzflügel, riesige Polstersessel, zierliche Beistelltische. Mittlerweile wirkte die Tapete schäbig, in einer Ecke gab es feuchte braune Flecke, und der Teppich war verschossen; die Sessel waren durchgesessen, die Federung war kaputt, und an den Armlehnen war die ausgeblichene Seide abgewetzt, sodass das Füllmaterial durchkam. Doch trotzdem hatte alles irgendwie noch Anmut. Aus einem silbernen Rahmen auf dem Kaminsims schaute eine junge Kate in ihrem Kleid vom Schulabschluss, unscheinbarer als jetzt und mit einer Brille auf der Nase.

Schon als kleiner Junge hatte David verstanden, dass die Flynns darum so altmodisch waren, weil sie in puncto Geschmack besonders hohe Maßstäbe hatten. Kates Vater lebte nicht mehr, er war Musiker gewesen; Kate hatte keine Geschwister. Ihre Mutter war Jüdin. Sie mussten irgendwann mal Geld gehabt haben, sonst hätten sie ja dieses große Haus nicht kaufen können; er konnte sich nicht erinnern, dass Mrs Flynn jemals gearbeitet hätte, abgesehen von den paar Klavierstunden, die sie hin und wieder gab. Im Zimmer standen und lagen ein paar vereinzelte Stücke aus heutiger Zeit herum, die nicht zum Rest passten und die Kate wohl bei ihrer Rückkehr mitgebracht hatte: ein bunter Becher mit Stiften, ein Poster von einer Fotoausstellung im ICA, pastell gestreifte Seidenkissen, eine Decke in Rosa und Gelb, die sie über das Sofa geworfen hatte – Hinweise auf jenes andere Leben, das Kate offenbar in London führte.

Sie kam mit dem Glenmorangie und zwei Gläsern

und brachte außerdem noch eine Kanne Kaffee mit, die überzuschwappen drohte. Normalerweise trank David abends keinen Kaffee, doch heute war es ihm egal, ob er nachher schlafen konnte oder nicht.

»Also, wie fandst du den *Jephta*?«, fragte sie.

»Ich fand ihn sehr gut.«

»Ja, das war er wirklich. Mich hat bloß die Inszenierung geärgert.«

Er wollte ihre Einwände gar nicht hören. Dinge wie das Bühnenbild und die Kostüme interessierten ihn nicht weiter, darauf achtete er überhaupt nicht. Er hoffte bloß, dass Kate sich nicht darüber echauffierte.

»Dieser ganze italienische Neorealismus, die Kopftücher und die Mussolini-Anzüge. Man sieht, es geht um Macht und um das Patriarchat, und plötzlich blinkt das Ideologielämpchen: Aha, genau wie im faschistischen Italien. Das war doch wirklich ärgerlich, oder nicht?«

»Das fand ich nicht«, sagte er trotzig. »Musik hat ja, so gesehen, keinen Gegenstand. Ich persönlich habe es eh lieber konzertant.«

Kate war Universitätsdozentin, die müssen sich wahrscheinlich gewohnheitsmäßig immer über alles auslassen, die denken halt, sie sind allwissend. Vielleicht würde sie ihm schlussendlich doch auf die Nerven gehen. Zu seiner Überraschung kramte sie in ihrer Handtasche nach Zigaretten und einem Feuerzeug; in seinem Bekanntenkreis rauchte kaum noch jemand. Sie fragte nicht, ob es ihn störte; sie zog die Schuhe aus, machte es sich ihm gegenüber in einem der großen alten Sessel gemütlich und betrachtete ihn durch den Rauch. Die schwarze Katze, die ihr ins Zimmer gefolgt war, sprang ihr auf den Schoß.

Die Art, wie Kate David anlächelte, hatte irgendwie etwas Vertrauliches, als sei sie im Bilde, als wisse sie Dinge über ihn, die er selbst nicht wusste; das kam anscheinend noch von früher, als sie jung waren, als er total naiv war und keine Ahnung hatte, was man mit Mädchen anfangen, was man zu ihnen sagen sollte.

Er wollte das Thema wechseln. »Du bist also wieder hierhergezogen – heißt das, du hast deinen Job in London aufgegeben? Arbeitest du jetzt hier?«

»Ich habe aufgegeben, Punkt. Ich arbeite nicht mehr.«

»Du arbeitest überhaupt nicht mehr?«

»Ist das nicht irre? Billie bekommt Pflegegeld, ich vermiete meine Londoner Wohnung. Sieht so aus, als würden wir zurechtkommen. Ich lebe wie eine Aristokratin. Schlafe bis in die Puppen, lese den ganzen Tag, gehe ins Konzert und ins Kino, besuche Freunde. Wir sehen uns alle Krimiserien im Fernsehen an. Ich glaub, ich sollte langsam anfangen, Karten zu spielen. Was spielt man in den alten Romanen immer in betuchteren Kreisen? Bezique? Piquet? Vingt-et-un? Für einen Mann mit seriösen Verpflichtungen muss sich das natürlich alles sehr ausschweifend anhören.«

»Du bringst ein großes Opfer, indem du dich um deine Mutter kümmerst.«

»Ich bin nicht der Typ für Opfer. Ich hab das nicht aus reiner Herzensgüte gemacht. Ich war bloß neugierig. Ob nach zwanzig Jahren noch was da ist, innerlich? Man merkt, die eigentliche Leidenschaft lässt immer weiter nach, während die Show immer perfekter wird. Und es kümmert ja auch keinen mehr, weder die Studenten noch die Leitung. Diese ganze akademische Welt, die ich zunächst so faszinierend fand, hat mich schließlich bloß noch gelangweilt. Jede neue Mode muss brav abgearbeitet werden. Ich bin zu alt für so was.«

»Und du glaubst wirklich, das ist alles?«

»Du darfst mich nicht zu ernst nehmen. Ich weiß nicht, was ich glaube. Jedenfalls bin ich jetzt, wo ich gar nichts tue, glücklich. Klar, es ist ein bisschen früh. Es kann immer noch passieren, dass ich schreiend durch die Straßen renne oder dass ich Billie umbringe, wenn die Wut mich packt. Oder bettle, dass ich meinen Job zurückkriege. Diese Möglichkeit hab ich mir offengelassen. Ich hab's geschafft, ein Jahr unbezahlten Urlaub zu bekommen.«

»Du schreibst doch wohl nicht heimlich? Dürfen wir etwa damit rechnen, dass eines schönen Tages ein großer Roman rauskommt?«

Sie sah ihn enttäuscht an. »O nein«, sagte sie. »Warum denken das immer alle? Das wär ja das Letzte. Die Leute meinen vielleicht, wenn man keine Kinder hat, sollte man als Ersatz Romane gebären.«

Kate wusste nicht, ob sich David Roberts an eine kleine Szene erinnerte, die vor vielen Jahren, als sie noch jung waren und sie sich furchtbar lächerlich gemacht hatte, hier in diesem Haus zwischen ihnen passiert war; es war ihr auch egal, ob er sich erinnern konnte oder nicht. Er sah so unerschütterlich aus, wie er da breitbeinig in Anzug und Krawatte auf der Stuhlkante hockte, seinen Whisky hin und her drehte und in sein Glas guckte, als könne er sich nie wieder gerade hinsetzen, und dabei stirnrunzelnd ihre Gedanken zu dem Oratorium missbilligte. Sie hätte ihn furchtbar gern so weit gebracht, dass er rot wurde. Die Sache hatte sich auf einer ihrer Teenagerpartys zugetragen; Kates Partys waren immer die besten gewesen, die wildesten (Billie zu überreden, war nicht schwer, normalerweise hatte sie nichts dagegen, mal eine Nacht wegzubleiben). David war offenbar von Carol mitgebracht worden. Der Witz bei diesen Partys war im Wesentlichen, dass sich am Ende des Abends die aus lauter Einzelnen bestehende Menge auflöste und sich in einem verdunkelten Raum als Anzahl ineinander verhakter Paare wiederfand. Sie hatten die Schiebetür geöffnet und so aus diesem Raum hier und der Bibliothek einen einzigen großen Saal gemacht; Kate hatte sich auf die alte Chaiselongue gelegt, auf den Platz neben sich geklopft und David bedeutet, er solle sich dort hinsetzen. Jetzt war die Schiebetür allerdings geschlossen, wäre sie offen gewesen, hätte ihn der Anblick der Chaiselongue vielleicht an jenen Abend erinnert. Für Kate und Carol war David damals einfach bloß ein ernster kleiner Bruder gewesen, den man nie zu irgendwas überreden konnte. Er war das Kind mit den skeptischen Augen und dem nüchternen, vorsichtigen Mund. Er hatte sich neben sie gesetzt, und sie hatte gewissermaßen ein Experiment gemacht, hatte nach seiner Hand gegriffen – der braunen Knabenhand mit den abgekauten Nägeln und Kugelschreiberflecken an den Fingern – und sie sich in die Bluse gesteckt. Ein mit Schwertlilien bedrucktes Top aus schwarzem Krepp hatte sie angehabt, darunter keinen BH, und eigentlich hatte sie erwartet, dass David überrascht und dankbar wäre und ihr schlagartig verfallen sein müsse. Stattdessen hatte er die Hand zurückgerissen, als ob er sich verbrannt hätte, und war mit total angewiderter Miene aufgesprungen und Carol suchen gegangen, um ihr zu sagen, dass er jetzt nach Hause gehe. Daraufhin hatte sich Kate gesagt, dass er anscheinend Angst hatte – es gab ja so gewisse Schlauberger, die erklärten, manche Jungen hätten Angst vor Sex –, aber sie hatte genau gewusst, dass das nicht der Grund war. Und obwohl ihr seitdem tausendmal Schlimmeres als diese kleine Demütigung widerfahren war – unendlich viel Schlimmeres –, war David Roberts fortan bei ihr unten durch gewesen, sie hielt ihn für einen Langweiler, selbst noch nach all den Jahren, wenn sie ihm hin und wieder bei Carol begegnete. Endgültig verziehen hatte sie ihm erst heute Abend, als er im Millennium Centre ihren Namen rief und ihm die Freude, sie zu sehen, so deutlich ins Gesicht geschrieben stand.

Er war ganz anders als Carol. Die beiden stammten aus einer alteingesessenen Cardiffer Nonkonformistenfamilie, die früher ein Stahlwerk besessen hatte; Carol hatte ihr die unitarische Kapelle gezeigt, deren Grundstein eine ihrer Ururgroßmütter gelegt hatte. Carol war unerschrocken und kämpferisch; neben ihr wirkte David immer irgendwie steif und verdruckst. Er hatte Medizin studiert, seinen Doktor gemacht und war eine Zeit lang als praktischer Arzt tätig gewesen; soweit Kate wusste, arbeitete er jetzt bei der staatlichen Gesundheitsbehörde. Sie war überrascht, wie dicht und dunkel seine Haare inzwischen waren, so kraus und eng anliegend, fast wie eine Kappe. In der Jugend waren sie glatt und seidig gewesen (damals hatten alle lange Haare, sogar die Studenten der naturwissenschaftlichen Fächer). Jetzt war es, als spiegele die störrische Drahtigkeit seines Haares die ganze Anstrengung wider, die es ihn kostete, sich zusammenzunehmen. Er hatte natürlich Schlimmes durchgemacht. Kate hatte

Francesca gekannt, sie waren zusammen auf der Universität gewesen; Carol und Francesca hatten früher in einer WG zusammengewohnt, bevor Francesca David kennenlernte.

»Kennst du eigentlich meine Frau?«, fragte David, und sie bekam einen Schreck, doch dann wurde ihr klar, dass er selbstverständlich von der jetzigen sprach, der, die Kate letztens weinend auf der Standspur der Autobahn gesehen hatte, nach diesem ungewöhnlichen Zwischenfall mit dem Schwan; sie hatte seitdem ein paarmal voll Neugier an das scheue blonde Mädchen gedacht, dessen Schönheit nur beiläufig aufschien, weil das große Glück, dass ihr nichts passiert war, alles andere überstrahlte. Kate beschloss instinktiv, David nichts von der geheimnisvollen Verbindung zwischen ihr und seiner Frau zu erzählen; wie hätte sie ihm auch erklären können, warum sie sich Suzie dort an der Autobahn nicht zu erkennen gegeben hatte?

»Ich hab sie mal getroffen«, sagte sie freundlich, »bei Carol. Aber wie sie heißt, hab ich vergessen.«

David starrte schwermütig in seinen Glenmorangie.

»Eigentlich war ich heute Abend mit Suzie zusammen im Oratorium. Aber sie fand es schrecklich, nach der zweiten Pause ist sie gegangen. Im Grunde macht sie sich nichts aus Musik.«

Während David und Kate sich unterhielten, hörten sie, wie jemand langsam die Treppe hinunterkam, und dann betrat Mrs Flynn das Zimmer. Sie war genauso klein und zierlich wie Kate und hatte den gleichen wohlgeformten Kopf mit den dramatischen Wangenknochen, der kühn gebogenen Nase und den beredten Augen; vielleicht weil sie kein Kinn hatte, wirkte ihr Gesichtsausdruck so lieb und nett, der von Kate hingegen entschlossen. David bekam einen Schreck, als er sie sah – ihre gebückte Haltung, das schlohweiße Haar; ihre Bewegungen waren steif und eckig, als hätte sie Angst, hinzufallen. Davids Mutter war längst noch nicht in diesem Stadium des Alterns angekommen; sie war nach wie vor lebhaft und machte fleißig ihre ehrenamtliche Arbeit. Vielleicht war Mrs Flynn schon immer älter gewesen als die anderen Mütter, vielleicht war sie schon nicht mehr jung gewesen, als sie Kate bekam. Als er sie auf der Treppe hörte, war er darauf gefasst gewesen, sie im Nachthemd oder im Morgenmantel zu sehen, doch stattdessen schien sie ausgehen zu wollen, trug einen geblümten Rock, eine rosa Strickjacke und weiße knopfförmige Ohrstecker. Ihr weißes Haar war ordentlich hochgesteckt.

»Ich habe gehört, du hast Besuch, Kate.« Lächelnd reichte sie ihm die Hand.

David stand auf, um sich zu erklären; ihre Hand, die er in seiner hielt, war unfassbar leicht, wie ein paar lose Vogelknochen in einem Säckchen aus Haut. »Meine Schwester Carol ist eine alte Freundin von Kate.«

»Wie schön, mein Lieber«, sagte sie. »Carol kenn ich auch.«

»Was machst du denn hier, Billie?«, sagte Kate. »Du hast doch so schön zugedeckt im Bett gelegen, als ich vorhin reingeschaut hab. Wieso hast du dich denn wieder angezogen? Es ist mitten in der Nacht.«

Mrs Flynn zeigte keine Einsicht. »Ach wirklich?«, sagte sie lächelnd. »Ich hab gedacht, es ist schon Morgen. Ich wollte den schönen Tag nicht verschlafen.«

»Es ist schon spät, Mummy. Es ist Nacht.«

»Ich hab ja nicht so oft Gelegenheit, euch jungen Leuten zuzuhören, wenn ihr euch unterhaltet.«

»Merkst du was?«, sagte Kate. »Sie ist wirklich verrückt. Sie meint, dass man mich noch zu den jungen Leuten zählen kann.«

Mrs Flynn sah David an und machte ein komisches Gesicht; sie schob die Unterlippe vor und zog einen Flunsch. »Soll ich mir denn etwa den ganzen Spaß entgehen lassen? Und natürlich die Musik. Das hier ist ein tolles Haus für die Musik. Musik und Bücher. Lesen Sie? Ich hab das Glück, dass ich schon mein ganzes Leben lang von Kunst und Schönheit umgeben bin.«

Sie ließ sich, die Armlehne mit beiden Händen umklammernd, auf das Sofaende sinken, wo sie steif und anmutig sitzen blieb und erst ihm zulächelte und dann ihrer Tochter.

»David ist Arzt, Billie.«

»Ach ja? Faszinierend!«

»Ich bin Amtsarzt bei der staatlichen Gesundheitsbehörde. Spezialgebiet Übertragbare Krankheiten. Was daran faszinierend ist, wollen Sie bestimmt gar nicht so genau wissen. Ich liebe meine Arbeit. Aber ich müsste wirklich mehr lesen. Manchmal finde ich gerade noch Zeit, meinem Sohn *Thomas, die kleine Lokomotive* vorzulesen.«

»Dieses triste pflichtbewusste *müsste* gefällt mir nicht. Wir haben ja so viele Bücher«, seufzte Mrs Flynn.

»Wo sind denn eure ganzen Bücher?«, fragte David und sah sich im Zimmer um. »Ich habe schon erwartet, dass es hier sehr viele Bücher gibt, aber hier sind ja gar keine.«

»Nebenan haben wir eine große Bibliothek. Wollen Sie sie sehen? Sie können sich auch gern etwas ausleihen, bitte schön. Bedienen Sie sich ganz nach Belieben.«

»Wahrscheinlich hält er Bücher für obszön«, sagte Kate, »wenn man bedenkt, womit er es beruflich zu tun hat. Explosionen, Epidemien, Katastrophen.«

»Du kannst mir ja eins leihen«, sagte David. »Gedichte oder einen Roman. Wenn du mir etwas Interessantes leihst, versuch ich's mal. Würde mir sicher guttun.«

»Ist dein Sohn nicht ein bisschen alt für *Thomas, die kleine Lokomotive*? Er ist doch bestimmt schon auf dem Gymnasium.«

»Du meinst wohl Jamie«, sagte David. »Jamie ist siebzehn. Ich hab noch einen kleinen Sohn, der ist erst sechs.«

»Siebzehn? Unfassbar. Er kann doch unmöglich schon siebzehn sein. Es kommt mir vor wie gestern. Was treibt er denn so, Francescas Sohn?«

David zögerte einen Moment, bevor er antwortete. Aus irgendeinem Grund mochte er Kate nicht sagen, dass Jamie viel mehr von seiner Mutter hatte als von ihm: klug, voller Zweifel, schwierig und ein echter Bücherwurm.

»Er ist ein großartiger Radfahrer«, sagte er. »Ständig mit dem Rad unterwegs, zu jeder Tages- und Nachtzeit.«

Als David Roberts gegangen war, sollte Billie eigentlich Wasser für den Kakao aufsetzen (nach der Aufregung, in die sie sein Besuch versetzt hatte, würde sie nur schwer wieder einschlafen können), aber sie hatte ihre Brille entdeckt und saß nun stattdessen am Küchentisch und blätterte mit kompetenter Miene einen Stapel alter Prospekte und unnützer Post durch.

»Was machst du denn da?«, lamentierte Kate. »Ich hab das doch alles schon sortiert! Das ist fürs Altpapier.«

»Ich hab gedacht, vielleicht ist was dabei, das noch erledigt werden muss.«

»Klar, und das bleibt dann natürlich wieder an dir hängen. Egal, Zeit, ins Bett zu gehen.«

Billie legte artig die Weichspüler-Gratisprobe aus der Hand. »Glaubst du, das Zeug taugt was?«

»Himmelherrgott! Dass du einfach runterkommst, wenn ich meine Freunde mit herbringe, das ist unverzeihlich. Wie soll ich denn hier ein soziales Leben haben? Und ein Sexleben?«

»Er ist ein sehr netter junger Mann, nicht wahr? Woher kennen wir ihn eigentlich?«

Kate hatte schon immer in diesem scharfen Ton mit ihrer Mutter geredet. Als sie klein war, hatte sie auch nach ihr geschlagen und sie gebissen. Billie hatte immer gesagt, ihr Temperament sei wie eine Naturgewalt, großartig und unentrinnbar, und Kate hatte sich dafür geschämt. Als sie dann älter war, hatten sie und ihre Mutter sich oft heftig gestritten, hatten einander aber auch alles erzählt. Seit Billie krank war, ging es, wenn sie sich stritten, im Grunde auch nicht heftiger zu als früher. Aber Kate war klar, dass andere Leute schockiert sein mussten, wenn sie so mit ihrer Mutter schimpfte und sie anschrie. Sie war ja manchmal selbst erschrocken. Manchmal schubste sie ihre Mutter aus lauter Verzweiflung oder gab ihr einen Klaps auf die Beine, wenn sie ihr beim Schuheanziehen half.

Während sie Billie eine Wärmflasche machte, dachte sie voller Ingrimm daran, was für einen tollen Eindruck

David Roberts heute Abend von ihnen beiden bekommen haben musste, von dem exzentrischen Pärchen in diesem kultivierten, Musik liebenden Haus. Er hatte sich unbedingt ein Buch ausleihen wollen, und so hatte sie schließlich, um ihn loszuwerden, eins von denen gegriffen, die sich auf einem Tischchen stapelten, und es ihm hingeschoben. Irgendwas mit einem grünen Einband, weiß der Himmel, was es war, vermutlich ein Lyrikband auf Polnisch.

## *Drei*

Ende März, als eigentlich schon Frühling sein sollte, fiel plötzlich Schnee. Kurz bevor sie schlafen ging, machte Kate die Hintertür auf, und Sim kam im gestreckten Galopp in die Küche geflitzt, beleidigt und mit Schmutz im Fell. Am nächsten Morgen trugen all die Blumentöpfe im Garten, die schon seit Jahren leer standen, weiße Mützen. Der Schnee blieb nicht mal vierundzwanzig Stunden liegen. Kraftlos stand die Sonne am Himmel, und den ganzen Tag hörte man allenthalben das Tröpfeln von Tauwasser; der aufgeweichte Schnee kam auf dem Dach ins Rutschen. Dicke Tropfen rollten an den Fensterscheiben herunter, während Kate im Salon mit dem Quartett, das sie mühsam zusammenbekommen hatte, Schubert probte. Selbst das Gezwitscher der Vögel klang verflüssigt. Billie saß an jenem Nachmittag wie üblich am Steuer, als sie mit dem verbeulten Citroën hinunter in die Stadt fuhren, um einkaufen zu gehen, immer schön vorsichtig mit fünfundzwanzig Stundenkilometern. Sie parkten den Wagen unerlaubterweise draußen vor dem Freizeitzentrum am unteren Ende des Parks, neben der Bibliothek, auf einem Platz, den sie bereits als ihr Eigentum betrachteten. Wenn sich dort jemand anders hingestellt hätte, wären sie empört gewesen. Dann patschten sie durch den Matsch hinüber zum Café. Die Gäste hatten schon viel Dreck hereingeschleppt. Ihr Auftritt war allemal aufsehenerregend. Wenn Billie mit ihrem Gehstock und ihrem huldvoll-blicklosen Lächeln eintrat, musste alles innehalten. Man stand für sie Spalier wie für ein gekröntes Haupt. Die Angestellten – junge Leute mit Piercings, pink und blau gefärbten Haaren, bauchfrei sogar bei diesem Wetter – wussten schon, was sie haben wollten, sie mussten gar nichts sagen. Kate nahm jedes Mal einen schwarzen Kaffee, Billie eine heiße Schokolade und Shortbread. Billie war neuerdings ganz wild auf Süßes. Überschwänglich bedankte sie sich bei den Angestellten, die ihnen das Gewünschte brachten, und nannte sie allesamt Jenny und Polly, unabhängig vom Geschlecht. Dass es hier seit Neuestem dieses Café gab, inmitten von lauter Vorstadtläden, hatte dazu geführt, dass diese schäbige viktorianisch-edwardianische Wohngegend mit ihrer bunten Mischung aus weißen und bengalischen Familien, Studenten und teils interessanten, teils verrückten Eigenbrötlern auf einmal wie eine kleine Gemeinschaft wirkte. An den Wänden des Cafés stellten Künstler aus dem Viertel ihre Arbeiten aus, zusammen mit Anzeigen für Drum-'n'-Bass-Workshops, Yogakurse oder Online-Gruppen für kreatives Schreiben.

Kate ging für Billie extra Zucker holen, und als sie zurückkam, wurde sie von einem Jungen aufgehalten, der am Nebentisch saß. Sie war sich sicher, dass sie ihn kannte. Ein ehemaliger Schüler? Sie war es ja gewohnt, dass ihr ständig irgendwelche mehr oder minder goldigen Jungs oder Mädels über den Weg liefen. Doch dieses Gesicht – breit, mit fettiger, elfenbeinfarbener Haut und von schweren Lidern verhangenen Augen, das lange kupferbraune Haar, das hinter die Ohren gestrichen war – an irgendwen erinnerte er sie. Sie überlegte krampfhaft und versuchte es mit einem Lächeln, während sie sich mit ihren Zuckerbriefchen an seinem Platz vorbeischlängelte, wobei ihr die Briefchen aus der Hand fielen und auf seinem Tisch landeten.

»Bist du nicht der Sohn von David Roberts?«

Was David über den Jungen erzählt hatte, hatte sie nicht neugierig gemacht. Sie hatte ihn sich mit so einem unkleidsamen Fahrradhelm vorgestellt, langweilig, ausschließlich darauf fixiert, sich in selbstquälerischen Prüfungen seine körperliche Tüchtigkeit zu beweisen. Er hatte zu kämpfen, um sich aus jener Versunkenheit herauszureißen, in der die jungen Leute miteinander verkehren; es saßen noch drei andere mit am Tisch, zwei Jungen und ein Mädchen. Sie merkte, wie die sie taxierten – sie, eine Frau in mittleren Jahren.

»Kann schon sein.«

»Du siehst ihm aber nicht besonders ähnlich. Du kommst wohl eher nach Francesca, was?«

Er war komplett anders, als sie ihn sich unvorsichtigerweise vorgestellt hatte. Als sie seine Mutter erwähnte, hellte sich seine Miene auf, wurde ausdrucksvoll und aufmerksam. Er stand halb von seinem Stuhl auf.

»Haben Sie sie denn gekannt?«

»Ich war mit ihr befreundet, auf dem College. Und mit Carol bin ich immer noch befreundet.«

»Okay, cool. Ich kenne kaum Leute, die sich noch an sie erinnern. Bis auf Tante Carol. Und meine Großmutter natürlich.«

»Du meinst Francescas Ehrfurcht einflößende Mutter? Von der hab ich ewig nichts gehört.«

»Die ist echt toll. Ja, der geht's richtig gut.«

»Wohnen Sie hier?«

»Ich hab ein paar Jahre in London gelebt. Aber jetzt bin ich wieder zurück. Ich bin hier in Cardiff aufgewachsen.«

»Ich würde nicht mehr zurückkommen«, sagte einer der Jungen, ein Stämmiger mit Sommersprossen und rötlich braunem Haar.

»Klar«, räumte Kate ein, »man will so schnell wie möglich weg. Aber so ist das nun mal. Wie mit der Geburt. Erst kann man gar nicht schnell genug rauskommen, und dann versucht man sein ganzes Leben lang, wieder reinzukommen.«

Kate wusste, wie sie die jungen Leute amüsieren konnte; für irgendwas mussten die vielen Jahre ihres Lehrerinnendaseins ja gut gewesen sein. Beim Unterrichten entwickelte man gewisse Techniken, wie am besten mit ihnen zu reden war; besonders die Mütter hatten immer diesen schrecklichen Ton drauf, diesen überredenden, erklärenden Ton. Sie schaute lächelnd von einem zum anderen und erkannte unumwunden an, dass das Mädchen hübsch war, braune Haut, möglicherweise Iranerin, mit Mandelaugen, und diese starren schwarzen Wimpern wie Balken aus Kajal. Möglicherweise war sie Jamies Freundin, oder wäre es zumindest gern. Waren die Mädchen denn nicht immer noch so gepolt? Aber vielleicht träumte sie ja auch davon, Investmentbankerin oder Zahnärztin zu werden.

»Und du machst bald dein Abi, Jamie? Stimmt doch, oder? Bist du ein heller Bursche? Was willst du studieren?«

»Klar ist er ein heller Bursche«, sagte das Mädchen teils stolz, teils neiderfüllt.

Jamie zog ein Nicht-der-Rede-wert-Gesicht. »Ich weiß

noch nicht genau. Keine Ahnung, was ich machen soll, entweder Englisch oder Philosophie.«

»Mach English«, sagte Kate unumwunden. »Wozu willst du dein Leben damit verplempern, irgendwelche schlauen Methoden zu lernen, wie man Dinge, die eh jeder weiß, neu darstellen kann? Und Kunst ist noch viel schwieriger.«

Er lächelte vorsichtig. »Ich würde mich irgendwann mal gerne mit Ihnen über meine Mutter unterhalten. Wenn Sie nichts dagegen haben. Ich würde gerne mehr über sie erfahren.«

»Francesca – ist das deine Mutter?«, fragte das Mädchen verwundert. Dann hatte er ihr also noch nicht viel Einblick in seine Privatsphäre gewährt.

»Ich wäre aber keine sehr verlässliche Zeugin«, wandte Kate ein. »Als wir uns kannten, waren wir nicht viel älter, als du jetzt bist. Das ist lange her. Ich erinnere mich bestimmt nur noch an die eine oder andere lustige Sache.«

»Grade die lustigen Sachen würden mich interessieren.«

Daraufhin gab sie ihm ihre Nummer und erklärte, wie er zu ihrem Haus käme, wo oben in dem kleinen Glasfenster über der Tür in schwarzen und goldenen Lettern der Name stehe.

»Du kannst ja mal vorbeigeradelt kommen. Dein Vater sagt, du interessierst dich für Fahrräder. Wir haben uns zufällig im Millennium Centre getroffen.«

Jamie lachte. »Der hat echt keine Ahnung. Ich fahr überall mit dem Rad hin. Aber das heißt doch nicht, dass ich mich für Fahrräder interessiere.«

Kate hätte nichts dagegen gehabt, wenn er in einer ihrer Seminargruppen gewesen wäre. Eher ein Tolstoi-Typ, jedenfalls kein Dostojewski-Typ, die gab's wie Sand am Meer. Doch Billie wartete ungeduldig auf ihren Zucker, und hätte ihr nicht Jamie, der schon halb auf seinem Fahrrad saß, hüpfend auf einem Bein zum Abschied noch einmal durchs Fenster zugewinkt, dann hätte Kate über all dem Schokolade-Umrühren, dem Papierserviette-Hineinstopfen in Billies weißen Peter-Pan-Kragen und dem ganzen anderen ritualisierten Firlefanz gar nicht gemerkt, dass die jungen Leute gegangen waren. Jetzt sah sie selber, was für eine schäbige alte Mühle das war, noch nicht mal ein Rennrad (und dass er keinen Helm trug). Der wird sich garantiert nicht bei uns in der Villa Firenze blicken lassen, dachte sie. Und wenn er sich's genauer überlegt, dann wird er sich bestimmt lieber seine eigenen Vorstellungen von Francesca bewahren wollen, was vermutlich auch das Beste wäre.

Sie hatte auf dem Postamt eine Ansichtskarte gekauft, die sie jetzt zusammen mit ihrem Füllfederhalter aus der Handtasche kramte: ein Foto der imposanten Justitia-Statue über dem Crown Court im Stadtzentrum, mit verbundenen Augen und pendelnden Waagschalen. *Lieber Max*, schrieb sie, indem sie ihre schräge schwarze Schrift auf die Hälfte ihrer normalen Größe zusammenquetschte; sie wollte die Karte nicht in einen Umschlag stecken müssen, damit auch Sherie sie lesen konnte.

*Grüße, mir geht's gut in den kultivierteren* mœurs de provence. *Meine Tage gehören ganz der Kunst und meine Nächte dem Cellisten in unserem neuen Quartett. Und bei euch so? Kate.*

Das entsprach indes nicht ganz der Wahrheit. In Wirklichkeit reizte der Cellist sie nicht im Mindesten, wobei sie ihm zutraute, dass er sich, wenn sie Lust dazu hätte oder der Verzweiflung nahe wäre, schon überreden lassen könnte, eine ebenso melancholische wie unerwiderte Leidenschaft für sie zu hegen. Das würde jedenfalls zu seinen traurigen, verwaschenen und verschossenen Paisley-Hemden passen, zu seiner Löwenmähne, die er sorgsam über die eine oder andere kahle Stelle drapiert, und zu seiner Obsession, ständig von seiner Scheidung zu reden und diese als zumindest teilweise Erklärung für sein Verhalten zu bemühen, wie diese heiligen Märtyrer auf alten Gemälden, die das Rad, auf das man sie geflochten hat, mit sich herumtragen.

Als David eines Abends von der Arbeit nach Hause kam, saß außer Giulia auch noch die neue Lehrerin, Menna, die Wahrsagerin, in seinem Wohnzimmer. David hatte an einer behördenübergreifenden Übung teilgenommen, bei der in einem großen Saal eines Freizeitzentrums, der für Veranstaltungen angemietet werden konnte, Szenarien für den Fall von Hochwasser in der Themsebucht geprobt wurden: Unterschwellig hatte er den ganzen Tag den Hall und das Geplätscher eines Schwimmbeckens sowie das Aufprallen von Bällen, vielleicht von einem Basketballfeld, im Ohr gehabt. Bei diesen Aktionen war jede der verschiedenen Behörden und Institutionen darauf erpicht, sich mit ihren jeweiligen Positionen am besten durchsetzen zu können, und dabei stand das staatliche Gesundheitswesen ganz unten auf der Tagesordnung. »Wir können schließlich nicht warten, bis ihr in euren Büchern nachgeschaut habt«, hatte einer der Polizisten ihm irgendwann erklärt.

Die Frauen saßen bei zugezogenen Vorhängen im Lampenschein und tranken Wein, hockten inmitten von lauter Kissen auf dem Boden, steckten die Köpfe zusammen und unterhielten sich angeregt: Giulia war dunkelblond, Suzies Haar war honigfarben und das der Neuen, die etwas von einer Porzellanpuppe hatte, glänzend schwarz und zu einem langen Zopf geflochten. Als er in seinem dicken Mantel und mit seiner Aktentasche in der Tür stand, blickten sie kurz auf und hielten inne, aber nur so, als wäre er ein Stein, der in ihren Fluss gefallen war und dessen Lauf einen Moment lang gestört hatte. Auch das Gesicht der Neuen hatte etwas Puppenhaftes: makellose weiße Haut, alles darin etwas klein geraten, doch symmetrisch, die Augen fast schon brennend und wie dunkle Kohle, umrandet mit schwarzem Kajal. Die Kinder, mit Jamie in der Mitte, saßen zusammengekuschelt nebenan in der Fernsehecke und guckten *Eastenders*. David und Suzie waren sich uneins, ob die Serie für sie das Richtige war: Er machte sich Sorgen, dass sich das mürrische Gezänk ihrem kindlichen Gemüt einprägen könnte, sie aber sagte bloß, wenn er nicht wolle, dass sie sich das ansehen, müsse er eben früher nach Hause kommen und etwas anderes mit ihnen unternehmen. Außerdem sagte sie, wenn sie die Serie nicht sehen dürften, würden sie sich in der Schule den anderen Kindern gegenüber als Außenseiter fühlen, und da biss er sich lieber auf die Zunge und behielt seine Überzeugung, dass es manchmal durchaus etwas für sich haben konnte, ein Außenseiter zu sein, lieber für sich. Das Haus war ganz in die gemütliche Abendstimmung versunken; das Abendessen, was immer es gegeben haben mochte, war in der Küche weggeräumt, und der Geschirrspüler malmte. David schenkte sich ein Glas Wein ein – die Frauen waren schon bei der zweiten Flasche – und suchte sich im Gefrierschrank irgendwas aus, das ungefähr die richtige Form und Größe hatte, um es in der Mikrowelle warm zu machen.

»Tut mir leid«, rief Suzie rüber in die Küche. »Ich hab dir gar nichts aufgehoben. Ich wusste ja nicht, wann du fertig bist.«

Als er sein klebriges Essen aufgegessen hatte und es sich mit seinem Wein auf dem Sofa bequem machte, verstummte ihre Unterhaltung nach und nach – konspirativ. *Eastenders* war zu Ende, und Joel kam angerannt, kletterte ihm auf den Schoß, kuschelte sich zusammen und schlang ihm einen Arm um den Hals; sein leichter kleiner Körper fing gerade an, sich zu strecken und den Babyspeck zu verlieren. Hannah nahm mitten im Zimmer Aufstellung und bot diverse Ballettpositionen dar, alle korrekt, doch ohne Grazie ausgeführt.

»Wusstest du schon, dass Menna wahrsagen kann, Daddy?«

»Ach ja, David«, drängte ihn Giulia, die immer begeistert war, wenn jemand eine bestimmte Gabe hatte. »Du könntest dir doch auch mal von Menna dein Schicksal vorhersagen lassen? Hast du Spielkarten da, Suzie?«

»Das würde er nie machen«, sagte Suzie, ohne ihren Mann anzusehen.

»Es ist richtig unheimlich. Menna erzählt dir Sachen über dich, von denen du gar nicht glauben kannst, dass sie sie weiß.«

»Ich glaube kaum, dass mich das reizen würde«, sagte David entschieden.

Worauf Hannah Jamie aus der Kuschelecke zerrte und ihn zwang, sich im Schneidersitz auf den Teppich zu setzen, um sich die Zukunft voraussagen zu lassen: So hatte er sich schon immer ihren Befehlen unterworfen, auch als sie noch ganz klein war schon. David hatte keine Ahnung, was Jamie dachte; er lächelte ein wenig, aber das konnte auch Ironie bedeuten, oder er war einfach nur dicht. Die Frauen und Kinder sahen aufmerksam zu, Hannah atmete laut mit offenem Mund. Diese Menna war vermutlich eher in Jamies Alter als in ihrem.

»Möchtest du das?«, fragte sie ihn.

Jamie sagte, er habe nichts dagegen. Geschickt mischte sie die Karten, reichte sie ihm, damit er den Stapel erneut in zwei Hälfen teilte, und legte danach forsch und mit geübtem Griff die Reihen hin. Ihre Hände waren klein, die Finger wund und um die abgeknabberten Nägel herum geschwollen; sie veranstaltete kein magisches Brimborium, doch ihre sachlich-konzentrierte Art hatte durchaus etwas Gebieterisches. David konnte sich der Vorstellung nicht erwehren, dass sie alles, was andere von sich preisgaben, gierig aufsaugte, um es später triumphierend wieder hervorzuholen. Mit plötzlich bedeutungsschwerer Langsamkeit deckte Menna zuerst eine Karte auf, dann noch eine; ihr Blick huschte nach oben zu Jamies Gesicht. »Der Beobachter«, sagte sie, »von seinem Aussichtspunkt: viel Himmel.«

Suzie stieß Giulia triumphierend in die Seite. Standhaft lächelnd schaute Jamie Menna in die Augen.

»Bücher«, sagte sie, und dabei runzelte sie die Stirn und sah ins Leere. »Viele Bücher. Ich kann noch nicht lesen, was drinsteht.«

Bedächtig drehte sie mit einem Schnippen die nächste Karte um. Ein winziges Zucken der Schulterblätter ließ erahnen, dass sie überrascht war. David fand das alles durchaus effektvoll.

»Aha«, sie lachte. »Sehr interessant!« Und dann mit einem Blick zu den beiden Frauen: »Ärger.«

»Was denn für Ärger?«, fragte Suzie.

»Na, halt das Übliche. Was denkst denn du, in seinem Alter?«

»Hey, Jamie.« Giulia tätschelte ihm beruhigend die Schulter. »Du musst nicht hierbleiben, wenn du nicht magst.«

Jamie zuckte nur die Achseln und guckte amüsiert. »Ist vielleicht gar nicht schlecht, wenn ich schon mal Bescheid weiß«, sagte er.

Schließlich brach David den Bann und stand auf. »Höchste Zeit, dass die Kinder schlafen gehen. Ich bringe sie nach oben.«

Sogleich brach ein wütendes Protestgeschrei los. Menna, die gerade die nächste Karte aufdecken wollte, hielt inne.

»Lass sie doch noch ein bisschen zugucken«, bettelte Giulia. »Die paar Minuten … ist ja gleich fertig.«

Menna drehte die Karte langsam um und starrte sie an. Dann schüttelte sie den Kopf. »Alles weg«, sagte sie verdutzt, in einem Ton, als gehe sie das alles gar nichts an. »Ich bin irgendwie blockiert. Ich sehe nichts.«

Sie schob die Karten weg und brachte die sorgfältig eingeteilten Stapel durcheinander.

»Och Mensch, David!«, klagte Suzie mit echtem Bedauern in der Stimme. »Das warst du. Das ist deine Schuld.«

David brachte die Kinder ins Bett. Hannah war und blieb unversöhnlich; sie schmollte, sie spuckte Joel ihre Zahnpasta auf die Füße und weigerte sich sogar zuzuhören, als David ihnen etwas vorlas. Joel durfte sich etwas Beruhigendes aussuchen; seine Lieblingsgeschichten handelten von Eisenbahnkatzen, lustigen Postboten oder braven kleinen Zügen, während sich Hannah immer was zum Gruseln aussuchte, was ihr kleiner Bruder jedoch mit stoischer Ruhe ertrug.

David hatte den Eindruck, dass Joel ganz froh war, seinen Vater mal für sich alleine zu haben; er erzählte ihm ein paar wirre Geschichtchen aus dem Kindergartenalltag und wünschte sich eine Versicherung, dass all die Dinge, die ihm seltsam und willkürlich vorkommen mussten, sich doch auf irgendeine rätselhafte Weise zu etwas Sinnvollem fügten. Er umfasste Davids Gesicht mit seinen kleinen Händen und drehte es so, dass er und David einander direkt in die Augen schauten und er sich der ungeteilten Aufmerksamkeit seines Vaters ganz sicher sein konnte. Während David Joel beruhigte, hörte er, wie Jamie die Leiter zu seinem Dachboden herunterließ und sie hinter sich wieder hochzog.

Als David zurückkam, unterhielten sich die Frauen unten im Wohnzimmer leise miteinander; es war nicht zu übersehen, dass seine Einmischung nicht erwünscht war. Er hörte Suzie von ihren Eskapaden im Teenageralter erzählen, wie sie mit ihrer Freundin auf Rockfestivals ging und hinterher Jungs mit ins Zelt brachte. Da war sie gerade mal vierzehn gewesen.

Als sie und David das erste Mal zusammen waren, hatte sie ihm diese Storys erzählt, zumindest einige davon, einschließlich der Tatsache, dass sie sich bei einem der Jungs einen Herpes eingefangen hatte und danach zu einer Ambulanz für Geschlechtskrankheiten gehen musste. Damals hatte ihn das nicht weiter schockiert; er war schließlich Arzt, er war es gewohnt, praktisch an die Dinge heranzugehen. Aber dass sie diese Storys jetzt erzählte, hier in Gegenwart dieser Frau, die sie kaum kannte, und in einem Ton, als sei das alles furchtbar lustig oder gar glamourös und verrucht gewesen, *das* schockierte ihn dann doch. Er verzog sich in sein Arbeitszimmer, um E-Mails zu checken.

Als Suzie ins Bett kam, merkte er, dass sie noch ziemlich viel getrunken hatte; sie stolperte über ihre Schuhe und fluchte leise vor sich hin, und anstatt ihre Sachen ordentlich zusammenzulegen oder in den Wäschekorb zu werfen, ließ sie sie dort fallen, wo sie sie ausgezogen hatte. Sie duschte lange, um wieder nüchtern zu werden. Als sie ins Bett gekrabbelt kam, hatte er auf seiner Seite schon das Licht gelöscht und die Augen geschlossen und tat so, als würde er schlafen. Suzie drückte sich so fest an seinen Rücken, dass ihm ganz heiß wurde.

»Erzähl mir von Francesca«, bettelte sie mit dem Gesicht an seine Schlafanzugjacke gekuschelt, wodurch sich ihre Stimme so gedämpft anhörte, dass er im ersten Moment gar nicht sicher war, ob er richtig gehört hatte.

»Wozu denn? Ich schlaf doch schon.«

»Erzähl's mir. Es ist sehr wichtig.«

»Was soll ich dir denn da noch erzählen? Du weißt doch schon alles.«

»Nein, weiß ich nicht. Wir reden so gut wie nie von ihr.«

»Wenn jemand tot ist, gibt's nach einer Weile eben nichts Neues mehr zu sagen. Das ist ganz normal.«

»Du nimmst immer alles so gelassen. Wenn ich jetzt sterben würde, wärst du dann auch so ruhig?«

Er drehte sich um und sah sie im Dunkeln an.

»Früher wolltest du nie über diese Dinge reden.«

»Ich weiß. Aber jetzt muss ich ständig an sie denken.«

»Hör auf, an sie zu denken. Es war eine traurige, furchtbare Geschichte. Besser, man vergisst sie.«

»Wie habt ihr geschlafen, wenn ihr zusammen im Bett gelegen habt? Welches war ihre Lieblingsseite? Was hat sie angehabt im Bett?«

David dachte artig nach.

»Ich kann mich nicht erinnern«, sagte er. »Ich weiß nicht mehr, was sie anhatte.«

»Du musst dich doch erinnern können.«

»Unsere Arbeitszeiten waren so verschieden. Manchmal musste ich, wenn sie ins Bett kam, aufstehen und zur Arbeit gehen.«

Dann fiel ihm wieder ein, dass Francesca, als sie hochschwanger war, nur im Sessel sitzend schlafen konnte. Das war auch die Phase, wo sie anfing sich vorzustellen, dass in ihrem Bauch kein Baby wächst, sondern ein Dämon, der sie gleich nach der Geburt aufschlitzt und sie tötet. Aber das wollte er Suzie nicht erzählen.

Am nächsten Abend hatte David früher Feierabend, weil eine Sitzung abgesagt worden war, und so beschloss er, einer plötzlichen Eingebung folgend, nicht direkt nach Hause zu fahren, sondern an der nächsten Ampel rechts abzubiegen und Kate Flynn zu besuchen. Es war schon ein paar Wochen her, dass er nach dem Oratorium mit bei ihr gewesen war. Auf dem Rücksitz seines Wagens, irgendwo zwischen Taschentuchpackungen und leeren Chipstüten, schlingerte dieses unmögliche Buch hin und her, das sie ihm geliehen hatte; zu Hause hatte er es aufgeschlagen und gemerkt, dass er es gar nicht lesen konnte. Er war verwirrt und auch einigermaßen gekränkt gewesen und hatte sich vorgenommen, es Kate einfach irgendwann in den Briefkasten zu stecken und sich die Mühe zu sparen, sie noch einmal aufzusuchen.

Aber vielleicht war ihr ja wirklich ein Irrtum unterlaufen. Sei's drum, als er jetzt in der Dämmerung vor der Villa Firenze stand, irgendwo in den Tiefen des Hauses ein fernes Läuten hörte und minutenlang niemand öffnen kam, war er jedenfalls enttäuscht. Die Säulen des Portikus waren hinfällig und verrostet, die weißen Stufen von schwarzem Schimmel überzogen. Durch die Fenster zu beiden Seiten der Tür konnte er nur die Veranda mit ihrem im Schachbrettmuster gefliesten Boden, den leeren Blumentöpfen und den vor sich hin rottenden Liegestühlen erkennen; die halb heruntergezogenen cremefarbenen Fransenrollos waren völlig verschlissen. Kate Flynn war offenbar nicht da, und nun erst wurde ihm bewusst, dass er eigentlich den Wunsch hatte, sich mit ihr zu unterhalten. Er verstaute ihr Buch unterm Mantel, um es vor dem feinen, schräg heranwehenden Nieselregen zu schützen, der eingesetzt hatte, als er aus dem Auto gestiegen war; er versuchte gar nicht erst, es in den Briefkasten zu werfen (der ohnehin schlicht zu klein war). Reden war noch nie seine Stärke gewesen: Suzie beklagte sich ständig darüber, selbst seine Mutter hatte ihn schon damit aufgezogen.

Auch während seiner kurzen Ehe mit Francesca war er ebenfalls immer der große Schweiger gewesen, der, dem die Lippen versiegelt waren. Bei der Arbeit redete er natürlich, aber dort blieb es ja nicht folgenlos, wenn er etwas sagte, dort ging es um wesentliche Dinge. Er wusste gar nicht, woher auf einmal dieser Drang kam, seine geheimsten Gedanken herauszusprudeln, ein Drang, so scharf und zielgerichtet, wie derartige Gelüste nun eben einmal sind.

Er klappte seinen Kragen hoch gegen den Regen und wollte wieder zurück zum Auto, er tastete in seiner Tasche nach den Schlüsseln, und als er aufsah, erblickte er Kate und ihre Mutter, die vom Park her über die Straße kamen, Kate mit einem großen schwarzen Regenschirm, den sie über ihre beiden Köpfe hielt. Im Freien sah Mrs Flynn noch gebrechlicher aus, dick eingemummelt, mit Schal und brauner Häkelmütze; sie ging am Stock, den Kopf gesenkt, den Mund vor Anstrengung halb offen. Kate mit ihrem schwarz-weiß karierten Wollmantel war zwar nicht übermäßig fürsorglich, passte sich aber dem langsamen Tempo ihrer Mutter an und trug ihren Blick fürs Höhere zur Schau, der, obwohl sie nicht gerade hochgewachsen war, alles von oben zu betrachten schien, die Baumwipfel, die Dächer der Häuser und der vorbeifahrenden Autos. Auf einmal war David richtig schüchtern. Er meinte, in Kates Miene lesen zu können, was sie empfand, als sie ihn erkannte: zuerst Leere, dann Verblüffung und schließlich eine leichte Gereiztheit, und er erinnerte sich an die Wochenenden, als er so elf, zwölf Jahre alt war und Carol und sie sich widerwillig bereit erklärt hatten, »auf ihn aufzupassen«, wenn seine Eltern verreist waren; damals hatte er entrüstet feststellen müssen, dass er deutlich zuverlässiger und vernünftiger als die beiden war.

»Ich seh schon, es passt grad nicht«, erklärte er. »Ich wollte dir bloß dein Buch zurückbringen. Ich komme ein andermal wieder.«

»Nein, nein, bitte bleib doch«, sagte Kate. »Wir können Gesellschaft gebrauchen. Vielleicht könntest du Mummy reinbringen. Ich setze schon mal Wasser auf.«

Mrs Flynn gab nicht zu erkennen, ob sie wusste, wer David war; sie überließ sich einfach seiner Fürsorge. Gemeinsam gingen sie den Seitenweg entlang zur Haustür; der Asphalt war an manchen Stellen schadhaft, hatte tückische Löcher oder war teilweise holprig und von darunterliegenden Baumwurzeln aufgerissen, weshalb die alte Dame sich mit ihrer freien Hand an Davids Arm festhielt. Aus den offenen Fenstern der Eingangshalle schlug ihnen der kalte Atem des Hauses entgegen, es roch nach saurer Milch und feuchten Handtüchern. David hörte, wie Kate hinten in der Küche Wasser laufen ließ. Drinnen angekommen, fragte er Mrs Flynn, ob sie nicht ihren Mantel ausziehen wolle, und prompt begann sie artig, sich den Schal vom Hals zu wickeln. Jetzt, wo sie nicht mehr in Bewegung war, verfiel sie wieder in ihren alten, schon etwas eingerosteten, leicht herablassenden Charme.

»Der Park war herrlich«, sagte sie. »Sehr schön in Schuss gehalten alles.«

»Zieht euch bloß nicht aus«, rief Kate. »Dieser schreckliche Mensch war immer noch nicht da, um den Heizkessel zu reparieren.«

»Kate und ich, wir lieben unseren Park. Er macht uns

so viel Freude. Wir haben so ein Glück, dass wir ihn direkt vor der Haustür haben.«

»Ich find ihn total deprimierend«, sagte Kate, die, ebenfalls noch im Mantel, ein Tablett mit Tassen in den Salon brachte. »Wie auf dem Friedhof. Jeder neue Baum und jede Bank, auf die man sich setzt, erinnert an irgendwen, dessen Lieblingsplatz das früher mal war. Ich hab mich schon gefragt, wann ich eine finde, auf der mein Name steht. Wir mussten ins Gewächshaus gehen, um uns aufzuwärmen. Da sind jede Menge Spatzen rumgeflattert, ganz besoffen vor Glück, die dachten, es ist Sommer.«

»Und die wunderschönen Blumenrabatten!«, murmelte Mrs Flynn. Sie behielt artig ihren Mantel an.

Kate machte ein Gesicht, als ob sie Kopfweh hätte.

»Red doch keinen Unsinn, Mummy. Es ist ja noch nicht mal richtig Frühling. Alles, was schon rausgekommen war, hat neulich der Schnee wieder umgelegt, wir waren deprimiert, wir hatten kalte Füße, und dann hat's auch noch angefangen zu regnen. Und als wir David sahen, haben wir uns an ihn geklammert, weil wir ohne ihn vielleicht in bodenloser Verzweiflung untergehen würden.«

Sie suchte die Streichhölzer, zündete den Gasheizofen an und brachte die unter einer schmutzigen wollenen Wärmehaube verborgene Teekanne herein; draußen schien die Dunkelheit rasch voranzuschreiten, was wohl auch den abgestorbenen Kletterpflanzen geschuldet war, die als verfilzte, vom Regen durchweichte Matte von der Veranda hingen. Sie saßen im Schein des Gasheizofens; Kate hockte auf einem Kissen am Boden und machte keine Anstalten, das Licht einzuschalten, sondern wärmte sich die Hände an ihrer Teetasse, die vielen Armreifen an ihren dünnen Handgelenken klimperten ordentlich. Die Tassen waren aus Knochenporzellan, winzig klein und mit Rosenknospenmuster; David hatte seine nach einer halben Minute ausgetrunken.

»Du hast mir ein Buch gegeben, das ich nicht lesen konnte«, sagte er und hielt es ihr hin.

»Ach so?« Kate guckte gar nicht richtig hin. »Was denn für eins?«

»Nicht, weil's zu schwierig war. Es ist in einer Sprache, die ich nicht lesen kann. Ich glaube, Polnisch oder so. War das Absicht? Was wolltest du mir damit sagen?«

Kate schlug das Buch rasch auf und klappte es gleich wieder zu, und dabei lachte sie ihr lautes Lachen, das ihn mitunter regelrecht erschreckte.

»Ach, jetzt weiß ich's wieder. Du hast ja gar nicht lockergelassen. Ich hab nicht verstanden, warum du unbedingt wolltest, dass ich dir was zu lesen aussuche, und da hab ich einfach nach dem erstbesten Buch gegriffen. Ich hatte schon so eine Ahnung – hinterher. Entschuldige bitte! Das war richtig gemein von mir, nicht wahr? Kannst du mir noch mal verzeihen? Es ist tatsächlich Polnisch. Ich such was anderes für dich raus. Falls du überhaupt noch willst.«

»Ich weiß einfach nicht, wo anfangen, das ist alles.«

»Das ist ja rührend, dass du, ein Mann in der Mitte seiner Jahre, bereit bist *anzufangen*. Wie bei einer Erwachsenentaufe, wo Gemüsehändler und Versicherungsvertreter sich, in weiße Laken eingehüllt, mitten im Winter in irgendwelchen Teichen untertauchen lassen.«

»In der Mitte meiner Jahre?« David war leicht konsterniert.

»Aber das sind wir doch, nicht wahr? Du bist vierzig, richtig? Das ist doch ungefähr die Mitte, oder nicht? Ich weiß nie genau, wie alt ich mich fühle. Manchmal denk ich, das Leben fängt grade erst an, und manchmal fühl ich mich ausgelaugt wie eine Mumie, die nicht sterben darf. Du bist viel mehr mit dir im Reinen, oder? Du weißt anscheinend ganz genau, wer du bist.«

David drehte seine leere Teetasse um, legte die Stirn in Falten und horchte in sich hinein.

»Mag sein, dass ich nach außen hin …«

»Nach außen hin – das ist gut. Tu dir keinen Zwang an, du willst mir doch wohl nicht erzählen, dass du nicht mit dir im Reinen bist, also, noch nicht? Ich hab immer den Eindruck, du bist total gefestigt. Iss nicht so viele Kekse, Billie, das tut dir nicht gut.«

»Ich habe Hunger, Schätzchen. Was gibt es denn zum Abendessen?«

»Du hast schon wieder Hunger? Wir haben doch gerade erst Mittag gegessen. Komm mal her, ich helf dir aus dem Mantel, jetzt ist es ja warm hier drin.«

Die alte Dame stand auf und ließ es sich gefallen, dass Kate an ihr herumzottelte, um sie aus ihrer unförmigen Verpackung zu schälen, unter der sie etwas Zitronengelbes trug.

»Kate kümmert sich so wunderbar um mich. Wissen Sie, was für ein großartiges Mädchen sie ist? ›Soll ich Ihnen mal was sagen, Mrs Flynn?‹, hat ihr Professor, ich weiß leider nicht mehr, welcher, bei der Abschlussfeier zu mir gesagt: ›Sie ist was ganz Besonderes. Wir müssen sehr, sehr gut auf sie aufpassen‹, hat er gesagt.«

»Lass gut sein, Mummy. Wirklich, lass gut sein. Dieser

Professor ist schon lange tot, und die Erwartungen, die man in meiner Jugend in mich gesetzt hat, hab ich leider alle enttäuscht. Einfach nur traurig.«

»Das ist ihr Charakter«, flüsterte Mrs Flynn David vertraulich zu. »Das hat sie von ihrem Vater. Er war Ire. Der war auch so, ein großartiger Mann: ein Geiger.«

»Billie glaubt zutiefst an Großartigkeit. Sie glaubt auch an andere schöne Sachen, Zivilisation und Fortschritt und so was.«

»Also, an den Fortschritt glaube ich auch«, sagte David. »Ist das denn so lächerlich?«

»Ich nehme an, in deinem Beruf muss man das wohl.«

»Kanalisation, Impfungen, fließend Warmwasser, Dusche, Bad, WC – sind das etwa keine guten Erfindungen?«

»Jetzt weiß ich's: Du solltest *Madame Bovary* lesen, das kann deine erste Aufgabe sein: Die umfassendste Verachtung der Idee des Fortschritts, die es je gab. Solltest du danach nicht zumindest halbwegs überzeugt sein, müsste ich dir allerdings ein paar Punkte abziehen. Es ist kein Buch für Tugendbolde.«

Sollte das etwa heißen, dass Kate ihn für einen Tugendbold hielt?

»Außerdem musst du es dir selber kaufen, das verborge ich nämlich nicht. Aber du bekommst es überall für drei Shilling oder so. Und wenn du es nicht auf Französisch lesen kannst, dann hast du Pech gehabt. Die Übersetzungen sind alle gleich schlecht.«

Plötzlich merkte David, wie er ihr irgendwas über John Snow und seine Choleraforschung erzählte und was die Wasserpumpe in der Broad Street mit den Anfängen einer wissenschaftlichen Epidemiologie zu tun hatte, und dabei hatte er gar nicht vorgehabt, so sehr ins Detail zu gehen; Mrs Flynn hörte ihm lächelnd und dem Anschein nach mit äußerst lebhaftem Interesse zu. Er wollte Kate seine Begeisterung für eine gewisse Tradition eines pragmatischen Fortschrittsglaubens erklären, für die allmählich sich vollziehenden unromantischen Verbesserungen im Alltag der Menschen.

»Ich weiß nicht, wie ich hier leben soll, in diesem Haus«, sagte Kate auf einmal ganz ernst zu ihm. »Klingt merkwürdig, oder? Ich hab meine gesamte Kindheit hier zugebracht und bin seit Jahren beinah jedes zweite Wochenende hier. Aber ich hab keine Ahnung, wie ich hier meine eigene Note reinbringen soll. Es ist, als ob in all den Jahren, die ich weg war, überhaupt nichts passiert wäre.«

David schaute sich im Zimmer um und versuchte, ihr ein paar Anregungen zu geben. »Und wenn du ein paar mehr von deinen eigenen Sachen herholst?«

»Ich beklag mich ja nicht. In gewisser Weise genieße ich dieses Gefühl sogar. Das mit der persönlichen Note kann auch ganz schön nerven, also, wenn man sich immer bloß an denselben alten Vorstellungen orientiert. Zur Abwechslung ist es doch auch mal schön, beispielsweise dich wiederzusehen. Also, wenn ich an ein paar andere Freunde von mir denke, bist du die reinste Erholung.«

Sie fingerte in einer Schachtel, die auf dem Kaminsims lag, nach einer Zigarette und betrachtete sich ebenso unverhohlen wie stirnrunzelnd in dem rechteckigen vergoldeten Spiegel dort. »Wo hab ich bloß die Streichhölzer gelassen? Ich krieg andauernd diese sexy silbernen Feuerzeuge geschenkt, die ich so liebe, aber ich verlier sie immer wieder.«

David stand auf und brachte ihr die Streichhölzer, doch ihr galant Feuer zu geben fiel ihm erst ein, als es schon zu spät war.

»Ich sollte langsam gehen«, sagte er mit Blick auf den angelaufenen Spiegel, der aussah, als breite sich in seinem Glas eine schwarze, bis in alle vier Ecken reichende Flechte aus. Kates Abbild – ohne ein Lächeln – sah noch unsicherer aus, als sie tatsächlich war. »Mein Enthusiasmus langweilt dich.«

Sie schüttelte beruhigend den Kopf, ihre Ohrringe schaukelten, sie blies den Rauch aus, seitwärts, damit er nichts abbekam. »Ich finde ihn romantisch, nicht langweilig. Wir Skeptiker sehnen uns doch nur danach, dass man uns widerspricht.«

»Tja, danach sehnen wir uns vielleicht auch, wir Enthusiasten.«

»Da hab ich noch nie drüber nachgedacht.«

»O nein. O nein«, stöhnte Kate laut vor sich hin, nachdem sie die Haustür hinter David geschlossen hatte. »O nein, bloß das nicht.«

Sie stand mit dem Rücken zur Tür, hielt mit einer Hand den kalten Metallknauf umklammert und lehnte sich so schwer an die Stelle, wo der Briefkasten von innen mit zwei hervorstehenden Schrauben befestigt war, dass es wehtat.

»Bloß das nicht, das ertrag ich nicht.«

»Kate? Was ist denn los?«, kam aus dem Salon die Stimme ihrer Mutter, die brav dort sitzen geblieben war, nachdem Kate sie verlassen hatte.

»Nichts! Bleib, wo du bist!«

Sie hatte David nachgeschaut, als er auf dem Weg zur Gartenpforte war, die Schultern unterm Mantel hochgezogen vor dem Regen. Wenn sie sich Mühe gab, konnte sie sich immer noch vorstellen, ihn unvoreingenommen und entspannt zu betrachten: gut aussehend, in sich gekehrt auf eine Art und Weise, die nichts Gutes ahnen ließ, etwas beschränkt, ernst. Er drehte sich nicht noch mal um, um ihr von der Pforte aus zuzuwinken. In einer Krisensituation, wenn er mit primitiven Emotionen konfrontiert wäre oder mit irgendetwas Anstößigem, würde er wahrscheinlich Vorsicht walten lassen: sich nach außen hin freundlich geben, innerlich jedoch eine tiefe Abneigung hegen. Unter dem dichten Pelz seiner Haare und in dem ruhigen Blick seiner braunen Augen, mit dem er ihren Worten ein klein wenig schwerfällig gefolgt war, blitzte hier und da eine geradezu tödliche Missbilligung auf. Er konnte ihr gefährlich werden. Sie musste ihre ganze Erfahrung aufbieten, um sich vor ihm zu schützen, vor diesem kalten, distanzierten Blick, den er jederzeit auf sie richten konnte.

»Kate? Was machst du denn da?«

Durch die ständige Nähe zu ihrer Mutter kam es Kate mitunter vor, als würde Billie in ihrem Kopf wohnen und sich darin bewegen. Das klassische Firenze-Knarzen war ihr vertraut wie eine Kindheitssprache; sie hörte ihre Mutter aus dem Sessel aufstehen.

»Ich mache gar nichts. Ich steh einfach nur hier rum.«

Sie rannte die Treppe hoch und schloss die Badezimmertür hinter sich ab, dann setzte sie sich auf den geschlossenen Klodeckel, krümmte sich und hielt sich den Bauch. Wie war das nur passiert? Welches war der Moment gewesen, in dem sie dem in ihrem Innersten verborgenen Verlangen erlaubt hatte, sie aufzufressen? Sie sah Davids Gesicht vor sich, breit, herzförmig; seine Haut, die dicke, zähe Haut eines Mannes in der Mitte seiner Jahre, mit starkem Bartwuchs, sorgfältig rasiert. Sie roch noch immer seine Seife und die Wärme, die von ihm ausging, so angenehm beruhigend; wenn sie an seine Ernsthaftigkeit dachte, an seine altmodische, zurückhaltende Art, dann schmolz sie förmlich dahin und kriegte weiche Knie. Hin und wieder blitzte hinter der umwölkten, in sich gekehrten Miene unerwartet schief sein Lächeln auf: Er war empfänglicher, als er selbst wusste; er war intensiver Gefühle fähig, hatte aber noch nie welche erlebt.

»Ich bin zu alt für so was«, sagte sie laut. »Diesmal überlebe ich es nicht.«

»Kate?« Ihre Mutter rüttelte am Türknauf. Sie hatte sich allein die Treppe hochgequält und ahnte selbst in ihrem so verwirrten Zustand die Krise. »Was machst du denn da drin? Was soll denn das?«

»Geh weg. Lass mich in Ruhe.«

Wenn sie doch bloß wieder arbeiten gehen könnte, sich beschäftigen, tumb und gefühlstaub bleiben. Genau das passierte Frauen immer, wenn sie zu viel Zeit zum Nachdenken hatten: Sie machten sich zum Durchflussrohr für sämtliche Leidenschaften des Universums, sie träumten offen alle Möglichkeiten, die vernünftige, hart arbeitende Menschen schön unter Verschluss hielten. Sie legte sich rücklings auf den Boden, auf das abgetretene alte, an manchen Stellen schon fast weiße, mit schwarzen Linien und rosa-weißen Rauten gemusterte Linoleum. Sie konnte sich erinnern, dass sie das schon einmal getan hatte, vor endlos langer Zeit, teenagermäßig überspannt bis zum Exzess. Damals hatte ihre Mutter auch so vor der Tür gestanden und am Knauf gerüttelt und gebettelt, sie solle aufmachen und ihr sagen, was sie habe.

Kates Kopf befand sich zwischen dem Sockel des Waschbeckens und der Seitenwand der riesigen alten Badewanne – immer noch dieselbe Wanne wie in ihrer Kindheit, die schon damals unmodern war, mit Löwenfüßen und mit diesen widerlichen Flecken innen drin. Sie war so altmodisch, dass sie schon wieder modern war; heutzutage ließen sich manche Leute so was extra einbauen. Wenn Kate hier in diesem Haus leben wollte, wenn sie wirklich zurückkommen und hierbleiben wollte, würde sie das Bad renovieren lassen müssen, eine Dusche installieren, alles erneuern und modernisieren und so herrichten, dass es auszuhalten war. Aus ihrer Perspektive konnte sie unter die Wanne gucken, wo das Linoleum endete und *Mopp & Bucket* sich nie hinverirrten und wo sie, wenn auch undeutlich, das schiere Grauen sah: Haare, Dreck und allerlei verschollene Sachen, eine alte Schachtel einer ausgestorbenen Marke Scheuerpulver, umgekippt und vergessen. Es roch nach abgestandenem Urin, egal wie oft sie hier geputzt hatten, jahrzehntealter Urin, hier ein paar Tropfen, da eine Lache, hatte sich durchs Linoleum durchgefressen bis in die Dielenbretter, die darunter waren.

Kate wusste, das war der Moment, wo sie hätte vom Badezimmerfußboden aufstehen, ihr Haar ausschütteln, sich den Staub abklopfen, den Hahn aufdrehen, sich kaltes Wasser über die Handgelenke laufen lassen, es sich ins Gesicht schütten und mit lebensrettender Ironie an diesen kurzen Zusammenbruch zurückdenken können. Und wenn sie dann herausgekommen wäre, hätte sie ihre besorgte Mutter mit verständnislos-genervtem Blick fragen können: »Kannst du mir mal sagen, wieso du hier so ein Theater machst? Man wird doch wohl noch in Ruhe aufs Klo gehen dürfen!« Schon als Teenager war ihr klar: Wer sich auf eine neue Obsession einlässt, der tut sich etwas an. Es ist deine eigene Entscheidung, ob du dich dem hingibst oder nicht. Sooft Kate vor so einer Entscheidung stand, hatte sie sich immer nur noch tiefer hineingestürzt, geradeso als sei das Leben selbst die Krankheit.

# *Vier*

David hatte zwar die Augen zu, wusste aber trotzdem, dass sein Vater unter dem um den Bauch gewickelten Handtuch mit seiner Badehose kämpfte – eine Routine, die er schon seit vierzig Jahren pflegte. Wahrscheinlich sogar schon seit fünfzig oder sechzig Jahren, seit Bryn Roberts nicht mehr der gelenkige kleine Junge war, der in den Sommerferien immer mit seinen Eltern aus Cardiff herkam und hier in Pembrokeshire, an ebendiesem Strand, mit seinen Freunden nackt ins Wasser sprang.

Mittlerweile hatte sich sein Bauch zu einer stattlichen Kuppel gewölbt; es gab ein Foto, auf dem er und Suzie, die gerade mit Joel schwanger war, ihre Bäuche in die Kamera halten. Bryn stöhnte, denn er hatte ganz schön Mühe, beim Umziehen auf einem Bein zu hüpfen; seine Schultern waren immer noch breit und muskulös, aber die Brust war eingesackt, die Haare, die dort früher drahtig sprossen, waren jetzt weich und schlaff. Trotzdem bestand er darauf, im Urlaub jeden Tag im Meer zu schwimmen, außer wenn's regnete, sogar an Ostern, wenn das Wasser wie ein eisiger Faustschlag war. Auch wenn das Handtuch mit Triumphgeheul weggepfeffert wurde und der kräftige alte Mann losrannte und sich mit Karacho in die Wellen stürzte, ließ David seine Augen zu. Die planschenden Kinder kreischten, wenn er an ihnen vorbeirannte; die Frauen – Ehefrau, Tochter und Schwiegertochter – lebenslange Begleiterinnen seiner Auftritte – klatschten halb ironisch, halb bewundernd Beifall.

Davids Wahrnehmungsvermögen lag hinter seinen glühenden Lidern im Dunkel, war tief versunken im rhythmischen Herantosen und Wieder-Zurückweichen der See: Er döste, und zugleich war er hellwach, sich seiner Lage voll bewusst. Er vergrub die Finger in der geheimnisvollen Kälte des von Muschelsplit durchsetzten Sandes, hörte die winzigen Lebewesen sich kribbelnd an seinem Ohr bewegen, roch, als die Flut zurückwich, den salzig-fauligen Seetang auf den Felsen. Die Rufe der Möwen schienen ihm näher zu sein als das Gespräch der Frauen, das nur noch ein Gemurmel war, ähnlich dem leisen Knirschen von Strandkies in der Brandung: Carol war mit dem improvisierten Grill beschäftigt, der aus einer Kuchenform und einem Drahtgitter bestand und auf dem sie Würstchen für das Mittagessen briet, seine Mutter beobachtete über ihr Buch hinweg die Kinder, Suzie rieb sich mit Sonnencreme ein, zog die Träger ihres Oberteils runter und suchte nach der besten Position, um sich in der plötzlich und unerwartet hereingebrochenen Frühlingssonne bräunen zu lassen. Manchmal kam es David vor, als sei er jetzt, mit vierzig Jahren, erstmals aufgewacht, als sei die ganze Zeit, die doch seine Jugend hätte sein sollen, verflogen wie ein wirrer Traum. In solchen Augenblicken fragte er sich, was ihn eigentlich immer noch mit diesem zusammengewürfelten Haufen von Leuten verband, die sich an der Oberfläche seines Lebens versammelten und darauf bestanden, ihn zu kennen.

Die Kinder schleppten plempernd einen Eimer Meerwasser nach dem anderen heran, und Hannah zeichnete mit ihrer Schaufel auf dem kleinen Hufeisen aus Sand, das die zurückweichende Flut zum Vorschein brachte, ein überambitioniertes Viereck für eine Sandburg. Sie hatte einen jähen Energieschub und fing an, Wälle aufzuschütten, und Joel, schwer beeindruckt, machte mit und schaufelte und klopfte gehorsam hinter ihr her. Sie hockten sich hin, um die verrutschten Mauern auszubessern, dann legten sie sich auf den Bauch, strampelten mit den Füßen und streckten die dürren Arme aus, um zwei Tunnel zu graben, die unten zusammenlaufen sollten. David musste an das leicht unheimliche Erfolgserlebnis denken, das er einmal hatte, als er irgendwann unter dieser Oberfläche auf andere Finger traf, lebendig wie die seinen, rau und klammernd. Nach dem Mittagessen schwamm er zu seiner eigenen Überraschung richtig weit raus, noch weiter als Bryn damals, und als er müde wurde, drehte er sich auf den Rücken, ließ sich im wogenden Wasser auf und ab schaukeln und schaute zurück zu dem kleinen Kiesstrand, der aussah wie herausgelöffelt aus dem schwarzen Felsen mit seiner Kruste aus Entenmuscheln und Napfschnecken, und konnte seine Familie dort gerade noch erkennen. Dahinter, in Parrog, stand das strenge quadratische Steinhaus mit dem Dach aus dicken alten, violettblauen Schieferplatten und dem abfallenden Vorgarten mit seinen aus einer groben, zementartigen Masse aus Muscheln und Kieseln bestehenden Mauern, hinter denen störrisches Seegras wuchs. Früher war es Bettys Elternhaus gewesen, jetzt hielten Bryn und Betty es instand, um es als Ferienhaus für die Familie zu nutzen, für die Enkelkinder.

Nur Jamie war nicht mit dabei; er war in Cardiff geblieben, hatte gesagt, er müsse arbeiten. David war froh, seinen pubertierenden Sohn ein Weilchen los zu sein, diesen langen Lulatsch mit seinem ewigen Schweigen, der zur Schau gestellten ätzenden Langeweile. Manchmal stand er mitten im Gespräch, oder wenn jemand einen in der Familie vertrauten Scherz machte, auf und ging einfach weg, womit er den anderen die Laune verdarb. Nächstes Jahr, wenn er an der Uni wäre, würde es sicher besser werden.

* * *

Carol konnte sich schon vorstellen, wie unerträglich ihre Familie einem vorkommen konnte, wenn man sie in dem alten Haus dort so in geballter Form zusammen erlebte, gewissermaßen als geschlossene Phalanx. Auf den ersten Blick wirkte Suzies Gesicht mit den blassen, vollen Lippen, den zarten Sommersprossen bis zum Mund, den sandfarbenen Wimpern, unter denen die blauen Augen ihr Gegenüber fest im Blick behielten, ganz offen; bei genauerem Hinsehen aber konnte man ein hellwaches inneres Zucken darin bemerken, mit dem man nicht gerechnet hätte. Bryn, der vierzig Jahre als praktischer Arzt tätig gewesen war, hatte seine gütige, Zuversicht verbreitende Art auch im Ruhestand nicht verloren; Suzie, gefangen im hellen Strom dieser Güte, blinzelte lächelnd und behielt für sich, was sie dachte, als wären ihre Gedanken Steine, die sie heimlich in den Taschen trug. Carol sah durchaus, dass Suzie sich die größte Mühe gab, taktvoll zu sein, und dass Betty, die schon ihr ganzes Leben lang taktvoll war, es nicht einmal bemerkte. Wenn sie zusammen kochten in der unpraktischen alten Küche, deren Raeburn-Herd alle naselang einen Fachmann brauchte, der ihm gut zuredete und ihn besänftigte, tat Suzie ihr Bestes, um ihre Schwiegermutter zufriedenzustellen. Manchmal, wenn Suzie mit im Zimmer war, sprach Betty mit Carol walisisch, aber Carol antwortete immer auf Englisch.

Abends, wenn die Kinder im Bett waren, versammelte sich die Familie um den wackligen, mit grünem Fries bezogenen Kartentisch (Kartenspiele hätten Bettys Eltern nie erlaubt) und spielte Solo. Suzie kannte die Spielregeln nicht und wollte sie auch nicht lernen; sie hockte im Schneidersitz in dem großen Ohrensessel, kaute an ihren Niednägeln herum und las ein Buch, irgendeinen Selbsthilfeschmöker. Der beißende Gestank der alten, direkt auf dem Lehmboden verlegten Fliesen hatte nicht nur die Renovierung der hohen, schlichten Zimmer überlebt, sondern sich auch dann nicht verflüchtigt, als man neue Möbel gekauft hatte, um die Räume wohnlicher zu machen. Carol bekam immer noch Asthmaanfälle davon, und die Standuhr tickte immer noch, obwohl sie nie die richtige Zeit anzeigte. Im Kamin brannte ein Holzfeuer, denn so schön es auch tagsüber war, die Abende waren eisig. David konnte sich nicht konzentrieren und verlor zweimal hintereinander, obwohl er gute Karten hatte. Als die Kartenspieler eine Pause einlegten, damit Betty etwas Heißes zu trinken machen konnte, gingen Carol und Suzie zusammen nach draußen, um aufs Meer zu schauen. Sie lehnten an der Mauer des kleinen Lehmkais; ein dicker schartiger, in dunklem Perlweiß schimmernder Mond hing tief über dem Horizont; kalt atmete das schwarze Wasser ein und aus.

Suzie wickelte sich fest in ihre Strickjacke.

»Glaubst du an ein Leben nach dem Tod?«, fragte sie wie aus dem Nichts.

»Ach, du lieber Himmel. Zu dieser Überzeugung hab ich mich nie durchringen können, nicht mal früher, als ich noch in der Kirche war. Ich hab immer bloß an die *Wie soll man leben*-Teile geglaubt, nicht an die mit den Wundern. Ich bin so was von rational, total langweilig.«

»Du warst mal in der Kirche? Ich nehme an, du bist christlich erzogen worden.«

»Jahrelang! Bis ich ungefähr dreizehn war und in schlechte Gesellschaft geraten bin.«

»Ich war mir immer absolut sicher, dass da nichts ist, und das schien nie ein Problem zu sein. Und jetzt ist da auf einmal doch was: irgendwelche Geister. Ich kann sie spüren, doch, wirklich, ich spüre sie, ich bin mir ganz sicher.«

»Geister?«

»Als ob auf einmal alles zum Leben erwacht ist. Aber nicht unbedingt auf eine gute Weise. Auch auf keine böse. Irgendwie unruhig.«

»Ach ja?«, sagte Carol freundlich. Es tat ihr leid, dass sie Suzies Worte nicht ernst nehmen konnte, aber ihre eigenen Instinkte waren nun einmal rein irdischer Natur. »Es ist natürlich nicht zu übersehen, dass meine Großeltern in diesem Haus hier in gewisser Weise noch anwesend sind, wir haben ja immer noch ihre Sachen, es ist ihr Haus, und wenn wir hier sind, werden wir ständig an sie erinnert. Aber das war's dann auch.«

»Nein, nicht doch, das mein ich nicht. Es ist aktiver. Wie ein Druck: Es hat Botschaften. Als ob die Art und

Weise, wie wir leben, ganz verkehrt ist, so jeder in sich selbst verschlossen, und dabei gibt es doch unter der Haut der Dinge eine ganze Welt von Zusammenhängen und Querverbindungen und von Bedeutungen.«

»Okay, das ergibt irgendwie einen Sinn.«

»Du denkst, wer an so was glaubt, so mit Kristallen und Tarotkarten und so, der muss schon ganz schön bescheuert sein und ziemlich leichtgläubig. Aber ich hab wirklich Bekannte, also, eine neue Freundin von mir, in der Schule, die scheint tatsächlich so was wie eine Gabe zu besitzen, aber sie hängt das nicht an die große Glocke. Die liest ganz still und leise in deinen Gedanken. Sie braucht mich bloß einmal leicht an der Schläfe zu berühren, schon sind meine Kopfschmerzen weg. Sie redet über Geister, als seien sie was ganz Normales, das überall um uns herum ist.«

»Ich weiß nicht, ob ich mich dabei wohlfühlen würde.«

»Das dachte ich auch immer.«

Und so standen sie noch eine Weile dort und horchten weiter auf die See, getrennt durch ihre Unterschiedlichkeit und in der Dunkelheit nur vage Schemen, bis sie einander fast nicht mehr erkennen konnten.

»Erzähl bloß David nichts davon, dass wir über so was reden«, sagte Suzie.

»Natürlich nicht, wenn du's nicht möchtest.«

»Der erstarrt jedes Mal zur Salzsäule, wenn ich mit ihm über Dinge reden will, die nicht rein materieller und praktischer Natur sind. Wenn er da nicht dran glaubt – okay, aber er ist ja immer richtig angewidert, wenn andere Leute Dinge anders sehen als er.«

»Oje«, sagte Carol. »Stimmt schon, er kann mitunter etwas unflexibel sein.«

Davids Sohn musste zweimal zur Villa Firenze kommen, bevor Kate Zeit fand, sich mit ihm zu unterhalten. Sie hatte beschlossen, sich einzureden, dass er sich bestimmt nicht blicken lassen werde. Und als er dann das erste Mal vor ihrer Tür stand und sie ihm aufmachte – es war ein ungünstiger Moment, sie war gerade am Telefon und beriet sich mit Max darüber, was sie gegen diese fürchterlichen Leute unternehmen sollte, denen sie ihre Londoner Wohnung vermietet hatte (naiv, wie sie war, hatte sie geglaubt, langweilig sei gleichbedeutend mit anspruchslos) –, hatte sie zunächst so getan, als würde sie ihn nicht erkennen. Er musste mitbekommen haben, wie sie den Zettel mit seiner Handynummer, den er ihr gab, achtlos zerknüllt und Anstalten gemacht hatte, ihn wegzuwerfen. Das war an einem grauen, windstillen, freudlosen Tag gewesen, sie hatte den Kopf voll gehabt mit ihren blöden Problemen, und dann stand da auf einmal Jamie vor ihr, sah aus wie David, war aber nicht David, nach dem sie sich gesehnt hatte – das war Salz in ihre Wunde, grausam war das! Grausam und bizarr! David war noch zweimal vorbeigekommen, nachdem er das polnische Buch zurückgebracht hatte. Er hatte geredet, sie hatte ihn ausgefragt und immer schön aufgepasst, dass sie sich bloß nicht ihre Gefühle anmerken ließ, und hinterher hatte es ihr leidgetan. Was, wenn er nie mehr wiederkäme?

Als Jamie zum zweiten Mal mit seinem Fahrrad auftauchte – diesmal bei Sonnenschein –, war sie mitten in einer Probe mit ihrem Quartett und kam mit ihrer Geige an die Tür, unbekümmert und in freudiger Erwartung, denn sie dachte, es sei der Klarinettist, der bei ihnen mitspielen wollte. Im Hintergrund ungeduldig abgebrochene Akkorde und Gelächter (dunkle, betrübte Cellotöne). Jamie spähte an ihr vorbei ins Haus, und es war offensichtlich, dass er sich sehnlichst wünschte, hereingebeten zu werden; Kate merkte, diesmal kam er, weil er neugierig auf sie war, und auch, weil er etwas über seine Mutter erfahren wollte. Heute Nachmittag könne sie nicht mit ihm reden, sagte sie, aber in einer Woche könnten sie sich treffen, und zwar in dem Café, in dem sie sich zum ersten Mal begegnet waren.

Um ein Haar hätte sie den Termin vergessen, aber dann fiel er ihr doch noch ein, und sie gab der Frau von *Mopp & Bucket*, Alison hieß sie, ein bisschen Geld, damit sie eine Stunde länger blieb, sie ins Café begleitete und sich zu Billie setzte, die sonst dort ihre ganze Aufmerksamkeit in Anspruch genommen hätte, und wenn sie dem Jungen gerecht werden wollte, musste sie sich doch nach all der Zeit wenigstens diese kurze halbe Stunde einmal ganz auf Francesca konzentrieren.

Auf dem Weg zu ihrer Verabredung bemerkte sie, wie sich der Park im ersten zarten Glanz des Frühlings darbot: gelbgrüne frische Blätter überall, schlaff und zerknittert noch, als hätten sich die altersbleichen Äste geschüttelt und weiches Ziegenleder sei daraus hervorgebrochen; überall an den ergrauten Rosenstöcken sprossen rote Triebe, und auf dem See herrschte bereits Saison: Dort waren schon die ersten Ruderboote unterwegs. Der mächtige Magnolienbaum, der Schattenspender für das Staudenbeet, war voller Knospen, wachsartig, noch fest und rosa; wenn sie sich später öffneten, wären sie weich und cremefarben. Auf ihrem Weg durch den Park musste Kate daran denken, was für eine Wut sie immer auf Francesca gehabt hatte, die so hochgewachsen war, so gleichgültig, so englisch; die armen alten Toten, jetzt waren sie verblichen und vergessen, ob's ihnen passte oder nicht. Kate hatte sich sorgfältig überlegt, was für das Treffen mit Francescas Sohn die passende Garderobe wäre: ein grünes Kleid, ein bisschen Audrey Hepburn, dazu die cremefarbene Jacke mit den großen Knöpfen aus Gagat und eine Sonnenbrille. Natürlich kam sie auf den letzten Drücker; der Junge hatte sicher schon gedacht, sie würde gar nicht mehr erscheinen. Sie zollte ihm Bewunderung dafür, dass er gleichwohl geblieben war, seinen Gedanken nachhing und kein bisschen gekränkt zu sein schien, weil man ihn hatte warten lassen. Als Kate in seinem Alter war, hätte sie fürchterlich gelitten und wäre schon längst weg gewesen. Er hatte die gleiche volle, leicht vorgeschobene Unterlippe wie seine Mutter, woran sich Kate erst jetzt wieder erinnerte, als sie ihn sah. Daher sein Lächeln, das genauso zweideutig und schlüpfrig wirkte wie Francescas.

»Hilf mir doch bitte auf die Sprünge, was wolltest du noch mal studieren?«

»Ich habe mir was Neues überlegt. Anthropologie. Ich hab mich schon an ein paar Unis beworben.«

»Genau das wär auch meine Wahl, wenn ich mich noch einmal entscheiden könnte.«

»Schön, dass Sie gekommen sind. Sie haben doch sicher eine Menge zu tun. Was machen Sie eigentlich? Ich meine: Was sind Sie von Beruf? Sind Sie Musikerin?«

»Ich hab meinen Beruf aufgegeben. Hat dir dein Vater das nicht erzählt?«

»Er hat nie mit mir über Sie geredet.«

Kate hörte ihm zu, ohne dass ihre Hand, in der sie die Kaffeetasse hielt, auch nur im Mindesten zitterte. Es hätte ihr ganz und gar nicht gepasst, wenn David seiner Frau, die sich überhaupt nicht für sie interessierte, einfach irgendwas über sie erzählen würde, noch dazu vor den Kindern.

»Bis Anfang dieses Jahres war ich Dozentin an der Queen Mary University in London, im Fachbereich Slawistik. Ich hab an der Übersetzung von Erzählungen Aksakows und Tschechows mitgearbeitet. Dann hat mich die Wissenschaft gelangweilt; na ja, und meine Mutter ist schon alt und wird langsam tüttelig, sodass ich einfach sagen konnte, ich muss mich um sie kümmern. Ich hab mich gegen die Hauptstadt mit all ihren unbequemen Aufregungen entschieden und mich entschlossen, wieder heimzukehren nach Wales. Die ganze verborgene Poesie des Lebens, hab ich mir gesagt, ist in den mittelgroßen Städten, wo man abends nach dem Theater zu Fuß nach Hause gehen kann und wo man überall, auf Schritt und Tritt, immer dieselben Leute trifft.«

»Und ist es okay?«

»Es ist fast schon zu viel: Kindheit, Jugend, die Vergangenheit. In London war ich sicherer, da plätscherte mein Leben gemächlich vor sich hin. Es könnte sein, dass ich einen schrecklichen Fehler gemacht habe.«

»Aber Sie können doch jederzeit wieder gehen. Abgesehen von Ihrer Mutter natürlich.«

»Ach, die lebt ewig!« Und dann stellte Kate mit einem entschuldigenden Seufzer ihre Tasse auf die Untertasse. »Das war nicht gerade taktvoll, oder? Im Hinblick darauf, worüber wir hier reden wollen.«

»Sie meinen, weil meine Mutter tot ist? Das ist kein Problem. Ich kann mich doch sonst eh an nichts erinnern.«

»Das werden die Therapeuten in Zukunft schon noch alles ans Licht holen.«

»War sie so wie Sie?«

»Jetzt erzähl mir bloß nicht, dass du dich darum mit mir treffen wolltest. Weil du glaubst, ich bin wie deine Mutter. Ich kann dir gar nicht sagen, wie wütend Francesca wäre, wenn man sie mit mir vergleichen würde! Erstens war sie – wie du ja wohl wissen wirst – hochgewachsen und ziemlich schön. Eine Prinzessin.«

»Ich hab natürlich Fotos gesehen.«

»Die Fotos werden ihr nicht gerecht. Darauf sieht sie unbeholfen aus, weil sie befangen ist, im wahren Leben aber war sie immer in Schwung. Das war ja gerade das Besondere an ihr, diese schwungvolle und dennoch besonnene Art, wie sie an alles herangegangen ist. Ich war damals eine radikale Feministin, oder jedenfalls hielt ich mich dafür; während alle anderen wie die Wilden diskutierten, fand Francesca Politik einfach bloß langweilig und schrieb stattdessen Gedichte. Hast du ihre Gedichte? Ein paar davon sollen ja sogar in der Literaturbeilage der *Times* abgedruckt worden sein, aber das war später. Keine Ahnung, ob sie gut waren.«

»Ich wusste gar nicht, dass sie Gedichte geschrieben hat.«

»Du hast übrigens ihren Mund.«

»Das sagt meine Großmutter auch.«

»Es ist eine sehr subtile Ähnlichkeit. Sie verändert alles Direkte, das du von deinem Vater hast.«

»Haben Sie sie gemocht?«

»Ich hab sie bewundert. Eigentlich war sie Carols Freundin. Sie haben im zweiten Studienjahr zusammengewohnt, in dieser Wahnsinnswohnung in Kensington. Der Kamin aus Marmor, aber Löcher in der Decke, eine wahre Prachtruine. Francesca hat immer Hof gehalten in Abendkleidern aus dem Trödelladen. Carol und sie haben sich andauernd gestritten.«

»Das hat mir Carol nie erzählt.«

»Ich kann mich noch erinnern, weißt du?«, sagte Kate. »Das war damals die Ära der Verantwortungslosigkeit«, fuhr sie fort. »Wir waren alle nicht besonders nett. Wir waren zu schlau, ein ständiger Konkurrenzkampf darum, wer die Schlauste war, wir haben uns abgestrampelt, um so was wie ein Erwachsenenleben hinzukriegen. Carol war immer die Netteste. Wir waren alle traurig, wie man das in der Jugend halt so ist. Mitunter sind wir vor lauter Kummer tagelang im Bett geblieben, und meistens war's danach im Großen und Ganzen auch wieder gut. Jedenfalls sind wir nicht gestorben. Ich hab keine Ahnung, warum Francesca später getan hat, was sie getan hat. Ich hatte sie aus den Augen verloren. Nachdem sie deinen Vater geheiratet hatte und nachdem du da warst, hab ich sie kaum noch gesehen.«

»Und warum haben sie und Carol sich andauernd gestritten?«

»Carol ist so vernünftig. Francesca hat im Café ständig Theater gemacht, hat irgendwas Besonderes bestellt und dann das meiste davon liegen lassen. Hat immer behauptet, dass sie gegen alles Mögliche allergisch ist: Tee, Katzen, Seife und was nicht noch alles. Sie hatte immer irgendwelche Lieblinge, und dann hat sie sie fallen gelassen, und Carol musste lügen, um sie loszuwerden, musste an der Haustür sagen, Francesca sei nicht da, dabei hat man sie oben lachen gehört. Aber andererseits, genau das waren ja auch die Dinge, die Carol so gefallen haben. Du weißt ja, die Starken, Sturmerprobten und Vernünftigen fühlen sich oft zu den Labilen hingezogen, zu denen, die nicht so perfekt sind, zumal wenn diese auch noch so verdammt hübsch sind.«

»Ja, kann sein.«

»Ich sollte nicht so unverblümt reden, oder?«

»Nein, nein, ich wollte es ja wissen. Das interessiert mich doch.«

»War das deine Freundin, die hübsche Dunkle? Die, mit der du neulich hier warst?«

»Wohl kaum«, sagte Jamie, aber keineswegs grob, sondern eher so, als würde er kurz überlegen, wen sie meinte.

»Die Arme. *Wohl kaum.* Wenn sie das jetzt hören könnte! Das würde ihr doch bestimmt das Herz brechen, oder?«

Jamie war überrascht. »Ich glaube nicht, dass das mit uns beiden *so* was ist, ehrlich gesagt.«

Was immer man sich auch über die schöne Jugendzeit erzählen mag, wenn Kate über die alten Zeiten sprach, damals, als sie in London an der Uni war, dann schwelgte sie wahrhaftig nicht in Nostalgie; das meiste, was ihre Vergangenheit betraf, jagte ihr Schauer über den Rücken, einesteils vor Abscheu und andererseits vor Erleichterung darüber, dass sie das alles nicht noch einmal erleben musste.

Als sie in der Park Place aus Davids Auto gestiegen waren, scheuchte sie ein plötzlicher Regenschauer ins Foyer des Reardon Smith Theatre, gleich hinter dem Museum; Kate nahm David mit unter ihren Schirm, er zog den Kopf ein, und als sie zusammenstießen, hielt sie sich notgedrungen an seinem Arm fest. Genau diese Art intimes Manöver hatte sie mit Max nie haben können, denn der war eins fünfundneunzig groß und brauchte seinen eigenen Schirm. David kaufte drinnen schon die Konzertkarten, während Kate noch den Schirm ausschüttelte. Vor dem wunderschönen kleinen, schalldämpfend mit poliertem Holz verkleideten Saal aus den 1920er-Jahren mit seinen weißen Säulen und dem roten Plüsch ließ David ihr den Vortritt. In seiner Nische oben im Rang sprach der Mann von BBC Radio 3 bereits flüsternd zu seinen Hörern. David und sie hatten kaum etwas vom Regen abbekommen, aber Kate zog trotzdem ihre Jacke aus und fasste prüfend Davids Ärmel an. David hielt das Programm so, dass sie beide darin lesen konnten. Bevor Kate nach Cardiff zurückgekehrt war, hätte diese Form von Freundschaft ziemlich genau dem entsprochen, was sich nach ihrer Vorstellung unter den gegebenen Umständen zwischen zwei erwachsenen, zivilisierten Menschen an einem Ort wie diesem entwickeln konnte. Er holte sie zu Hause ab, sie gingen zusammen ins Konzert; auf dem Heimweg von der Arbeit oder auch am Wochenende kam er unangemeldet vorbei, um sich mit ihr über Bücher zu unterhalten. (Als er mit *Madame Bovary* zur Hälfte durch war, hatte er ihr erzählt, dass er das Medizinische ja ganz interessant finde, aber über Emma ärgere er sich. Seiner Meinung nach hatte sie mit ihrem kleinlichen Egoismus und ihrer Leichtgläubigkeit die ganze Enttäuschung und das Verhängnis, das er kommen sah, durchaus verdient.)

Wenn Leute an der falschen Stelle klatschten, zogen sie die Brauen hoch und wechselten einen kurzen Blick. Nach Schuberts langsamem Satz in Es, den sie weiß Gott schon tausendmal gehört und sogar selbst gespielt hatte, merkte Kate, wie ihr die Tränen übers Gesicht liefen, sie musste heimlich in ihrer Handtasche nach einem Taschentuch kramen und hoffte bloß, sie würde keine rote Nase kriegen; als sie dann mit all den anderen Leuten hinausgingen, um im Museum ihren Kaffee zu trinken, den es gratis gab, hielt er sie leicht am Oberarm fest, sei es, um sie wegzuziehen und irgendwen vorbeizulassen, sei es aus kameradschaftlicher Sympathie für ihre Rührung. Alles sehr ergreifend, und doch … Damit hätte sich ja nicht mal Celia Johnson in *Begegnung* zufriedengeben können, dachte Kate, und der Film war lange vor 1968 rausgekommen. Wenn das alles war, wenn weiter nichts passiert, dann sterb ich, dachte sie. Sie blieben nicht in dem Gedränge unten im Museumsrestaurant, sondern gingen nach oben ins luftige Säulenfoyer unter der Kuppel, wo es schöner war und wo man seinen Kaffee auch bekommen konnte.

David traf ein paar Leute, die er kannte; er stellte Kate vor – selbstverständlich ohne den Hauch eines Zögerns – und blieb mit seinem Trenchcoat überm Arm für einen kurzen Schwatz bei ihnen stehen, während Kate sich an der Theke hinter den kleinen Bistrotischen anstellte. Aber um ihren Gratis-Kaffee zu bekommen, musste sie David signalisieren, dass sie die Konzertkarten brauchte, die er in seiner Manteltasche hatte. Sie hatte nie zuvor solch ein Gefühl von Zusammengehörigkeit gehabt, und außerdem freute sie sich, dass sie David einmal in seiner Rolle als offizielle, Verantwortung tragende Persönlichkeit erleben konnte: kerzengerade, aufmerksam, verbindlich. Sie selbst war ein paar Tage in London gewesen, um Bekannte zu treffen und neue Übersetzungsaufträge an Land zu ziehen; aus Londoner Perspektive mochten diese nett-beschwingten, langweilig angezogenen Leute da drüben nicht so aussehen, als ob man jemanden davon kennen musste. Aber es waren echte Menschen, die wichtige Sachen zu tun hatten und ihre Privatsphäre schützten wie ein kostbares Gut. Jedenfalls sahen sie sich nicht andauernd um, ob es vielleicht noch irgendwo was Besseres gab. David kannte einen Mann, der an der Universität Musik unterrichtete (sie waren zusammen zur Schule gegangen); Kate, oberflächlich, wie sie war, hätte bei diesem Typ mit dem schütteren Bart und der zu kurz geratenen Kaufhaushose gewiss kein zweites Mal hingeschaut. David war so sehr in die Unterhaltung mit seinem alten Kumpel vertieft – natürlich über Musik, nicht etwa über Klatsch und Tratsch –, dass er alles um sich herum vergessen hatte; sie sah unter seinen schweren Lidern, hinter denen er sich versteckte, die Autorität aufblitzen. Er war braun gebrannt von seinem Urlaub an der See oben im Westen von Wales.

Sie setzten sich an einem Tisch unter einem riesigen Ölgemälde von Frank Brangwyn, einer Darstellung der Schützengräben des Ersten Weltkriegs, und während sie sich unterhielten, wanderten ihre Blicke immer wieder zu dem blutigen Grauen, das dort abgebildet war.

»Erzähl doch mal«, sagte Kate, während sie ihre Jacke

über die Stuhllehne hängte und ihm lächelnd ihre Aufmerksamkeit schenkte, »was bei dir auf der Arbeit so los ist, seit du wieder zurück bist.«

David lächelte argwöhnisch. »Ich glaube kaum, dass dich das interessiert.«

»Doch, erzähl's mir, es interessiert mich wirklich.«

»Ich habe unseren Impfleitfaden für Eltern an die neuen politischen Richtlinien angepasst und weiter an diesem Bericht über die finanziellen Auswirkungen der Umstrukturierung gearbeitet.«

»Das klingt alles so ... so gediegen. Was sind denn die finanziellen Auswirkungen?«

Er lachte. »Das würde dich doch bloß langweilen, wenn ich dir das jetzt erörtern würde, es langweilt ja selbst mich. Erzähl mir lieber, wie's bei dir gelaufen ist. Wie ist denn deine Idee mit der Neuübersetzung angekommen?«

Kate zog ein verzweifeltes Gesicht und schilderte eindrucksvoll, wie mühsam es gewesen war, die Leute zu überzeugen. »Wer will denn heutzutage noch die Russen lesen?«, sagte sie düster. »Ja, während des Kalten Krieges, da hat das was hergemacht, so ein bisschen Leiden unter der totalitären Unterdrückung, das fanden alle toll. Aber jetzt haben wir hier die Nase voll von diesem ewigen Gejammer und Gestöhne. Was haben die denn bloß? Warum können die sich nicht wie alle anderen am Riemen reißen?«

»Ich kann schon verstehen, warum du ein Faible für Russland hast«, sagte er. »Die russische Kultur hat so viel Tiefe.«

Kate schauderte. »Eine Tiefe, in der man ertrinken kann. Es macht mir Angst, das Land. Meine Familie stammt nicht aus Russland, weißt du? Aus Litauen, das ist ganz was anderes. Meine Großeltern haben Polnisch und Jiddisch gesprochen.«

Kate fragte sich, ob Jamie seinem Vater wohl von ihrem Treffen erzählt hatte und dass es um Francesca gegangen war; wahrscheinlich betrachtete der Junge das als sein Geheimnis, das er für sich behalten wollte. Wer weiß, wie David reagieren würde, wenn er wüsste, dass sie mit seinem Sohn über seine verstorbene Frau gesprochen hatte, und sie wollte auf keinen Fall, dass jemand von Davids Verwandtschaft, ganz egal wer, irgendwie in ihre Unterhaltung mit Jamie mit hineingezogen wurde, sonst würde sie am Ende noch in so ein fatales Muster von unverfänglich freundschaftlichem Umgang hineingeraten und jedes Jahr an Weihnachten zu ihnen nach Hause eingeladen werden. Wer weiß, ob David seiner Frau erzählt hatte, dass er regelmäßig mit Kate ins Konzert ging, oder wie oft er in der Villa Firenze vorbeikam; auf jeden Fall hatte er Kate von der Arbeit angerufen, nicht von zu Hause aus, um zu fragen, ob sie mit ihm zu einer Matinee im Reardon Smith gehen wolle. Manchmal allerdings war sie nicht glücklich, wenn sie zusammen waren, sondern befürchtete vielmehr, einen schrecklichen Fehler gemacht zu haben. Wobei der Fehler nicht darin bestand, dass sie sich in David verliebt hatte, sondern darin, wie sie all die Zeit gelebt hatte, bevor das passiert war, wie sie sich ständig angestrengt hatte, nur ja nicht banal zu sein. Die richtige, die gute Art zu leben hatte sie einfach nicht gesehen, und nun stand sie gewissermaßen draußen und spähte durch die Fenster hinein. Sie stellte David auf die Probe, wollte dahinterkommen, wie er ihre Beziehung sah: Heute hatte sie gedacht, dass sich vielleicht etwas ergeben würde, wenn er sie nach dem Konzert nach Hause brachte, wo Carol mit Billie saß. (Carol war ein echter Schatz, sie hatte bei Billie in der Villa gewohnt, während Kate verreist war.)

Vor der Villa Firenze sah David auf die Uhr und seufzte. Er hatte nicht mal mehr Zeit, mit reinzukommen. Er bat Kate, ihn bei Carol zu entschuldigen: Er, Suzie und die Kinder waren zum Mittagessen mit Freunden verabredet. Bei den kleinen Prüfungen, die Kate sich ausdachte, fiel er immer wieder durch, doch nie so katastrophal, dass sie keine Entschuldigung für ihn gefunden hätte (immerhin seufzte er beim Blick auf die Uhr). Als sie in London war, hatte sie Max alles über ihn erzählt, auch, dass sie nicht wusste, ob er schüchtern und konventionell war oder einfach nur unbeeindruckt. Sie hatte es geschafft, Max wenigstens mal für eine Mittagspause von Sherie wegzulocken. So großherzig und anteilnehmend Max auch war, der Gedanke, sie könnte für einen anderen entflammt sein, schien ihn immer noch nicht ganz kaltzulassen. Als Kate das merkte, tat es ihr leid, und sie wechselte schnell das Thema. Zum Abschied hatte sie ihn geküsst: Er hatte sich dafür aus seiner schlanken, blonden Höhe zu ihr hinunterbeugen müssen.

Der Citroën gab beunruhigende Geräusche von sich, und der stets betrübte Cellist, der sowieso noch bei dem großen TESCO an der Western Avenue vorbeifahren musste, um ein paar Sachen zu besorgen, bot Kate an, sie in seinem Wagen mitzunehmen. Diese Gelegenheit konnte sie sich natürlich nicht entgehen lassen, obwohl sie sich herzlich wenig dafür interessierte, was der arme Kerl für seinen einsamen Feierabend in den Einkaufskorb packte. Die paar Kleinigkeiten, die sie kaufen wollten, wirkten angesichts der gigantischen Dimensionen des Supermarkts geradezu lächerlich: Alles hier war für Großfamilien ausgelegt, in den Wagen türmte sich die Beute: zwei, drei Kleider oder ein Paar Schuhe, oder oben auf den riesigen Chips-Tüten oder den siebzehn französischen Käsesorten als krönender Abschluss ein Plasma-Fernseher. Um jede Ähnlichkeit zwischen ihrem Korb und dem des Cellisten zu vermeiden, hatte Kate den ihren trotzig mit Blumen, Schaumwein und Pralinen für Billie gefüllt, die darüber hocherfreut sein würde. Allerdings stellte sich heraus, dass der Cellist ein kleiner Feinschmecker war und Dinge wie Entenleberpastete, ein paar Gläschen eingelegten grünen Pfeffer und Walnussöl kaufte.

Und dann, in der Geflügelabteilung, traf sie Suzie Roberts. Sie hatte Suzie zwar zuerst entdeckt, aber eben doch zu spät, um sich rasch verkrümeln zu können und sie geflissentlich zu übersehen. Suzie beugte sich über die Bio-Hühner, die kleinen Freiland-Maishähnchen, die ein glückliches Leben gehabt hatten. Sie trug abgeschnittene pinkfarbene Jeans und ein kurzes weißes Baumwollshirt, das ihren sonnengebräunten, sommersprossengtüpfelten Bauch frei ließ; Suzie fror bestimmt genauso wie sie selbst dort in der kalten Luft vor den Kühlschrankbatterien, sie hatte bestimmt auch Gänsehaut. Sie war nicht geschminkt. Hübsche Kinder: Das Mädchen hatte Davids schwere Lider und schulterlanges kastanienbraunes Haar, das wie Maisseide wippte; der kleine Junge war hellblond und hatte weiße Wimpern, genau wie seine Mutter. Das

Mädchen drehte sich verträumt um die eigene Achse, während der Junge seiner Mutter interessiert zusah: Welches Hähnchen wollen wir nehmen? Das hier oder dieses da? Suzie ließ den Jungen entscheiden; er zeigte feierlich mit dem Finger auf seine Wahl und schaute dann rasch hoch zu seiner Mutter, um sich zu vergewissern, ob er alles richtig gemacht hatte. Suzie nahm ihn in den Arm und drückte ihn, Wange an Wange, ihre fleckige, von der Sonne gerötete Erwachsenenhaut an seiner makellosen, kindlich weichen. Und während sie sich zu ihrem kleinen Sohn hinunterbeugte, blickte sie auf und sah Kate, die bei den Putenteilen stand und zu ihnen rüberschaute.

Natürlich gab es zwischen Suzie und Kate überhaupt kein Problem: Es war ja nichts geschehen, was nicht alle Welt sehen konnte, außer eben in Kates Gedanken. Aber Suzie wusste womöglich, dass David, ihr Mann, Kate manchmal von der Arbeit aus anrief (obwohl diese kurzen, geschäftlichen Anrufe vollkommen harmlos waren); und mit Sicherheit wusste sie, dass die beiden hin und wieder zusammen ins Konzert gingen. Davids Tochter schlug die traumverhangenen Augen auf und musterte Kate unverhohlen. Es war zu spät, um nichts zu sagen.

»Kate Flynn, nicht wahr? Wir haben uns mal bei Carol getroffen, können Sie sich erinnern? Ich bin Davids Frau.«

Den Klang von Suzies Stimme hatte Kate vergessen: heiser und ruhig, mit einem ganz leichten Akzent, aber nicht Walisisch, es hörte sich eher nach Essex an. Suzie streckte nicht die Hand aus, um sie Kate zu reichen, sondern hielt den Jungen mit der Rechten noch ein wenig fester und streichelte mit der Linken kurz dem Mädchen die Schulter – gewissermaßen eine Demonstration von Zusammengehörigkeit.

»Aber natürlich erinnere ich mich«, sagte Kate. »Erstaunlich, dass wir uns nicht schon längst mal hier getroffen haben. Ich wohne ja jetzt wieder hier und kümmere mich um meine Mutter.«

»Ja, davon hab ich gehört. Wie geht's ihr denn?«

»Danke, ganz gut.«

»David sagt, Sie sind beide Musikliebhaber.«

»Ich und meine Mutter?«

»Sie und er.«

»Ach so, nun ja, wir kommen beide aus musikalischen Familien. Ist Bryn Roberts nicht Sänger? Er sieht jedenfalls aus wie einer. Und David hatte früher, glaube ich, Klavierunterricht bei meiner Mutter, also, sehr viel früher, meine ich, vor ewigen Zeiten. Oder war das Carol?«

»Schön, dass er jetzt jemanden hat, mit dem er ins Konzert gehen kann. Er hat Ihnen ja bestimmt gesagt, dass diese Art Musik nicht so mein Ding ist.«

»Ist bestimmt auch nicht so leicht, einen Babysitter für die Kinder zu finden.«

»Wir haben ja noch Jamie«, sagte Suzie. »Meinen Stiefsohn.«

»Ach klar, natürlich«, erwiderte Kate. »Den hatte ich ganz vergessen.«

Sie schafften es irgendwie, so zu tun, als hätten sie es eilig; lächelnd schoben sie sich aneinander vorbei, und Kate, ohne groß darauf zu achten, ob sie überhaupt irgendwas Sinnvolles in ihrem Korb hatte, rannte los, den Cellisten suchen, der sie nach Hause fahren sollte, doch der war gerade erst halb durch mit seiner Liste und musste unbedingt noch einige rare Zutaten finden für irgendein ausgefallenes Gericht, das er kochen wollte und das er dann ganz alleine essen würde. In ziemlich jedem Gang, den Kate durchstreifte, während sie auf ihn wartete, kam ihr Suzie mit den Kindern entgegen, sodass sie sich ständig zunicken mussten.

Zu Hause packte Kate vorsichtig ihre Einkäufe aus. Sie machte Billie ein belegtes Brot und einen Kaffee, gab ihr die Pralinen, schaltete den Fernseher ein, stellte die Blumen in die Spüle, und dann musste sie sich ein halbes Stündchen hinlegen. Billie lächelte höflich, kaute gottergeben und beschäftigte sich wieder mit der Reklamepost. Ob ein halbes Stündchen oder drei Stunden, es würde ihr nicht auffallen; sämtliche Uhren im Haus waren schon lange vor Kates Rückkehr stehen geblieben, die, die man aufziehen musste, genauso wie die batteriebetriebenen; die einzige, die immer die richtige Zeit anzeigte, war Kates Armbanduhr. Kate ging hinauf in ihr Zimmer, zündete sich eine Zigarette an und schloss die Vorhänge, um den Tag auszusperren, der ohnehin trüb war und seinerseits mit dicken Wolkengardinen selbst das kleinste Fitzelchchen Sonne aussperrte. Sie streifte die Schuhe ab und legte sich aufs Bett, rauchte und überließ sich der Leere, die in ihrem Kopf herrschte, starrte hinauf zum Kinderzimmerfries, wo aus dem Violett der Rattenfänger auftauchte, die lockende Trompete keck emporgereckt, und viele lustige Sachen versprach, viele Abenteuer. Wie hatte sie auch nur einen Augenblick lang glauben können, dass sie für diesen David, dessen anderes Leben so real, so permanent gut aussehend, so durch und durch eingefleischt war, mehr sein könnte als eine Freundin für gelegentliche Sonntagsvormittage? Anscheinend hatte sie gedacht, er sei ein Mann mit einem Leben aus Papier, das er einfach zusammenknüllen und wegwerfen konnte, wie manche Leute, mit denen sie es in London zu tun gehabt hatte. Sie selbst hatte ihre berufliche Existenz abgeschüttelt wie nichts, war einfach so aus ihr herausgetreten, in ein Dasein, in dem sie niemand war.

# *Fünf*

Als David eines Abends von der Arbeit kam, sah er im Garten ein orangefarbenes Zwei-Personen-Bergzelt. Suzie stand auf der Stoffbahn und schlug die Heringe ein, wischte sich die Hände an den Jeans ab und lächelte halb gestresst, halb trotzig.

»Das hab ich mir von Giulias Mädels geborgt«, sagte sie. »Und? Wie findest du's?«

»In Ordnung. Löcher im Rasen. Was willst du denn damit?«

»Ich hab mir gedacht, ich könnte doch mal mit den Kindern zum Camping fahren, wenn das Wetter gut ist. Zusammen mit Neil und Menna. Die fahren beinah jedes Wochenende raus. Ich wollte mal probieren, ob ich das Ding überhaupt aufgebaut kriege. Ist schließlich ein paar Jahre her, seit ich das letzte Mal zelten war.«

»Wie's aussieht, hast du's ganz gut hingekriegt.«

»Also, ehrlich gesagt, Jamie musste runterkommen und mich retten.«

Camping war so ungefähr das Letzte, worauf David Lust hatte: Ihn hatte dieser vorgetäuschte Mangel an Komfort noch nie gereizt, er war nicht der Typ, der durch Bodennähe zu einem neuen Menschen wurde. Und trotzdem wunderte er sich, dass Suzie offenbar von Vornherein damit rechnete, dass er nicht mitkommen würde.

»Ich weiß doch, dass du zu tun hast«, sagte sie versöhnlich. »Ich hab gedacht, wir lassen dich lieber in Ruhe.«

Die Kinder waren ganz begeistert von dem Zelt. Sie wollten sogar diese Nacht drin schlafen, unten im Garten; Suzie sagte, das sei in Ordnung, aber nur, wenn Jamie bei ihnen bleibe. Hannah zog den Reißverschluss am Eingang zu, und dann hockte sie mit ihrem Handy dort drinnen in dem warmen orangenen Licht und erzählte ihren Freundinnen, wo sie gerade war; Joel schleppte seine ganzen Beanie Babies an. Aber Jamie war mit dem Fahrrad verschwunden und kam auch nicht mehr zurück. Suzie, leicht bedripst, ging, ohne David anzusehen, ins Schlafzimmer, um ihren Pyjama unterm Kopfkissen hervorzuholen, und dann zogen sie sich alle drei aus und krabbelten in ihre Schlafsäcke, schnell, bevor es dunkel wurde und sie nichts mehr sehen konnten. David hatte in seinem Arbeitszimmer zu tun und guckte dann noch die Nachrichten; hin und wieder fiel sein Blick auf das ungewohnte schwache Leuchten des Zeltes draußen vorm Fenster, und er dachte an seine Familie, die dort drinnen atmend, träumend schwebte. Es war schon spät, als er Jamie nach Hause kommen hörte; sie sahen sich kurz in der Küche, als David sich ein Glas Wasser holte und Jamie, mit dem Kopf fast auf der Tischplatte, die Haare im Gesicht, seine gewohnte randvolle nächtliche Schüssel Müsli in sich hineinschaufelte, ein paar Zentimeter vor der Schüssel ein aufgestelltes Buch, gewissermaßen als Barriere, um sich nicht unterhalten zu müssen. David nahm an, dass sein Sohn für die Prüfungen lernte, die in ein paar Wochen anstanden – eine Annahme, für die es allerdings herzlich wenig Anlass gab. Sooft er versucht hatte, in die Rolle des besorgten Vater zu schlüpfen – eigentlich doch wohl sein gutes Recht –, (hatte Bryn nicht damals, vor vielen Jahren, als er selbst sein Abi machte, eine Liste mit allen relevanten Themen gehabt und ihn regelmäßig abgefragt?), war er sich wie ein Idiot vorgekommen, weil Jamies Lehrer belustigt reagiert und ihm versichert hatten, es sei alles in Butter, Jamie werde es schon schaffen. Also schien er gut zu sein. Kunst und so was, sagte sich David, das war ja eh was anderes als die Naturwissenschaften.

Bevor er schlafen ging, trat David noch einmal vor die Hintertür, um zu sehen, ob es jetzt, wo die Sonne längst weg war, draußen im Garten nicht zu kalt sei: Er machte sich Sorgen um seine Camper. Er brachte eine extra Decke raus, machte sich an den Fensterklappen zu schaffen und spähte hinein; im Lichtschein der Küchenlampe erkannte er schemenhaft die zusammengekauerten Gestalten der drei, als Suzie plötzlich den Kopf hob und ihn anstarrte. Die Luft im Zelt war süßlich muffig wie in einem Mäusenest.

»Ich hab euch noch eine extra Bettdecke mitgebracht«, sagte er. »Ich hatte Angst, ihr friert vielleicht.«

Suzie brauchte einen Augenblick, bevor sie antwortete, sie schien noch halb im Schlaf zu sein.

»Uns geht's gut«, sagte sie schließlich, immer noch ganz benommen. »Die brauchen wir gar nicht. Aber danke.«

Am Freitagabend fuhren Menna und ihr Freund mit ihrem zerbeulten alten, mit riesengroßen knallbunten Blumen bemalten Bedford Dormobile vor, von dem schon der Lack abblätterte, und wollten die drei zum Camping abzuholen. »Ist der denn auch sicher?«, hätte David fast gefragt, »ist er überhaupt noch zugelassen, habt ihr die Reifen überprüft?«, aber er biss sich auf die Zunge und ließ die Hände in den Taschen, denn ihm war klar, dass sie ihn alle für einen Erbsenzähler halten würden, wenn er hier stand und moserte, während diese Hippies seine Frau entführten. Mennas verächtlicher Blick aus den dick mit Kajal umrandeten schwarzen Knopfaugen ließ keinen Zweifel daran, was sie von dieser Siedlung hielt, in der er mit den Seinen zu Hause war, von den teuren kleinen Backstein-Flachwurzlern mit ihren nutzlosen Vorbauten im Landhausstil und den noch rohen, gerade erst in die rote Erde gekratzten Gärten. Der Freund war liebenswürdig und kompetent, er hatte einen Pferdeschwanz und harte braune Hände (er war wohl beim Grünflächenamt und arbeitete an einem Projekt zur Erhaltung der alten Cardiffer Friedhöfe). Nachdem er Suzies Zelt und ihr Gepäck ordentlich hinten im Wagen verstaut hatte, half er den Kindern beim Einsteigen. Die lärmende Abreise seiner Familie – die Kinder drehten sich wenigstens noch mal um und winkten – riss ein Loch in Davids Abend; das Dröhnen der Autobahn noch in den Ohren, ging er wieder zurück ins Haus. Es kam ihm vor, als ob die Wände ihre Festigkeit verloren hatten. Er trat ans Küchenfenster und schaute über den Garten mit den neu gepflanzten Bäumen, über die grünen Falten des Golfplatzes und die Schatten des alten Gehöfts, die sich hinter seiner Grundstücksmauer ballten – dort musste jetzt der Rhododendron blühen –, bis zu der ersten Hügelkette, die sich im Norden erhob. Aufmerksam lauschte er den Geräuschen dort draußen: dem Knirschen der Autos auf den kiesbestreuten Einfahrten, dem Schlagen von Türen, dem Klappern von Töpfen und Pfannen, das aus fremden Küchen kam, einem Insekt, das an die Fensterscheibe knallte, den Katzen, die oben auf den Zäunen entlangtappten.

Am nächsten Morgen fuhr David zu *Sainsbury's* (Suzie hatte ihm eine Einkaufsliste dagelassen), und auf dem Rückweg schaute er bei Giulia vorbei. Er hatte Angst gehabt, Giulia würde bedauernd das Gesicht verziehen, wenn sie ihn sah, aber stattdessen zog sie ihn gleich höchst interessiert ins Haus, wo ihn eine Wolke ihres nach Blumen duftenden Parfüms umfing. Sie war noch im Morgenmantel und cremte sich gerade das Gesicht ein.

»Ach, wie schön, dass du vorbeikommst! Ich wollte dich nämlich schon einladen, ich weiß doch, dass du alleine bist. Was haben unsere Camper nur für ein Wetter? Ist ja wirklich nicht so toll. Na, wenigstens regnet's nicht. Wie geht's denn Jamie? Komm doch rein, du bist meine Ausrede für einen Kaffee. Hier herrscht mal wieder das reinste Chaos: Den Frühstückstisch hat auch noch keiner abgeräumt. Larry hat sich ins Studio geflüchtet. Man möchte es nicht glauben, aber wir sind, ehrlich gesagt, schon seit Stunden auf den Beinen. Was ist denn bloß so schwer daran, endlich mal in den Tag zu starten?«

Giulia und Larry wohnten in dem großen, heruntergekommenen Haus, das Larry von seiner Tante geerbt hatte, zusammen mit der Tanzschule; wenn man sich unterhielt, hörte man aus dem Nebenraum, in dem Larry Unterricht gab, Fußgetrappel und Fetzen von Discomusik. Bei Giulia waren immer irgendwelche Leute zu Besuch, tranken Kaffee oder etwas Stärkeres und aßen Pasta, wenn Larry kochte: Verwandte, Lehrerkolleginnen aus der Ladysmith, die Freundinnen ihrer Töchter, ein geistig behinderter Nachbar im Rollstuhl, Geflüchtete aus allen möglichen Krisengebieten. David fragte sich, ob er auch so ein Geflüchteter war. Manchmal, wenn er und Suzie zu einem Drink eingeladen waren, saß eine sehr dünne alte Dame, vielleicht eine andere Tante von Larry, in der Ecke auf einem Barhocker, beobachtete alles und schlug hin und wieder in gebrochenem Italienisch Alarm, wenn ein Gast nichts mehr in seinem Glas hatte. Giulia setzte Kaffeewasser auf und ging nach oben, um sich anzuziehen; die Töchter mit ihrem straffen goldenen Teint hatten das gleiche dunkelblonde Haar wie sie. Laut zwitschernd wie ein ganzer Vogelschwarm kamen sie in hautengen Kleidern ins Esszimmer, wo David am Tisch saß, auf dem überall Krümel und Eierschalen lagen, und machten sich nichts daraus, dass er ihre Fragen nicht beantworten konnte. Wann sie das Pferd füttern gingen? Ob Larry sie mit in die Stadt nehmen würde, wenn er fertig war? Ob irgendjemand meine, dass dieses Bauchnabelpiercing hier vereitert sei? Giulia kam heruntergerannt, band sich die Haare zusammen und entschuldigte sich, der Kaffee sei das reinste Rattengift, der Einzige, der einen ordentlichen Kaffee machen könne, sei nun mal Larry, aber der sei ja nie da.

»Ich hab so eine Wut«, sagte sie. »Eine von meinen Asylbewerberfamilien ist gestern abgeschoben worden. Aus dem Sudan. Weißt du, wie das läuft? Die holen die Kinder ab und drohen damit, sie ins Heim zu bringen, wenn die Eltern nicht umgehend zum Flughafen kommen. Findest du das anständig?«

Nein, das fand David nicht, und tatsächlich hatte

er erst kürzlich in der Gesundheitsbehörde etwas mit dem Flüchtlingsrat zu tun gehabt; sie diskutierten eine Weile. Die Mädchen verdünnisierten sich, das Thema interessierte sie nicht. Giulia wollte zusammen mit dem Flüchtlingsrat eine Strategie erarbeiten, wie sie und die Schulleitung verhindern konnten, dass so etwas an der Ladysmith noch einmal passierte; David hielt das nicht für machbar.

»Und wie findest du diese Menna?«, fragte er und bereute seine Frage gleich wieder. »Sie und Suzie scheinen ja auf einmal die besten Freundinnen zu sein.«

»Stört dich das?«, fragte Giulia mit unverhohlenem Interesse und professioneller Freundlichkeit.

»Das geht nicht gegen sie persönlich. Aber dieses ganze Theater, die Wahrsagerei, der alte Hippie-Bus, das Fußkettchen. Dieser New-Age-Kram ist Suzie doch früher noch mehr auf die Nerven gegangen als mir.«

»Aber das ist doch nichts Schlimmes, oder? Sie sind doch nur campen gefahren. Und ich fand das Fußkettchen ganz hübsch. Ich hab überlegt, ob ich mir auch eins anschaffe. Oder bin ich dafür schon zu alt? Ich trau mich nicht, die Mädchen zu fragen, ich weiß ja eh schon vorher, was sie sagen.«

»Natürlich ist es nichts Schlimmes. Es wundert mich bloß, dass Suzie das nicht durchschaut.«

»An dem ganzen Quatsch ist mehr dran, als uns beiden lieb sein kann. Meine Großmutter – ein schreckliches altes Weib – hatte das Zweite Gesicht, ich schwör's dir. Immer, wenn in der Familie ein Unglück passiert ist, hat sie die Nacht davor so einen ganz bestimmten Traum gehabt – immer irgendwas mit Wasser.«

David konnte nur verständnislos gucken. Er war peinlich berührt. Was sollte er auch sagen, wenn ihm eine alte Freundin wie Giulia plötzlich ihren heimlichen Aberglauben beichtete? Er war so durch und durch und bis in sämtliche Instinkte hinein Rationalist, dass er jegliche Unvernunft geradezu als Geschmacksverirrung und als ein Versagen der Urteilkraft empfinden musste – dumm und peinlich.

Jamie kam jetzt öfter in die Villa Firenze. Als er Kate nach der Begegnung im Café das erste Mal besuchte, war sie gerade dabei, Billie mitten am Nachmittag die Zehennägel zu lackieren. Sie kam an die Tür, in der Hand das Fläschchen mit kirschrotem Nagellack.

»Ich hab dir alles über Francesca erzählt«, rief sie. »Mehr gibt's nicht zu sagen.«

»Ich wollte Ihnen meine Hilfe anbieten. Ich dachte, Sie brauchen vielleicht irgendwas. Ich könnte bei Ihrer Mutter bleiben. Ich könnte Ihren Rasen mähen.«

Sie ließ ihn seufzend herein, und er folgte ihr in den Salon, wo ihre Mutter barfuß auf dem Sofa saß und wartete. Kate legte sich Billies Füße auf den Schoß und fing an, noch einmal zu lackieren, hoch konzentriert beugte sie sich über die knorrigen alten Zehen. Billie war immer noch so eitel, dass sie im Schuhgeschäft nach Größe 36 fragte, aber ihre Füße waren bläulich und geschwollen, und der Ballen bereitete ihr auch Probleme, sodass ihr Kate mitunter Löcher in die Schuhe schneiden musste.

»Entschuldigen Sie bitte unsere schrecklichen Manieren«, sagte Billie und lächelte Jamie huldvoll zu. »Wie unhöflich von uns.«

Er wurde rot, setzte sich auf einen Stuhl, ganz vorne auf die Kante, und ließ ostentativ den Blick durchs Zimmer schweifen, die Nagelpflege krampfhaft ignorierend. »Nett, dass Sie mich reingelassen haben«, sagte er.

»Wer ist denn das?«, fragte Billie laut, was Kate jedoch geflissentlich überhörte.

»Ich finde dieses Haus so schön«, sagte Jamie. »Einfach herrlich!«

»Guck mal, der Rasen.« Kate lenkte seinen Blick durch die französischen Fenster hinaus in den Garten. »Schön ist anders. Da müsste man eine Sense haben.«

»Eine Sense haben wir doch!«, rief Billie unversehens. »Draußen in dem einen Schuppen.«

»Aber die ist bestimmt stumpf. Wenn sie überhaupt noch da ist. Die Dinge, an die meine Mutter sich erinnert, die hat's vielleicht vor fünfzig Jahren mal gegeben.«

»Dann schärfe ich sie halt«, sagte Jamie. »Falls wirklich eine da ist.«

Als Kate mit Billies Nägeln fertig war, suchte sie lustlos nach den Schlüsseln und schloss die Schuppen auf, die sie schon jahrelang nicht mehr betreten hatte. Dicke Spinnweben hingen wie dreckige Lumpen an dem ganzen alten Zeug, das sich dort angesammelt hatte: Leitern, Farbtöpfe, ihre Stereoanlage aus den Siebzigern, eine Tretnähmaschine, ein Vogelkäfig, Fahrräder, eine Werkbank mit unzähligen Marmeladengläsern drauf, alle randvoll mit Nägeln, die zu einer kompakten Masse zusammengerostet waren. »Gucken Sie doch mal – lauter Antiquitäten!«, rief Jamie staunend, aber Kate hatte kein Interesse. Schließlich entdeckten sie die Sense. Jamie war der Meinung, dass sie nicht zu verrostet sei, und schärfte sie mit dem ebenfalls gefundenen Wetzstein. Und dann mähte Jamie mit rhythmischem Rascheln das hohe Gras, Kate machte die Terrassentür weit auf, und der Duft nach frischem Heu erfüllte den Raum. Es war ein grauer, wolkenverhangener Tag. Nach einigem Herumprobieren hatte der Junge den Bogen raus, das Gras fiel in sauberen Schwaden zur Seite; er zog das Hemd aus, sein Gesicht war nass vom Schweiß. Kate war so fasziniert von der unbeschwerten jugendlichen Kraft seines sonnengebräunten Rückens und seiner straffen Schultern, dass sie sich gar nicht mehr auf ihr Buch konzentrieren konnte. Als er etwa eine Stunde gearbeitet hatte, schlug Billie vor, sie könnten ihm doch einen Tee machen; Kate brachte einen Tisch und Stühle auf die Veranda, aber vorsichtig, denn das Holz war an manchen Stellen morsch. Sim, von seinem Platz auf ihrem Schoß verbannt, wo er, während sie las, gesessen hatte, strich ihr in kabbalistischen Windungen um die Füße.

»Die Sense ist gut«, sagte Jamie zu Billie, und die zierliche Teetasse mit dem Rosenknospendekor wollte so gar nicht zu seinen Fingern passen, die von der Arbeit heiß und rot geschwollen waren. Er hatte schon in der Küche einen halben Liter Leitungswasser getrunken.

»Die hat mein Vater gekauft. Er war zwar Geschäftsmann, aber wie wichtig gutes Werkzeug ist, das hat er trotzdem gewusst, und er hat grundsätzlich nur das Beste gekauft, grundsätzlich. Früher ging unser Anwesen hier den ganzen Hügel hinauf, wissen Sie? Als Kate klein war, hat sie immer in unserem eigenen Wäldchen gespielt. Jetzt sind die Bäume alle weg, bis auf unsere Apfelbäume und die große Buche hinter der Senke.«

»Billie denkt manchmal, sie ist eine Emigrantin aus Weißrussland. Eine Prinzessin wahrscheinlich; es gab ja so viele Prinzessinnen. Ich bin sicher, sie denkt, die Bolschewiken sind schuld, dass wir heute in so bescheidenen Verhältnissen leben.«

»Das denke ich durchaus nicht, Kate.«

»In meiner Anfangszeit als Lehrerin hab ich ein paar Weißrussen unterrichtet. Die Letzten ihrer Art, alle hoch in den Neunzigern – mindestens, die waren noch viel, viel verrückter als Billie. Aber manchmal müssen wir uns halt daran erinnern, dass wir unser Geld dem Kurzwarenhandel verdanken. Strümpfe für die Bergmannsfrauen.«

»Was sind denn Kurzwaren?«, fragte Jamie. »Und was sind Weißrussen?«

»Ach herrje«, sagte Kate. »Du weißt ja anscheinend gar nichts! Ich hab gedacht, du bist ein kluger Bursche. Jedenfalls tut's mir jetzt schon leid, dass ich dich hab den Rasen mähen lassen. Ich finde, als das Gras noch lang war, sah es besser aus. Das Gras war wunderschön, es wogte im Wind, es war blond wie Haare, es rauschte wie das Meer. Und jetzt – wie sieht es jetzt aus? Stoppelig und hässlich, wie so ein armer kahl geschorener Kopf.«

Jamie war ganz geknickt, doch nur so lange, bis Kate ihn auslachte und ihm eine Zigarette gab.

»Ach, mein Lieber, hören Sie nicht darauf, was meine Tochter redet«, sagte Billie. »Die muss immer sticheln.«

Später fragte sie Kate noch einmal: »Wer ist denn das? Woher kennen wir ihn?«

Kate sagte ihr bloß, dass er Jamie hieß; sie wollte nicht riskieren, dass Billie plötzlich ein Licht aufging und sie David, falls er irgendwann mal wieder herkam, mit Komplimenten für seinen wohlgeratenen Sohn überschüttete. Jamie hockte währenddessen da, hatte der Veranda den Rücken zugewandt und betrachtete mit zusammengekniffenen Augen sein Werk. Wenigstens unbekümmert rauchen konnte er wie ein Erwachsener. Das war ja auch das Erste, was man wie ein Erwachsener zu tun lernte: Kate konnte sich noch daran erinnern, wie sie in ihrem Zimmer vorm Spiegel geübt hatte.

Als Jamie das nächste Mal kam, machte er mit ihnen eine Kahnpartie. Kate hatte zu tun, sie wollte nicht mit, sie musste einen Vortrag schreiben für eine Konferenz, zu der sie eingeladen war, aber Jamie ließ nicht locker. Billie habe ihm erzählt, das sei ihr großer Wunsch, sagte er ihr. Trotzdem war es dann der reinste Albtraum, Billie in das Boot hineinzukriegen: Sie zögerte, machte sich steif und blieb unentschlossen am Ufer stehen, stieß immer wieder mit dem Krückstock auf und hielt sich an Kates Arm fest, bis Jamie und der Bootsverleiher sie schließlich in die Mitte nahmen, sie hochhoben und mit einem Schwung hineinsetzten. Außer ihrem Kahn war nur noch ein anderer unterwegs: Es war Dienstagnachmittag. Das Sonnenlicht war dunstig gelb, das Wasser blass und milchig; die Ruder tauchten ein, sie kräuselten die glatte Haut und tropften dann von lauter Licht; in Ufernähe, wo die Menschen die Enten fett und rund fütterten, wabbelten Brotbrocken in ihrem breiten Kielwasser. Jamie umrundete den Uhrenturm, dann fuhren sie, vom leisen Plätschern der Ruder begleitet, weiter hinaus bis zum anderen Ende des Sees, wo ein mit orangenen Schwimmern markiertes Nylonseil die Inseln abtrennte.

»Müsstest du nicht in der Schule sein?«, fragte Kate.

»Prüfungszeit. Wir haben keinen normalen Unterricht.«

»Dann solltest du lieber lernen.«

Er beugte sich grinsend zurück.

»Ist das nicht himmlisch?«, sagte Billie, die kerzengerade dasaß, sich an der Bordwand festhielt und um sich guckte, als erlebe sie ein Wunder.

»Früher konnte man um die Inseln herumrudern. Da sind wir immer ausgestiegen und haben gepicknickt. Einmal haben wir auch ein Feuer gemacht und nachts gepicknickt. Jemand hatte eine Gitarre dabei, und wir haben gesungen.«

»Sollen wir jetzt mal drum herumfahren? Heben Sie das Seil hoch, dann schlüpf ich drunter durch.«

»Meinen Sie, das geht? Das wär ja lustig!«

»Mach keine Dummheiten, Jamie«, sagte Kate. »Das gibt Ärger mit dem Verleiher! Der brüllt uns an, und das vor unserer eigenen Haustür. Du hast wohl vergessen, dass wir anständige ältere Leute sind.«

»Seid ihr nicht.«

»Du findest uns also nicht anständig?«

»Nicht älter.«

Aber er schwenkte artig ein Ruder herum, drehte das Boot und ruderte wieder zum anderen Ende zurück. Sie glitten so leicht dahin, dass es den beiden Passagierinnen im silbrigen Licht, das sich im Wasser spiegelte, vorkam, als würden sie schweben.

»Wie kommst du denn so mit deiner Stiefmutter zurecht?«, fragte Kate.

»Mittlerweile ganz gut«, sagte Jamie. »Aber es war nicht einfach.«

»Das kennt man ja von Stiefmüttern nicht anders. Sie lassen dich im Wald verhungern, werfen dich in einen Brunnen. Kannst du alles nachlesen. Und du kleiner Schlaumatz hast heimlich Steinchen fallen lassen, damit du immer wieder nach Hause zurückfindest.«

»Sie war wirklich nicht gemein. Ich glaube, ich war furchtbar. Ich bin jede Nacht zehnmal aufgewacht und wollte was zu trinken, und ich hab nur Chips gegessen und Tomatensuppe aus der Dose. Aber inzwischen können wir uns ganz gut leiden.«

»Wo kommt sie eigentlich her? Wie haben sie und David sich kennengelernt?«

»Sie hat eine verrückte Familie. Ihre Eltern machen eine Zaubershow für Kinder, sie arbeiten gerade in Spanien, für die Briten, die dort leben. Die haben überhaupt kein Geld, Suzie muss ihnen ständig aus der Patsche helfen. Sie hat einen Bruder, der wegen Kreditkartenbetrug im Knast war, und eine Schwester, die sich immer die falschen Männer aussucht und dann grün und blau geschlagen bei uns auftaucht. Keine Ahnung, wie sich die beiden kennengelernt haben. Bei uns zu Hause redet man nicht über Sachen, die wirklich passiert sind.«

Jamie lenkte das Boot mit Schwung durch den schmalen Kanal zwischen dem Uhrenturm mit seiner winzigen verschlossenen roten Tür und dem steilen steinigen Ufer unterhalb der Promenade, auf der sich die Spaziergänger vorbeugten und den Blick über den See schweifen ließen, bis weit hinauf zu den blauen bewaldeten Hügeln; bei ihrer Durchfahrt geriet die geschlossene Decke aus Entenfedern, Brotbrocken und Eislutscherpapieren, die auf der Wasseroberfläche schwamm, tüchtig ins Schaukeln. Als sie von Bord gingen – Billie war ganz steif vom langen Sitzen –, fragte Kate Jamie, ob er sich mit Computern auskenne. »Nur so das Übliche«, sagte er, und Kate war sicher, dass das mehr war als das bisschen, was sie selber wusste. Wieder zu Hause angelangt, blieb Billie stur vor dem heißen, im hellen Tageslicht fahl leuchtenden Gasheizofen sitzen, während Kate mit Jamie nach oben in ihr Zimmer ging, wo der iMac, den sie mit Max zusammen gekauft hatte, immer noch inmitten eines Gewirrs von Kabeln auf dem Tisch stand.

»Kannst du das Ding zum Laufen bringen?«

»Sie meinen, einfach zusammenbauen und anschließen?«

»Genau.«

Er lachte, das war wirklich leicht.

»Ist das hier Ihr Zimmer?«, fragte er, als sie nach zehn Minuten wieder hereinschaute, um zu gucken, wie er vorankam, und den Bildschirm brummen sah. »Weil das ist kein normales Zimmer.«

»Das ist ein bescheuertes Zimmer. Das ist ein Kinderzimmer, eigens hergerichtet für das bezaubernde Kind, das ich nie war. Ich bin mir noch nicht im Klaren, wie ich hier leben soll als die, die ich tatsächlich bin. Aber wie hat denn ein normales Zimmer auszusehen?«

»Na, Sie wissen schon, Schrankwand, Teppichboden und so.«

»Schrankwand. Das hört sich ja furchtbar an. Hast du so was zu Hause?«

»Ich hab mich gewehrt. Suzie wollte mir eine kaufen, aber ich hab sie nicht gelassen.«

»Weißt du, dass ich hier in diesem Haus geboren bin?«,

sagte Kate. »Nicht in diesem Zimmer allerdings. Ich kann dir ja mal zeigen, wo. Das ist garantiert das Gegenteil von einem Schrankwandzimmer.«

Sie nahm Sim auf die Schulter: Er war eifersüchtig auf Jamie und wollte nicht, dass sie mit ihm alleine war. Die Tür zu dem alten Schlafzimmer war meistens abgeschlossen; hin und wieder ließ sie die Frau von *Mopp & Bucket* mal mit dem Staubtuch durchgehen. Drinnen war es schattig wie immer, wenn die Rollos runtergezogen waren, deren Stoff so von Motten zerfressen war, dass das Halbdunkel jetzt am Nachmittag mit lauter kleinen Lichtstrichen und winzigen Sonnenstrahlen durchsetzt war. Die Spiegel glitzerten wie dunkle Tümpel, und über dem Toilettentisch, der mit dem Rücken vor einem der seitlichen Fenster stand, und in der Tür des schweren, finster gewölbten Mahagoni-Kleiderschranks – überall Najaden mit Früchten und mit Ährengarben, auch überm Bett schütteten sie ihr Füllhorn aus. Früher, meinte Billie, wenn sie mal wieder in Erinnerungen schwelgte, hätten die Dienstmädchen das Mahagoni mit kochend heißem Essigwasser geputzt und die Wischlappen vorher ordentlich ausgewrungen. Kate konnte sich nicht entsinnen, dass hier jemals irgendwer geschlafen hätte: Ihre Großeltern waren schon viele Jahre vor ihrer Geburt gestorben. Die abgestandene Luft dort drinnen roch seit eh und je unabänderlich nach Mottenkugeln, Teppichwolle und nach etwas Süßlichem, so was wie altmodischem Gesichtspuder vielleicht – jeder einzelne dieser Gerüche hatte sich im Laufe der Jahrzehnte abgeschwächt, und alle zusammen hatten sich vermischt, und mittlerweile war daraus ein säuerlicher Dunst geworden. Es schien auch irgendwo reinzuregnen. Der Raum erstreckte sich fast über die gesamte Länge des Hauses; das eine Ende war eine Art Boudoir, in dem ein Schreibtisch stand und ein blassrosa Sofa, dessen seidener Bezugsstoff einmal rot gewesen war.

Schüchtern wagte Jamie sich ein paar Schritte hinein.

»Das ist ja ein sagenhaftes Zimmer.«

»Was hat mein Großvater, der alte Sam, sich wohl gedacht? Wie viele Stämme wollte er wohl zeugen in diesem Bett? Was hat er wohl erlebt in Vilnius, dass er auf so was hier verfallen ist? – Stell ihn dir vor: Ein armer kleiner Judenjunge, lässt einfach seinen Karren stehen in einer Winternacht und späht durch die erleuchteten Fenster? Ich glaub, er hatte wirklich einen Karren, auch wenn sich das vielleicht nach dichterischer Freiheit anhört.«

»Sind Sie jüdisch?«, fragte Jamie.

»Nicht ganz. Nicht ganz jüdisch, nicht ganz walisisch, nicht ganz irisch (wie mein Vater). Und überhaupt nicht englisch.«

Kate ging hinüber zu den Fenstern und versuchte, die Rollos hochzuziehen; ruckelnd und japsend rollten sie sich hoch, Staubwolken stiegen auf. Vor den drei französischen Fenstern befand sich ein langer Balkon, an drei Seiten von einer schmiedeeisernen Brüstung begrenzt, mit Blick auf den See, dessen Silberfläche nach ihrem Eindringen nahtlos wieder geheilt war: Jetzt waren keine Boote mehr draußen, die Schwäne waren die Alleinherrscher. Es war das beste Zimmer in der ganzen Villa Firenze. Wenn Kate überlegte, wie sie das Haus komplett renovieren, modernisieren und so gestalten sollte, dass sie wirklich darin leben konnte, endete sie stets dabei, dass sie sich diesen Raum als Schlaf- und Wohnzimmer einrichten wollte. Doch wenn sie dann an die viele Arbeit dachte und an all die banalen Probleme bei der Umsetzung, befiel sie jedes Mal eine bleierne Müdigkeit. Vielleicht war ja für so was auch gar nicht genug Geld da.

»Der arme Großvater Sam. So richtig viel ist aus dem Kinderzeugen ja dann doch nicht geworden. Aus seinem Traum von einer Dynastie, den er an diesem Kopfende vielleicht geträumt hat. Es hat gerade mal zu einem mickrigen schwachen kleinen weiblichen Zweig gereicht, der mit mir ihr sein Ende gefunden hat und ein für alle Mal untergegangen ist. Billie war das einzige Kind, das sie bekommen haben. Meine Großmutter hatte immer wieder Fehlgeburten; Billie war ein spätes Wunder, als sie schon die Hoffnung aufgegeben hatten. Sieht sie nicht ein bisschen unheimlich aus, widernatürlich? Sie ist in diesem Zimmer auf die Welt gekommen, ich ebenfalls. Billie hat auch nur mich gekriegt. Und ich bin auch erst spät gekommen. Wahrscheinlich sind wir beide in diesem Bett gezeugt worden. Auch meine Großeltern sind hier gestorben, ohne zu wissen, dass sie einmal Enkel haben würden. Mein Vater ist ebenfalls hier drin gestorben: der Fremdling. War schon besser, dass sie nie etwas von ihm erfahren haben. Und darum haben wir die Tür jetzt zugeschlossen: zu viel Bedeutungsschwere, zu umständlich für den täglichen Gebrauch.«

Im Licht des späten Nachmittags, das perlend wirkte, weil gefiltert durch die schon seit Jahren ungeputzten Fenster, sahen sie einander mit halb zugekniffenen Augen an; jetzt, wo die Rollos hochgezogen waren, trat alles deutlicher hervor, und dadurch, dass die Gegenwart so unversehens eingedrungen war, wirkte der Raum noch eigenartiger: halb abgerissene Tapeten, der Teppich fleckig, wuchtige Möbel, alles total marode.

»Find ich toll, dass Sie's so gelassen haben«, sagte Jamie. »Ich kenn sonst keinen, der das täte. Grandma Bell hat auch ein altes Haus, aber die lässt andauernd irgendwas verändern, damit ja immer alles auf dem neusten Stand ist.«

»Ich bin vor fünfundzwanzig Jahren ausgezogen. Als ich ein junges Mädchen war, hat mich das Haus ganz krank gemacht. Ich hab Billie genervt, dass sie alles anders machen, lauter neue Sachen kaufen soll. Jetzt macht es mich zwar manchmal immer noch krank, aber ich habe schlicht nicht mehr die Energie.«

»Warum haben Sie eigentlich diese einzelne weiße Locke?«

»Aus Kummer natürlich. Über mein verpfuschtes Leben.«

»Echt?«

Er streckte die Hand aus, wollte ihr ins Haar fassen, doch Sim verpasste ihm eins mit der Pfote – mit ausgefahrenen Krallen.

»Quatsch, du Dummkopf, das ist Vererbung. Hinten hab ich auch noch eine, im Nacken. Ich hab sie offenbar von meinem Vater, obwohl man sie auf keinem seiner Fotos sehen kann. Wahrscheinlich werd ich meine auch bald verlieren, wenn der Rest ebenfalls weiß wird.«

Kate zog den Kopf weg, um den plumpen Jungenfingern auszuweichen, doch dann, als Billie Jamie bat, Klavier zu spielen, sah sie, dass seine Finger gar nicht mal so übel waren, auch wenn ihr Eindruck vorhin, als sie ihn mit der Sense und den Rudern hantieren sah, ein völlig anderer gewesen war. Es waren lange Hände mit fließenden Bewegungen, durchaus geschickt, auch waren seine Fingerspitzen breit und stumpf, was eher für einen praktischen Verstand sprach als für Eleganz. Doch spielen tat er grauenhaft. Sein Stil war einfach scheußlich, er stolperte in einer Tour, selbst bei den leichten Stücken, die er auswendig konnte, wie er sagte, und wurde ständig rot. So sehr weit sei er nicht gekommen, sagte er, außerdem habe er ja schon vor Jahren aufgehört. Nur äußerst widerwillig – mit eingezogenem Kopf, darauf gefasst, sich lächerlich zu machen – hatte er eingewilligt, ihnen etwas vorzuspielen, bloß weil Billie, stur und unvernünftig, wie sie war, buchstäblich darum gebettelt hatte, und Kate, die weiter ihr Buch lesen wollte, war zu faul gewesen, um einzugreifen. Wenn er sich nicht blamieren wollte, hätte er ja schließlich gehen können, oder? Jamie gestand, er habe nie ein richtiges Klavier gehabt zum Üben, nur so ein elektrisches Keyboard. Kate sah in Billies Kopf zwei Lämpchen blinken: Mitleid und Entschlossenheit; den Rücken durchgedrückt, so gut es eben ging, stand sie geduldig hinter Jamie und massierte ihm die Schultern, bis sich die Verkrampfung löste und seine Arme in die richtige Haltung kamen.

»Leg die Hände auf die Tasten. Nicht so: Stell dir vor, du hast in jeder Hand eine Orange: Mach sie rund, schön rund, die Hand. Und jetzt spiel: nur diese einfache kleine Übung hier, hör zu. *Die Leiter hinauf.* Die Finger immer schön rund lassen, und jetzt mit Druck nach unten, runter mit den Handgelenken bei der ersten Note; und hoch, die Handgelenke anheben – nur anheben, nicht staccato –

auf der Drei. Schön rund. Und bis ganz nach oben. So hier: Hörst du's jetzt? Schon besser, oder? Versuch mal das hier: *Tür aufmachen.*«

Von da an musste Jamie immer, wenn er kam, mindestens eine Stunde mit Billie Klavier üben; sie machte kleine Spiele mit ihm wie mit einem Kind von sieben, acht Jahren. Und obwohl sie ihn wie ein Kind behandelte, verlangte sie trotzdem, dass er auch diese leichten Stücke und Etüden auf höchstem Niveau spielte, genau wie früher, als sie noch regelmäßig unterrichtete und ihre Suzuki-Kurse leitete. Kate hörte zu, wenn Jamie stolperte und stockte, wenn er sich umsonst anstrengte und ein und dieselbe Stelle, die ganz einfach war, wieder und wieder spielte. Sie fand es gut, dass er sich Mühe gab und scheiterte: Er hatte diese müde Trägheit, die schlaue Jungen haben, für die immer alles zu einfach ist. Er las sehr viel – er hatte schon viel mehr gelesen als sein Vater –, aber unsystematisch, mit großen Wissenslücken, die er durch Raten und Intuition füllen zu können meinte.

Mit der Zeit fühlte sich Kate auf eine unbestimmte Weise gestört, wenn Jamie da war. Manchmal schickte sie ihn weg, wenn er vor der Tür stand, doch dann fragte Billie, wo er nur bleibe, das Unterrichten machte sie so glücklich.

»Warum bist du denn nicht bei deinen Freunden?«, fragte Kate ihn mürrisch. »Hast du keine Freunde?«

»Natürlich hab ich Freunde«, versicherte er ihr, »aber ich bin lieber hier.«

»Und warum?«

»Hier ist eben alles anders. Sie sind nicht so wie alle anderen.«

»Woher willst du denn das wissen? Du kennst doch sonst gar niemanden.«

Er fuhr mit seinem Fahrrad raus aufs Land, nach Cefn Onn, gleich hinter der neuen Siedlung, in der er mit seiner Familie lebte, und brachte Kate einen großen Strauß Feldblumen mit, den er sich unters Sweatshirt gestopft hatte; als er ihn ihr hinhielt, waren die Blumen schon halb verwelkt, sie stach sich an etwas Dornigem, es blutete.

»Ist das nicht Weißdorn?«, sagte sie. »Weißt du denn nicht, dass der niemals ins Haus gehört? Das bringt Unglück. Bloß weg damit. Ich will das Zeug hier nicht haben.«

Mit dem Wetter hatten Suzie und Menna an ihrem ersten gemeinsamen Campingwochenende kein rechtes Glück. Vierzehn Tage später waren die Vorhersagen besser, und Suzie teilte David mit, dass sie noch einmal fahren wollten. Wieder dorthin, wo sie letztes Mal auch gewesen waren, auf eine Wiese an einem Fluss auf der anderen Seite des Hay Bluff. Zu seiner eigenen Überraschung war es David dieses Mal egal. Er war beschäftigt, blickte kaum vom Computer auf, als er den alten Bedford-Bus (diese knatternde Dreckschleuder, deren Abgase der Umwelt garantiert Schäden zufügte, die seine Familie auch mit noch so puritanischem Veganertum nie und nimmer würde kompensieren können) am Samstagmorgen vorfahren hörte. Suzie stand in der Tür zu seinem Arbeitszimmer, um sich zu verabschieden, zögernd, als rechne sie damit, dass er eine Erklärung erwartete, warum sie schon wieder abtrünnig wurde, und das nach so kurzer

Zeit; doch das tat er nicht, er hatte zu arbeiten, er gab ihr einen schnellen Kuss.

Er hatte den größten Teil der Woche außerhalb zu tun gehabt und war immer erst sehr spät nach Hause gekommen; er überwachte einen Meningitisausbruch in einer Stadt im Valley, ein fünfzehnjähriges Mädchen war gestorben und ein paar andere erkrankt. Es war gar nicht so einfach, sämtliche Kontakte der Toten nachzuverfolgen. Die Nacht, bevor sie ins Krankenhaus kam, war sie bei Dunkelheit mit einer ganzen Truppe unterwegs gewesen, in der zerbeulten Karre von irgendwem, bergauf, bergab, von einem Haus zum nächsten, und alle dicht gedrängt zusammen auf dem Rücksitz; es wurde getrunken, sie nahmen Amphetamine, und dann hatte das Mädchen über Übelkeit geklagt. David versuchte, sich dieses Teenagerleben vorzustellen, diesen sorglosen Umgang miteinander, wie Fuchswelpen im Bau, eben noch kuscheln sie sich aneinander, im nächsten Moment raufen sie; er selbst hatte in diesem Alter stets sorgfältig auf Abstand geachtet. Was Jamie machte, wenn er abends ausging … keine Ahnung. Er rief Kate Flynn an und fragte, ob sie mit ihm ins Kino gehen wolle. Im Arts Centre lief gerade eine Bergman-Hommage; er wusste nicht genau, ob das sein Ding war, nahm aber an, es könnte ihres sein.

*Die Jungfrauenquelle* – die Gewalt in diesem Film war ihm ganz schön an die Nieren gegangen. Doch das zeigte er Kate nicht, als sie nachher zusammen mit den sieben, acht anderen Zuschauern das kleine Studiokino verließen; Kate aber konnte nichts mehr überraschen, sie hatte das ja alles schon gesehen. Er wich einem Bekannten aus der Klinik aus, denn er hatte keine Lust, über die Arbeit zu reden. Sie gingen noch auf ein Bier in die Chapter Bar, wo David auf Kates Empfehlung irgendwas Schweres, Kaltes, Süßes trank.

»Meine Frau ist mit den Hippies auf und davon«, erzählte er ihr, »in einem mit psychedelischen Blumen bemalten Van, die Kinder hat sie mitgenommen. Wahrscheinlich sitzen sie jetzt irgendwo in den Black Mountains und stellen sich gegenseitig ihr Horoskop.«

Kate saß da, das Kinn in die von Ringen starrende Hand gestützt, und hörte zu. »Einfach so, ohne Vorwarnung?«

»Doch, es gab durchaus Anzeichen, schon seit einer ganzen Weile. Der Traumfänger überm Bett, überall Kerzen, Marihuana in einer alten Tabakdose, auf der Toilette ein Exemplar von Khalil Gibran.«

»Schlimm«, seufzte Kate. »Khalil Gibran auf dem Klo. Manchmal sind's auch die *Rubaiyat* von Omar Khayyam. Und als Nächstes hast du vorne an der Tür die *Desiderata* hängen.«

David war das Bier sofort zu Kopf gestiegen. Er erzählte ihr von dem Meningitisausbruch.

»Du hast die Macht über Leben und Tod«, sagte sie, als lese sie es in seinem Gesicht.

»Wohl kaum.«

»Doch, doch, hast du. Ist das nicht was Ungeheures? Von deiner Entscheidung hängt es ab, ob Menschen leben oder sterben.«

»Es ist ein System; ich wende es bloß an. Daran ist ganz und gar nichts Heldenhaftes, obwohl, das System ist schon sehr bewundernswert.«

»Dagegen scheint das, was ich gemacht hab, beinah wie ein Traum, ein Fehler. Verlorene Zeit, ein Bücherleben.

Was für ein himmelweiter Unterschied zwischen deiner Nützlichkeit und meiner. Wieso hab ich mich bloß dafür entschieden, für diese Lebensspielerei? Ich hätte Krankenschwester werden sollen. Wir treffen einfach unsre Wahl, unbekümmert, ein ums andre Mal, da sammelt sich ganz schön was an in unserm Leben.«

Er lachte sie aus. »Ich glaube nicht, dass du eine gute Krankenschwester geworden wärst, das muss ich leider sagen.«

»Du meinst, ich bin zu nichts nütze. Zu egoistisch, träge, undiszipliniert.«

»Nicht darum. Aber warum machst du deine wahren Kompetenzen schlecht? Das glaubst du doch nicht im Ernst, dass Bücher und Musik nur Spielerei sind?«

»Ach, wenn ich auf der Geige wirklich etwas könnte oder wenn ich eine richtige Wissenschaftlerin wäre … Bist du glücklich?«

»Glücklich? Keine Ahnung.«

»Du betrachtest dich als Werkzeug«, sagte Kate. »Dein äußeres Leben ist geprägt von Strukturen, die größer sind als du selbst, dein inneres Leben aber, das wird davon nicht berührt. Irgendwie hat das einen bittersüßen Reiz. Das macht Männer in dieser Phase ihres Lebens, also, wenn sie die Jugend hinter sich gelassen haben, sehr attraktiv.«

»Das dürfte aber heutzutage doch für Frauen ganz genauso gelten?«

Kate sah ihn skeptisch an. »Aber nicht für mich.«

Sie schlug vor, dass er noch auf einen Kaffee mit zu ihr kam. Er setzte sich hinters Lenkrad und war sich seiner Verantwortungslosigkeit durchaus bewusst, denn er war – untypisch für ihn – nicht mehr ganz nüchtern; er fühlte sich tatsächlich beschwingt und zuversichtlich, und als sie aus dem Auto stiegen, atmete er den kalten nächtlichen Duft der Pflanzenwelt im Park tief ein. Die Frau, die von Kate engagiert worden war, um auf Billie aufzupassen, saß in der Bibliothek und schaute fern. Dass es in der Villa Firenze einen Fernseher gab, war David noch gar nicht aufgefallen. Kate bedankte sich überschwänglich bei der Frau, sagte, sie habe ihr das Leben gerettet, holte ihr Portemonnaie, um sie zu bezahlen, und scheuchte sie mit einer geradezu aristokratischen Herablassung, die Suzie garantiert geärgert hätte, aus dem Haus.

»Setz doch schon mal Wasser auf«, rief sie David zu. »Ich geh rasch hoch und sehe nach, ob bei Billie alles gut ist.«

Er streifte durch mehrere Räume, suchte tastend nach dem Lichtschalter und musste immer, wenn er fündig geworden war, feststellen, dass die Glühbirnen entweder kaputt oder zumindest furchtbar trübe waren, bis er endlich in einer Art verglastem Wintergarten landete, der, wie er sich erinnerte, im rechten Winkel an das Haupthaus und den Garten grenzte und in die riesige höhlenartige Küche führte, in der es einen gigantischen Tisch gab, so groß wie eine Bühne, und an den Wänden Tellerborde von gewaltigen Dimensionen. Alles hier bildete einen komischen Kontrast zu Kates und Billies tatsächlichen Bedürfnissen; er suchte den Kaffee und stellte fest, die meisten Schränke waren leer. Neben dem ausgedienten Gasherd hatte man vor langer Zeit einen elektrischen installiert. Aus dem Hahn hoch oben über dem viereckigen Abwaschbecken aus Emaille donnerte das Wasser in den Kessel, der wenigstens elektrisch war, allerdings ein gefährlich ausgefranstes Kabel hatte. Kates schwarzer Kater gab ein kehliges Miauen von sich und wollte durch die Hintertür hinausgelassen werden. Da David keinen Pulverkaffee finden konnte, nahm er an, dass Kate vielleicht nur echten kochte, und entdeckte auch prompt welchen in dem gewaltigen elfenbeinfarbenen alten Kühlschrank, der mit seinem lauten, Stimmungsschwankungen unterworfenen Motor eine unüberhörbare Persönlichkeit im Raum darstellte.

An einem Haken über dem Abwaschbecken hing schief und krumm ein kleiner Spiegel in einem Plastikrahmen, und während er darauf wartete, dass das Wasser kochte, betrachtete er sein Spiegelbild, die im trüben Licht der Deckenlampe grünlich schimmernde Haut. Er sah sich so, wie Kate meinte, dass er sei: eine Autorität, scheinbar perfekt, schwer zu durchschauen, einfach weil er keine Zeit für Selbstbespiegelung hatte. Dann guckte er schnell woandershin: Es ihm war peinlich, sich ganz bewusst so falsch sehen. Und nun kam ihm zum ersten Mal der Gedanke, Kate könnte erwarten, dass er ihr Avancen machte. Er konnte sich nicht vorstellen, dass er die Sorte Mann war, von der die Frauen sich das wünschten, aber für eine Frau von Kates Sorte – von der Londoner Sorte – war es anscheinend ganz selbstverständlich, dass zwei Menschen, die sich einigermaßen sympathisch fanden, bei passender Gelegenheit zusammen im Bett landeten. Warum eigentlich nicht? Hatte seine Frau ihn denn nicht verlassen, und war sie nicht mit fremden Leuten durchgebrannt? Warum nicht die alte Freundschaft ein wenig ausbauen?

Aber er wusste ja, er wäre nur entsetzt und fürchterlich verlegen, wenn es dazu käme. Hatte Kate ihn nicht schon einmal zu küssen versucht, als sie noch Teenager waren, und hatte er es damals nicht verbockt? Mann, war das peinlich gewesen! Francesca hatte mal gesagt, er sei so »phantasielos monogam«. Er brühte eilig den Kaffee, die ganze Glut des Alkohols – wie weggeblasen. Kate kam, lehnte sich an die Küchentür und sah ihm zu, sie erzählte lustige Sachen über Billie und erklärte ihm, wo der Zucker und die Kaffeetassen zu finden waren. Es waren richtig alte Tassen aus Porzellan, grün-golden und mit Untertassen, und wenn man sie gegen das Licht hielt, erkannte man im Boden das Gesicht einer Frau. Er vermied den direkten Blickkontakt mit Kate. Rein physisch fühlte er sich sowieso nicht richtig zu ihr hingezogen. Ihre extreme Magerkeit unter all den Lagen Stoff stieß ihn eher ab; wenn er sich vorstellte, sie zu entblättern, dann weniger aus erotischem als aus forensischem Interesse. Außerdem rauchte sie, jetzt gerade rauchte sie, blies den Rauch zur Decke, schnippte die Asche in die Spüle und fuchtelte mit ihrer Zigarette achtlos herum. Er sagte, eigentlich sei er müde, gerade habe ihn die Erschöpfung übermannt nach dieser anstrengenden Woche, sobald er seinen Kaffee ausgetrunken habe, müsse er schnellstens in sein Bett. Selbst das Wort Bett erschien ihm zu intim; er zuckte regelrecht zusammen, als er es aussprach. Er bildete sich ein, Kate habe ihn durchschaut, vermied den Blickkontakt noch immer, stellte sich vor, wie spöttisch sie ihn ansah wegen der Bredouille, in der er war.

Auf der Fahrt nach Hause war er wütend auf sich selbst, auf seine Tollpatschigkeit und seine albernen Überlegungen. Bestimmt hatte er einen entsetzlich ungehobelten Eindruck gemacht, hatte sich fast überschlagen, um bloß schnell wegzukommen. Und nun tat es ihm leid, dass er sich so eine Chance entgehen lassen hatte – aus schierer Blödheit. So leid, dass er um ein Haar umgedreht und wieder zurückgefahren wäre. Aber wie hätte er das erklären sollen? Wie gern hätte er jetzt mit Kate unten in ihrer Bibliothek mit den Lampen mit den rosa Schirmen und all den Bücherwänden gesessen und Selbstenträtselung betrieben. Schier überwältigt war er von dem schmerzhaften Verlangen nach Gesellschaft. Zu Hause angekommen, blieb er noch lange draußen im Auto sitzen, bevor es ihm gelang, sich aufzuraffen und ins Haus zu gehen, das ihm nun richtig leer erschien, geradezu durchsichtig.

Am Sonntagabend dachte David eine halbe Stunde lang, der Film, den er mit Kate gesehen hatte, lebe in ihm weiter: Mit Grausen spürte er in seiner vor Zorn bebenden Stimme und seinen zitternden Händen genau die gleiche selbstgerechte männliche Gewalt. Suzie kam spät zurück, mehrere Stunden später, als sie ihm avisiert hatte; er hatte sich schreckliche Sorgen gemacht. Und als sie endlich da war, war sie stoned, aber so was von stoned! Sie konnte ihn nicht mal mehr ansehen, weil sie den Blick nicht scharf gestellt bekam, alles war verschleiert und verschwommen, er erreichte sie nicht mehr. Der Van mit seinem furzenden Auspuff hatte sie und die Kinder abgesetzt und war hohngackernd davongerast. Als David aus dem Arbeitszimmer kam, erkannte er seine Familie, die sich im Flur zusammendrängte, kaum wieder, so sehr hatten sie sich verändert in der kurzen Zeit, die sie weg gewesen waren: zerzaust und braun gebrannt, ins Leere starrend vor Erschöpfung. Sie rochen sogar fremd: nach einer Mischung aus Rauch und Erde, Pipi und Benzin. Er war außer sich über Suzies Verantwortungslosigkeit, wie konnte sie sich nur so gehen lassen, noch dazu vor den Kindern!

Es sei schön gewesen, versicherten Joel und Hannah, aber sie lächelten nicht dabei.

Liebevoll badete er die beiden und steckte sie in saubere Schlafanzüge; sie baten nicht mal mehr um ihre Gute-Nacht-Geschichten, kaum hatte er sie zugedeckt, waren sie auch schon eingeschlafen. Und während er das alles tat, hörte er Suzie nebenan im Bad sich lautstark übergeben.

»Was ist hier los?«, fragte er sie. »Was machst du denn da?«

Sie hatte ihr T-Shirt ausgezogen und lehnte, nur noch in BH und Hose, am Waschbecken, ihre Haare trieften, als habe sie den Kopf unter Wasser gehalten, um wieder nüchtern zu werden.

»Na was schon? Ich hab Spaß«, lallte sie und grinste blöde, während ihr das Wasser übers Gesicht lief und den Hals hinunter. »Aber davon hast du ja keine Ahnung.«

»Merkwürdige Art, sich zu amüsieren. Guck dich doch bloß mal an. Die Kinder sind total k.o. Die müssen morgen wieder in die Schule. Und du auch, aber das ist deine Sache.«

»Was wirfst du mir eigentlich vor?«

»Du kannst gehen, wohin du willst«, sagte er. »Aber zu diesen Typen nimmst du mir die Kinder nicht noch einmal mit.«

»Die hatten so viel Spaß. Bloß weil sie jetzt ’n bisschen müde sind …«

»Wer ist eigentlich gefahren?«, wollte David wissen. »Und was hat der geraucht?«

»Ach Mann, ich schlaf oben bei Joel«, sagte Suzie und zwängte sich an ihm vorbei durch die Tür, schnappte sich ihr Kopfkissen vom Bett, wühlte vergebens in einem Schubfach nach einem Schlafanzug und knallte das Fach wieder zu, obwohl noch Sachen halb heraushingen.

»Ich schlafe oben«, seufzte David, zu erschöpft, um weiter zu streiten. »Du kannst hier unten bleiben. Ist vielleicht besser, du bleibst in Badezimmernähe.«

Er ging auf sie zu, um das Schubfach richtig zuzumachen.

»Fass mich ja nicht an!«, rief sie, drückte das Kissen an die Brust und wich zurück. »Nicht mal anfassen!«

Er hatte gar nicht vorgehabt, sie anzufassen, aber als sie ihn jetzt anschrie, merkte er ganz deutlich ein Kribbeln in der Hand, ein Gefühl, als hätte er sie mit voller Wucht geohrfeigt, sodass ihr Kopf zur Seite schleuderte; er trat schnell beiseite und wandte sich ab. Er ließ sich auf die Bettkante fallen, blieb in sich zusammengesackt sitzen, spürte das Blut in seinen Ohren klopfen und im Hals. Er hörte, wie sich Suzie nebenan in der Toilette von Neuem übergab.

Am nächsten Morgen war Suzie zerknirscht, Neil sei absolut sicher gefahren, versicherte sie ihm, Menna habe keine Probleme gehabt, sie sei die Einzige gewesen, der übel war, sie müsse wohl irgendwas gegessen haben, das ihr nicht bekommen sei, es tue ihr leid. Und die Kinder – die kriegten zwar wegen des Schlafmangels die ganze

Woche kaum die Augen auf und quengelten in einer Tour. Aber trotzdem und obwohl sie kein Verständnis von ihm erwarteten, schwärmten sie ihm immer wieder von ihren Abenteuern vor: wie stockfinster es nachts war, und dass die Taschenlampe nicht angehen wollte und wie sie aus Steinen einen Grill gebaut hatten, und von den diebischen Ziegen. Jamie ließ beiläufig fallen, das Skunk, das Suzies Freunde geraucht hatten, sei wahrscheinlich hydroponisch angebaut gewesen und darum sehr viel stärker als das, was sie bis jetzt gewohnt war; vermutlich sei ihr darum so übel gewesen. David hörte ihm zu, ohne etwas zu sagen, und zuckte dann die Achseln, als sei es ihm egal. Suzie sprach nicht mehr von Wochenendausflügen mit Camping; sie hatte Giulia sogar das Zelt zurückgegeben. Auch von Menna war keine Rede mehr, obwohl er ziemlich sicher war, dass sie Neil und Menna meinte, wenn sie sagte, sie wolle sich mit Freunden treffen auf ein Glas. Schlafen tat sie auch weiterhin oben in Joels Doppelstockbett.

# *Sechs*

Billie war am Backen. Sie hatte sich eine altmodische Schürze mit Rüschen und herzförmigen, rot abgepaspelten Gingantaschen vors Kleid gebunden.

Sie schien genau zu wissen, was sie tat, hantierte mit dem Schneebesen, schlug das Eiweiß schaumig. Kate saß kerzengerade an dem großen Tisch mit der weißen Emailleplatte und schaute finster in ein Buch. Die Küche roch stark nach etwas Marmeladigem.

Carol war auf dem Heimweg von der Arbeit vorbeigekommen.

»Wie hübsch Sie aussehen, Billie«, sagte sie. »Sie erinnern mich an eine Serviererin in einer Konditorei.«

»Weißt du, dass oben in jedem Zimmer zig Tragetaschen rumstehen, alle voll mit Kleidern von ihr?«, sagte Kate. »Viele ungetragen, noch mit dem Preisschild dran. Ich versuche immer, gar nicht zu lesen, was draufsteht.«

»Was hatten wir doch früher für eine schöne Zeit«, erinnerte sich Billie, »wir waren immer zusammen Sachen kaufen. Hab ich nicht recht, Kate?«

»Zu David Morgan und zu Howells ist sie anscheinend immer noch gegangen, auch als sie schon längst aufgehört hatte, die Gasrechnung zu bezahlen oder mal den Klempner kommen zu lassen, hat sie dort immer noch Kleider anprobiert, und sämtliche Verkäuferinnen sind um sie herumgetanzt, hach, was für eine süße alte Dame.«

»Sie ist aber auch süß.«

»Und sie kann alles tragen, ihr steht einfach alles. Das Problem ist halt bloß, es ist alles weiß und rosa und blassgelb. Sie hat einfach vergessen, auch andere Sachen zu kaufen, etwas Schwarzes zum Beispiel oder was Braunes, was Vernünftiges eben. Sie sieht immer aus, als ob sie sich für eine Hochzeit rausgeputzt hat. Apropos Klempner, dieser Heizungsinstallateur, der ist grad irgendwo im Haus. Er hat mich überredet, dass ich einen neuen Heizkessel kaufe. Wir mussten unser Wasser im Kochtopf heiß machen. Geh doch mal ein bisschen spionieren und sag mir, ob er was taugt oder ob ich eine Szene machen und mein Geld zurückverlangen soll.«

»Ich wusste doch, dass du früher oder später zur Vernunft kommen und einen neuen kaufen würdest. Was kocht Billie da eigentlich?«

Bei all ihrer Verwirrung vergaß Billie nie, sich vorteilhaft in Szene zu setzen. Sie neigte den Kopf leicht zur Seite, verzog den Mund und sah das Eiweiß in der Schüssel an, als sei sie überrascht, es dort zu finden. »Was koche ich denn, Kate?«

»Kuchen«, erwiderte Kate trocken.

»Ja richtig, Kuchen.« Ihr Gesicht hellte sich auf. »Den Kuchen von meiner Mutter: Orange und Mandel, sehr saftig. Du wirst ihn lieben.«

»Aber schau doch mal, wie fett ich bin! Was fällt dir ein, mich hier mit Kuchen zu verführen?«

»Er ist gut für dich, mein Schätzchen.«

Billies hübsche Kleider hatten lauter Flecke – alles vollgekleckert (»… und dürfen alle nur chemisch gereinigt werden«, stöhnte Kate), aber die Frisur war makellos, ein perfekter französischer Twist, sinnlich wie frisch gefallener Schnee.

»Ich wär froh, wenn ich meine Haare auch so hinbekäme«, sagte Carol, küsste Billie auf den Scheitel und schnupperte kurz an ihrer schwach duftenden Kopfhaut.

»Das kann ich dir beibringen, Schätzchen. Ist ganz einfach.«

»Mit meinen strohigen Zotteln? Du machst wohl Witze? Wisst ihr, wie ich aussehe, wenn ich die Haare nach hinten kämme?« Sie zeigte es ihnen, und dabei fletschte sie die Zähne und knurrte. »Ganz schön gruselig, oder?«

»Billie backt Kuchen, weil sie meint, sie kriegt bei mir nicht genug zu essen.«

Billie war bekümmert. »Hab ich das gesagt?«

»Ich muss Billie recht geben, du bist eine katastrophale Köchin. Das kommt, weil du dir selber nichts aus Essen machst.«

»O ja, das stimmt, sie war als Baby schon so mäkelig. Sie wollte keine Muttermilch, und die Ersatzmilch wollte sie auch nicht. Als kleines Mädchen hat sie nur von Butterbrot gelebt: ganz dünn geschnitten, nur ich hab das so hinbekommen, wie sie es haben wollte. Sie hat es runtergeschluckt wie Medizin, in winzigen Stücken.«

»Ich muss ständig hier sitzen, egal ob's um die Geräte geht oder um die richtige Temperatur. Oder wenn sie vergisst, was sie gerade tut.«

Carol hob den Deckel von einem Topf. »Müssen die Orangen hier wirklich gekocht werden?«

»So steht es im Rezept. Setz doch mal Wasser auf, mach Tee und hör auf, immerzu auf und ab zu staksen. Du machst mich ganz nervös.«

Carol goss die Teekanne im Garten aus, der Tee samt Blättern warf einen bernsteinfarbenen Schein auf das regengetränkte Gras und das in der Sonne glänzende Laub. Kate zog fröstelnd die Schultern hoch unter ihrem Pullover.

»Herrliches Wetter da draußen.«

»Das will ich gar nicht wissen.«

»Ich wollte fragen, wie die Konferenz gelaufen ist.«

»Gut«, sagte Kate, ohne zu lächeln und ohne von ihrem Buch aufzublicken.

»Und wie wurde dein Vortrag aufgenommen?«

»Begeistert.«

»Waren viele Leute da, die du kennst?«

Kate blickte missmutig auf und legte das Buch weg. »Pass auf, dein Helfersyndrom guckt raus«, sagte sie. »Du weißt schon, wie ein Träger vom BH oder ein runtergerutschter Unterrock.«

Reumütig löffelte Carol den Tee in die Kanne.

»Du langweilst dich«, sagte sie später zu Kate, als der Kuchen – ein exotisches Backwerk, bei dem die gekochten Orangen zu einem Brei passiert und mit gemahlenen Mandeln und Eiern vermischt werden, im Ofen war, Billie sich vor dem Fernseher ausruhte und der Heizungsmonteur sein Geld bekommen hatte. »Du bist nicht glücklich. Ich hab dir doch gleich gesagt, was passieren wird. Wir müssen überlegen, ob wir Billie nicht wenigstens in Kurzzeitpflege geben können. Willst du nicht versuchen, hier unten eine Arbeit zu finden?«

»Guck dir das doch mal an«, sagte Kate. »Siehst du, was ich meine? Lauter Tüten, alles voll mit Kleidern, noch nicht mal ausgepackt. Die Schränke sind alle voll.«

In einem der hinteren Zimmer schwammen winzige Staubflocken träge im dichten bronzefarbenen Licht; Kate und Carol stöberten in den Tüten, zogen zierliche Oberteile, Röcke und Kleider heraus, warfen sie aufs Bett (das ungemacht war, als hätte Billie kürzlich erst darin geschlafen), wirbelten den Staub auf, sodass Carol husten musste, und fanden einen kleinen altrosa Kaschmirpulli, der ihnen gefiel, ein ärmelloses Oberteil mit Lochstickerei. Kate zog ihren Pullover aus und knöpfte sich die Bluse auf; einen BH trug sie nicht. Ihre fragile Nacktheit war immer wie ein knappes, offenes Statement: die mageren Brüste, gerade eine kleine Handvoll, die Nippel groß und schokoladenbraun, der Brustkorb schmal und seidig braun wie ihr Gesicht und ihre Hände. Carol stellte sich vor, dass der Körper ihrer Freundin mit dem Alter immer kleiner wurde, gleichsam schrumpfte, sich verdichtete, während sich ihrer immer weiter aufblähte und in die Breite ging; rein körperlich zeigten sie beide noch kaum Alterungsspuren, allein in den Gesichtern und auch an den Händen gab es erste Anzeichen, so ähnlich wie die ersten gelben Spuren im grünen Laub der Sommerbäume. Kate probierte ein Seidenkleid mit Peter-Pan-Kragen und Teerosenmuster an.

»Ich mag gar nicht daran denken, dass du jetzt Tag für Tag hier drinnen hockst und dein brillantes Hirn einfach brach liegen lässt.«

»Mein Hirn ist nie brillant gewesen. Sei's drum, wer führt eigentlich darüber Buch, wer weise und wer unnütz ist?«

Carol erstickte fast in ihrem T-Shirt und versuchte keuchend, es auszuziehen, wobei sie Kate den Rücken zuwandte, weil sie die figürlichen Unterschiede zwischen ihnen nicht so grausam nebeneinandergestellt sehen wollte.

»Es geht mir, ehrlich gesagt, ganz gut. Ich hab vor, eine musikalische Soiree zu geben, ist das nicht ein gutes Zeichen? Max hat gesagt, er kommt aus London runter, und auch noch ein paar andere Freunde. Vielleicht lad ich auch deinen Bruder ein. Hier, probier das mal an, ist was für den Sommer.«

»Meinen Bruder? David? Suzie hat erzählt, ihr habt euch im Konzert getroffen.«

»Die ist ja langweilig. Aber dann werd ich sie wohl auch einladen müssen.«

»Suzie ist doch nicht langweilig.«

»Und sie schläft mit anderen Männern.«

»Aber Kate! Du solltest dich schämen. Wie kommst du denn auf so was?«

»David hat's mir erzählt.«

»Das glaube ich dir nicht.«

»Na schön, ich hab's erahnt – aus seinen Pausen, aus dem, was er nicht ausgesprochen hat. Und außerdem, man kann es förmlich riechen: Die ist eins von diesen wilden Weibern, die nicht lange drum herumreden, sondern bloß schnell in die Kiste wollen.«

»Das ist nicht lustig«, sagte Carol. »Du hast so eine schmutzige Phantasie. Was hast du vor, was soll das mit meinem Bruder? Du willst doch wohl nichts mit ihm anfangen?«

»Ich weiß, ich weiß, ich werde langsam immer provinzieller, aber ganz so schlimm ist es denn doch noch nicht. Ich und dein Bruder? Ich glaub, da wüsst ich was Besseres. Versteh mich nicht falsch, er ist wirklich grundanständig, die Sorte Salz der Erde. Die Sorte, für die man dankbar ist, wenn man sich in einer Notlage befindet und Typen, die interessanter und attraktiver sind, entweder zusammenbrechen oder sich selber retten.«

Carol war beruhigt. »Dacht ich mir schon, dass er nicht dein Typ ist.« Sie betrachtete sich im Spiegel und verzog das Gesicht: Das Baumwollkleid, das sie anprobierte, war nicht nur zu kurz, sondern auch zu eng. »Ach, übrigens: Wales ist keine Provinz, sondern ein anderes Land.«

Kate stand neben ihr und zupfte an sich herum. »So was Optimistisches könnt ich niemals tragen.«

»Ich seh aus wie ein Sessel, bei dem der Polsterstoff beim Waschen eingelaufen ist.«

»Was meinst du, warum hat Francesca sich für ihn entschieden? Bei der haben die Typen doch Schlange gestanden, damit sie ihr mal in ihr Seidenhöschen gucken dürfen?«

Carol warf der echten Kate, nicht ihrem Spiegelbild, einen kurzen Blick zu. »Wie kommst du denn plötzlich auf Francesca?«

»Vielleicht weil du und ich, weil wir zwei aussehen wie ihre hässlichen Schwestern. Ich hab mich jedenfalls in ihrer Gegenwart immer so gefühlt. Ihr helles Haar, die lange Nase, die eng zusammenstehenden Augen: Das war bestimmt das Ergebnis jahrhundertelanger familiärer Zuchtwahl. Kannst du dich noch daran erinnern, wie sie immer geredet hat?«

»Nein, das weiß ich nicht mehr.« Bekümmert musste Carol feststellen, dass sie es vergessen hatte.

»Näselnd, affektiert. Als würde sie schön langsam,

Stück für Stück, die Fehler durchgehen, die den anderen eventuell unterlaufen sind. Schlau war sie eher nicht. Für sie war Schläue einfach bloß ein weiterer Fehler.«

»Ich schätze mal, David war keiner von den Typen, die bei ihr Schlange standen; vielleicht hat sie sich deshalb für ihn interessiert. Weil er sie überhaupt erst wahrnahm, als sie anfing, seine Aufmerksamkeit auf sich zu lenken.«

»In ihren Augen war er eine Festung, ein stilles, tiefes Wasser, in dem sie sich verlieren und geheilt werden könnte. Weißt du noch, wie sie ihn überall vorgeführt hat in der ersten Zeit? Wie sie ihn andauernd gestreichelt hat und über ihn geredet, als sei er gar nicht da?«

»Da war er grade leitender Assistenzarzt geworden.«

»Ihr ewiges Geplapper muss eine Qual für ihn gewesen sein, meinst du nicht auch? Er ist doch eher einer, dem es peinlich ist, was von sich preiszugeben?«

Carol dachte an Francesca. »Wie traurig das alles war«, sagte sie und setzte sich abrupt aufs Bett, mitten auf die Kleider. Der Duft des frisch gebackenen Kuchens zog durchs Haus. »Es ist wirklich das Traurigste, was mir im Leben passiert ist.«

Sie ließ sich hintenüberfallen, schloss die Augen, wie um ein wenig ihren Träumen nachzuhängen, und war auf der Stelle eingeschlafen.

Kate Flynn schickte den Roberts' eine Einladung zu einer musikalischen Soiree: Suzie heftete sie an die Pinnwand in der Küche, zwischen die Zettel aus der Schule und dem Schwimmverein, Hannahs Siegerfoto beim Sackhüpfen und Joels Zeichnungen von Vogelmenschen mit Habichtgesichtern und Flügeln statt Armen. Die schlichte steife elfenbeinfarbene Karte mit Kates spitziger schwarzer, mit dem Füllfederhalter geschriebener Kursivschrift schien ernste Schwierigkeiten zu verheißen. Weder David noch Suzie erwähnten ihr Eintreffen, und sie redeten auch nicht darüber, ob sie hingehen wollten oder nicht. Schließlich brachte Davids Mutter, die eines Abends, als David spät von der Arbeit kam, bei ihnen am Küchentisch saß, das Thema zur Sprache. Suzie stand am Herd, inmitten von Dampf und Pfannengeklapper, und kochte. In letzter Zeit guckte David, wenn er abends heimkam, immer als Erstes kurz aus dem Augenwinkel rüber zu seiner Frau, um einschätzen zu können, wie es um den Haussegen bestellt war. Die Fischpastete mit Karotten und gefrorenen Erbsen war eine Show, die sie für seine Mutter machte, aber nicht um sie zu täuschen, sondern um sie friedlich zu stimmen. Jamie deckte sorgfältig den Tisch, stellte sogar Brot hin und legte Papierservietten bereit; er hatte schon immer den Bogen rausgehabt, Betty um den Finger zu wickeln und sich bei ihr einzuschmeicheln, das schaffte er viel besser, als es David je gelungen war. Wenn Betty da war, dann beherrschte ihr Ideal von häuslichem Frieden jeden Raum, in dem sie sich aufhielt, sodass ihm niemand ausweichen konnte; wobei sie neuerdings oft bei ihnen vorbeikam, weil sie Bryn aus dem Weg gehen wollte. Er wisse nichts mit sich anzufangen, beklagte sie sich, zu Hause laufe er ständig hinter ihr her und falle ihr wegen jeder Lappalie auf die Nerven, egal ob es ums Einkaufen gehe oder ums Aufräumen.

»Ich wusste gar nicht, dass ihr zu Kate Flynn Kontakt habt«, sagte Betty, als sie die Einladung sah. »Die Arme.

Ihr wisst doch, dass sie wieder zurück ist und sich um ihre Mutter kümmert, oder?«

»David hat Kontakt zu ihr«, sagte Suzie. »Ich kenne sie kaum. Wir sind uns ein paarmal zufällig über den Weg gelaufen.«

»Carol macht sich Sorgen um sie. Sie meint, sie hat sich übernommen. Ich muss schon sagen, von Kate hätte ich das am wenigsten erwartet. Sie war ja nie besonders nett zu ihrer Mutter. Du erinnerst dich doch an Mrs Flynn, nicht wahr, David, Carol hatte doch Klavierstunden bei ihr.«

»Ich kenn die zwei«, sagte Jamie plötzlich; beide Hände voller Messer und Gabeln, hielt er inne und schien noch etwas hinzufügen zu wollen.

»Du hast sie garantiert mal bei Carol getroffen«, sagte Betty. »Carol und Kate waren Freundinnen, nicht für immer und ewig, aber seit dem dritten Schuljahr, sie sind an der Howells in dieselbe Klasse gegangen. Warst du mal bei denen zu Hause, Suzie? Ihr solltet unbedingt zu diesem musikalischen Dingsda gehen, einfach damit du das Haus mal siehst. Sehr alt, sehr ungewöhnlich, ein bisschen Cardiffer Geschichte. Der Großvater muss eine Menge Geld gehabt haben, aber das meiste davon haben sie wohl mittlerweile ausgegeben, nehm ich an. Carol sagt, sie haben überhaupt nichts verändert, die könnten da glatt ein Museum draus machen.«

»Ich war drin«, sagte Jamie. »So würde ich auch gerne wohnen.«

Suzie hatte gute Laune, sie goss gerade das Gemüse ab. »Was, in so einer alten Ruine? Das würde zu dir passen.«

»Wie das?«, fragte David. »Was heißt, du warst drin?«

»Die leben, als ob sie grade vom Himmel gefallen sind, aus dem Weltall runter auf die Erde. Als ob der ganze langweilige Kram unwichtig ist.«

Jetzt lachte Suzie ihn bloß aus, aber einmal hatten sie und Jamie einen richtig schlimmen Krach gehabt, hatten sich an den Haaren gezogen und einander das Gesicht zerkratzt, weil er sein Zimmer nicht aufräumen wollte. Jahrelang hatte David sich ständig um seinen schwierigen Sohn kümmern müssen (Jamie hatte sich geweigert, von farbigen Tellern essen, er wollte nicht in seinem eigenen Zimmer schlafen und ging anderen Kindern aus dem Weg), und dann, für David völlig überraschend, herrschte plötzlich Waffenstillstand zwischen den beiden. Wer den erwachsenen, cool und unabhängig wirkenden Jungen heute sah, der käme nie auf die Idee, dass er in seiner Kindheit so viel Liebesmüh gekostet hatte.

»Ich nehme an, sie hatten früher Personal«, sagte Betty. »Für das ganze langweilige Zeug.«

»Sollen wir hingehen?«, fragte Suzie und schaute hinter der Backofenklappe hervor. »Zu dieser musikalischen Soiree?«

»Willst du?«, fragte David. Er war schon eine Weile nicht mehr bei den Flynns gewesen; er hatte sich zurückgehalten, bildete sich ein, dass Kate irgendwie enttäuscht von ihm war. Der Gedanke, dass Suzie sich in den heruntergekommenen alten Zimmern umsah und ihren Freundinnen dann sonst was erzählte, behagte ihm ganz und gar nicht; das rief seinen Beschützerinstinkt auf den Plan, so ein Gefühl, als sei die Villa Firenze sein Eigentum, er konnte es einfach nicht ertragen, wenn jemand das herabwürdigte. Aber andererseits musste er es wohl als ermutigendes Zeichen auffassen, wenn sie sagte, dass sie mitkommen wolle, bei dieser unbehaglichen Stimmung, die zwischen ihnen herrschte?

»Na schön«, sagte sie vorsichtig. »Wahrscheinlich bin ich einfach bloß neugierig. Es wird mir sicher leidtun, wenn ich mich dann mit irgendwem unterhalten muss, der einen Bart und eine Sammlung alter Instrumente hat.«

David hatte keine Ahnung, warum Suzie jetzt unten schlief (sie war aus Joels Zimmer ins Arbeitszimmer umgezogen, wo es ein Gästebett gab), ohne ihm den Grund dafür zu verraten. Einmal hatte sie ihm sogar den Mund zugehalten, als er sie fragen wollte, hatte warnend den Kopf geschüttelt und ihn abgewehrt, indem sie ihm mit der Faust gegen die Brust geboxt hatte – nicht unfreundlich, aber eindringlich, als hätten sie ein Schweigegelübde abgelegt und würden von irgendwem beobachtet, dabei waren sie ganz allein gewesen.

Kate sah phantastisch aus. Sie trug ein wadenlanges Kleid aus dünnem, durchsichtigem schwarzen Stoff, das mit grünen und goldenen Perlen bestickt war, dazu grüne, sehr hohe Pumps und ein aufregendes Collier aus falschen Smaragden. Aus irgendeinem Grund hatte sich David – lieb, wie er war – den Abend im Vorhinein eher ruhig und altmodisch vorgestellt: ein paar von Billies alten Freunden aus den anderen Häusern am See, Kates Streichquartett, vielleicht ein paar Kollegen von Carol. Als er und Suzie aus dem Auto stiegen, erkannte er gleich an dem Stimmengewirr und den hellen Lichtern überall, dass da er dummerweise schiefgelegen hatte. Wie hatte er die Teenagerpartys bei Kate vergessen können, die immer verrückter sein mussten als bei allen andern und bei denen immer irgendwer die Polizei gerufen hatte? Sie gingen über den Zickzackpfad zum Haus und sahen durch die hell erleuchteten, nicht verhängten Fenster des Esszimmers den langen Tisch mit all den neumodischen Speisen (Kate hatte sich offenbar einen Cateringservice genommen); Billies alte Freunde, die sich, gestützt auf ihre Krückstöcke und Rollatoren, angeregt unterhielten, amüsierten sich königlich zwischen all den fein herausgeputzten, munter und neugierig plaudernden Fremden. Es gab auch Kinder – ganz ungewohnt in diesem Haus –, die sich unter die Erwachsenen mischten, ohne dass irgendwer von ihnen Notiz nahm. Davids Laune wurde immer schlechter: Ihm fiel wieder ein, dass er Partys überhaupt nicht leiden konnte.

Die Haustür stand offen, die Veranda war taghell, überall Blumen. Eine Frau mit dunklen Haaren, Billies »Babysitterin«, wie er erkannte, erbot sich, ihre Mäntel nach oben zu tragen. Dann: Auftritt Kate, umweht von einer Aura von Gastgeberinnenwichtigkeit – fast schien es so, als ob sie ein Gefolge habe –, kam sie auf ihn und Suzie zu, um sie geradezu stürmisch zu küssen und zu begrüßen, doch als im nächsten Moment draußen auf der Straße jemand aus einem Taxi stieg, rauschte sie an ihnen vorbei die Treppe hinunter, um einen großen, schlanken, schönen jungen Amerikaner willkommen zu heißen. Schüchtern und hilflos blieben David und Suzie in ihrem Kielwasser stehen, und David fragte sich, wie er nur auf die Idee gekommen war, sich für Kates Vertrauten zu halten.

»Sherie konnte nicht mitkommen«, entschuldigte sich der Amerikaner bei Kate, die beiden kamen eng umschlungen herein, wobei Kate trotz ihrer hohen Absätze den Kopf in den Nacken legen musste, um zu ihm hochzuschauen, während er sich mit jugendlichem Schwung zu ihr hinunterbeugte, die goldgeränderte Brille abnahm und sie putzte. »Du siehst toll aus, Katie. Glaube ich jedenfalls, weil sehen kann ich nichts.«

»Sherie hat immer so viel zu tun«, sagte Kate mitfühlend. »Dann müssen wir uns halt mit dir allein begnügen.«

»Sie hat eine Deadline, sie schreibt was für den *Guardian*, also, für die Wochenendausgabe.«

»David, Suzie, das ist Max. Wir freuen uns riesig, dass er sich loseisen konnte. Max ist nämlich neuerdings sehr häuslich.«

»Ach, dann habt ihr wohl Kinder?«, fragte Suzie lächelnd, denn sie hoffte auf eine gewisse Gemeinsamkeit im Bodenständigen.

»Sie hätten gerne Kinder«, sagte Kate.

»Wir haben keine Kinder«, sagte Max mit fester Stimme und sah Kate stirnrunzelnd an.

Suzie zog erschrocken ihre Fühler wieder ein, Kate zeigte ihnen, wo es was zu trinken gab, dann schleppte sie Max weg, um ihn jemandem vorzustellen. Im Salon bekamen David und Suzie von einem Mädchen, das ein Tablett mit Gläsern trug, je ein Glas Sekt gereicht; sie blieben erst mal zehn Minuten wie blöd in einer Ecke sitzen und suchten nach Worten. Dann fragte Suzie, ob das Champagner sei, und David sagte, er habe keine Ahnung, er könne Champagner nicht von Schaumwein unterscheiden. Die Terrassentüren zum Garten standen weit offen, draußen bewegten sich Pärchen im dichten Grau des Abends; das frisch gemähte Gras, das auf dem Rasen lag, verströmte seinen schweren, süßlichen Geruch, und in den Bäumen hingen bunte Laternen, die im langsam abnehmenden Tageslicht noch eher blass leuchteten. Auf der anderen Seite des Gartens rollten die Kinder nacheinander einen steilen Hang hinunter und krachten in den Zaun. David ahnte instinktiv, dass er und Suzie verloren wären, wenn sie nach draußen gingen, dass sie niemals in der Lage wären, mit den anderen zu feiern; sie würden herumschlendern und so tun, als ob sie an den Rosen röchen, und zum Schluss würden sie verschämt das Weite suchen und durch eine Hinterpforte oder über eine Mauer flüchten müssen. Also sahen sie sich stattdessen mit übertriebenem Interesse im Haus um und unterhielten sich über die alte Villa, die, so voller Leben, weniger exzentrisch wirkte, sondern eher herrschaftlich. Die Schiebetüren zwischen Salon und Bibliothek waren geöffnet, wodurch ein riesengroßer Raum entstanden war, der sich über die gesamte Länge der Hinterseite des Gebäudes erstreckte; David hatte die Kronleuchter noch nie richtig wahrgenommen, denn wenn er Kate besuchte, hatte sie immer nur die Lampen eingeschaltet. Suzie ließ die Pracht auf sich wirken. Sie kriegte weiße Flecke auf den Wangen, so sehr verkrampften ihre Kiefer sich bei diesem Anblick.

Max, der Amerikaner, schien eine Menge Leute zu kennen, woraus man folgern konnte, dass viele von Kates Londoner Freunden unter den Gästen waren. Ein paar waren auf eine Art und Weise auffällig, die in Davids Augen »typisch Großstadt« war, zum Beispiel ein Mädchen mit einer mit Federn besetzten Kappe, einem

Vogelgesicht und leuchtend zinnoberrot geschminktem Mund, oder ein kleiner Mann mittleren Alters, leichtfüßig, mit ausdrucksvollem Gesicht und starkem mitteleuropäischen Akzent, oder eine schöne dicke Frau im Sari, unter dem man ihre seidenweichen Wülste sah, die sie um die Taille hatte. Vielleicht waren es auch irgendwelche Leute aus Cardiff, denen David einfach noch nie begegnet war. Kate riss sich immer wieder von der einen Gruppe los, um sich einer anderen zu widmen. Einmal winkte sie David und Suzie wehmütig zu, als sei es ihr sehnlichster Wunsch, endlich bei ihnen zu sein, aber leider gehe es noch nicht. Höflichkeitshalber wäre David gern zu Billie gegangen und hätte kurz mit ihr geredet, doch die thronte wie eine kleine Königin in einem hohen samtbezogenen Lehnstuhl und war von Bewunderern umringt, sodass er sich wie ein flüchtiger Bekannter aus jüngerer Vergangenheit vorkam, der keinen Anspruch darauf zu erheben hatte, dass sie sich seiner erinnerte. Und dann stand plötzlich Carol im Raum – spät, laut, furchtlos –, in einem marineblauen Kleid, das tief ausgeschnitten war und viel von ihrem sommersprossigen Dekolleté offenbarte.

»Wir haben auf dich gewartet!«, lamentierte Kate. »Ohne dich konnten wir doch nicht anfangen.«

»Aber ich musste mich noch in Schale werfen! Sei ehrlich, wenn ich dreckig und verschwitzt hier angekommen wär, das wäre dir auch nicht recht gewesen.«

»Dreckig und verschwitzt? Ich dachte, du bist die Chefin von deiner Wohnungsbaugesellschaft, du baust doch die Häuser nicht selber.«

Es war ein schwacher Trost für David und Suzie, dass

Carol quer durch den Salon zu ihnen herüberkam, trotz all der anderen, die ihre Aufmerksamkeit für sich zu gewinnen suchten. Erleichtert hängte Suzie sich an sie.

»Was für eine schreckliche Party, Carol. Ich kenne hier keinen Menschen.«

Carol nahm sie sofort in den Arm. »Aber Schätzchen, du kennst doch mich! Oder etwa nicht? Komm, ich stell dich vor. David kann selber auf sich aufpassen.«

David machte brav die Runde. Und er kannte immerhin ein paar Leute: den Bratschisten aus Kates Quartett (Freund eines Freundes in der Musikfakultät der Universität), einen Berater im Gesundheitsausschuss, der irgendwo am See wohnte, eine Frau, die Betty von der Amnesty-Gruppe in Cardiff kannte (während der Soiree sollte Geld für Amnesty gesammelt werden). Irgendwann hatte er eine interessante Diskussion mit Carol über die problematischen Seiten der Gesundheitspolitik der WHO (sie war seit jeher eine überschwängliche Befürworterin der ganzen Dezentralisierung, er dagegen überhaupt nicht), und dann war's Zeit für die Musik. Sie nahmen auf den Stühlen Platz, die man für das Konzert an dem einen Ende des langen Saales um den Stutzflügel herum aufgestellt hatte. David hielt besorgt Ausschau nach Suzie, konnte sie aber zunächst nicht finden; erst als es zu spät war, um sie herbeizurufen, sah er sie ganz alleine in ihrem weißen Hosenanzug in der Tür stehen, hoch aufgerichtet, ein entrücktes, irgendwie gekünstelt wirkendes Lächeln auf den Lippen, mit schüchtern geröteten Wangen und Augen, glitzernd wie von Tränen. Als das erste Stück zu Ende war und alle applaudierten, schaute David wieder nach ihr, aber da war sie verschwunden.

Wirklich exzellent wurde natürlich nicht gespielt – es gab ein paar Patzer, bisweilen stimmte auch die Intonation nicht ganz, bei dem Haydn fing der Kopfsatz falsch an (ein Schnitzer des Cellisten) –, doch die Musik berührte ihn trotzdem mit ihrer Ruhe. Wie verspannt er war, merkte David immer erst, wenn die Musik seine Verkrampfung löste. Kate leitete das Quartett, sie gab die Einsätze. Technisch perfekt war sie nicht, aber sie riskierte was, und sie sorgte für einen warmen, kräftigen Ton; er hatte Freude an ihrem Selbstvertrauen, wie sie hoch erhobenen Kopfes Führung zeigte, an ihrem sich wiegenden Rücken, dem wilden Schwung, mit dem sie die Seiten umblätterte, und vergaß darüber, sich zu fragen, warum sie sich den ganzen Abend über nicht hatte anmerken lassen, dass sie mit ihm befreundet war. Manchmal hatte er den Eindruck, dass sie den Blick beim Spielen auf ihm ruhen ließ, wenn auch ohne ihn zu sehen, ganz in Gedanken versunken. Nach jedem Stück – dem Haydn, dem Schubert – kamen die vier Musiker gleichsam wieder zu sich, warfen einander lachend Blicke zu, scheinbar staunend, dass sie sicher gelandet waren, triumphierend und erschöpft, weil es vorbei war. Für die Zugabe gesellte sich Billie zu ihnen, um einen Satz aus dem *Forellenquintett* am Klavier zu begleiten; gehorsam entfalteten die Töne sich unter ihren blinden Händen, mit schaurig plätschernder Gleichmut, wie eine aufgezogene Spieluhr, durchaus ergreifend.

Hinterher reihte sich David in die Schlange derer ein, die Billie zu ihrem Auftritt beglückwünschen wollten. Sie strahlte würdevoll bescheiden und entschuldigte sich für ihre alten Finger – komplett bei Sinnen, bis sie plötzlich irgendwen am Arm packte.

»Ist Michael hier irgendwo? Wo ist denn Michael? Ich möchte doch gern wissen, wie er es fand.«

Die Gäste – nähere Bekannte waren nicht dabei – verstanden zwar nicht, was los war, hielten aber dennoch Ausschau nach Michael, Carol eilte herbei und nahm Billie in den Arm.

»Michael hätte dich wunderbar gefunden. Doch, ganz bestimmt. Schade, dass er nicht hier sein kann, um euch beide zusammen spielen zu hören.«

»Ach, er ist gar nicht hier?« Billie war enttäuscht, aber nicht betrübt. »So ein begabter Musiker. Ich vertraue seinem Urteil blind. Kennt er Kate? Natürlich, er muss Kate doch kennen, nicht wahr?« Sie lächelte verwirrt und sah Carol starr in die Augen, als sei darin etwas Rätselhaftes, das sie erraten musste, einen verstörenden Stau von Möglichkeiten, der sich auflösen würde, wenn sie nur hartnäckig genug blieb.

»Sie meint Kates Vater«, erklärte Carol ihrem Bruder später; sie hatte Tränen in den Augen, war erschüttert, sei es wegen der Musik, sei es ob des Irrtums der alten Dame. Für David waren ihre Tränen schon immer schwer zu ertragen gewesen, in der Kindheit hatte er sich sehnlichst gewünscht, dass Carol doch zu ihrem eigenen Besten lernen möge, sie zu verbergen.

»Ach, Michael ist ihr Vater?«

»Als ob er irgendwo hier im Gedränge ist! Das hat sie noch nie getan, glaub ich; sie ist manchmal ein bisschen tüttelig, aber doch nicht so, dass sie vierzig Jahre einfach vergisst? Weißt du, der Vater ist ein paar Monate nach Kates Geburt gestorben, hier oben, in seinem eigenen Bett.«

»Ich hab sie nie danach gefragt.«

»Irgendeine Form von Tuberkulose, an der Wirbelsäule oder so? Er war Geiger, war aus Irland hergekommen, an ein Orchester hier in Cardiff, so haben sie sich kennengelernt. Ist das nicht romantisch? Richtig rührend. Du kannst dir ja vorstellen, dass Billie damals in jedes Konzert gegangen ist. Ihre Eltern waren beide tot, sie war eine reiche Frau, lebte ganz alleine hier und war schon beinah vierzig. Kate meint, er hat sie nur des Geldes wegen geheiratet, sie meint, er war ein Trinker und ein Hurenbock. Aber du kennst ja Kate.«

»Sie hat keinen Sinn für Romantik.«

»Jedenfalls nicht für diese Art Romantik, oder?«

David machte sich wieder auf die Suche nach Suzie. Jetzt, wo der musikalische Teil zu Ende war, könnten sie sich unauffällig davonstehlen, meinte er, doch im Speisezimmer traf er den freundlich beflissenen Max, der sich gleich einem Fischreiher mit funkelnden Brillengläsern aus luftiger Höhe hinabbeugte und in den verschiedenen Speisen herumpickte, dem aufgehäuften Couscous-Salat und den Röllchen aus rosa Roastbeef.

»Was für ein fabelhafter Abend! Wie in einer Erzählung von Tschechow. Der See, dieses wunderbare alte Haus, Menschen, die sich zum Musizieren versammeln, alle Generationen einträchtig beisammen. Am liebsten möchte ich hier herkommen und für immer so leben. So kultiviert!«

Im Gegensatz zu dem, was Max in dieser Party sah, vermochte David keine Ähnlichkeit mit dem, was er von Tschechow kannte, festzustellen. Kate hatte ihm kürzlich ihre Übersetzungen von einigen Novellen geliehen; die handelnden Personen waren meist unglückliche, in Missverständnisse verstrickte, sich aneinander reibende Menschen. Kate sagte, dass sie komisch seien, aber das konnte er nicht finden.

»Sind Sie ein Kollege von Kate aus London von der Queen Mary's?«

»Nur ein alter Freund. Zum Akademiker hat's nicht gelangt. Ich arbeite bei English Heritage.«

Als David sagte, dass er Suzie suche, stellte Max seinen Teller besorgt hin und machte Anstalten, ihm bei seiner Suche behilflich zu sein. »Sie war hier irgendwo, vorhin war sie noch da.«

Draußen auf dem Flur traf David sie dann endlich; sie kam aus der Toilette im Erdgeschoss, die er von seinen früheren Besuchen her kannte: ein Örtchen am Ende eines gefliesten Korridors, mit einem langen Holzsitz, der eher wie ein hochklappbares Wandbord aussah.

»Der Spülkasten ist oben an der Wand, mit so 'ner Kette dran, die runterhängt«, rief Suzie staunend. »Ich hab so was noch nie benutzt. Ich weiß, die Dinger gibt es heutzutage nachgemacht, man kann sie sich einbauen lassen, ist aber wahnsinnig teuer.«

Sie holten ihre Mäntel und verdrückten sich feige, ohne sich zu verabschieden (als sie durch den Türschlitz spähten, schüttete Kate sich gerade über einen Witz aus, den irgendwer gerissen hatte, da wollten sie nicht stören). Dann, endlich wieder frei und unter sich, saßen sie plötzlich nebeneinander im Auto und waren ganz befangen; fast konnten sie ihre Gedanken ticken hören. Als der Motor ansprang, waren sie erleichtert. Wie immer bei solchen Gelegenheiten, ohne je darüber geredet zu haben, bestiegen sie das Auto in althergebrachter Weise: David setzte sich ans Steuer und Suzie auf den Beifahrersitz, wie es bei ihnen Usus war. Er hatte bis auf das eine Glas Schaumwein gleich am Anfang nur Wasser getrunken; Suzie hingegen hätte ruhig ein bisschen mehr trinken können, sich Mut antrinken, aber sie schien stocknüchtern zu sein.

»War doch gar nicht so schlimm, oder?«, sagte er hoffnungsvoll, ohne selbst zu glauben, was er sagte. Anstatt zu antworten, atmete sie nur hörbar aus, wie um etwas loswerden, warf den Kopf in den Nacken und starrte durch die Dunkelheit zum filzbezogenen Blechdach hoch.

»Lässt du mich raus?«, sagte sie plötzlich, als sie am See entlangfuhren, der ab und an fahl zwischen den Bäumen aufleuchtete, wie ein geheimer Code, als wolle er Signale geben.

»Rauslassen? Wieso denn?«

»Nicht hier. Ich zeig dir, wo.«

Er blieb mitten auf der leeren Straße stehen. »Und dann?«

»Setz mich einfach irgendwo ab. Ich nehme mir später ein Taxi zurück. Ich bin noch nicht bereit, nach Hause zu kommen.«

David ließ verblüfft die Hände überm Lenkrad in der Luft schweben. »So schlimm war's ja nun auch nicht.«

»Wenn du wüsstest …«

Er musste wieder losfahren. Es war noch nicht so spät, dass es keinen Verkehr mehr gab.

»Na gut, dann war es vielleicht doch so schlimm. Ich kann Partys sowieso nicht leiden. Eigentlich bist du ja die Gesellige von uns beiden.«

»Vom Ende der Musik bis zu dem Zeitpunkt, als wir weg sind«, sagte Suzie, »wie lange war das? Eine Dreiviertelstunde? Vierzig Minuten? In dieser ganzen Zeit hat kein Mensch auch nur ein Wort mit mir gesprochen. Ich hab mit niemandem ein Wort geredet. Ich bin ständig nur von einem Zimmer ins andere gegangen, als wär ich unterwegs zu irgendwas. Dann bin ich auf die Toilette, und da bin ich so lange dringeblieben, dass ich mich nicht mehr rausgetraut hab, weil ich Angst hatte, draußen stehen sie schon Schlange, und gleich rüttelt jemand an der Tür.«

»Aber man muss sich schon auch selber etwas Mühe geben. Wenn du immer an allen vorbeiläufst, kannst du nicht erwarten, dass Leute, die dich gar nicht kennen, dich ansprechen und mit dir reden. Du musst schon auf sie zugehen und sie deinerseits ansprechen. Die waren doch im Grunde gar nicht unfreundlich.«

»Du hast natürlich recht, ich weiß schon. Aber ich war in so einem Zustand, ich konnte einfach nicht mehr.«

»Und jetzt willst du ein bisschen mit dir alleine sein.«

»Nicht mit mir. Mit meinen Freunden.«

Sie sah ihn an; ihre Offenheit war entwaffnend, und er konnte sie nicht parieren; er musste auf die Straße achten.

Von ihrem Gesicht ließ sich ohnehin nichts ablesen; wenn er doch einmal hinübersah, sorgten die vorübersausenden Straßenlaternen und Autoscheinwerfer und das schmutzige Orange der Stadtbeleuchtung dafür, dass er es nicht erkennen konnte.

»Bieg hier links ab und dann zurück bis zum Park. Sie wohnen in Splott, das ist nicht weit.«

Wortlos folgte er ihren Anweisungen und fuhr, wie sie

es wollte, vorbei an der Stelle, wo sich der Park weit öffnete und zum Naherholungsgebiet wurde, durch Roath und auf die Newport Road und überquerten dann auf der Eisenbahnbrücke die Beresford Road. Die meisten Straßen, durch die sie fuhren, kannte er, wenn auch nicht namentlich; doch zu guter Letzt hielten sie vor einer Reihe unglaublich kleiner Cottages, die ihm noch nie aufgefallen waren. Im Dunkeln konnte er nicht viel erkennen, aber möglicherweise waren sie mal als Eisenbahnersiedlung gebaut worden, und höchstwahrscheinlich waren sie älter als die meisten anderen Häuser in diesem spätviktorianischen Gebäudekomplex. Hinter den engen, dicht aneinandergedrängten und verkrauteten Vorgärten schien es gemütlicher und heimeliger zuzugehen als in den langen strengen Reihenhaussiedlungen, die man sonst so kannte und bei denen die Türen mehr oder minder direkt auf die Straße hinausgingen.

»Hier ist es«, sagte Suzie. »Wir sehen uns später. Du musst aber nicht auf mich warten.«

Seine Unlust hatte nicht unbedingt etwas mit leidenschaftlicher Eifersucht zu tun. Obwohl diese vielleicht ganz angebracht gewesen wäre, aber er konnte sich einfach nicht vorstellen, dass Suzie, so undurchsichtig ihr Verhalten in den letzten Wochen und Monaten auch gewesen war, ihn in aller Ruhe auffordern würde, sie vor dem Haus abzusetzen, in dem sie sich mit einem Liebhaber treffen wollte. Außerdem nahm er an, dass es sich um das Haus von Menna und ihrem Freund handelte, da wär das mit dem Liebhaber wohl nicht so eine gute Idee gewesen. Aber was dachte Suzie eigentlich, wie sie ihre hartnäckige Weigerung rechtfertigen wollte, sich ihm zu erklären, ihm auch nur ein Wort zu sagen oder einen Hinweis zu geben? Warum konnte sie nicht wie andere Leute lernen, so eine Party wie die, auf der sie gerade gewesen waren, mit Anstand durchzustehen? Sie musste es ja nicht genießen, das verlangte ja keiner. Na schön, nun war er also wieder frei: Sie drängte ihm die Freiheit auf.

»Darf ich nicht mit reinkommen?«

»Nein«, sagte sie und legte ihm die Hand auf den Arm, wie um irgendetwas aufzuschieben, ihm etwas anderes zu versprechen für ein andermal.

Er schaute ihr nach, wie sie den Weg hinaufging, dessen matte Farbe von überwuchernden Sträuchern verwischt wurde und sich im dichten überhängenden Schatten des Hauses verlor; er wusste, dass sie sich einmal nach ihm umdrehte, denn er konnte ihr Gesicht als blassen Fleck erkennen. Dann kam hinter ihm ein anderes Auto mit grellen Scheinwerfern, und er musste sich fortbewegen. Er fuhr um den Block, kam wieder am Haus vorbei und blieb mit laufendem Motor stehen, um in den Garten zu schauen. Hinter den Sträuchern war nichts von einem Haus zu sehen, nichts außer einem schwachen Schimmer in dem Glasfenster über der Haustür. Doch Suzie in ihrem weißen Hosenanzug war weg, wie aufgesaugt vom Inneren des Hauses.

Für Kate hatte die Party nichts Gutes gebracht. Ein paar von ihren Bekannten blieben noch da, bezogen übers Wochenende die leer stehenden Zimmer, taten sich am Esstisch an den übrig gebliebenen Speisen gütlich, nahmen ihren Wein mit in den Park, wo sie sich in der Nachmittagssonne wie bei einer Watteau'schen *Fête*

*Champêtre* im flirrenden Schatten unter den Bäumen im Gras breitmachten, während die Kinder, die manche der Bekannten mitgebracht hatten, Ball spielten oder bettelten, sie wollten ein Eis. Solange sie ihre Freunde um sich hatte, konnte sie sich einreden, es habe funktioniert; durch all die Scherze, Komplimente, die Küsse und Umarmungen sowie durch ihre eigene, ziemlich überdrehte Zufriedenheitspersiflage habe sie sich tatsächlich wieder in das zurückverwandelt, was Carol ihr »altes Ich« nannte.

Doch als die ganze Bagage dann weg war, da wurde alles noch viel schlimmer. Ihr altes Ich war seit jeher ein prekäres Gebilde gewesen, und nun wurde sie von etwas befallen, das ein paar Tage anhielt; nein, keine Depression, wie sie vielleicht erwartet hätte, sondern ein Wahn, der sie regelrecht verzehrte. Sie musste immerzu an David denken, sie war wie besessen. Wahrscheinlich war es früher den reichen Damen so ergangen: Die wurden immer anfallartig von der Leidenschaft gepackt, krampfartig geradezu, wenn zwischen Frühstück und dem Zeitpunkt, da sie sich zum Dinner fertig machen mussten, ein Abgrund klaffte, nur zu füllen dadurch, dass man Romane las und in den Spiegel schaute, sich Dinge einbildete und ganz für sich allein keuchte und stöhnte. Das Heilmittel sollte die Arbeit sein, und so versuchte Kate, mit ihrer Übersetzung fortzufahren, aber es lief einfach nicht: Entweder starrte sie wie blöde auf die Zeilen, oder ihre Gedanken gingen mit ihr durch. Sie gab sich große Mühe, so was wie eine Ordnung in ihr Leben zu bringen, in das Zusammenleben mit Billie hier in diesem Haus, doch es war nur ein Anschein von Ordnung, der immer rasch wieder in sich zusammenfiel; manchmal standen sie erst nachmittags auf, und weil sie an dem Partywochenende ihre Armbanduhr verbummelt hatte, wusste sie nie, wie spät es war, wenn sie ins Bett gingen. Jamie hatte ihren DVD-Player mit dem Fernseher verbunden; sie hatte sich alte Schwarz-Weiß-Hollywoodfilme ausgeliehen, die sie sich mitunter zwei-, dreimal hintereinander anschauten, wie zwei Drogensüchtige, wobei Billie immer wieder vergaß, was als Nächstes passieren würde. Das Einzige, was der verstreichenden Zeit noch eine gewisse Form gab, war die Frau von *Mopp & Bucket*, die stets pünktlich zum vereinbarten Termin auftauchte.

Kate nahm den Hörer ab, wählte Davids Nummer und legte wieder auf. Auf der Party hatte sie diese Fixierung zu überwinden versucht, in die sie sich schließlich selbst hineinmanövriert hatte: Eigentlich hatte sie sich vorgenommen, ihn zu entzaubern, ihn mit ihren klügeren, lebhafteren Freunden zu konfrontieren und sich auf diese Weise vor Augen zu führen, wie langweilig, pomadig und unscheinbar er im Vergleich zu denen war. Als sie Max gefragt hatte, was er von David halte, hatte dieser bereitwillig erwidert, er sehe aus wie jemand, der einem die Knochen wieder zurechtrückt, wenn man sich den Arm gebrochen hat.

»Die Sorte Arzt ist er aber nicht«, sagte Kate dumpf. »Oder soll das eine seltsame sexuelle Anspielung sein?«

»Ich meine nur, er scheint ein netter Kerl zu sein, der seinen Job gut macht, ich versteh bloß nicht so recht, warum du derart auf ihn fliegst.«

»Das ist es ja gerade, was die Sache so fatal macht. Was glaubst du, was er von mir hält?«, fragte sie fast ängstlich.

Max war zurückhaltend. »Er hat vielleicht ein bisschen was von einem treu sorgenden Ehemann an sich.«

»Treu sorgend? Ach, du Scheiße, Max, na schönen Dank auch.«

Sie hatte ja selbst gesehen, wie David überall seine Frau gesucht hatte, schon vor dem Konzert, ehe er sich setzte, und dann noch mal beim Applaus, nach dem ersten Stück. Sie hatte sich gedacht, er und Suzie könnten es gar nicht erwarten, sich aus dem Staub zu machen, sie fänden es hier bestimmt ganz furchtbar und wären garantiert längst weg, wenn sie wüssten, wie sie es anstellen sollten; sie seien bloß zu brav dafür und auch zu höflich. Davids leichte Verwunderung darüber, wie sie sich zu ihm verhielt, über den Verrat an ihrer beider Freundschaft machte ihr schwer zu schaffen. Als ihr einfiel, wie er einmal, als sie einen falschen Ton gespielt hatte, zusammengezuckt war, als sei sie ihm mit dem Bogen über die Nerven gefahren, musste sie laut aufstöhnen. Immer wieder sah sie diese Szene vor sich, obwohl sie wusste, dass das übertrieben war, als sei er unter all den leeren, gelangweilten Angebergesichtern der Einzige gewesen, der die Musik tatsächlich hörte.

Mehrere Nächte kreisten Polizeihubschrauber über ihrem Haus, während Kate drinnen umherging – die Lesebrille lag noch auf dem aufgeschlagenen Buch im Lampenschein – oder oben war, um Billie ins Bett zu bringen. Man wusste nie, wonach sie suchten oder ob sie tatsächlich jemanden erwischten; das aufgeregte, laute Dröhnen ihrer Rotorblätter kam und ging, mitunter stundenlang. Wie eine Heimsuchung aus einer anderen Welt: Kate dachte darüber nach, wie sehr sie sich hier oben in der Stille am See schon daran gewöhnt hatte, privilegiert zu sein und abgeschieden – und vergessen. In London war das nirgends ernsthaft möglich. Von ihrer hübschen Wohnung beispielsweise, im ersten Stock eines Hauses, das an einem georgianischen Platz lag und einen eingezäunten Garten für die Bewohner hatte – der Weg zur Subway führte dort vorbei –, war es nur zwei Gehminuten bis zu der lauten trostlosen Walworth Road mit ihren vergitterten Läden und den mit grellbunten Postern zugekleisterten Schaufenstern der Mini-Märkte, wo sie Hehlerware verkauften. Carol sagte, tagtäglich an die Probleme erinnert zu werden, immunisiere einen zumindest gegen die Angst; darum wohne sie ja so gern mitten unter ihren Mietern in Adamsdown, auch wenn das natürlich eine Donquichotterie sei und auch wenn es eine Menge Lärm bedeute und öfter mal Theater und Ärger mit der Domina mit den Samurai-Schwertern, die oben wohne. Wer weiß schon, was für Halluzinationen von Umzingelung und Gefahr die Menschen haben, sagte sie, wenn sie irgendwo leben, wo es allzu schön und allzu abgeschieden ist.

Einmal sprang spät am Abend in der Villa Firenze die Türklingel in dem Flur zur Küche an und gab ihr übliches schwach keuchendes Gerassel von sich. Unmöglich, jetzt, um diese Zeit bei irgendwem zu läuten, wenn man nicht eine ungeheuer dringende Nachricht hatte oder eine ganz entsetzliche, doch Kate, zerstreut, wie sie war, bahnte sich trotzdem im Dunkeln ihren Weg durch den kleinen Vorraum mit den leeren Regalen, die manchmal noch nach den bitter-pfeffrigen Geistern der verblichenen Geranien rochen. Als sie die Tür aufmachte, brach aufdringlich, sommerlich summend, die warme Nachtluft herein.

»Ach, Jamie, nein«, rief sie. »Doch nicht um diese Uhrzeit! Ich bin schon auf dem Weg ins Bett.«

Das stimmte zwar nicht, doch er hatte allen Grund, es ihr zu glauben; das Haus lag hinter ihr im Dunkel, sie hatte sich in der Küche einen Whisky eingeschenkt und gelesen. Sein Gesicht war nicht zu sehen. Er war nur eine Silhouette, hing mit jugendlicher Lässigkeit über seinem Fahrrad, roch nach Schnaps und Drogen, seine Stimme kam mitten aus den dicht gedrängten Schatten. Zum ersten Mal fiel ihr sein Cardiff-Dialekt auf; oder war das nur, weil er Kate nicht sehen konnte, hatte er darum vergessen, seine Diktion dem jeweiligen Gegenüber anzupassen, wie es die Kinder aus der Mittelschicht beizeiten beigebracht bekamen? Schon damals auf der Howell's School, als kleines Mädchen aus besserem Hause, hatte sie diesen Dialekt – ein ganz klein wenig schräg und immer so ein bisschen spöttelnd – anrührend und verführerisch gefunden.

»Ich muss mit Ihnen reden«, sagte er. »Ich hab die Prüfungen geschafft.«

»Ist das dein Ernst, bist du gekommen, um mir *das* zu sagen?«

»Ich war mit meinen Freunden aus. Aber alles, was ich da erzählt hab, wollt ich eigentlich bloß Ihnen sagen. Also bin ich erst mal ewig rumgeradelt und dann hergekommen.«

»Komm morgen wieder.«

Jamie blieb stur und rührte sich nicht von der Stelle, als wäre morgen ein ganz anderes, unerdenklich fernes

Zeitalter. In dem gedrungenen Schemen, der sich von dem etwas helleren Dunkel draußen abhob, machte sie einen um die Schultern geschlungenen Pulli aus, und weil sie vorhin die hohen Stöckelschuhe abgestreift hatte und nun barfuß in dem noch warmen Kies stand, kam ihr der Junge größer vor als sonst. Gegen seinen unsichtbaren Druck war jeder Widerstand zwecklos; unwillig ließ Kate zu, dass er sein Fahrrad über die Schwelle schob und es an die Regale mit den leeren Blumentöpfen lehnte. Schwer atmend folgte er ihr in die Küche. Er war anscheinend schnell gefahren und auch lange. Die Vierzig-Watt-Birne unter dem schlichten alten weißen Lampenschirm sandte ihr trübes Licht bis in die hintersten Winkel und ließ Jamies Haut, die sonst immer blass wie Elfenbein war, ganz zerknautscht und grau aussehen und die kleinen Kuhlen unter seinen Augen bläulich schimmern und offenbarte auch, wie schmutzig seine Haare waren, die ihm schlaff in die Stirn hingen, während er immer im Kreis herumlief. Kate war klar, wenn Jamie schon so aussah, dann musste dieses Licht sie ja erst recht in all ihrer Abscheulichkeit entlarven – eine Gewissheit, die ihr eine grimmige Genugtuung verschaffte. Sie schenkte ihm Whisky ein – sie hatte keine Ahnung, was er trank, aber er trank bestimmt nicht wenig, er war ein Jugendlicher, und über deren Alkoholkonsum hatte sie in der Zeitung gelesen – und setzte sich an den Küchentisch, dessen weiße Emaille in dem Moment eher zu einer Vivisektion geeignet schien als zu einem freundschaftlichen Miteinander. Er stürzte den Whisky in gierigen Zügen hinunter.

»Und, wie ist es gelaufen?«, fragte sie mäßig interessiert.

»Wie ist was gelaufen?«

»Na, die Prüfungen, du Dummkopf, das wolltest du mir doch erzählen.«

»Ach so, Quatsch, deswegen bin ich nicht hergekommen. Gut sind sie gelaufen. Jetzt überleg ich, ob ich Wirtschaftswissenschaften machen soll, um richtig zu verstehen, wie alles funktioniert. Aber vielleicht mach ich erst mal ein Jahr Pause, bevor ich auf die Uni gehe.«

»Dir fehlt die innere Berufung, fällt mir auf.«

Der Kühlschrank schüttelte sich würgend und rasselnd, und so verebbte eine seiner bibbernden Ekstasen. Jamie, noch immer im Stehen, runzelte die Stirn und merkte plötzlich, wo er sich befand. »Müssen wir hier drin sein?«

»Ich war gerade auf dem Weg ins Bett«, sagte Kate achselzuckend, »schon vergessen?«

»Aber ich muss mit Ihnen reden: Bloß lieber irgendwo, wo's nicht so hell ist.«

Seine jugendliche Ichbezogenheit (er hatte sie kaum angeschaut) war anmaßend; er war voller Erwartungen, demgegenüber waren ihre Zweifel dröge und fielen gar nicht ins Gewicht. War es nicht völlig schnuppe, wo sie saßen? Sie ging wieder durch den Flur, in der einen Hand die Flasche und ihr Glas, während sie mit der anderen nach den alten Lichtschaltern aus Bakelit tastete, die zwar geräuschvoll klackten, allein das Wunder des *Es werde Licht* geschah nicht. So blieb ihnen nichts weiter übrig, als sich an die wabernden edelsteinfarbenen Lichtlachen zu halten, die von den Straßenlaternen durch die Buntglasfenster im Treppenhaus hereinfielen.

»Ich muss morgen mal auf die Leiter steigen und die Glühbirnen auswechseln«, sagte sie gereizt und stieß mit

Jamie zusammen, der anscheinend kurz stehen geblieben war. »Das hab ich schon seit Wochen vor.«

»So ist es besser«, sagte er mit belegter Stimme und drehte sich zu ihr herum. »So wollt ich's haben, dass ich mit dir reden kann. In dem hellen Licht, da ging es nicht. Ich war schon dreimal hier vorm Haus heut Abend, bin immer wieder weg und wieder her.«

Kate befand, dass er wirklich ziemlich high war, oder zumindest betrunken, und zwar nicht nur von ihrem Whisky, sondern vor allem von dem Bier, nach dem er roch und das er wohl zuvor mit seinen Freunden getrunken hatte. Angewidert sagte sie ihm das und schob ihn weg, doch da packte er ihren freien Arm und umklammerte ihn so fest, dass sie durch das großmaschige Gestrick ihrer Jacke hindurch seine feuchten, heißen Finger spürte.

»Nein!« Er schien ganz unbefangen zu bedenken, was sie sagte. »Ich bin längst wieder nüchtern, alles abgestrampelt.«

»Also, hör mal, Jamie, lass mich los. Das ist doch Unsinn.«

»Das ist kein Unsinn«, beharrte er. »Du weißt ganz genau, was das ist. Und du weißt auch, dass es kein Unsinn ist.«

»Ich will es gar nicht wissen. Hör auf damit. Hast du vergessen, dass ich deine Mutter sein könnte? Ich bin exakt so alt wie deine Mutter.«

Sie wollte sich losreißen, er griff ungeschickt nach ihrem anderen Arm, um mit seinem Gesicht näher an ihrs zu kommen, die Flasche krachte auf die Bodenfliesen, der Knall war laut wie eine Explosion. Kate schaffte es gerade noch, ihr Glas oben am Rand festzuhalten, sie spürte, wie der Whisky aus der Flasche floss und eine Pfütze rund um ihre Zehen bildete. »Vorsicht!«, rief sie wütend. »Nicht bewegen! Überall Glasscherben!«

Der Griff war alles andere als zärtlich, mit dem sie Jamie wie ein Kind an die Hand nahm und ihn festhielt, damit er nicht in die Scherben trat.

»So, jetzt hast du Billie aufgeweckt«, schimpfte sie leise. »Du Vollidiot.«

Blind atmeten sie einander sich ins Gesicht, so nah standen sie sich gegenüber, atmeten die aufsteigenden Whiskydämpfe ein und meinten oben das Bett knarren und die alte Dame sich aufrichten zu hören. Dann hellwache, angespannte Stille.

»Alles in Ordnung, Mummy«, rief Kate. »Ich hab nur ein Glas fallen lassen.«

»Bist du das, Kate?«

»Schlaf weiter, Liebes. Alles gut.«

»Alles in Ordnung mit dir, Kate?«

»Mir geht's gut. Leg dich wieder hin.«

Sie horchten, bis sie das Bett von Neuem knarren hörten und Billie sich wieder hingelegt hatte.

»Was ich versucht hab, dir zu sagen …«, fuhr Jamie fort, anscheinend ohne sich groß dafür verantwortlich zu fühlen oder auch nur zu bemerken, was er angerichtet hatte, aber immerhin mit gesenkter Stimme.

»Nein!«, zischte Kate. »Lass gut sein! Ist dir eigentlich klar, dass ich barfuß bin?« In einer klebrigen Lache aus Alkohol und Glassplittern stehend, sah sie sich schon für immer abgeschnitten vom Rest der Welt.

»Ist ja gut.« Jamie ging um sie herum und umfasste sie

mit beiden Armen. »Ich hab dicke Sohlen, mir macht's nichts aus, da reinzutreten. Ich trage dich.«

»Ich will aber nicht getragen werden!«

Unbeholfen küsste er sie auf den Haaransatz und dann, indem er sich hinunterbeugte, aufs Schlüsselbein, trotz ihrer Gegenwehr. Er hob sie hoch, als sei sie schwerelos, und trug sie in die Bibliothek. Sein hitzig-ungestümes Drängen war eine Gewalt; was konnte sie dagegensetzen, wie ihm widerstehen? Wenigstens war es hier hell genug, dass er sie auf die alte Chaiselongue setzen konnte, die knarrend protestierte.

»Das ist ein schrecklicher Irrtum«, sagte sie entschieden und schob ihn weg. »Du bist einfach bloß verknallt.«

»Es ist mir total ernst. Du hast keine Ahnung, was ich für dich empfinde. Ich muss ständig an dich denken.«

»Und du hast keine Ahnung, wer ich bin.«

»Woher willst du denn wissen, was ich für Ahnungen habe?«

Er strich ihr die Haare aus dem Gesicht. Mit seinen heißen Händen, die bestimmt Schwielen vom Fahrradlenker hatten, hockte er sich neben sie und küsste sie, und durch den Alkohol und den Tabak hindurch schmeckte sie die junge, starke Reinheit seines Mundes. Er war linkisch, unerfahren, ängstlich, aber seine Jugend war absolut; sein Gewicht drückte sie schmerzhaft nieder, um nebeneinanderzuliegen, reichte der Platz nicht. Sie hätte ihn erneut wegstoßen können, sie hätte ihm sagen können, dass er aufhören soll. Sie sagte sich, gleich werde sie es tun. Wenn sie ihn doch gewähren ließ, dann wohl am ehesten, weil sie enttäuscht war von sich selbst – und auch aus Langeweile. Sie hatte ja nichts Besseres zu tun.

»Zieh wenigstens die Stiefel aus.«

Gehorsam, ohne von ihr abzulassen, streifte er sich die Schuhe von den Füßen; seine Finger zitterten so sehr, dass er's nicht schaffte, ihr die Bluse aufzuknöpfen, darum schob er sie einfach hoch.

»Ich hab's gewusst, du trägst keinen BH«, sagte er.

In ihrer Scham lag sie nur passiv da, gestattete sich nicht, sich zu bewegen oder irgendwie zu reagieren.

Unnötig zu sagen, dass das ganze unbeholfene Manöver viel zu schnell vorbei war; kaum war Jamie in ihr drin, da sackte er auch schon mit einem schrillen Klageschrei auf ihr zusammen, und dabei keuchte er ihr feucht ins Ohr.

»Ich war nicht gut«, jammerte er gedämpft.

»Kein Problem.«

Kalt blickte sie an ihm vorbei und zwischen ihren hochgereckten nackten Knien hindurch auf das Knäuel aus Strumpfhose und Schlüpfer, das ihr um den Knöchel baumelte, und weiter in den halbdunklen Raum, der irgendwie verändert war durch das, was sich darin ereignet hatte. Aber verändert hatte er sich ja schon vorher, es würde nichts zu sehen sein, man würde keinen Unterschied erkennen können.

Er hob den Kopf, um ihr Gesicht zu sehen. »War's für dich gut?« Die Kühnheit dessen, was passiert war, brachte ihn völlig aus der Fassung.

»Für mich war es der Super-Gau.«

»Nächstes Mal«, versprach er zärtlich.

»Nächstes Mal?«, fuhr Kate ihn an. »Geh nach Hause. Lass mich in Ruhe. Mach ja kein Licht an. Ich will nicht auch noch sehen müssen, was wir getan haben.«

»Aber ich darf doch wiederkommen?«

»Nie wieder«, sagte sie. »Nie wieder.«

Sie wandte ihm den Rücken zu, starrte die Lehne der Chaiselongue an und weigerte sich zuzuschauen, wie Jamie herumstolperte, sich die Hose hochzog, sein T-Shirt suchte und sich abmühte, um seine Stiefel zuzuschnüren. Sie wusste ganz genau, dass er eine Weile stumm dastand und verzweifelt darauf wartete, dass sie sich umdrehte und wieder netter war; dann hörte sie, wie er sich seinen Weg durch die Sauerei im Flur bahnte und fast auf einer Glasscherbe ausgerutscht wäre. Noch immer stocksteif daliegend, bildete sie sich ein, den sanften Druck seiner Fahrradreifen auf dem Kiesweg zu hören und dann auf der Straße. Eine halbe Stunde später, als sie allein oben in ihrem Bett lag – zuvor hatte sie sich endlich dazu überwunden, in der Bibliothek das Licht einzuschalten und die Überreste der Whiskyflasche zu einem klebrigen Haufen zusammenzufegen, falls Billie im Dunkeln die Treppe runtergetappt käme –, drängte sich ihr plötzlich eine überwältigend detaillierte Erinnerung an seinen Körper auf. Die glatte, straffe, unbehaarte braune Haut auf seinen Rippen, die nach Marihuana schmeckte und nach Schweiß; der heiße Nacken, das hinter die Ohren gestrichene Haar; die entschlossen angespannte Kinnlade, die Schluckbewegungen in seiner Kehle; die großen plumpen Männerfüße, die noch in den Socken steckten: all das war so überwältigend, dass sie das Gesicht im Kissen vergraben musste, um es auszublenden.

Ein Reichtum, dass es einem schier das Herz umdrehen konnte – aber nicht für sie.

# *Sieben*

Suzies Schwester (ein paar Jahre älter als sie) kam für eine Weile zu ihnen zu Besuch, für wie lange, war nicht klar. Davon erfahren hatten sie erst, als es eines Abends an der Tür klingelte, nach einem Tag, an dem die Sonne die ganze Zeit vom Himmel niedergebrannt und ein Miasma aus flirrenden Feinstaubpartikeln über der Stadt aufgewirbelt hatte, sodass ihr Haus zu windig schien, die Wände zu papieren dünn, als dass man hätte Atem schöpfen können. Sehnsüchtig hatten sie zu den dichten Bäumen auf dem alten Grundstück hinübergeschaut, aber es war zu heiß, um bis dorthin zu laufen, und niemand, der aus der Schule oder von der Arbeit kam, konnte sich überwinden, noch einmal ins Auto zu steigen, wenn es nicht unbedingt sein musste. Kaum hatte es geläutet, da war Evie auch schon im Haus und hievte ihren großen Koffer – blassblau, abgenutzt und mit rosa Herzen verziert – über die Schwelle, während draußen noch das Heck eines Taxis zu sehen war, das aus der Sackgasse bog, hinaus auf die Straße; Jamie, der gerade heimgekommen war, hatte sie eingelassen. Evie legte schleunigst Strickjacke und Mantel ab, zwei qualvolle extra Lagen, die sie nur angezogen hatte, weil der Koffer sonst zu schwer gewesen wäre. Ihr Gesicht, genauso zimtfarben und sommersprossig wie das von Suzie, hatte hellrote Flecke, und der dunkle Ansatz ihrer blonden Strubbelhaare war ganz nass.

»Was macht denn unser Jamie so?«, fragte sie bemüht fröhlich. »Gehst du aufs College?«

»Vielleicht«, sagte Jamie. »Vielleicht nehm ich mir auch erst mal ein Jahr Auszeit. Bin noch am Überlegen.«

»Du weißt ja, nächstes Jahr steigen die Studiengebühren«, wiederholte David ostentativ ein Argument, das er schon öfter angebracht hatte; er kam gerade aus dem Wohnzimmer, wo er Hannah bei den Hausaufgaben geholfen hatte. »Schieb die Dinge nicht auf die lange Bank«, fuhr er fort, »sieh erst mal zu, dass du deinen Studienplatz sicher hast, verpass das nicht.«

Der maskenhaft-verächtliche Blick, den ihm sein Sohn daraufhin zuwarf, war höchst dramatisch und stand gewiss in keinem Verhältnis zu dem, was David sich hatte zuschulden kommen lassen.

»Und außerdem solltest du deinen Fahrradhelm tragen.«

»Hallo, David«, sagte Evie.

Jamie ging die Treppe hoch, immer zwei Stufen auf einmal, sie hörten, wie er die Dachbodenleiter krachend runterließ und gleich wieder hochzog. Später, wenn das Abendessen abgeräumt war, würde er in der Küche auf Nahrungssuche gehen.

David gab Evie ein zerstreutes Begrüßungsküsschen. »Wusste Suzie, dass du kommst? Sie hat gar nichts gesagt.«

»Ist sie denn nicht hier?«

»Ausgegangen.«

»Die ist ständig weg«, sagte Hannah. »Die ist total verrückt nach ihren neuen Freunden.«

»Ich hab's ihr ehrlich gesagt gar nicht erzählt«, sagte Evie. »Es war ganz spontan.«

Suzie und Evie hatten diese verstörende Geschwisterähnlichkeit, nicht nur in groben Zügen im Gesicht, sondern auch in Größe und Gestalt, sodass man schon genau hinschauen musste, um sie nicht zu verwechseln. Selbst David dachte, wenn er einen Raum betrat, mitunter, Suzie stünde dort, bis Evie eine Bewegung machte (oder etwas sagte, denn ihre Stimme war eine Idee heiserer). Es gab jedes Mal eine kleine Schrecksekunde, bis sie sich daran gewöhnt hatten: Bei Evie wirkte alles irgendwie leicht übertrieben, die Augen größer und erschrockener, die Falten tiefer eingekerbt, die Lippen voller (Suzie sagte, das sei Botox). In der Freizeit trugen sie die gleichen Sachen, nur dass Evies knapper saßen, enger waren und der Ausschnitt tiefer (außerdem hatte sie einen Ring im Bauchnabel). Eines Abends kam David ins Badezimmer, um aus dem Arzneischrank Fiebersaft für Joel zu holen, und brauchte eine Weile, bis er merkte, dass Evie in der Wanne saß. Zu ihrer beider Glück war über einer Riesenmasse Schaum nichts als ihr Kopf zu sehen.

»Die Tür hat keinen Riegel«, entschuldigte sie sich. »Damit sich die Kinder nicht einschließen können.«

»Kein Problem.«

»Ich fass es nicht! Wie konnte ich denn nicht erst gucken?! Entschuldigung.«

»Jetzt hab dich doch nicht so. Nun hol dir schon, was du gesucht hast.«

Der Überraschungseffekt schien für eine neue Vertrautheit zwischen den beiden zu sorgen – locker familiär, nicht sexuell. Niemand fragte Evie, wie lange sie zu bleiben gedenke. Wenn sie kam, machte sie immer den Eindruck, dass ihr ein schreckliches Unheil drohe oder sie auf der Flucht sei vor einer Gefahr, irgendwas mit Männern oder mit Geld. Bei einigen dieser Katastrophen war sie mit ihrer Tochter Cara, die genauso alt war wie Jamie, wochenlang bei ihnen geblieben; in den Augen ihrer Familie war Suzie diejenige, die dem Unglücksmuster entronnen war. Diesmal erzählte Evie David umständlich irgendwelche Geschichten von einem Job, den sie aufgegeben hatte, bei einer Versicherungsagentur, dass sie sich da mit dem Chef eingelassen habe und dass Cara neulich nach einem etwas undurchsichtigen Streit zu ihrem Vater gezogen sei.

Evie hatte offenbar gesehen, dass Suzie ihr Bett im Arbeitszimmer aufgeschlagen hatte, und natürlich war ihr aufgefallen, dass Suzie fast jeden Abend unterwegs war (»beim Yoga«, wie sie beiläufig erklärte, oder »mit ihrer Gesangsgruppe«). Menna und Neil hatten sich für den Sommer ein Häuschen auf der Halbinsel Gower genommen, und Suzie war fast jedes Wochenende dort, entweder alleine oder mit den Kindern. Die Kinder liebten das Häuschen, den Strand und das Meer. Sie waren nur traurig, weil David nicht mitkam. Sie nörgelten an ihm herum, versuchten, ihn rumzukriegen, indem sie ihm stinkende Behältnisse mit Seetang und Krabbenbruch mitbrachten und Steine, die im nassen Zustand etwas ganz Besonderes waren; er erklärte ihnen, dass er zu viel zu tun habe.

»Warum gehst du denn nicht mal mit?«, fragte Evie obenhin, peinlich darauf bedacht, bloß nicht neugierig zu erscheinen.

»Ich hatte wirklich viel zu tun.«

»Und diese Leute da, die sind wohl nicht so deine Kragenweite?«

»Vielleicht auch das.«

Evie ging ein paarmal mit zu Suzies neuen Freunden, erzählte David aber im Vertrauen, bei denen komme sie sich vor wie hundert, und mitsingen könne sie auch nicht. Sie habe gar nicht gewusst, dass Suzie so eine schöne Stimme habe, sagte sie. Er verzichtete darauf, sich nach weiteren Einzelheiten zu erkundigen. Zu Hause schlüpfte Evie in eine Art Hausfrauenrolle, kaufte für die Familie ein und kochte (sie konnte besser kochen als Suzie). Sogar putzen tat sie, und das gar nicht mal schlecht, obwohl sie nicht so perfektionistisch war wie Suzie; in den Zimmern türmten sich Berge von Bügelwäsche, der Staubsauger blieb einfach da liegen, wo sie ihn zuletzt benutzt hatte. Suzie konnte sich nicht beklagen, sie hatte aufgehört, selbst was im Haus zu machen. Wenn Evie zu Besuch war, hielt Suzie sie immer auf Distanz, spröde und mit einem gewissen Argwohn. Manchmal, wenn Evie und David gemeinsam Nachrichten guckten, hatte er die unheimliche Wahnvorstellung, Suzie könnte ihm einen Platzhalter dagelassen haben, damit er ruhig blieb, während sie auf Wanderschaft ging, so ähnlich wie bei einem Verwandlungszauber im Märchen. Er wusste nicht, ob Evie ihre Schwester rundheraus gefragt hatte, was mit ihrer Ehe los sei, oder ob Suzie es ihr von sich aus gebeichtet oder sie im Unklaren gelassen hatte.

Als Suzie wieder einmal übers Wochenende weg war, nahm David Hannah und Joel mit und ging Kate Flynn besuchen. Während er mit den Kindern im Schlepptau den Zickzackpfad hinauflief, überlegte er, dass sich sein Verhältnis zu Kate verbessern könnte, wenn er mit den beiden zu ihr kam, und außerdem war er bei aller Schüchternheit doch stolz auf die makellose, durchsichtige Haut seiner Kinder, auf Hannahs Zöpfe, die er ihr – wenn auch nicht richtig gut – geflochten hatte, darauf, wie ehrfürchtig die zwei dastanden im Schatten dieses großen Hauses mit seinem Türmchen, das aussah wie aus einem Bilderbuch. Kate würde sie bestimmt mögen, sagte er sich; wenn sie seine Kinder kennenlernte, würde sie auch ihn noch besser kennenlernen. Als auch nach dem dritten oder vierten Klingeln niemand öffnete (sie legten das Ohr an die abblätternde Farbe und horchten, das Klingeln kam aus weiter, weiter Ferne), war Joel sichtlich erleichtert, dass er nicht glauben musste, sein Vater könnte Freunde haben, die an so einem Ort lebten.

Hannah entdeckte den Spielplatz mit Schaukeln und Rutschen und einem Eiswagen, an dem in der sommerlichen Hitze mächtiges Gedränge herrschte. David schob Joel eine volle Stunde lang auf der Schaukel an und sah seinen Kindern beim Rutschen zu. Sie kickten einen Fußball, der im Gras lag, weg und ließen sich im Schatten unter einem der großen Bäume nieder; David lag mit geschlossenen Augen auf dem Rücken und spürte, wie sich die Erde drehte und wie sein Leben verging. Ihm wurde bewusst, wie verletzlich er war, wenn er so dalag. Er musste dem Leben aufrecht begegnen, auf seinen zwei Beinen. Sie versuchten es noch ein letztes Mal bei der Villa Firenze, wobei David diesmal gar nicht damit rechnete, dass jemand da war, dann stiegen sie wieder ins Auto, um nach Hause zu fahren. Die Kinder waren inzwischen ohnehin überhitzt und schmollten, weil er ihnen am Eiswagen keine Limo kaufen wollte (sie hatten Eis bekommen).

»Aber bei Mama dürfen wir Cola trinken«, beschwerte

sich Hannah leicht entrüstet. »Wird schon keine bleibenden Schäden hinterlassen, sagt sie immer.«

Kate konnte nicht schlafen. Sie musste zum Arzt, sich neue Tabletten verschreiben lassen; sie musste einen kompetenten Eindruck machen und durfte auf keinen Fall abhängig wirken, damit der Doktor sie mit einem Rezept belohnte. Bei einem anderen Arzt hatte sie sich ein Schlafmittel besorgt, angeblich für Billie, die es aber gar nicht brauchte, weil sie wie ein Baby schlief. Es war aber deutlich leichter als das, das sie sonst nahm. Sie müsse sich bemühen, feste Zeiten einzuhalten, sagte der Arzt – abends immer zur selben Zeit ins Bett und morgens immer zur selben Zeit aufstehen. Sie gab ihm recht. In einem Schrank unter der Treppe fand sie Glühbirnen, holte die Trittleiter und ersetzte alle, die nicht mehr funktionierten, auch in den unbenutzten Zimmern: Wenn dann im Licht fleckige Tapeten und sinnlos durcheinandergewürfelte Möbel zum Vorschein kamen, schaltete sie es schnell wieder aus, ging im Halbdunkel weiter und ließ die Rollos unten. Sie nahm den Wischmopp und wischte den Boden im Flur mit heißer Seifenlauge, doch der Whiskygeruch blieb, sie wurde ihn einfach nicht los, noch Tage später war ihr davon übel. Eine Weile versuchte sie, früh um sieben aufzustehen und für Billie Porridge zu kochen (sie selbst konnte um diese Zeit noch nichts essen). Billie schlief auf dem Rücken, sie verdrehte nie im Schlaf die Augen oder blinzelte; wenn Kate sie wach rüttelte, gingen ihre großen Lider mit einem Schwung nach oben, und man sah noch ihre Träume blitzen, während sie sich verflüchtigten. Sie klammerte sich an ihre Zudecke nur mit dem Versprechen, dass sie Sirup auf ihr Porridge kriege, ließ sie dazu zu bewegen, ihren Morgenmantel anzuziehen.

»Weißt du, mein Schätzchen«, sagte Billie nach ein paar Tagen nachdenklich, »es ist doch ziemlich warm für Porridge.«

Kate hatte die brütende Hitze kaum wahrgenommen. Carol meinte, sie könne wirklich von Glück sagen, dass Billie so gutmütig sei, das Alter bringe ja oft Veränderungen der Persönlichkeit mit sich, Ressentiments und Aggressionen. Manchmal konnte Kate sich kaum noch daran erinnern, wie ihre Mutter als erwachsene Frau gewesen war, als die Bestimmerin. Sie musste sich konzentrieren und sich bestimmte Augenblicke ins Gedächtnis rufen: Billie, wie sie mit ihrem hübschen kleinen Einkaufskorb am Schultor wartete, Billie, wie sie sich in die Hände der Friseurinnen begab, und Kate durfte zusehen, wenn sie sich die Haare färben ließ, honigbraun, all die vielen Jahre lang, bis sie sich zu guter Letzt doch noch dem Weiß ergab. Sie hatte sich immer gefügt, aber mit einem inneren Widerstand, einer liebenswürdigen Sturheit sozusagen, einem heimlichen Gefühl von Überlegenheit, das sie dazu brachte, andere Menschen, deren Leben nicht wie ihres vom Licht der Schönheit und des guten Geschmacks erleuchtet war, gelinde zu bedauern. Dieses Prinzessinnenhafte hatte Kate früher schier zur Verzweiflung gebracht. Jetzt schmolz das Reale dieses Widerstands langsam dahin, und zurück blieb nur noch seine Form; Billie sah sich die grässlichsten Fernsehshows an, die man sich nur denken konnte, und am allerliebsten guckte sie die Werbung.

Kate kaufte Batterien für die Uhren; sie ordnete die Bücher in den Regalen, sie versuchte, an ihrer Übersetzung zu arbeiten. Sie schlug Nägel in die Wände, um Bilder aufzuhängen; sie lief den ganzen Tag im Pyjama herum, ohne sich anzuziehen, und die Haare wusch sie sich auch nicht. Ihre Aufmerksamkeit pendelte immer zwischen ihrer eigenen Person und ihrer Umgebung: War sie körperlich in Hochform und gut angezogen, konnte sie in einem Chaos leben, verzweifelte sie aber gerade mal wieder an sich selbst und ihrer Garderobe, dann fing sie an, sich liebevoll um ihr Zimmer und ihre Habseligkeiten zu kümmern, bezahlte Rechnungen und brachte kaputte Sachen zur Reparatur. Die Schlaftabletten sorgten wenigstens dafür, dass sie immer leicht benebelt war und keine besonders geschärften Sinneswahrnehmungen zu haben brauchte. Sie reagierte nicht, wenn es an der Haustür klingelte. Sie redete sich ein, wenn sie Jamie nie mehr wiedersehen müsste, würde, was geschehen war, nicht existieren; sie könne dafür sorgen, machte sie sich vor, dass es nie existiert hatte und dass sie nicht deswegen alles andere zerstören müsse. Hin und wieder ging Billie an die Tür; zweimal ließ sie Jamie herein. Kate war oben in ihrem Zimmer und schlug sich, von nagenden Zweifeln geplagt, mit der Frage herum, welche Begriffe die verschiedenen Abstufungen von Herrschaft und Abhängigkeit im zaristischen Russland wohl am präzisesten auszudrücken vermochten, als sie seine Stimme hörte. Sie nahm seine Anwesenheit im Haus geradezu körperlich wahr, wie einen Krampf; sie weigerte sich, anders über ihn zu denken, nur weil sie einmal so dumm gewesen war, ihn falsch einzuschätzen.

Billie kam mühsam die Treppe hochgestiegen. »Der Junge ist hier«, sagte sie. »Wie war noch mal sein Name?«

»Frag ihn, was er will«, sagte Kate. »Sag ihm, ich komm nicht runter, ich hab hier zu tun.«

»Oh, dann dürfen wir dich nicht bei der Arbeit stören, Liebling. Kommt er zum Unterricht?«

»Wie soll ich mich denn hier konzentrieren, Mummy?«

Billie blieb zögernd einen Moment stehen und ging dann auf Zehenspitzen wieder hinunter. Nach einer Weile hörte Kate, wie Jamie am Klavier seine Tonleitern spielte, wie er's probierte, einen Fehler machte, stolperte, wieder zum Anfang zurückging und noch einmal von vorne anfing. Und solange sie das hörte, konnte sie nichts tun und auch nicht denken, saß mit schmerzhaft zusammengezogenen Bauchmuskeln da (sie hatte seit Tagen nichts mehr zu sich genommen außer Crackern, Äpfeln und Tee) und drückte sich die Hände vors Gesicht, bis ihre Ringe Spuren hinterließen. Es war eine Art Folter, regelrecht darauf zu warten, dass er einen falschen Ton anschlug, und es dann wirklich zu hören, aber davon würde sie sich nicht nach unten locken lassen, sie würde durchhalten. Schließlich war sie die Erwachsene, sie war diejenige, die aufpassen musste, dass nichts schiefging. Endlich ließ Billie ihn gehen, oder er spazierte von sich aus auf dem Flur herum: Sie ahnte, dass er sich einerseits danach sehnte, sie zu sehen, sich aber andererseits auch davor fürchtete. Sie rührte sich nicht von der Stelle. Sie hatte Angst, dass er sich, wenn er sie sich ganz normal bewegen hörte, irgendwie ermutigt fühlen und einfach zu ihr heraufkommen könnte. Und außerdem hatte sie ein Zopfgummi im straff zurückkämmten Haar und ihre Brille auf der Nase und trug einen grässlichen alten Stretch-Pyjama, ihr Gesicht war blass und hatte blaue Flecke, wie immer, wenn sie wieder mal so eine Phase hatte, wo sie nichts essen konnte. Jamie sollte doch nicht sehen, dass er einen Totenkopf geküsst hatte, ein altes Weib, das war das Mindeste, was sie ihm schuldig war. Schließlich hörte sie, wie er aufgab und sich trollte.

Als er zum zweiten Mal kam, schloss sich Kate in ihrem Zimmer ein. Er klopfte an, rief zweimal ihren Namen; sie blieb reglos auf dem Bett liegen, antwortete nicht und umklammerte ganz fest ihre Knie. Dann wusste sie, wenn sie so weiterlebte, würde etwas kaputtgehen, und so fuhr sie mit Billie nach London. Sie wohnten im Bloomsbury-Hotel, wo sie früher immer übernachtet hatten, wenn sie in London ins Konzert oder ins Theater wollten, bevor Kate zu Hause ausgezogen war. Kate hatte einfach dort angerufen und zu ihrer Überraschung erfahren, dass es das Hotel immer noch gab. Im Zug trug sie eine dunkle Brille, hatte sich ein Tuch ums Haar gebunden und ihren Sommermantel bis oben zugeknöpft. Bloß gut, dass es nicht mehr so heiß war.

»Was meinst du wohl, wie Mutter das gefallen hätte?«, sagte Billie und schaute angespannt aus dem Zugfenster in die von Regenschwaden zerschnittene, wässrig schimmernde Landschaft.

»Ich weiß nicht«, sagte Kate. »Ich hab ja deine Mutter nicht gekannt.«

»Sie sprach fünf Sprachen. Ihr Französisch war ganz ausgezeichnet. Sie wurde immer von allen für eine Gymnasiallehrerin gehalten.«

»Wir könnten ja zurückgehen, wenn du willst, jederzeit. Zurück nach Litauen, meine ich. Wir könnten unsere Wurzeln suchen: Das macht man heutzutage so.«

»Ach, mein Schätzchen, lieber nicht.« Sie streichelte tröstend Kates Hand, als wüsste Kate nicht ganz genau, was dort in Litauen geschehen war. »Ich glaube nicht, dass da noch was für uns zurückgeblieben ist. Die Kinderbücher, die mir die Verwandten schickten, die hab ich nie gemocht, die Bilder waren mir zu gruselig, ich dachte immer, dass es dort bestimmt ganz primitiv zugeht. Aber Mutter hat sie geliebt, die Bücher, sie hat sich nach ihnen zurückgesehnt. Seit sie hierhergekommen sind, war sie nie mehr richtig gesund.«

»Klar, der alte Sam war stark wie ein Ochse, der hat sie einfach nicht in Ruhe lassen wollen.«

Wenn Kate so etwas sagte, tat Billie immer so, als habe sie es nicht gehört.

Im Hotel mussten sie ein bisschen Theater machen, um ein Zimmer im ersten Stock zu bekommen, damit Billie nicht so viele Treppen steigen musste. Kate redete sich ein, es sei das Richtige gewesen, aus dem alten Haus zu flüchten und ihre ganzen Katastrophen hinter sich zurückzulassen. Sie fing an zu rechnen, überlegte sich, wie lange sie mit ihrem Geld auskämen, wenn sie hier im Hotel als Dauergäste leben würden, wie die Leute in den alten Romanen, in seliger Verantwortungslosigkeit, ohne sich um das undichte Dach oder die sauer gewordene Milch kümmern zu müssen; sehr solide waren ihre Berechnungen nicht, weil sie ja keine Ahnung hatte, wie viel Geld überhaupt noch da war; sie hatte es noch nicht geschafft, Billies Unterlagen durchzuschauen und die nötigen Anrufe zu machen, um Genaueres zu erfahren.

Ihr Zimmer war hoch und schmucklos, weiß getüncht, hatte ein Fenster mit Blick auf die Straße, auf deren regennasser Fahrbahn die Taxis vorbeirauschten, an der Wand ein gerahmtes Foto von Löwen in der Serengeti und einen hübschen schlichten Marmorkamin, dessen kunstvoll verzierte gipserne Verkleidung unvermittelt von der Wand zum Nebenzimmer durchschnitten war. Der Fernseher war klein und schwarz-weiß und hatte als Antenne einen verbogenen Kleiderbügel. Den ganzen ersten Tag regnete es unablässig, sodass sie erst am Abend rauskonnten und gleich um die Ecke ein italienisches Restaurant fanden; Kate aß eine Drittelportion Pasta, dann rauchte sie, Billie verputzte drei Gänge und schloss ihr Menü mit einem Glas von irgendwas Klebrigem Gelben ab. Wieder zurück in ihrem Zimmer, telefonierte Kate mit Max, während sich Billie, scheinbar höchst interessiert, einen Krimi ansah, der nicht nur hinter einem Nebelschleier von Bildstörungen ablief, sondern auch schon halb vorbei war.

»Max, ich bin abgehauen, ich bin hier in London.«

»Katie? Und wo *hier*?«

»Es ist was ganz Schlimmes passiert.«

»Ich hab gedacht, bei euch läuft alles bestens.«

»Weil du keine Ahnung hast.«

»Wo bist du? Was ist passiert? Willst du vorbeikommen?«

»Ich kann dir das jetzt nicht erzählen. Ich bin nicht alleine.«

»Ach, Katie, ich hoffe bloß, du hast keinen schrecklichen Fehler gemacht.«

»Heute Abend sind wir zu müde, um noch vorbeizukommen. Wir sind schon im Pyjama. Wir kommen morgen Abend.«

»Ich weiß nicht, ob es wirklich so gut ist, wenn du mit ihm zusammen bei uns vorbeikommst.«

»Doch nicht mit ihm, du Dummer. Ich bin mit Billie hier.«

»Ach so. Okay. Ich denke mal, das geht in Ordnung, ich muss bloß kurz Sherie fragen.«

»Im Übrigen«, gestand sie, »ja, ich hab einen schrecklichen Fehler gemacht. Aber nicht *diesen.*«

Am nächsten Tag ging sie mit Billie in die Wallace Collection; in dem verglasten Innenhof tranken sie Tee, und Billie aß Kuchen (Bakewell Tart mit Lavendelsoße). In den zierlich gerahmten Rokokospiegeln im Louis-Quinze-Stil begegnete Kate in jedem Raum sich selbst – ein dunkler Geist, der zwischen den heiter beschwingten Nymphen auf den Gemälden herumspukte: ramponiert, konzentriert, verbittert. Sie kaufte eine Postkarte, auf der ein Mädchen im rosa Seidenkleid mit Rosen an der Taille und an ihrem runden, durch das Korsett hinaufgeschobenen Busen, bewacht von ihrem Schoßhund, die Initialen ihres Liebsten in einen Baum ritzt – ein Anblick, der Kate furchtbar traurig machte. Billie plauderte mit sämtlichen Aufsichtskräften, ganz die charmante, von der Kunst beseelte alte Dame. Sie fuhren ständig Taxi. Kate hatte reichlich Bargeld bei sich, sie zahlte überall mit Banknoten aus dem dicken Geldscheinbündel in ihrer Brieftasche. Für den abendlichen Besuch bei Max war sie in strenges Schwarz gekleidet, steckte sich die Haare hoch und malte sich nur die Lippen rot an, ansonsten blieb sie ungeschminkt und setzte wieder ihre dunkle Brille auf;

wenn Sherie sie schon in diesem Zustand sehen sollte, dann wollte sie aber wenigstens einen dramatischen Auftritt hinlegen, das war sie sich schuldig. Als sie bei Max in Highbury ankamen, waren dort die hohen Fenster geöffnet, um die erfrischende Kühle der Sommernacht hereinzulassen, auf der Bang-&-Olufsen-Anlage lief Jill Scott, und auf dem Couchtisch, dessen aus zentimeterdickem, halb transparentem Glas bestehende Platte an Eisbonbons erinnerte und dessen Fuß ein aufwendig in sich gedrehtes Stück aus dem Stamm einer alten Ulme war, stapelten sich wie üblich allerlei neue Romane und Zeitschriften. Als er noch in den USA war, vor seiner Übersiedlung nach England, hatte Max lukrative Verträge mit zwei Agenturen auf der Madison Avenue abgeschlossen.

Sherie, die in einer hübschen Schürze aus der Küche kam, zuckte sichtlich zusammen, als sie sah, wie furchtbar Kate ausschaute. Kate tat es leid, sie gab sich Mühe, nett zu ihr zu sein, lobte das köstliche Essen, auch wenn sie nicht viel davon zu sich nehmen konnte, fragte, wie es mit dem Schreiben laufe, und bemühte sich, nicht mit Max über irgendwelche Freunde zu tratschen, die Sherie nicht kannte.

»Du machst bestimmt viel Sport«, sagte Kate zu ihr. »So fit, wie du aussiehst! Ich bin das Gegenteil von fit. Ich mach überhaupt keinen Sport. Was soll bloß aus mir werden? Was wär das für ein tragischer Verlust, wenn ich jung sterben würde. Oder ist es dazu eh zu spät für mich, ich meine, jung zu sterben?«

Sherie saß stocksteif da und ließ sich nichts entlocken, ihr rundes Gesicht war blass vor Fassungslosigkeit. Zu allem Unglück machte Billie sich auch noch einen Spaß daraus, sich wortreich darüber auszulassen, wie ungemein begabt Kate sei. Wären Max und Kate mit ihr allein gewesen, hätte das einfach lustig sein können. Kate kramte nervös ihre Zigaretten heraus; die anderen waren immer noch bei ihrer Crème brûlée.

»Ob du wohl so lieb sein könntest, zum Rauchen rauszugehen auf den Balkon?«, fragte Sherie.

Kate tat beleidigt und zog einen Flunsch. »Ganz alleine?«, fragte sie. Und darauf Max, galant, lasch und versöhnlerisch wie stets: »Ich kann ja mit nach draußen kommen. Wenn das okay ist?«

»Geh nur«, sagte Sherie und stellte zügig die Teller zusammen, ohne sie vorher abzukratzen. »Ich bleib hier und pass auf Billie auf.«

Draußen lehnten Kate und Max nebeneinander an der schmiedeeisernen Brüstung und blickten durch die mondlose Dunkelheit auf die stattlichen Bäume mit ihrem im gelben Lichtschein der Straßenlaternen schwingenden Laub; durch den Regen waren allerlei unangenehme Gerüche vom Pflaster aufgestiegen. Das warme, dichte Dunkel der Nacht war voll von Bewegung, der Rauch der Zigaretten umwehte sie und Max in dicken Schwaden.

»Ich würde mir wünschen, dass du netter wärst«, sagte er. »Ich würde mir wünschen, dass ihr besser miteinander auskommt, du und Sherie.«

»Falls es dich interessiert, ich hab mir heute Abend wirklich alle Mühe gegeben. Hat aber offensichtlich nicht gereicht. Du hast vergessen, dass ich nun mal nicht besonders nett bin.«

Er seufzte. »Ja, und ich bin so blöd und mag dich trotzdem.«

Sie erinnerte sich daran, wie es gewesen war, Max nachzugeben und sich von ihm umsorgen zu lassen, an seinen sauberen Zweimal-täglich-duschen-Geruch, sein Aqua-di-Parma-Aftershave, sein Batisthemd: alles Angebote zum Frieden, zur Freundlichkeit, zum Spiel.

»Ach, Max, ich hab so einen schrecklichen Fehler gemacht.«

»Wenn du das selber glaubst, dann muss er wirklich schrecklich sein. Hat es was mit dem braven Doktor zu tun?«

»Ja. Nein. Ja.«

»Na, dann erzähl mal.«

Sie machte brav den Mund auf, schloss ihn aber gleich wieder.

»Ach nein, vielleicht lieber doch nicht. Ich kann nicht.«

Er wandte ihr sein rauchverwehtes Gesicht zu – sie standen vor den breiten viereckigen Lichtflächen der Fenster – und stieß leise einen anerkennenden Pfiff aus. »Oh-oh. Da hat die Katie doch tatsächlich was getan, wofür sie sich so sehr schämt, dass sie es gar nicht sagen will. Wir haben doch nicht etwa die Gesetze übertreten? Haftstrafe?«

»Jetzt mach dich nicht auch noch über mich lustig, Max. Ich fühl mich eh schon schlecht genug.«

»Katie?« Er entschuldigte sich, ging auf sie ein, geduldig und unvoreingenommen, beugte sich zu ihr hinunter, um den Größenunterschied auszugleichen. »Du weißt, dass du mir alles sagen kannst. Wenn du reden willst … Du siehst nicht gut aus. Du siehst furchtbar aus.«

»Das weiß ich doch, dass ich dir alles sagen kann.« Den letzten Stummel ihrer Zigarette noch zwischen den Fingern, strich sie ihm ganz leicht über den Handrücken. »Aber das hier sollte ich vielleicht lieber für mich behalten. Ich weiß nicht, ob ich die richtigen Worte finde. Wie dem auch sei, vielleicht gefällt mir ja auch einfach der Gedanke, ein Geheimnis vor dir zu haben. Und vor allen anderen auch.«

»Ich könnte wetten, du hast jede Menge Geheimnisse.«

»Nein, nein.« Sie überlegte einen Moment. »Eigentlich seit Langem das erste. Weißt du, bei mir passiert ja nicht mehr so viel in letzter Zeit.«

»Ich komm bald um vor Neugier auf dein Geheimnis.«

»Musst du nicht. Ich denke, es hat keine Konsequenzen, es zählt nicht: Vergiss es einfach.«

»Wie bei dieser Sache mit dem weißen Bären.«

»Was?«

»Na, du weißt doch: Wenn jemand sagt, denk nicht an den weißen Bären. Und jedes Mal, wenn du's nicht tun willst, tust du's doch. Ist das nicht von Tolstoi?«

»Das hier ist noch nicht mal ein ausgewachsener Bär«, sagte sie. »Es ist bloß ein Bärenjunges.«

Am nächsten Tag ließ Kate Billie bei Max im Büro (»Sie macht bestimmt keinen Ärger«) und ging shoppen, suchte ihre ganzen alten Lieblingsläden auf. Max habe schließlich selbst gesagt, sie sehe furchtbar aus, erinnerte sie ihn, also müsse er ihr doch helfen, damit sie sich wieder hinkriegte. Sie versprach ihm, mittags etwas zu essen, was sie auch tat. Sie flehte ihren Friseur um einen Termin zum Haareschneiden an. Sie zahlte einen Aufpreis auf das, was er sowieso verlangte. An den weißen Bären dachte sie nicht. Im Spiegel des Frisiersalons sah sie zu, wie das trübsinnige gerupfte Huhn, als das sie hergekommen war, während sie mit Antony plauderte, nach und nach verschwand. Schön war sie nie gewesen, aber vielleicht war ja noch nicht alles verloren. Die dramatischen Dellen und die scharfen Kanten, die ihr schmales Gesicht bevölkerten, konnten immer noch faszinieren und verführen, sie hatten noch nicht vollends ausgedient. Nun ja, jetzt wusste sie zumindest, dass sie immer noch begehrt war. Sie kaufte sich neue Schuhe, obwohl sie sich vorher ermahnt hatte, dass Schuhe das Einzige seien, was sie wirklich nicht brauchte. Als sie schon meinte, alles erledigt zu haben, und mit Taschen beladen nach einem Taxi Ausschau hielt, sah sie in einem Schaufenster dieses Paar, das sie magisch anzog: rosenholzfarben, ganz weiches Leder, schwarz abgesetzt, verziert mit einer schwarzen Rose aus Wildleder, irrsinnig hohe Bleistiftabsätze.

Schweißgebadet wachte David aus seinen Albträumen auf. Sie handelten nicht von der Vogelgrippe oder von Terroranschlägen oder anderen Dingen, über die er sich bei der Arbeit Gedanken machen musste. Er war in einer Gruppe von Menschen, die sich angeregt unterhielten, er konnte aber nicht hören, was sie sagten, sondern nahm ihre Worte nur als stumpfe Nadelstiche unter der Haut wahr; oder er war in komplizierte Komplotte von Leuten verwickelt, die wie besessen irgendwelche Nachrichten übermittelten zwischen Menschen, von denen er noch nie gehört hatte.

»Verlässt du mich?«, hatte er Suzie eines Abends gefragt und sie im Arbeitszimmer zur Rede gestellt, wo sie gerade dabei war, sich bettfertig zu machen. »Geht diese Ehe in die Brüche? Hast du einen anderen?«

»Komm mir bitte nicht zu nahe«, hatte sie gesagt und sich in fliegender Hast ihr Nachthemd über den Kopf gezogen, um sich vor ihm zu verstecken. Dabei war das zwischen ihnen längst nichts Besonderes mehr, wo er sie doch bei der Geburt der Kinder nackter als nackt gesehen hatte.

»Herrgott noch mal, rede mit mir. Sag mir, was los ist.«

Sie schaute ihn nicht an, wich vor ihm zurück. »Bitte«, sagte sie. »Warte. Ich weiß es nicht. Ich kann da noch nicht drüber reden. Schrei mich nicht an, die andern können dich doch hören.«

»Meinst du, die wissen nicht Bescheid?«

Besonders schlimm war für David, dass Jamie jetzt das Scheitern seiner Ehe miterleben musste. Er konnte dem Jungen gar nicht in die Augen sehen, er wand sich innerlich, wenn er mit ihm in einem Raum sein musste, als würde Jamie die Demütigung seines Vaters in all ihren Stadien förmlich aufsaugen und ihn zutiefst verachten. Wenn David in den frühen Morgenstunden wach lag und Jamie leise sich im Haus bewegen hörte, war er so beunruhigt, als wären seine eigenen Ängste es, die ihn am Schlafen hinderten; wenn er Jamie zu einer seiner nächtlichen Fahrradtouren nach Gott weiß wohin aufbrechen hörte, musste er aufstehen und nach unten gehen, um sich zu vergewissern, dass er die Haustür nicht gefährlich weit hatte offen stehen lassen. Eigentlich waren die Türen immer sicher abgeschlossen, in diesen Dingen war Jamie sehr vernünftig, auch wenn er ständig Berge von schmutzigem Geschirr in der Spüle stehen ließ. Evie fragte David, ob er nicht auch der Meinung sei, mit Jamie stimme etwas nicht. Er verbringe so viel Zeit allein in seinem Zimmer und spiele dabei noch nicht mal seine Musik. Egal, was er erzählte, es sei doch wohl nicht möglich, dass er die ganze Zeit nur Bücher las?

»Er raucht«, sagte David. »Ich glaub, er raucht sich manchmal regelrecht in einen Rausch. Ich sehe nicht, was man dagegen tun könnte, außer ihn ganz rauszuschmeißen. Wir haben wirklich schon alles versucht. Er macht einfach sein Ding, auf uns hört er überhaupt nicht mehr.«

»Ich wollt ihn ja nicht kritisieren«, sagte Evie ganz erschrocken. »Er ist ein reizender Junge. Und wie lieb er zu den Kindern ist! Ich dachte nur, er ist vielleicht unglücklich.«

Jamie konnte wirklich gut mit den Kindern; sie liebten ihn. Er hatte bei einem Wohltätigkeitsbasar für ein Pfund ein Brettspiel erstanden: *Hero's Quest*, mit winzigen metallenen Kriegerfigürchen, Orks und Zauberern. Er dachte sich Missionen aus und schrieb sie für Hannah und Joel auf Zettel – *die Meister von Morion müssen den Roten Stein von Zelton aus der Truhe von Azeriac bergen* – und saß dann stundenlang mit ihnen im Schneidersitz in Hannahs Zimmer auf dem Fußboden, war genauso vertieft in die Geschichten wie sie und erklärte ihnen mit großem Ernst, warum sie die Schwelle von Morion nicht ohne die richtigen Münzen überschreiten konnten. Das war auf jeden Fall besser, als wenn die Kinder sich im Fernsehen eine Soap nach der anderen reinzogen.

Eines Abends kam David heim, und das Haus war voller Leute. Auf den ersten Blick hätte er sie für Freunde von Jamie halten können, aber der hatte nie Besuch. In ihren knallbunten Klamotten lümmelten sie auf den Polstermöbeln herum, lärmten wie ein ganzer Vogelschwarm und riefen sich Fragen und Bemerkungen zu, auch kam es ihm so vor, als seien diese Typen jünger, als er selbst es je gewesen war. Sie wippten zur Musik, als wollten sie gleich anfangen zu tanzen; auf dem CD-Player im Arbeitszimmer lief irgendwas Folkiges (Suzie hatte mittlerweile sein Arbeitszimmer in Besitz genommen; er hatte sich mit seinem Computer ins Wohnzimmer verzogen). Zunächst sah er sich vergeblich nach einem bekannten Gesicht um und kam sich vor wie ein Idiot, einer, der hier nichts zu suchen hat, hielt sich immer noch an seiner Aktentasche fest, als habe er seinen Schlüssel in die falsche Haustür gesteckt, aber dann entdeckte er Giulia und Larry, die in der Küche Pizza schnitten, und sah Menna mit ihrem harten Porzellanpuppengesicht kerzengerade wie eine Tänzerin auf dem Sofa sitzen. Wo Menna saß, versammelte sich um sie herum immer gleich ein kleiner Hofstaat, sie war die Königin: Sie starrte ihn an, ohne zu lächeln, und versteifte sich unter seinem Hausherrenblick. Auf dem Boden, ihr zu Füßen, saßen zwei Mädchen, die ihn geflissentlich übersahen und einander munter plappernd ihre schmutzigen nackten Füße zeigten.

Die französischen Fenster standen offen; auf der Terrasse, inmitten von Suzies bunt blühenden Kübelpflanzen und Blumenampeln, sah er Männerköpfe fachsimpelnd um den Grill geschart – anfangs kam ihm kein einziger davon vertraut vor, doch dann erkannte er Neil, den Freund von Menna. Der Grill war in diesem Jahr noch gar nicht benutzt worden, ob die Holzkohle in der Garage feucht war nach dem Winter? Hannah und Joel hielten den Atem an, wie sie es immer machten, wenn er den Grill anzündete; Evie, die gespannt am Boden hockte, mit dem

Rücken an die Hauswand gelehnt, fuchtelte irgendwem, den David nicht kannte, mit ihrer Selbstgedrehten vor der Nase herum. Das erinnerte ihn wieder daran, wie wild und freizügig sie bei solchen Geselligkeiten immer war. Der Geruch nach Marihuana (ob die Nachbarn ihn bemerken würden?) vermischte sich unangenehm mit dem des Brennstoffs für den Grill. David mochte die Kinder nicht in der Nähe von so vielen rauchenden Menschen sehen, also ging er wieder zurück in den Flur. Suzie, die gerade die Treppe herunterkam, blieb bei seinem Anblick so abrupt stehen, als hätte er die Hand nach ihr ausgestreckt.

»Ich hab doch heute Geburtstag«, klärte sie ihn sofort auf, ganz außer Atem, ein Stück über ihm.

Da war die würdevolle Distanziertheit dessen, der sich ins Unrecht gesetzt fühlt, mit einem Schlag wie weggeblasen. »Oje, Liebes, entschuldige. Natürlich! Wie konnte ich das bloß vergessen?«

»Nein, ist schon in Ordnung. Es ist mir wirklich egal.«

»Unglaublich! Dass ich daran nicht gedacht hab! Dabei hab ich doch das Datum im Büro heute zigmal geschrieben.«

»Mach dir keine Sorgen.«

Ihre Augen glitzerten, doch nicht von den Tränen der Kränkung. Ganz im Gegenteil: Sie war in Hochstimmung, war außer sich vor Freude – einer Freude, die ihn ausschloss; er war sich sicher, dass sie sogar vergessen hatte, mit seinem Erscheinen zu rechnen, jedenfalls bis zu dem Moment, als er da war. Giulia brachte ihm ein Glas Wein aus der Küche. »Komm und iss ein Stück Pizza. Die ist aus dem *Dolce Vita*, wo der Cousin von Larry Chefkoch ist.«

Zerknirscht (und auch tatsächlich hungrig) ging David mit ihr mit. »Hat Suzie dir erzählt, dass ich's vergessen hab?«

»Ach, alles halb so wild, Larry denkt nie an meinen Geburtstag.«

»Von einer Party hat sie nichts gesagt.«

»Das war ganz spontan«, sagte Giulia. »Wir haben es uns heute in der Schule überlegt, als sie sagte, dass sie nichts vorhat. Da haben wir rasch rumtelefoniert.«

»Lass sie machen, Dave«, sagte Larry. »Glaub mir, wenn die Mädels sich mal in den Kopf gesetzt haben, dass sie Spaß haben wollen, dann kannst du nur noch Feuer an die Lunte legen und dich verziehen.«

Larrys großes schönes italienisches Gesicht hatte tiefe Furchen, die man für Kummerfalten halten konnte, doch er war bester Laune, band sich Suzies Schürze um und servierte Pizza, und danach verschwand er mit Davids Whisky hinter seinem *Telegraph*. David schenkte sich auch ein Glas ein. Als er aufgegessen und sich mit dem Whisky gestärkt hatte, mischte er sich unter die Gäste und stellte fest, dass Suzies Freunde Sozialarbeiterinnen, Schauspieler und Verkäuferinnen waren; eine organisierte kommunale Ferienspiele, ein anderer stellte Möbel her. Vielleicht gefielen ihr solche Leute besser, weil sie lustiger waren; je mehr er trank, desto klarer wurde ihm, dass seine Ernsthaftigkeit ihn niederdrückte wie ein dicker, schwerer Mantel. Neil hatte als Grillmeister reüssiert. Seine gebräunte Haut umspannte straff den kleinen, schön geformten Kopf und schlug nur um die trüben Augen ein paar Fältchen; zwischen Denken und Reden machte er diese typische Kunstpause, an der man gleich den Kiffer erkennt. David war schon bewusst, dass sein Ärger eher diesem Burschen gelten sollte als dem Mädchen, und dennoch war es Menna, die ihn richtig auf die Palme brachte mit ihrer stoischen Beherrschtheit.

»Da liebt aber jemand die Musik«, sagte Neil und schaute sich voller Bewunderung Davids CDs an, ein Regal nach dem anderen, alle fein säuberlich chronologisch und alphabetisch nach Komponisten geordnet.

»David hört nur Klassik«, sagte Suzie. »Mir ist das ja zu abgehoben. Als ich mal mit ihm bei einem Konzert war, hab ich bloß immer Angst gehabt, dass ich husten muss, weil ich doch keine Hustenbonbons mithatte. Dabei war ich gar nicht erkältet oder was, und trotzdem hab ich so ein leichtes Kitzeln gespürt, ganz weit hinten im Hals, und hab mir vorgestellt, all die Gesichter ringsherum, wie die mich missbilligend angucken, wenn ich ihnen ihren schönen Kunstgenuss verderbe. Also hab ich die ganze Zeit meine Spucke zusammengekratzt und runtergeschluckt, damit ich keine trockene Kehle kriege. Ich hab an gar nichts anderes denken können, hab überhaupt nichts mitgekriegt, nicht einen Ton.«

Ob David denn Musiker sei, wollte ein Mädchen wissen.

»Ein Instrument spielen tut er nicht«, antwortete Suzie. »Er arbeitet im Gesundheitswesen. Er macht die Pläne, wer von uns in den Bunker darf. Oder wer geimpft werden muss, wenn die nächste Grippewelle kommt.«

David hatte das Gefühl, hier rumzustehen wie der Ochs vorm Berge; während sich alle anderen amüsierten, konnte er nur immer blöde den Kopf schütteln. »Ist das wirklich deine Vorstellung von meiner Arbeit?«

»Was denn sonst?«, fragte sie achselzuckend. »Du beschäftigst dich doch wirklich den lieben langen Tag mit nichts als Tod und Unglück, oder? Manchmal stell ich mir vor, du hast das an den Händen kleben und bringst es abends mit nach Hause.«

»Aber der Job von David ist es doch gerade, dafür zu sorgen, dass all diese furchtbaren Sachen nicht passieren«, sagte Evie. »Irgendwer muss das ja schließlich tun.«

»Es geht um Macht«, sagte Suzie. »Erzähl mir bloß nicht, dass er's nicht genießt.«

David war verwirrt, er schloss die Augen, lehnte sich mit dem Rücken an die Wand und spürte, wie der Raum unter ihm wegsackte. Später schob Suzie die Möbel zum Tanzen beiseite, und die Kinder hüpften quietschend in dem dadurch neu entstandenen Raum herum. Sie wollten Frieden stiften zwischen ihren Eltern, sie zerrten an ihrem Vater, der, noch immer an die Wand gelehnt, im Arbeitszimmer auf dem Boden saß (Suzie hatte ihr Bett weggeräumt, sodass die Gäste es nicht sehen konnten), doch David rührte sich nicht von der Stelle, er konnte einfach nicht.

* * *

Als Kate und Billie wieder heimkamen, war Samstagabend. Während der Zug in den Bahnhof einfuhr, vorbei am hinteren Ende der St. Mary's Street, das in der Sommerhitze flirrte und wo es von jungen Leuten wimmelte, die Mädchen halb nackt, die Männer allesamt nur im weißen Hemd – die Minimalgarderobe, die man in den Clubs verlangte. Die blasse, schwankende Masse bewegte sich träge von einem Veranstaltungsort zum nächsten oder nahm einfach nur die Natur in Besitz und hatte etwas Geheimnisvolles, glich den ruhelosen Geistern eines Traums. Das Taxi fuhr in die entgegengesetzte Richtung und musste sich erst einmal seinen Weg bahnen durch all das viele Menschenfleisch, das dem Verkehr nicht weichen wollte: durch die Fenster lugten Gesichter herein, direkt vor ihrem Taxi schmiss ein Junge einen Hotdog auf die Straße, bedeutete ihnen gebieterisch, stehen zu bleiben, hob ihn auf und biss hinein. Billie lachte, sie war ganz gebannt; als sie sich ihrem Vorort und dem Seeufer näherten, war die Stille, die sie hier empfing, wohltuend und zugleich bedrückend. Drinnen im Haus begrüßte Sim (Carol hatte ihn gefüttert) sie in wütender Ekstase und stieß beleidigt mit dem harten Kopf nach ihren streichelnden Händen. Kate brachte Billie ins Bett.

Sie selbst schlief schließlich angezogen auf der Chaiselongue ein, und als sie aufwachte, stand Jamie ein paar Meter von ihr entfernt im Lampenlicht.

»Die Haustür war offen«, sagte er.

»Ach ja?«

»Und da bin ich einfach reingekommen, obwohl ich's gar nicht vorhatte. Sind Sie immer noch wütend?«

Kate hob nicht den Kopf, sie wollte nicht die Perspektive wechseln, wollte nicht den neuen Blick justieren, den sie auf ihn hatte und in dem zum ersten Mal etwas wie Angst mitschwang. Er war nicht mehr der, den sie sich vorgestellt hatte, oder besser, den sie sich nicht vorstellen wollte. In der kurzen Zeit, seit sie ihn das letzte Mal gesehen hatte – wie lange war das her, zwei Wochen oder drei? –, war er ein anderer geworden, hatte eine ganz andere Präsenz und mehr Intensität: Aus ihrem Blickwinkel – er über ihr, sie noch immer auf der Seite liegend, den Kopf ins Kissen gedrückt, wirkte er auf eine neue Art entschlossen, größer auch, die Haare der besseren Konzentration halber hinter die Ohren gestrichen, Hände in den Taschen, das jungenhafte rundliche Gesicht sah anders aus, kantiger, markanter, die Fältchen unter seinen Augen tiefer eingekerbt. Sie erkannte ihn kaum wieder. Er war nicht so, wie sie ihn in Erinnerung hatte: Er war wesentlicher. Wenn er wirklich etwas taugte, dann musste das, was da passiert war, ihn verändert haben.

»Nein, nicht wütend. Wie leichtsinnig von mir, die Tür nicht abzuschließen.«

»Ich wollte fragen, ob es nicht wieder so wie vorher werden könnte: Ich komm vorbei, nicht zu oft; wir reden einfach. Würde das nicht gehen?«

»War es denn vorher so?« Sie richtete sich auf und reckte sich, die Arme überm Kopf; sie hatte eins von ihren neuen Kleidern an – kastanienbraun, rutschiger Stoff, über dem Busen eng. »Das möchtest du?«

Er nahm die Hände aus den Taschen. »Wissen Sie, da hätte jeder reinkommen können.«

»Und mir Gewalt antun, meinst du? Weil wir das schon einmal hatten, oder?«

Er starrte zu Boden.

»Ist alles in Ordnung.« Sie streckte ihre Hand nach seiner aus. »Entschuldige. Du hast mir ja nicht direkt Gewalt angetan.«

»Ich dachte, Sie sind wütend. Sie haben doch gesagt, ich soll nie mehr wiederkommen.«

Er traute sich nicht mal, die Hand, die sie ihm reichte, zu ergreifen.

»Hab ich tatsächlich *nie* gesagt? Na ja, ich hab nicht wirklich *nie* gemeint; nicht *niemals wieder*.«

»Ach so.« Er nickte demütig. »Das wusste ich ja nicht.«

»Natürlich hast du das gewusst. Sonst wärst du ja nicht hier. Aber als ich es gesagt hab, da hab ich vielleicht wirklich *nie* gemeint.«

»Das war ganz schrecklich«, gab er zu. »Ich hab gedacht, Sie meinen das im Ernst und dass ich total unten durch bin.«

»Und du möchtest also, dass wir einfach Freunde sind?«

»Ich will das nicht verlieren.«

»Aber wirklich gute Freunde waren wir doch gar nicht. Nicht das, was ich mir unter einer guten Freundschaft vorstelle. Genauer gesagt: Du bist zu jung, um mein Freund zu sein.«

Jamie atmete geräuschvoll aus. Kate stand auf – ohne Schuhe, klein, genauso wie beim letzten Mal – und schmiegte sich an den warmen Körper des Jungen und in seine Arme, die sich schüchtern, ganz, ganz zaghaft um sie schlossen; sie redete sich ein, der schiere Unterschied an Masse – er so ein Riese und so überwältigend und sie dagegen winzig klein – würde sämtliche anderen Asymmetrien in den Hintergrund treten lassen. Mit beiden Händen strich sie ihm die Haare aus der Stirn und sah ihn lächelnd an, hielt sein Gesicht umfasst, und seine Augen unter ihren bläulichen gewölbten Lidern schauten zurück – ein Blick, nicht zu entschlüsseln. Sie war die Erwachsene, die Erfahrene, sie hatte das Kommando; sie durfte ihm um keinen Preis verraten, welch eine Macht, welch Potenzial in seiner Jugend lag. Sie nahm ihn mit hinauf ins alte Schlafzimmer; dort würde Billie sie nicht finden, denn sie mied diesen Raum aus Aberglauben. An das Bett dort hatte Kate auch vorher schon gedacht, es aber nicht bezogen, um das Glück nicht zu versuchen, und so liebten sie sich zwischen den klammen, schmuddeligen, kratzenden Decken und dem seidenen Bettüberwurf, nackt auf der alten, muffig riechenden gestreiften Wollmatratze. Irgendwann spürte Kate unter ihren Fingern überraschend die polierten, harten Wölbungen des geschnitztten Kopfteils, das Füllhorn, aus dem sich ein Schwall von Früchten ergoss. Sie hatte die Rollos hochgezogen, und hin und wieder fiel das Licht des Mondes silbern auf ihre Schultern und auf seinen langen Rücken. Der Mond war riesig, voll, melodramatisch und spiegelte sich im See. Mit ihrer Hilfe schaffte Jamie es diesmal schon etwas besser, obwohl er furchtbar schüchtern war und sich rührend zu konzentrieren versuchte; sie belohnte ihn mit ein paar freudigen kleinen Juchzern.

»Das muss unser Geheimnis sein«, stellte sie klar. »Tagsüber ist das keine Beziehung. Ich muss dir vertrauen können, dass niemand jemals was davon erfährt, was hier geschehen ist, nicht mal, wenn ich gestorben bin.«

»Du wirst nicht sterben«, sagte er beruhigend, als könnte er es ihr versprechen.

# *Acht*

Evie hatte gar nicht vorgehabt abzureisen, aber dann brach plötzlich eine Flut von Anrufen auf ihrem Handy über sie herein, und sie rannte ständig aus dem Zimmer, um sich draußen auf der Terrasse oder im Flur hinzukauern, sich wie ein Taschenmesser einzuklappen, bereit, jeden Moment aufspringen, und dabei sprach sie murmelnd, mit gedämpfter Stimme, als müsse sie sich jedes Wort krampfhaft und unter Schmerzen abringen.

Zu guter Letzt kehrte sie nicht zurück zu dem, mit dem sie immer stundenlang am Telefon geredet hatte (»Wieder so einer von ihren viel zu verheirateten Männern«, sagte Suzie), sondern flog stattdessen für eine Woche zu ihren Eltern nach Spanien.

»Du hast sie doch nicht mehr alle«, meinte Suzie kurz und bündig. »Da säße ich ja lieber eine Woche auf der Polizei in einer Zelle. Wo du wahrscheinlich sowieso irgendwann landest. Lass dich bloß nicht auf die krummen Dinger ein, die die immer drehen, und bring ja nichts mit von dort in deinem Koffer. Und leih ihnen bloß kein Geld.«

»Das ist in Spanien«, sagte Evie. »Da kann ich mich doch fröhlich in der Sonne brutzeln lassen, oder?«

»Da ist so eine Hitze, dass du gar nicht aus dem Haus gehen kannst.«

»Ich will noch mal neu anfangen.«

»Ich denke mal, das war schon immer deren Spezialität.«

»Na ja, sie werden eben langsam alt, weißt du?«, entschuldigte Evie ihre Eltern.

Suzie fuhr mit den Kindern in das Sommerhäuschen auf Gower. Es war die erste Ferienwoche, und sie und David hatten sich in verbindlichem Ton, ganz so, als würden sie es ernsthaft in Erwägung ziehen, darüber unterhalten, dass er ja mitkommen und am Montagmorgen mit dem Zug zurückfahren könnte, damit er pünktlich auf der Arbeit wäre. Als er Stunden später, die anderen waren unterdessen abgereist, im Arbeitszimmer von seinen E-Mails aufblickte, sah er, dass Evie fertig gepackt hatte und hinuntergegangen war in den Garten, um eine zu rauchen; sie hielt sich peinlichst genau an die Hausordnung, obwohl David das mit dem Rauchen gar nicht mehr so wichtig war wie früher. Eine Clematis, die Suzie gepflanzt und um die sie sich dann nicht mehr gekümmert hatte, lehnte schlaff an dem neuen Zaun aus rohem Lärchenholz; Evie saß auf der Bank, ihr Kopf war zwischen den Blättern zu sehen, sie schaute hoch und winkte hinüber zum Haus. Offenbar hatte Jamie ihr von seinem Dachfenster aus irgendwas zugerufen. Es war ein grauer Abend ohne Saft und Kraft, mit einem warmen Wind, der hin und wieder anfallartig auflebte; grell leuchteten die Gartenrosen, und der braune Mutterboden, den man damals, als die Häuser gebaut wurden, für die Beete herangefahren hatte, war unten um die Wurzeln knochentrocken. David kam hinausgeschlendert und setzte sich zu Evie, und als sie schnurstracks ihre halb gerauchte Zigarette ausdrücken wollte, hielt er sie auf.

»Wär wohl mal wieder Zeit, den Schlauch anzumachen«, sinnierte er, eher desinteressiert.

Sie sah ihn freundlich an mit ihren verwaschen blauen, von lauter Fältchen eingerahmten Augen, er dachte schon, sie wolle etwas über seine Ehe sagen, doch das tat sie nicht. Vielleicht, weil sie Angst vor ihrer jüngeren Schwester hatte. Suzies heller, verächtlicher Blick blitzte dieser Tage mitunter so grell auf, dass David an ein Schwert denken musste oder an ein Gewehr. Wenn sie zu Hause war, legte sie Auftritte und Abgänge hin wie eine, die sich heroisch wappnen muss, um furchtbar schwere Prüfungen zu bestehen. Nur mit Mühe gelang es ihm, sich an die vielen ganz normalen Jahre zu erinnern, in denen sie scheinbar liebevoll zusammengelebt hatten. Evies Aufmerksamkeit wurde wieder von Jamies Dachfenster angezogen, das weit offen stand und in dem, wie in einem Bilderrahmen, sein Kopf zu sehen war; offenbar stand er auf einem Stuhl und stützte sich auf die Arme. David fragte sich, was man wohl von da oben sehen mochte.

»So ein lieber Junge, der Jamie«, sagte Evie. »Weißt du noch, diese furchtbare Ente, die er damals hatte, wie er die überall mitgenommen hat und sie partout nicht in die Wäsche geben wollte?«

»Groggy hat sie geheißen.« Daran konnte David sich nicht mehr erinnern. »Hat auch so gerochen – richtig groggy.«

»Armer kleiner Kerl. Ich meine, wie er damals war.«

»Ja.«

»Du hast sehr viel Geduld mit ihm gehabt. Heute ist er einfach toll. Du redest ja eher selten über seine Mutter.

Wie konnte sie das bloß tun? War Jamie eigentlich damals mit in der Wohnung?«

»Nein. Sie hatte ihn bei ihrer Mutter gelassen. Es sah so aus, als ob's ihr besser geht, sie wollte zu einer Party bei Freunden. Weiß der Teufel, wann sie es sich anders überlegt hat. Ihre Sachen lagen überall in der Wohnung verstreut. Sie war ja nie sehr ordentlich, besonders schlimm war's, wenn sie Depressionen hatte. Aber es sah so aus, als hätte sie verschiedene Sachen anprobiert, um auszugehen.«

»Ach, wie furchtbar. Das kenn ich auch, dass man sich vorm Spiegel die Sachen runterreißt und andere anzieht, und nichts ist richtig. Das ist natürlich nicht dasselbe, klar. Aber es ist eine Form von Verzweiflung, das kann ich verstehen.«

»Und zum Schluss war sie im Morgenmantel.«

»Du meinst, als sie starb?«, fragte Evie ganz leise.

»Sie ist vom Balkon gefallen, so einem kleinen, wo die Leute ihre Wäsche aufgehängt haben. Im neunten Stock.«

»Und ein Unfall kann es nicht gewesen sein?«

»O nein. Die Mauer ging bis hier.« Er zeigte mit der Hand die Höhe. »Absolut kindersicher. Eigentlich sicher für alle. Durchbrochen, damit man rausgucken konnte.«

David setzte Evie am Busbahnhof ab, und als er wieder nach Hause kam, ging er seinen Sohn suchen. Anders als üblich, war die Dachbodenleiter heruntergelassen. Der Stuhl stand noch dort, wo Jamie gestanden haben musste, um rauszuschauen (vielleicht tat er das öfter), doch nun saß er an seinem Schreibtisch und arbeitete an dem alten Mac Classic, den ihm Grandma Bell vor ein paar Jahren geschenkt hatte, als sie ihren neuen bekam. David hatte angeboten, ihm einen neuen Computer zu kaufen und hier oben einen Internetzugang einzurichten, aber das wollte Jamie nicht. Der postkartengroße Schwarz-Weiß-Bildschirm leuchtete in der heraufziehenden Dämmerung mit wichtigtuerischem Brummen vor sich hin und warf einen Grauschleier auf das Durcheinander in dem kargen Zimmer, in dem die Habseligkeiten des Jungen achtlos herumlagen, wie um zu zeigen, dass sie noch nicht das nötige Gewicht besaßen, um ihn hier festzubinden. Die schrägen Wände waren kahl. David setzte sich auf Jamies Bett. Er fragte seinen Sohn nicht, woran er arbeite, jetzt, nachdem sämtliche Prüfungen vorbei waren und es keine Hausaufgaben mehr zu machen gab – zu oft hatten seine Gespräche mit dem Jungen in letzter Zeit den Charakter von Verhören gehabt. Jamie nahm die Hände von der Tastatur und schloss eine Datei.

»Was ist eigentlich mit unserer Fahrradtour?«, fragte David. Im Winter hatten sie mal davon gesprochen, ein paar Tage zusammen in die Beacons zu fahren; David hatte einen entsprechenden Anlauf gemacht, den Plan aber dann nicht weiterverfolgt. Dabei war sein Fahrrad nicht nur neuer, sondern auch schicker als das von Jamie, wurde jedoch schändlicherweise viel seltener benutzt.

»Wie, jetzt?« Jamie war eher verwirrt als ablehnend.

»Ich könnte mir nächste Woche ein paar Tage freinehmen. Ich müsste wirklich mal raus.«

Im Dämmerlicht war das Gesicht des Jungen unscharf zu erkennen. David musste immer wieder staunen, wie kräftig er geworden war, wie breitschultrig, sein einstmals kleiner Junge, dessen zarte, flinke und perfekt geformte Glieder er heute noch in seinen Händen spürte.

»Ich weiß nicht«, sagte Jamie vorsichtig. »Für mich ist das jetzt gerade keine gute Zeit.«

»Ach nein?«

David hätte einwenden können, dass Jamie, was gewiss nicht so geplant war, gerade überhaupt nichts tat, sich weder auf ein Studium vorbereitete – sich bisher nicht einmal für einen Studienplatz beworben hatte – noch arbeiten ging, ein bisschen Geld verdienen (er sagte sich anscheinend, dass es ja zur Not noch dieses Treuhandkonto gab, und das war wirklich nicht in Ordnung).

»Ich bin hier im Moment ziemlich eingespannt«, sagte Jamie.

Im Grunde war David ganz froh. Er war nicht wirklich fit, nicht recht in Form, wahrscheinlich hätte er auf dem Rad gar nicht mit Jamie mithalten können. »Na, egal. Nicht so wichtig, war nur so ein Gedanke.«

»Obwohl, so 'ne kleine Radtour wär schon gar nicht schlecht, wenn's bloß ein paar Tage wären.«

»Aber nur, wenn du Lust hast.«

»Ich überleg's mir, ja?«

»Hast du noch diese Ente?«

»Was denn für eine Ente?«

»Groggy. Evie hat mich daran erinnert.«

Jamie, der offenbar zum ersten Mal seit Jahren wieder an sein altes Spielzeug dachte, schaute sich einen Moment lang suchend um, als könnte das Ding tatsächlich irgendwo unter seinen herumliegenden Sachen sein. »Die hat Suzie, glaube ich, verbrannt«, sagte er, doch ohne Groll. »War die nicht gesundheitsschädlich?«

»Lad doch mal deine Freunde ein«, sagte David.

Jamie war sprachlos.

»Wir würden uns freuen, wenn du sie mal mitbringst, weißt du? Oder deine Freundin, falls du eine hast.«

»Hab ich nicht.«

David nahm an, dass Jamie rot geworden war, aber das Licht war so schlecht, dass er es nicht mit Sicherheit sagen konnte, und außerdem begleitete ihn auf seinem Weg über die Klappleiter nach unten das schlechte Gewissen, weil er den Jungen in Verlegenheit gebracht hatte. Der Abstieg war ganz lustig und machte Krach, Stufe für Stufe verschwanden die Köpfe in der Bodenluke. Jamies Abgang hatte Stil, er stürzte sich immer in einer Drehbewegung, eine Hand auf die Leiter gestützt, von der dritten Stufe und landete, lässig in den Knien federnd, mit einem kurzen Rums auf dem Treppenabsatz (ein Manöver, dessen Nachahmung den Kindern strengstens untersagt war). Sicher unten angekommen, blieb David stehen, bis er hörte, wie oben wieder getippt wurde. Jamies Kindheitstagebücher – das letzte davon, sein geliebtes Fünf-Jahre-Tagebuch mit dem goldenen Vorhängeschloss, das er aber nur drei Jahre geführt hatte – gab Jamie seinem Vater irgendwann zu lesen; David hatte darin vergeblich nach etwaigen Gründen für jene innere Schieflage geforscht, die womöglich für das unruhige Leben des kleinen Jungen verantwortlich waren, für seine Wutanfälle und Obsessionen. Die Tagebücher waren hell und hoffnungsvoll: *Waren im Park, war gut. – Wir haben die Enten gefüttert, war ein schöner Tag. – Waren bei der Granny, und ich hab Pommes gegessen.* Worüber sein Sohn da oben jetzt zu schreiben hatte, würde David nie erfahren, denn in solchen Dingen hatte er ein untadeliges Ehrgefühl, er hätte es nie über sich gebracht, fremde

Briefe zu lesen, selbst wenn sie offen auf dem Tisch herumlagen, oder in die geöffneten E-Mails von anderen zu schauen.

Er wunderte sich, dass er Evie von den Anziehsachen erzählt hatte, die in Francescas Wohnung überall herumlagen – ein Bild, das er meistens mit Erfolg verdrängen konnte (schwer vorstellbar, dass er jemals mit Suzie darüber gesprochen hatte, geschweige denn mit Jamie). Düster und hässlich war sie gewesen, diese Wohnung, und als Francesca noch lebte, also in den paar Monaten, die sie dort wohnte, war er insgeheim der Meinung gewesen, dass sie selbst schuld sei (zu dieser Zeit sprachen sie schon kaum mehr miteinander, trafen sich bloß noch, um Jamie zu bringen oder abzuholen), weil sie sich nicht die Mühe gemacht hatte, den schrecklichen braunen und orangenen Anstrich, den die Vormieter hinterlassen hatten, ihrem eigenen Geschmack entsprechend zu übertünchen; er hatte das für einen Aspekt ihres Eigensinns gehalten, dieses übertriebene Hervorkehren ihres Elends. Als sie tot war, glaubte er, er hätte ahnen müssen, was sie vorhatte, meinte, dieses Braun und das Orange seien gleichsam Vorboten gewesen, und das hatte ihn noch wütender gemacht. Zusammen mit ihrer Mutter hatte er die Wohnung dann ausräumen müssen und alles sortieren: Francescas Klamotten auf die eine Seite, Jamies Sachen und sein Spielzeug auf die andere. Er hätte das auch alleine geschafft, aber Jane Bell wollte unbedingt mitmachen. Sie hatte sich ein paar Dinge von ihrer Tochter ausgesucht, die sie gern behalten wollte, den Rest hatten sie in Säcke gestopft, für die Wohlfahrtsläden. Jane hatte den ganzen Tag durchgehalten, ohne ein einziges Mal zusammenzubrechen, so eine Frau war das, obwohl sie ihm später erzählt hatte, sie habe nach Francescas Tod volle sieben Jahre gebraucht, bis sie sich wieder gestatten konnte, etwas wie Glück zu empfinden. »Das Komische war«, hatte sie gesagt, »obwohl ich wusste, dass sie's mit Absicht getan hat, hatte ich später immer Angst, dass den anderen Menschen, die ich liebe, Unfälle passieren könnten. Ich hab es einfach nicht hingekriegt, dass es mir gleichgültig war, ob sie vor so etwas gefeit sind oder nicht. Ich meine, weil, wenn man's genau nimmt, ist ja eh kein Mensch vor irgendwas gefeit.«

Ohne Jane Bell wäre David in der Zeit, bevor Suzie bei ihm eingezogen war, niemals in der Lage gewesen, sich um Jamie zu kümmern, zumal er ja auch noch arbeiten musste, erst mal das Hammerexamen vorbereiten, und danach war er dann leitender Oberarzt. Er bewunderte sie sehr, und dass er sie nicht häufiger besuchte, lag nur daran, dass er Angst hatte, sie zu langweilen. Er ging nach draußen, nahm den Schlauch und sprengte im Dunkeln den Garten. Hätte man ihn vor ein paar Monaten gefragt, hätte er gesagt, er sei vor allem ein Familienmensch und gebunden an die anderen, deren Leben sich mit seinem eigenen überschnitten; inzwischen aber liebte er zwar seine Kinder nicht weniger, empfand jedoch die Bindung an sie nicht mehr als so dauerhaft. Heute wurde seine Aufmerksamkeit von Neuem auf jene Teile seines Selbst gelenkt, die im grellen Tageslicht des allgemeinen Familiengetümmels eher in der Schwebe geblieben waren.

Kate merkte, seit sie hin und wieder mit Jamie ins Bett ging, konnte sie besser einschlafen – ohne Tabletten –, und fiel nicht, wie sonst immer, in einen flachen, zermürbenden Halbschlaf, sondern sank in eine tiefe, genussvolle Ruhe, die reich war an Träumen. Einer dieser Träume, oder eine Vision, die hinüberglitt in einen Traum, war die, wie sie sich an ihn schmiegte und sein Körper, der auf der Seite lag, ein Kontinent der Zuflucht war und seine Krümmung eine große Bucht, in der sie, fest vertäut, ganz leise auf den Wellen schaukelte, in Sicherheit. Wenn sie dort einmal angelegt hatte, konnte sie sich fallen lassen, sich gehalten fühlen von dem starken Ring, den seine Arme bildeten, und seinen Atem spüren in ihrem Haar. Selbst in der ersten Nacht, unter den kratzigen Decken, hatte sie schon geschlafen. Ist das nicht absurd, dachte sie, dass ausgerechnet dieses Zusammensein, das ihr andererseits auch quälende Gewissensbisse bereitete und das in ihren Augen ein fürchterlicher Fehler war, ihr diesen Frieden schenkte. Max war so ein netter Kerl, Max hatte allen gefallen, auch ihr, und doch erinnerte sie sich noch genau, wie sie, wenn sie mit ihm in seinem Bett lag, jedes Mal an einem bestimmten Punkt aufspringen musste und es einfach nicht mehr aushielt, weil irgendwas knirschte oder juckte oder die Laken zu zerknautschst waren; dann musste sie sich ihren Morgenmantel überziehen und ihre Zigaretten suchen, reden oder ihr Buch weiterlesen. Oft schlief sie erst weit nach Max ein, im Schneidersitz in einem seiner teuren schwedischen Sessel sitzend.

Hin und wieder musste auch Jamie geschlafen haben; aber wenn Kate wach wurde, was jedes Mal wie ein Auftauchen aus tiefem Wasser war, stellte sie meistens fest, dass er über sie wachte. Dann driftete sie, schläfrig, wie sie war, träge in den nächsten Akt hinüber und überließ sich ihm, als sei er nur die Fortsetzung des Träumens. Wahrscheinlich holte Jamie den versäumten Schlaf später zu Hause nach, er verschlief doch immer den ganzen Tag, hatte ja auch weiter nichts zu tun. Für ihn war das Geschehene eine Offenbarung – Kate war sein neuer Kontinent, er war bei ihr gelandet. Sie konnte sich erinnern, dass auch sie in diesem Alter die Seligkeit des Sex entdeckte, den im normalen Alltagsleben verborgen bleibenden, hastigen, durch nichts und niemanden aufzuhaltenden, dem gesunden Menschenverstand und allem, was uns die Erfahrung lehrt, zuwiderlaufenden, allein dem Gesetz der allgemeinmenschlichen Sinnlichkeit gehorchenden Trieb. Für Jamie gab es wirklich weiter nichts im Leben als seine Beziehung zu ihr: Kate war beeindruckt, obschon sie sich Mühe gab, es sich nicht anmerken zu lassen. Kein Wunder, dass sein Vater sich Sorgen um ihn machte. Er hatte Freunde, Leute, die er mochte, doch mit denen schien er wohl nicht so viel über sich zu reden. Bei Büchern oder Filmen hätten die einen ganz anderen Geschmack als er, erklärte er, und wenn sie was zusammen machten, dann sei es meistens was mit Drogen; sie würden zusammen Musik hören und tanzen gehen, in so bestimmten (besseren) Clubs im Stadtzentrum. »Wir albern rum«, erzählte er. »Wir schwelgen jetzt schon in gemeinsamen Erinnerungen an die Schulzeit.« Mit einem davon, dem Jungen mit den roten Haaren, den Kate kennengelernt hatte, mache er am Computer Musik (was er unter Musik verstand, nicht ihre Sorte).

Sie fragte ihn, mit wem er vor ihr Sex gehabt habe, und er erzählte ihr ausführlich von den zwei Mädchen, beide in seinem Alter, beide auf Partys, beide Male weder sonderlich erfolgreich noch befriedigend. »Und wie hießen sie?«, wollte Kate wissen. »Wie sahen sie aus? Wie kommst du jetzt mit ihnen zurecht? Was ist mit dem Mädchen, das ich im Café gesehen habe? Hast du auch homosexuelle Erfahrungen gemacht?«

In puncto Eloquenz hatte er Nachholbedarf, war ungeübt, redete gestelzt, erzählte ihr gehorsam alles. Sie hatte Freude an seiner Selbstironie, daran, wie unbekümmert er sich seine Unerfahrenheit verzieh, so gern er sie auch hinter sich gelassen hätte.

»Ich wette, dass 'ne Menge Mädchen für dich schwärmen«, sagte sie. »Du bist genau der Typ. Gibst dein Privatleben nur in Form von kleinen Andeutungen und Signalen preis, gerade so viel, dass andere dich vergöttern können. Grausam gleichgültig, du machst dir einfach nicht die Mühe, ihnen zu gefallen, das kommt an. Dein hübsches breites Kindergesicht, die dicke, käseweiße Haut, wie so ein Märchenheld, der einen erwartungsvoll anstrahlt und darauf wartet, dass man ihn entdeckt. Wenn du erst ein Mann bist, dann wird es ein trübsinniges Gesicht sein, weißt du das? Die Menschen, die dir nahestehen, werden es nervös im Blick behalten.«

»Käseweiß?«, wunderte er sich, während er ihr lächelnd ins Gesicht sah, das ganz nah an seinem lag, und mit dem Finger ihre Haut streichelte.

»Weißkäse, Quark und Molke. Cremig. So was isst heute keiner mehr, kennt man nur noch aus Kinderliedern. Wenn du in meiner Klasse gewesen wärst, ich hätte wie verrückt für dich geschwärmt. Ich hätte alles getan, um deine Aufmerksamkeit auf mich zu lenken und dir zu imponieren, und du wärst genervt gewesen, weil ich mich so aufspiele, und hättest mich peinlich gefunden.«

»Unsinn«, sagte er. »Ich hätte dich gemocht. Ich hätte schon Bescheid gewusst. Aber ich bin froh, dass du kein Schulmädchen bist.«

»Die sind schrecklich, stimmt's?«

Er dachte nach, wusste nicht recht, was er antworten sollte, fand das aber nicht schlimm. Er hatte nicht den Wunsch, dass sie im Bett weniger reden sollten, anders als manche anderen Männer. »Nicht schrecklich. Eher chaotisch vielleicht.«

»Siehst du's jetzt? Wie grausam du gewesen wärst? Genau: chaotisch, das war's.«

»Wie viele Liebhaber hast du eigentlich gehabt?«, hatte er sie einmal schüchtern gefragt.

»Ab einem gewissen Punkt hört man auf zu zählen. Sonst wär's würdelos.«

Ein andermal, als sie sich liebten, fragte er sie in einer Pause: »Was denkst du eigentlich über mich?«

»Was ich über dich denke? Ich glaub, im Augenblick denk ich nicht viel.«

»Nein, klar. Aber wenn du denkst, was denkst du dann?«

»Na ja, versuch dir einfach vorzustellen, wie unwissend du mir vorkommst.«

»Oh.« Er war verblüfft.

»Das ist kein Vorwurf, ich versuche einfach nur auszudrücken, welch unendlich weite Wüsten zwischen uns beiden liegen. Und damit meine ich nicht nur das Bücherwissen, obwohl ich das auch meine.«

»Und wenn ich dich irgendwann einmal eingeholt hätte,

dann wüsstest du bestimmt schon wieder mehr. Du wirst mir immer voraus sein.«

Kate lachte. »So funktioniert das nicht. Bis du mich eingeholt hast, bin ich eine alte Frau.«

Sie wollte immer, dass er ging, bevor es hell wurde, weil es irgendwie eher auszuhalten war, ja sogar etwas Anrührendes hatte, ihm dabei zuzuschauen, wie er sich im Halbdunkel anzog, wie er mit einer Anmut, die ihm nicht bewusst war, seine Jeans zuknöpfte und sich die Turnschuhe zuschnürte; bei Tageslicht hätte sie das nicht ertragen.

»Wann darf ich wiederkommen?«, fragte er sie jedes Mal, bevor er ging, ganz leise und bescheiden, und sie wusste, dass er in der Zwischenzeit nichts anderes tat als warten. »Heute Abend?«

»Heute Abend geht's nicht«, sagte sie. »Ich hab zu tun. Morgen auch nicht. Donnerstag vielleicht. Komm doch am Abend her und spiel Klavier. Billie vermisst dich. Und dann sehen wir weiter.«

»Donnerstag. In Ordnung.«

Als Kate an jenem ersten Morgen alleine war und das ganze Durcheinander sah, die zerknautschten Laken, die mit dem Bettüberwurf verknäuelten Decken, hatte sie die Befürchtung, dass sich die Frau von *Mopp & Bucket*, wenn sie zum Putzen kam, mehr dabei denken würde, als sie ihrer Meinung nach wissen sollte, und so zog sie im Morgengrauen, in ihren Kimono gehüllt, das Bett des alten Sam bis auf die verklumpte gestreifte Matratze ab und machte es dann wieder ordentlich, wobei der dumme Kater sie immer wieder störte, indem er ihr mal um die Beine strich, mal mitten in die Laken sprang, wenn sie

sie gerade auseinanderfaltete. In der Wäschekammer lagen dicke Stapel sauberer weißer Leintücher, die ordentlich gebügelt aus der Wäscherei gekommen waren und in jeder Ecke die mit Tintenstift beschriebene Wäschereimarke kleben hatten; als sie die Laken ausschüttelte, sah sie, dass sie lauter Löcher hatten und an manchen Stellen dünn wie Seidenpapier waren. Sie rochen klamm und modrig; dagegen war der Geruch nach Sperma, der ihr beim Bettabziehen in die Nase gestiegen war, geradezu jugendlich frisch und sauber. Als junges Mädchen war sie stolz gewesen auf diesen neuen, männlichen Geruch, der sich für sie mit dem Triumph der Initiation verband; in ihren erwachsenen Beziehungen musste sie ihn wohl vergessen haben, nahm ihn gar nicht mehr wahr. Damals, in ihrer promisken Jugend, hatte sich Kate ein geschmackloses Spiel ausgedacht, nämlich zu versuchen, in jedem Zimmer der Villa Firenze einmal Sex zu haben. Aber noch bevor sie zum Studium an die Universität gegangen war und sich anderen Aufgaben zugewandt hatte, war ihr die Lust daran vergangen, oder womöglich hatte sie's auch einfach nicht geschafft. Jedenfalls konnte sie sich nicht daran erinnern, schon einmal in Sams altem Schlafzimmer mit einem Mann geschlafen zu haben; vielleicht hatte sie sich das ja bis zum Schluss aufheben wollen, weil ihr der Raum da oben doch nicht ganz geheuer war.

Bryn hatte sich mehr oder minder selbst zu dieser Fahrradtour eingeladen, die David eigentlich als eine Chance sah, sich seinem Jungen wieder anzunähern. Am Abend, bevor es losgehen sollte, war David etwa eine Stunde lang stinkwütend auf seinen Vater gewesen, aber Bryn hatte überhaupt nicht gemerkt, dass er nicht willkommen war; er hatte Karten dabei, setzte sich zu ihnen an den Küchentisch, plante mit ihnen die Routen und freute sich ganz offensichtlich wie ein kleiner Junge. Mit seinem Fahrradhelm, aus dem die langen weißen Haare nach allen Seiten herausschauten, fand Jamie, sehe Bryn wie ein alter Kelte aus; unter den viel zu kurzen, unvorteilhaften Shorts, die seinen dicken, vorgestreckten Bauch einschnürten, den mächtigen Knien und den strammen Waden wirkte sein leichtes Rennrad lächerlich und mickrig. Aus Rücksicht auf den alten Mann hatten sie die Etappen, die sie jeden Tag zurücklegen wollten, verkürzt, worüber David schließlich froh und dankbar war; Jamie schien das Fahren überhaupt keine Mühe zu bereiten, die beiden Älteren hingegen strampelten sich ab und schwitzten. Wenn es bergab ging, schmetterte Bryn walisische Gesänge oder Passagen aus dem Oratorium von Bach, das er in seinem Chor gerade einstudierte, und Jamie stimmte lauthals johlend ein; bei den langen Anstiegen gingen Bryn und David zu Fuß und schoben ihre Räder, während Jamie sich, auf den Pedalen stehend, im niedrigsten Gang hinauf zum Gipfel kämpfte.

Zwischen zu heiß und zu nass hatten sie ein kleines Schönwetterfenster erwischt; der frischste, beste Teil des Sommers war vorbei, aber David liebte die satte, struppige, abgegraste Spätsaison. Entlang der maschinell gestutzten Hecken waren die Stoppeln grob, die Halme abgebrochen; die Nutzpflanzen blühten prächtig, an den Hängen loderte der wilde Raps, filigrane Weidenröschen und dichte Büsche von Drüsigem Springkraut wucherten auf öden Streifen oder im Schlamm. Unbeholfen in seiner Angst kletterte ein kleiner Rothirsch eine steile Böschung hinauf; ein Fuchs sah sich verächtlich über die rotbepelzte Schulter nach ihnen um; den Gestank wahrnehmend, bevor sie sehen konnten, woher er kam, wichen sie einer halb verwesten Dachsleiche aus. Von einem Pfahl hob mit hängenden Flügeln und schlaff herabbaumelnden Beinen ein Falke ab, so nah, dass David seinen Aufwind an der Wange spürte; wie herrlich war es, sich hinabzustürzen aus den trockenen Höhen, hinunter in die Mulde neben einem Fluss, und einzutauchen in den kühlen, satten Dunggeruch dort unten.

Zum Glück war David klug genug gewesen, in den Gasthäusern, in denen sie essen und übernachten wollten, vorab zu reservieren. Die waren nämlich, wie sich zeigte, alle überfüllt und mussten die Kurzurlauber abweisen, die auf den gefliesten Böden herumstanden und betrübt die einladend gedeckten Tische in den Sitzecken aus Eichenholz betrachteten, die roten Lampenschirme und die Wände, die allerlei alte landwirtschaftliche Geräte zierten; aus den Küchen roch es eher nach Bœuf bourgignon oder nach Thai-Hühnchen als nach Labskaus. Nach den körperlichen Anstrengungen überkam sie abends eine Mattigkeit, die David als sinnlich und samtig empfand, ganz anders als die ausgedörrte Erschöpfung, die ihn nach einem langen Tag im Büro befiel; gierig aßen sie und tranken. David hatte keine Ahnung, was er in diesen vielen Stunden mit Jamie hätte reden sollen, wenn sie allein gewesen wären. Bryn – satt, raumgreifend, froh, von zu Hause fort zu sein, stolz darauf, dass er auf dem Rad seine Potenz beweisen konnte – verströmte mit seinem glockenartig widerhallenden Akzent eine weitläufige, archaische Männlichkeit: Sie sprachen über Rugby, Politik, Medizin, bis der Schlaf sie übermannte. Bryn war ein gemäßigter Anhänger von Old Labour mit Sympathien für die Plaid-Cymru-Partei, David war vorsichtig liberaldemokratisch gesinnt. Jamie sagte, er wisse nicht, wo er politisch stehe: Er lächelte ausweichend, die Haare hingen ihm ins Gesicht, und er malte mit dem Bier, das er verschüttet hatte, irgendwelche Symbole auf den Tisch. Bryn bemühte sich mit einem Eifer um seinen schwankenden Enkel, den er bei seinem gesetzten Sohn, der sich immer alle Mühe gab, die übergroßen Fußstapfen seines Erzeugers auszufüllen, nie an den Tag gelegt hatte.

»Müsstest du in deinem Alter nicht die Welt verändern wollen?«

»In dieser Hinsicht hätte ich nicht viel zu bieten.«

»Mit der Frage, wie viel wir zu bieten hatten, haben wir uns gar nicht aufgehalten. Wir wollten einfach bloß den Kapitalismus besiegen.«

»Den Kapitalismus mag ich auch nicht besonders.«

»Sieht aber ganz so aus, als ob er uns erhalten bleiben will«, sagte David.

Bryn stützte theatralisch den Kopf in die Hände. »Dann müssen wir halt ohne euch zwei beide mit der Revolution anfangen.«

Suzie (die sehr dafür gewesen war, dass sie diesen Urlaub machten) hatte David ermahnt, nicht immer wieder davon anzufangen, was Jamie jetzt als Nächstes vorhabe; Bryn fragte ganz behutsam, damit Jamie nicht genervt war, in jenem einschmeichelnden Ton, den er für seine ihn anhimmelnden Patientinnen reserviert hatte, schaute dabei neckisch-verschämt über seine Brille, die er rausgeholt hatte, um die Speisekarte zu lesen.

»Ich kann mich nicht entscheiden, ob ich auf die Uni gehen soll oder nicht.«

»*Ob?*«, fragte David entgeistert. »Ich dachte, du bist dir bloß noch nicht sicher, *was* du studieren willst.«

»Er macht sich halt nichts aus unserer Art Erfahrung und hartem Faktenwissen. Er wird Dichter, meinst du nicht? *Dichter sind die nicht anerkannten Gesetzgeber der Welt.*«

»Wer sagt das, die *nicht anerkannten Gesetzgeber der Welt?*«

»Bringen sie euch denn heutzutage in der Schule gar nichts mehr bei? Das ist Shelley. Aber der ist wohl aus der Mode gekommen, genau wie die Revolution.«

»Na, wie auch immer, ich hab nie Gedichte geschrieben.«

»Ich schon. Ich hab durchaus welche geschrieben«, sagte Bryn.

»Und was für welche, Grandpa?«

»Vermutlich schwermütige.«

»Überlegst du etwa ernsthaft, gar nicht zu studieren, Jamie?«

»In den Kunstfächern ist das was anderes. Da könnt ich ein, zwei Jahre aussetzen – mich einfach ein bisschen rumtreiben, weißt du – und danach wieder einsteigen, wenn ich will.«

»Rumtreiben?«

»Er meint, sich in der Welt rumtreiben«, half Bryn aus. »Das machen sie doch heute alle so.«

»Oder auch hier. Ich könnte mir einen Job suchen.«

David war baff. »Ich dachte immer, du willst unbedingt hier weg. Was denn für einen Job? Das würde dir garantiert bald langweilig werden.«

»Vielleicht auch nicht.«

»Die Ergebnisse werden nächste Woche verkündet«, sagte Bryn, der nicht verhehlen konnte, dass er gespannt war auf Jamies Noten. »Er wird doch wohl gut abgeschnitten haben, oder?«

»Keine Ahnung«, sagte Jamie. »Ich weiß schon gar nicht mehr, was ich geschrieben habe. Es kommt mir vor, als hätte ich die Prüfungen in einem anderen Leben geschrieben.«

Das Fenster mit den Stores davor war in das gut und gerne einen halben Meter dicke Mauerwerk eingelassen (das Haus musste sehr alt sein); von draußen fiel das Licht in einer Skala strahlender Blautöne herein. Eine ruhelose Kraft ging von dem Jungen aus, und das kam nicht nur von der angestauten Hitze dieses Tages; hin und wieder sprang er auf und ging ohne eine Erklärung nach draußen. Garantiert zum Rauchen (man roch es seinen Kleidern an, wenn er zurückkam), oder vielleicht versuchte er auch, ob sein Handy draußen Netz hatte, weil er aus den immer tiefer im Dunkel versinkenden Falten des Tales heraus jemanden anrufen wollte. Sie dachten sich, es sei sein jugendlicher Überschwang, der ihn die Hügel hinauftrieb und ihn alle Strapazen aushalten ließ, sodass er nicht mehr unterscheiden konnte zwischen sich und seinem schuftenden Körper. Wie sollte er sich darum kümmern, was als Nächstes kommen mochte?

An ihrem letzten Abend tranken sie alle zu viel; Bryn schwadronierte über seine Ehe, die schon seit fünfundvierzig Jahren und bis heute monogam und stürmisch sei – sexuell. David war sich nicht sicher, ob er das tatsächlich wissen wollte. Er schwieg über seine zwei Ehen, beide gescheitert, wie er sich inzwischen sicher war, die eine wie die andere eine Katastrophe: Obwohl er sich selbst jetzt, da er das mit den Frauen in Gedanken fast schon aufgegeben hatte, daran erinnerte, wie sehr er sie mochte, wie gerne er sie um sich hatte, sich nach ihnen sehnte, sie vermisste. Er erinnerte sich auch daran, wie Francesca, als er sie zum ersten Mal mit nach Hause brachte, um sie seinen Eltern vorzustellen, mitten in der Nacht zu ihm ins Bett gestiegen war (da war sie noch in ihn verknallt gewesen) und er bei dem Gedanken, dass nebenan sein Vater schlief, komplett versagt hatte. Bryn spendierte ihnen allen reichlich Bier und Whisky. Jamie ging nicht auf die Sticheleien seines Großvaters ein und ließ sich nicht entlocken, ob er nun eine Freundin hatte oder nicht; irgendwie landeten die beiden dann am Billardtisch, Jamie gewann mühelos, und der Verlierer musste die nächste Runde zahlen. Nach dem Whisky musste David kotzen (schon das zweite Mal in kurzer Zeit; an Suzies Geburtstag hatte er sich auch erbrochen, er, der niemals zu viel trank). Er saß dort in dem fremden Zimmer auf dem Bett und hatte den Kopf in die Hände gestützt. Jamie brachte ihm ein großes Glas Wasser.

»Hier, trink das, Dad. Morgen früh geht's dir sicher wieder besser.«

Er berührte seinen Vater an der Schulter, und David spürte durch sein Hemd hindurch die warme, starke Hand des Jungen an seiner Haut, die feuchtkalt war als Reaktion auf zu viel Alkohol. Diese Berührung war so tröstlich, dass er sich schämte und ihm Tränen in die Augen stiegen, was Jamie allerdings nicht sehen konnte. Er und Jamie teilten sich ein Zimmer; Jamie schlief immer noch wie früher auf dem Bauch, die Arme ausgebreitet, den Kopf halb unterm Kissen.

* * *

Jamie und Kate gingen mit Billie im Park spazieren, inmitten all der vielen Menschen. Die Blumenrabatten hatte man in farblich abgegrenzten Blöcken bepflanzt: Zitronengelb, Zinnoberrot und ein erstaunliches Schockrosarot; auf dem See tummelten sich Massen von Booten; auf dem Spielplatz vor den Rutschen und den Schaukeln standen lange Schlangen; raubgierige Hobbygärtner hatten heimlich eine Nagelschere in der Tasche, um Ableger zu mopsen.

»Lauter Schönwetterparkliebhaber«, sagte Kate. »Die sollten mal hier sein, wenn wir da sind, wenn mieses Wetter ist und nasse Blätter rumfliegen und alles, was wächst, abgestorben ist oder sich unter die Erde verzogen hat.«

Billie in ihrem hübschen kornblumenblauen Kleid schaute sich verwundert um, war aber bereit, sich verzaubern zu lassen. »Wir sind doch hier zu Hause, Schätzchen, oder etwa nicht?«, sagte sie zweifelnd. »Das ist doch unser Park?«

»Aber ja doch, Mummy, du hast nie woanders gewohnt.«

Am Eiswagen wollte Kate Billie kein Eis kaufen, es sei aus Walöl, sagte sie. In einem schattigen Dreieck aus drei Bäumen waren ein paar Muslimmädchen – manche mit

Kopftuch, andere ohne, eine mit einer Baseballkappe – dabei, sich gegenseitig zu fotografieren. Das summte und brummte wie in einem Bienenstock, sie plapperten die ganze Zeit, fröhlich und voller Energie, bis eine von ihnen weglief und in einem winzigen Taschenspiegel hastig ihr Gesicht überprüfte (perfekt). Billie wollte sich setzen und sich ausruhen. Auf der Suche nach einer Bank gingen sie in den Rosengarten, aus dem ihnen ein Mädchen entgegenkam mit einer cremig orangen Rose im Haar, direkt überm Ohr.

»Natürlich hast du sie angeschaut«, sagte Kate, sobald sie einigermaßen allein waren, wobei sie Billie im Auge behielt und gleichzeitig die Beete inspizierte; wo die knorrigen alten Rosenstöcke blühten, obwohl die nackte Erde dazwischen hart und trocken war.

Jamie verstand nicht, aber er war freundlich. »Wen angeschaut?«

»Wen. Na, das Mädchen mit der Rose.«

»Ach so. Die hat sie bestimmt hier gepflückt. Du meinst, das hätte sie nicht dürfen?«

»Die Leute denken sicher, du bist mein Sohn«, sagte Kate. »Oder mein Neffe. Ich könnte eine Schwester deiner Mutter sein, die sich ein bisschen um dich kümmert, selbst kinderlos, ein wenig spröde. Stört dich das?«

»Ich habe Tanten mütterlicherseits«, sagte er. »Aber die sind nicht so wie du. Was kümmert dich denn, was die Leute denken?«

»Du bist so ein netter Junge. Vorläufig bist du wohl mein Schicksal. Aber du ahnst nicht, wie viel Ärger du mir eingebrockt hast.«

»Vorläufig?«

»Ja, sicher. Oder hast du etwa die Absicht, meinen Rollstuhl zu schieben?«

»Was denn für einen Rollstuhl?« Er musterte die rubinroten Teerosen, als wolle er eine auswählen.

»Jetzt, wo wir dieses Mädchen gesehen haben, brauchst du keine mehr für mich auszusuchen: zu spät. Und außerdem, ich mag gar keine Rosen.«

»Jung sein ist nicht so, wie alle denken«, sagte Jamie an jenem Abend zu Kate. Sie hatte ihre Londoner Edelstahllampe mit den zwei elfenbeinfarbenen Glaskugeln, die wie kleine Monde aussahen, ans Bett geholt, damit sie sich sehen konnten.

»Bevor ich dich gekannt hab, hatte ich immer das Gefühl, ich seh das echte Leben – Leute, die was fühlen, die was sind – wie durch ein geschlossenes Fenster.«

»Und die Leute auf der anderen Seite des Fensters, die haben natürlich neidisch zu dir hereingeschaut.«

»Ich hatte Angst, ich werde nie ein echtes Leben haben. So eins wie Dad und Suzie: Hin und her fahren, um die Kinder irgendwo abzuholen oder irgendwo hinzubringen, jedes Jahr zwei Wochen Urlaub buchen, zu Hause lauter Geräte haben, mit denen man alles Mögliche machen kann, die aber nie benutzt werden. Das ist doch bloß ein Abklatsch vom Leben. Echt ist es nur hier drinnen, weil's nicht so tut, als ob. Das ist ein Paradox.«

»Du bist wohl ein ganz Schlauer, was?«

Sie hatte den Ellenbogen aufgestützt und zeichnete mit dem Finger seine Denkerfalten nach.

»Du kennst dich immer aus«, sagte er. »Egal, was du anfasst, du weißt, wie's geht. Als ob es irgendwie so ein geheimes allgemeines Muster gäbe.«

»Ach, wenn du wüsstest … Bei mir geht immer alles kaputt, ganz egal was ich anfasse. Alles außer Billie. Was wohl die anständigen Leute sagen würden, wenn sie wüssten, was wir hier machen? Du solltest Angst vor mir haben.«

»Ich pfeif auf die anständigen Leute.«

Carol kam vorbei, um Kate zum Abendessen einzuladen.

»Nimm dir einen Billie-Sitter«, sagte sie. »Frag Alison. Es würde dir guttun.«

»Seh ich so aus, als ob man mir was Gutes tun muss?« Kate, die gerade in der Küche mit dem Messlöffel Tee aus der Dose schaufelte, drehte sich einmal um die eigene Achse, damit die Freundin sich ein Urteil bilden konnte. Sie war vor Kurzem beim Friseur gewesen; ihre Dachssträhne war schwungvoll nach hinten gekämmt, und wo der dicke Bob jetzt weg war, wirkte ihr ganzer Kopf irgendwie leichter.

»Ich hab ein bisschen Farbe drin«, gestand sie und betrachtete sich in dem schiefen kleinen Spiegel über dem Abwaschbecken.

»Du siehst wirklich gut aus.« Carol duckte sich ein wenig, um ebenfalls einen Blick in den Spiegel zu werfen. »Meine olle Mähne ist schon ganz grau«, lamentierte sie und fuhr sich burschikos durchs Haar. »Nicht richtig grau, bloß so … irgendwie, als ob das Blond sich nach und nach rauswaschen würde. Um dich mach ich mir ja im Grunde keine Sorgen. Mir macht ganz jemand anders Sorgen, eigentlich würde ich den gerne einladen. Aber mal im Ernst, wie läuft's denn so?«

»Ich hab meine Musik«, ahmte Kate ihre Mutter nach.

»Mein Trost ist schon mein ganzes Leben lang die Kunst. Ach ja, und abends spielen wir neuerdings Backgammon; dabei kommt hinter der verwirrten Billie eine ganz andere zum Vorschein, gnadenlos ehrgeizig, knallhart. Wir führen Buch. Ich verliere jedes Mal. Und an Arbeit mag ich gar nicht denken, eine Schande, dass ich mich nicht schon viel früher emanzipiert hab. Das sollten alle mal versuchen.«

»Klar, können sich bloß nicht alle leisten«, murmelte die pflichtbewusste Carol.

»Ich schlafe wie ein Baby. Ist das nicht erstaunlich? Wer ist denn dieser Jemand, der dir Sorgen macht und den du zum Essen einladen willst?«

»Mein Bruder. Du magst ihn doch, nicht wahr? Ich weiß schon, du hast immer gesagt, er ist ein Tugendbold. Aber ich hab das Gefühl, dass bei ihm und seiner Frau irgendwas nicht richtig rundläuft: Sie ist mal wieder mit den Kindern weg, und er sitzt ganz allein zu Hause, und er arbeitet zu viel. Ich hab gedacht, wir könnten mal versuchen, ihn ein bisschen aufzumuntern.«

Kate goss aus beeindruckender Höhe kochendes Wasser in die Teekanne. »Ich weiß nicht«, sagte sie. »Ich hab wahnsinnig viel zu tun.«

»Du könntest dich mit ihm über Musik unterhalten. Ich glaube, wenn er abends so alleine ist, hört er sich die ganze Zeit bloß seine vielen CDs an.«

»Tugendbold? Das sagt doch heute kein Mensch mehr! Das Wort stammt übrigens aus einem edwardianischen Kinderbuch.«

Kate kam zu spät zum Abendessen, darum hatte man schon ohne sie angefangen. Carol hatte noch ein paar andere Freunde eingeladen: jemanden, der beim Flüchtlingsrat arbeitete, und die Herausgeberin einer kleinen subventionierten Frauenzeitschrift. In die helle, heitere Wohnung im ersten Stock gelangte man durch einen düsteren Hausflur, dessen Beleuchtung sich automatisch ausschaltete. Als die Tür aufging, wusste Kate sofort, dass sie nicht in Stimmung war. Sie schwitzte, denn sie war gelaufen, und außerdem hatte sie sich für ein hautenges schwarzes Kleid entschieden; Carol und die andere Frau, sie hieß Angharad, waren in Hose und T-Shirt. Der Taxifahrer sei zu spät mit ihrem Babysitter gekommen, entschuldigte sich Kate.

»Ach, Sie haben Kinder?«, fragte Angharad, die Herausgeberin, mitfühlend.

»Nein, aber eine senile Seniorin.«

Kate stakste auf laut klappernden Absätzen in die Küche und wollte sich einen Gin holen. David stand halb von seinem Stuhl auf, um sie zu begrüßen, aber als sie sich einen Platz suchte, gab sie acht, nicht neben ihm zu sitzen; es war ihr klar, dass sich ihr Unbehagen wie eine Wolke über die Unterhaltung legte, trotz der weit geöffneten Fenster und der hübsch angerichteten Platten mit Salaten und vegetarischen Currys. Während sie mit der Gabel in den Kichererbsen auf ihrem Teller herumstocherte, richtete sie ihre Aufmerksamkeit auf Colin, der in dem grellen Licht nervös wirkte und unnötig früh seine abwesende Frau erwähnte. Weil er es so zu wollen schien, ließ Kate ihn in dem Glauben, dass ihre Eltern als Flüchtlinge aus Hitlerdeutschland hergekommen waren, worauf sein professioneller Respekt sofort ansprang.

»Wisst ihr, warum wir Juden so gut Geige spielen?«, erklärte sie mit lauter Stimme. »Damit wir unsere ganze Existenzgrundlage jeden Moment in einen winzig kleinen Koffer packen und uns im Handumdrehen davonmachen können. Kann ich nicht gut Geige spielen, David?«

David hatte gerade den Mund voll, darum war er klar im Nachteil; ernst und schweigsam hatte er sich ganz auf seinen Teller konzentriert. Er nickte zustimmend, hielt sich den Mund mit dem Handrücken zu und schluckte schwer.

»Obwohl«, fügte er ehrlich, wenn auch etwas pedantisch, hinzu, als sein Mund wieder leer war, »ich glaube, es ist nicht so einfach, sich seinen Lebensunterhalt mit Geigespielen zu verdienen. Außer man hat eine professionelle Ausbildung, meine ich.«

»Du musst nicht immer alles so wörtlich nehmen, mein Lieber«, sagte Carol. »Kate will doch nur, dass du ihr schmeichelst. Sie rechnet nicht wirklich mit einer faschistischen Machtübernahme.«

»Tut mir leid«, sagte David. »Natürlich nicht. Für eine Laiin spielt sie sehr gut.«

»Da wird mir wohl der Colin schmeicheln müssen«, sagte Kate. »David würde das nie tun; der ist doch der große Wahrheitssager.«

Colin, der sich beklommen an ihre tragische Vergangenheit klammerte, wich aus: Er habe sie ja noch nie spielen hören, sagte er. Sie lud ihn zum nächsten Konzert ihres Quartetts ein; darauf erzählte er, dass seine Frau als junges Mädchen Cello gespielt habe. Kate gähnte. Die Unterhaltung geriet ins Stocken und flüchtete sich in politische Themen wie die Frage nach der Anzahl weiblicher

Abgeordneter im Parlament. Carol brachte eine Schoko-Haselnusstorte (selbst gemacht, sie konnte das echt gut), die von allen höchst interessiert unter die Lupe genommen wurde, weil sie mit nichts anderem beschäftigt waren. Nur Kate lehnte ab.

»Ich halte nichts von Frauen in der Politik«, sagte sie. Angharad war knallhart. »Das ist ja vielleicht eine alberne Aussage – im einundzwanzigsten Jahrhundert.«

»Ach, sind wir schon im einundzwanzigsten Jahrhundert? Ich vergesse das immer, Sie nicht?«

»Das bezweifelt ja nun heute wirklich keiner mehr. Sogar die Reaktionäre streiten sich nur noch über die Methoden, mit denen man die Parität erreichen kann.«

»Klar«, sagte Kate achselzuckend, »ich war auch mal Feministin. Wir haben schließlich alle mal so eine Phase. Aber jetzt bin ich froh, dass die Welt von Männern regiert wird. Wer will es denn sonst machen? Ist doch total öde.«

»Gar nicht drum kümmern«, sagte Carol und schnitt die Torte zur Entschädigung in extra große Stücke. »Sie will bloß provozieren.«

»Die Frauen sind zu schwach, zu vorausschauend, lassen sich zu sehr von der Flut der Emotionen mitreißen. Zu pessimistisch. Würde es nur Frauen geben, wir würden heute noch in Höhlen leben und die Zukunft aus unseren Genitalien vorhersagen. Zivilisation, das ist doch so ein törichter Optimismus, nein wirklich: dazu braucht's die Männer.«

David musste lachen – unpassenderweise.

»Sie wollen einfach provozieren«, sagte Angharad und lächelte nicht gerade amüsiert.

Carol reichte die Schlagsahne herum. »Du bist aber

auch zu ungezogen, Kate. Hör schon auf zu sticheln. Und außerdem, du wärst ja in einer Höhle eh zu nichts nütze. Vergiss nicht, ich hab schon mal mit dir in einem Zelt geschlafen. Du fandest das abscheulich.«

»O ja, ich weiß. Frauen sind so doppelzüngig. Die Männer bauen Häuser, und wir sind froh, wenn wir uns da drin verkriechen können und es schön warm haben.«

Dann verschwand Carol in der Küche, um die gewünschte Auswahl an Kaffee und Kräutertee zu machen, und sogleich löste sich die steife Sitzordnung, die bei Tisch geherrscht hatte, erleichtert auf; Colin und Angharad ließen sich auf das Sofa am anderen Ende des Zimmers fallen, ihr leises Gemurmel schwappte über die Rückenlehne. Carol drehte die Musik auf (Elvis Costello, immer noch, unglaublich, nach all den Jahren). Nur Kate und David blieben auf ihren Stühlen sitzen, zwischen sich die Überreste der Mahlzeit: die eingestürzte Torte, verschmierte Teller, leere Gläser.

»Dieser jahrhundertelange Kampf«, sagte er vorwurfsvoll. »Immer kämpfen die Frauen für ihre Rechte. Fürs Wahlrecht zum Beispiel.«

»Also, ich geh gar nicht wählen«, sagte Kate. »Meinetwegen hätten sie das nicht gemusst.«

»Machst du Witze?«

»Ich war noch nie. Hab mich nicht mal registrieren lassen. Das Schätzchen Billie, die geht immer, obwohl sie ja nun wirklich schwer senil ist. Weiß der Himmel, wen die wählt: vielleicht die Natural Law Party? Oder Plaid Cymru. Irgendwas aus dem Märchenwald.«

»Du machst tatsächlich Witze. Ich weiß ja, mit Humor hab ich's nicht so.«

»Das hat bei mir früh angefangen. Ich war damals Trotzkistin, mir war keine Partei revolutionär genug.«

»Und heute?«

»Vielleicht immer noch dasselbe. Oder das Gegenteil davon: Mir ist keine Partei konservativ genug. Und außerdem ist keine interessant genug.«

»Kate.« Es sah nach einer gewaltigen Kraftanstrengung aus, und dabei beugte er sich nur über den Tisch zu ihr hinüber. Er trug ein dunkelblaues Hemd, ungebügelt, mit aufgekrempelten Ärmeln; sie sah die dunklen Haare auf seinen braunen Unterarmen.

»Es wär mir lieber, wenn wir uns nicht streiten würden. Mich interessieren die Wahlen auch nicht so besonders.«

Sie knallte ihre unangezündete Zigarette und das Feuerzeug auf die Tischdecke, ohne ihm dabei ins Gesicht zu sehen. »Streiten wir uns denn?«

»Ich weiß nicht. Streiten wir uns? Ich möchte einfach immer ehrlich zu dir sein.«

»Das ist normalerweise eine schlechte Nachricht. Normalerweise ist das immer der Moment, wo Leute etwas Fürchterliches sagen.«

»Nichts Fürchterliches.«

»Dann eben etwas, das mich traurig macht. Weil ich nicht die Sorte Mensch bin, mit der man gerne offen redet.«

»Nicht? Na ja, ich vielleicht auch nicht. Sei nicht traurig.«

Kate stand abrupt auf und steckte ihre Sachen in die Handtasche. »Ich muss jetzt wirklich los. Ich hab's der Billie-Sitterin versprochen.«

David stand ebenfalls auf. Er war konsterniert. »Aber

du bist doch erst seit einer Stunde hier. Die kommen doch bestimmt noch eine Weile ohne dich zurecht.«

Sie hob die albernen Samthandschuhe auf, die zu ihrer Kostümierung gehörten. Sie hatte sie in der Villa Firenze in einer Schublade gefunden, und unterwegs waren sie ihr zu warm geworden. Sie senkte den Kopf und mühte sich ab, um die winzigen Perlmuttknöpfe innen an den Handgelenken zuzukriegen. »Ich hätte gar nicht herkommen sollen.«

»Ich nehm dich mit.«

»Nein, wirklich, ich geh lieber zu Fuß. Hast du gehört, Carol? Ich laufe. Ich ertrag es auch nicht, mich mit dir zu streiten«, sagte sie zu David und warf sich ihren Schal um die Schultern. »Wir sind doch gute Freunde, oder?«

Kate reichte David die Hand, zog sie aber gleich wieder zurück, streifte den Handschuh ab und gab ihm zum Zeichen ihrer Aufrichtigkeit die bloße Hand, die er fest in seine nahm. Carol kam protestierend mit einer Tasse, die sie gerade abtrocknete, aus der Küche angelaufen. Außer den dreien hatte niemand etwas gemerkt.

## *Neun*

Am ersten Tag des neuen Schulhalbjahrs, David kam gerade von der Arbeit, rief Giulia an.

»Ist Suzie da?«, fragte sie.

»Ich glaube nicht.«

»In der Schule war sie heute auch nicht. Weißt du vielleicht, was los ist?«

»Nicht in der Schule?«

»Nicht mal angerufen hat sie, den ganzen Tag nicht. Ich meine, ich weiß ja, dass sie einiges durchgemacht hat in letzter Zeit, aber ich hab hier eine ganze Klasse ohne ihre Lehrerin gehabt, und das am ersten Schultag nach den Ferien, und noch dazu mit einem Neuzugang in ihrer Klasse und zwei neuen Mitarbeiterinnen im Kollegium. Und sie ist nicht da, das hat mir grade noch gefehlt. Ist sie krank? David?«

In der Küche brannten alle Lampen, völlig sinnlos, obwohl es draußen noch hell war. Auf den Arbeitsplatten Kakaopfützen und Reste von verbranntem Toast; der Margarinebecher böse zugerichtet, der Deckel lag auf dem Boden, natürlich mit der fettigen Seite zuunterst.

»Ich hab gestern Abend mit ihr gesprochen«, sagte er. »Sie war nicht zu Hause, sie hat angerufen, wollte klären, ob Jamie die Kinder abholen kann. Ich hab sie nicht gefragt, von wo sie anruft.«

»Hör zu, das tut mir leid.«

»Ich hatte nicht den Eindruck, dass sie vorhatte, heute nicht zur Arbeit zu kommen.«

»David, wenn wir irgendwie helfen können … Meinst du, sie ist tatsächlich abgehauen?«

»Gesagt hat sie nichts. Aber anscheinend hat sie's getan.«

Giulia seufzte ratlos.

»Was ist eigentlich mit dem anderen Mädchen«, fragte David. »Mit dieser Menna?«

»Ach, die? Die ist nicht mehr bei uns. Sie war ja bloß als Mutterschaftsurlaubsvertretung hier, im Sommer hat sie aufgehört. Meinst du, Suzie ist bei der?«

»Ich hab keine Ahnung.«

»Sie wird sich schon wieder melden, muss sie ja.«

»Ich geb dir Bescheid.«

Die Kinder hatten in der Kuschelecke die Vorhänge zugezogen, damit das Tageslicht nicht hereinkam. Der Fernseher flimmerte leise vor sich hin. Als David hereinschaute, blickten sie kaum auf; Jamie lag in voller Länge auf dem Sofa, Hannah saß unter seinen aufgestellten Knien, Joel hockte neben dem Kopf seines großen Bruders und hatte lässig einen Arm auf seiner Brust liegen; wie Somnambule glotzten sie auf den Bildschirm. Obwohl draußen die Sonne schien, hatte auch David ein Gefühl, als würde in seinem Kopf eine große, zähe Dunkelheit herrschen, nur schwach erhellt von einem kleinen Lämpchen. Er legte Würstchen unter den Infrarotgrill, öffnete Dosen mit gebackenen Bohnen, schnitt sich an der scharfen Kante einer Dose in die Hand an, sodass das Blut, das überraschend dünn war, auf das Brot tropfte. Das Brot reichte nicht, und als er in die Gefriertruhe schaute, war da auch keins mehr drin. Irgendwann stand Hannah schmollend in der Küchentür und fragte, wo die Mummy sei.

»Nicht da«, sagte er kurz angebunden.

»Wohnt sie gar nicht mehr hier bei uns, oder wie?«

»Frag mich was Leichteres.«

Später, dachte er, wenn er sein besseres Ich wiedergefunden hätte, würde er alles in Ruhe mit den Kindern besprechen. Die Würstchen brutzelten unterm Grill, winzige Fettspritzer schossen hoch.

»Es ist bloß, weil bei mir ist untenrum was nicht in Ordnung«, sagte Hannah, »und du kannst mir da nicht helfen.«

Erschöpft und gleichzeitig besorgt legte er die Gabel weg. »Aber sicher kann ich dir da helfen. Du hast wohl vergessen, dass ich Arzt bin?«

»Mach dir keine Sorgen«, sagte sie missvergnügt und stapfte die Treppe rauf. »Ich komm schon klar.«

Er griff wieder nach der Gabel. Nach einer ganzen Weile kam Hannah wieder die Treppe hinuntergepoltert, und er vergaß, sie zu fragen, ob ihr Problem gelöst sei. Die Kinder aßen vor dem Fernseher; er setzte sich zu ihnen, futterte sich durch seinen vollgepackten Teller und wusste hinterher nicht mehr, was er gegessen hatte; er stellte sich vor, wie sich das fettige Essen sauer in seinem Magen auflöste, ihm Säurespritzer in die Speiseröhre schickte und sein Herz zusammendrückte. In der Küche stellte er das schmutzige Geschirr zusammen. Anstatt mit den Kindern zu reden, überließ er Jamie die Verantwortung und fuhr zu dem Haus in Splott, wo er Suzie im Sommer nach der Party bei Kate Flynn abgesetzt hatte; wie durch ein Wunder wusste er noch den Weg und bog kein einziges Mal falsch ab, ganz so, als habe er das kleine Cottage in seiner dicht bebauten Reihe hinter den überwucherten Gärten unbewusst die ganze Zeit im Sinn gehabt. Im Halbdunkel zeichneten sich Formen vor dem klaren Himmel ab, wie ein weit aufgerissenes Auge, kurz bevor es zugeht; nun sah er, dass der Wildwuchs in den Gärten, die er als dicht belaubte Miniwälder in Erinnerung hatte, in Wahrheit aus kaputten Sofas, Beton, Sommerflieder, einer eingestürzten Mauer und einer unter der Last von Efeu begrabenen Garage bestand. Das kleine Glasfenster über der Haustür, durch die Suzie neulich verschwunden war, leuchtete schwach gelb, genau wie letztes Mal.

Hier spielten noch Kinder auf der Straße, als hätten sie die zähmende Wirkung der PlayStation durchschaut. Einige fuhren auf Fahrrädern herum und riefen einander etwas zu, ein Fahrrad war mit zwei Jungen besetzt, der vordere stand in den Pedalen, der hintere saß mit gespreizten Beinen da; im Vorbeifahren drehten sie die Köpfe und schienen ein womöglich unheilvolles Interesse an ihm zu haben. Er stieg aus, warf den anwesenden Jungen einen finsteren Blick zu und schloss den Wagen hinter sich ab; dann zwängte er sich durch das Dickicht, das ihm den Weg zu dem Häuschen versperrte. Natürlich gab es an der Haustür nicht einfach einen Klingelknopf, sondern nur einen aufgeklebten Zettel, auf dem absurderweise *Dreimal klopfen* stand; also hämmerte er erst mit der Faust und dann mit beiden Fäusten an das Holz. Die Tür gab nach, Neil hielt sie vorsichtig halb offen, David schob ihn beiseite und trat über die Schwelle hinein ins Haus.

»Ich muss mit meiner Frau reden.«

Neil blieb ungerührt stehen und ließ ihn nicht durch. »Die ist nicht hier.«

»Suzie!«, schrie David an ihm vorbei. »Suzanne!«

Im Halbdunkel am Ende des Flurs, beleuchtet nur von einer schwachen Glühbirne, ging eine Tür auf, und im rosa Lichtschein sah er, wie sich eine weibliche Gestalt bewegte, die aber viel zu schmächtig war, als dass es hätte Suzie sein können; er erkannte Mennas blasses ovales Gesicht. »Du hast kein Recht, hier reinzuplatzen«, urteilte sie ihn eiskalt ab; rachgierig erkannte der Südwaliser in ihm ihren näselnden nordwalisischen Akzent. David war in seinem ganzen Leben noch nie in eine Schlägerei verwickelt gewesen. Ihm war klar, dass er, falls es wirklich so weit käme, gegen Neil keine Chance hätte. Neil war klein und schlank, aber drahtig, er schuftete den ganzen Tag im Freien, alles an ihm sprach dafür, dass er ein hellwacher, kräftiger Bursche war, der sich zu wehren wusste, aber anständig genug war, sich zurückzuhalten. Trotzdem drängelte sich David unbeholfen an ihm vorbei. Der enge kleine Flur mit seinen grässlichen Tapeten, den Postern und den überall drapierten Tüchern war exakt so, wie er sich das hier vorgestellt hatte, bis hin zu dem Gestank des fest verlegten Teppichbodens, der nach Weihrauch müffelte.

»Lass ihn doch, Neil«, sagte Menna. »Wenn er unbedingt will. Wir haben nichts zu verbergen.«

»Hey, mein Freund«, sagte Neil ohne jede Aggression, »du kannst uns glauben. Sie ist nicht hier. Wir haben sie seit einer Woche nicht gesehen.«

Obwohl sich David augenblicklich sicher war, dass sie die Wahrheit sagten, rannte er wie ein Rasender herum, riss alle Türen auf in dem verwunschenen Häuschen; er polterte sogar die Treppe rauf, tappte in ein Badezimmer, dessen Wände mit Blumen bemalt waren, schaltete in zwei kleinen Zimmern die grellen Glühbirnen ein, die dort anstelle von Lampen hingen und drapiert waren mit Patchwork-Tüchern und Schals, die mit kleinen Spiegeln und schimmernden Perlen bestickt waren. Die beiden besaßen mehr Würde als er, sie folgten ihm nicht mal. Menna gab Neil ein Zeichen. Im ganzen Haus war es erstaunlich ordentlich, wie in einem gut aufgeräumten Trödelladen. Doch was er suchte, das war in der Tat nicht hier zu finden. In der Küche kam er schließlich wieder zur Besinnung, schwer atmend, abgeschlafft, die Fingerknöchel auf den kleinen Tisch gestützt, an dem die zwei gegessen hatten, als er an ihre Tür klopfte. Die Suppe in ihren grünen Tonschalen wurde kalt, dem Augenschein nach Linsen (der Anblick war ein stummer Vorwurf, wenn er daran dachte, womit er die Kinder abgespeist hatte). Er erwog, die Suppenschüsseln wie ein Wilder auf dem Boden auszukippen, tat es aber nicht.

»Und wo ist sie dann?«

»Wenn ich es wüsste, tät ich's dir nicht sagen«, erklärte Menna. »Aber um die Sache abzukürzen: Ich weiß es nicht. Sie muss doch heute in der Schule gewesen sein. Warum fragst du sie nicht selber? Wir haben sie seit einer Woche nicht gesehen. Sie wohnt nicht hier, sie ist nur eine Freundin. Sie ist uns keine Rechenschaft schuldig, wo sie sich aufhält.«

»Dann gibt es also einen andern?«

»Einen andern?«, echote Menna spöttisch. »Ich hab keine Ahnung, was du meinst.«

»In der Schule ist sie heute auch nicht aufgetaucht.«

Menna zuckte die Achseln, nicht ohne Neugier. »Wir sind nicht ihre Aufpasser. Du anscheinend schon, jedenfalls bildest dir das offensichtlich ein.«

»Ich bin der Vater ihrer Kinder«, sagte er. »Ich möchte es bloß wissen, wenn sie weg ist.«

»Es täte mich nicht wundern, wenn sie weg ist, sagte Menna.«

»Was für einen Unsinn hat sie dir denn erzählt? Was machst du dir überhaupt für eine halbgewalkte Vorstellung von unserem Leben?«

Am nächsten Abend nach dem Essen (Nudeln mit Soße aus dem Glas), als David mitten beim Aufräumen war, rief Suzie an.

»Wie kannst du es wagen, David?«

»Wie kann ich was wagen?«, fragte er tumb. Selbst die Leidenschaft schien in der Schinderei verflogen. Er hatte sich eine Schürze umgebunden; auch er hatte einen anstrengenden Arbeitstag hinter sich und würde bis nach Mitternacht am Computer sitzen müssen, um eine Arbeit zu Ende zu bringen.

»Einfach bei meinen Freunden reinzuplatzen und so ein Theater zu machen.«

»Ach so, das. Dann wussten sie also doch, wo du warst.«

»Nein, ich hab sie rein zufällig angerufen, und sie haben mir erzählt, dass du dort warst. Du seist im ganzen Haus herumgekrochen, als tät ich mich dort irgendwo verstecken. Sie fanden es lustig, aber ich hab mich für dich geschämt.«

»Also, wo bist du?«

»Ich bin bei Evie, fürs Erste.«

»Ich will nur wissen«, sagte er, »was ich den Kindern sagen soll. Wir sollten lieber anfangen, mit ihnen darüber zu reden. Wir müssen uns treffen, um die Trennung auf eine vernünftige Basis zu stellen. Und du solltest mit Giulia reden, es sei denn, du wirfst auch noch deinen Job hin, zusammen mit allem anderen.«

»Ich weiß nicht, ob es eine Trennung ist. Sprich noch nicht mit ihnen.«

»Wenn ich es richtig sehe, hast du dich von uns getrennt.«

»David, kannst du mir noch ein bisschen Zeit geben? Ich bin mir nicht sicher. Und mit Giulia hab ich schon gesprochen. Nächste Woche bin ich wieder in der Schule.«

»Die Kinder fragen unentwegt, wann du nach Hause kommst.«

»Ich weiß. Mach es mir nicht noch schwerer.«

»Warum nicht?«

»Ja sicher, du hast keinen Grund, es nicht zu tun, das muss ich wohl einsehen.«

»Was ist denn passiert?«, fragte er. »Es schien doch alles in Ordnung. Was war denn los?«

Ihr Schweigen sprach Bände. »Warte«, sagte sie schließlich nach einer langen, anstrengenden Pause. »Ich bitte dich, warte.«

Nachdem er aufgelegt hatte, fuhr er fort, Teller abzukratzen und die Spülmaschine zu füllen. Als er einmal den vollen Mülleimer mit dem Fuß zur Seite schob, kippte dieser um, und Eierschalen, Bohnendosen und Dreck ergossen sich über den Fußboden. Da trat er mit voller Wucht gegen die Tür des Schranks unter der Spüle, sodass die dünne genutete Verkleidung zu Bruch ging. Jamie und die Kinder kamen angerannt und starrten in das Loch.

Kate ging wieder an ihre Übersetzung. Sie versuchte sich vorzustellen, dass dies die neue Art sein würde, ihre Tage zuzubringen, sich jeden Morgen an ihren Kinderschreibtisch zu setzen, ihre Bücher um sich herum auszubreiten und ihren Computer einzuschalten. Vielleicht war es langsam an der Zeit, dass sie ein ruhigeres Leben führte. Sie fühlte sich, als habe sie eine Tür hinter sich geschlossen, habe abgeschlossen mit all den Jahren, in denen sie an der Queen Mary's gelehrt und geforscht hatte; sie hätte schon früher dort weggehen sollen, bevor sie es dort so richtig satthatte. Einen Weg zurück in diese Welt gab es nicht mehr. Während sie arbeitete, sammelte sie Ideen für das Vorwort, das sie schreiben wollte. Sie wollte über die besonderen Qualitäten der russischen Pastorale des neunzehnten Jahrhunderts schreiben und dabei die Gegensätze zu Mickiewicz und der polnischen Tradition deutlich machen. Vielleicht sollte sie für die Zukunft eher über diese Form des Schreibens nachdenken. Es wäre gar nicht schlecht, wenn sie sich als Literaturjournalistin einen Namen machen könnte oder so was in der Art.

Eines Tages, sie war mitten bei der Arbeit, rief Jamie an und fragte, was sie am Nachmittag vorhabe.

»Da geht leider gar nichts!«, sagte sie in jener harten Tonlage, die sie sich für ihren zärtlichkeits- beziehungsweise erotikfernen Verkehr mit ihm zugelegt hatte. Es half ihr, ihn zu ihrer Ehrenrettung immer wieder von Neuem daran zu erinnern, dass sie kein richtiges, einander im Alltäglichen verbundenes Paar waren. »Da will ich Billie und eine Freundin von ihr zum Tee einladen.«

»Dann kommst du halt jetzt ins Café, und wir treffen uns dort.«

»Ich bin mitten bei der Arbeit. Alleine, zu Hause.«

»Bitte, komm doch ins Café. Es gibt einen Grund.«

Manchmal spürte sie hinter Jamies jungenhaftem, schüchternem Wesen seine Stärke, und das bereitete ihr Unbehagen. Er würde sich zu einem Mann entwickeln, der erwartete, dass man seinen Vorschlägen folgte. Als Kate im Café ankam, saß er mit dem Rücken zur Tür und unterhielt sich über den Tisch hinweg mit einer hochgewachsenen, leicht gebeugten Frau, deren langes schmales, alt gewordenes Gesicht ungeschminkt war; das rot gefärbte angegraute Haar war über der Stirn zusammmengerafft und lose festgesteckt – entschieden stilbewusst und ebenso der Mode trotzend wie ihr knallroter Wollponcho. Ihre letzte Begegnung war zwanzig Jahre her, und doch brauchte Kate nur einen kurzen Moment, bis sie Francescas Mutter erkannt hatte. Kate war nicht zu Francescas Beerdigung gegangen, sie war gar nicht in London gewesen zu der Zeit (eine hektische Affäre mit einem Professor aus Chicago hatte sie über den Atlantik getrieben); sie hatte nicht einmal gewusst, dass Francesca tot war, hatte es erst aus einem Brief von Carol erfahren. Ihre letzte Erinnerung an Jane Bell war die an ihre Abschlussfeier, als die ganze Truppe nach der Zeremonie essen gegangen war, merkwürdigerweise in Begleitung der Eltern. Neben der hässlichen, extravaganten Jane, die Zigarillos rauchte und das Wort *fuck* laut aussprach (nicht nur als Fluch, sondern, was noch schockierender war, im

Sinne von Geschlechtsverkehr), war Billie (immer älter als die anderen Eltern) mit ihrer Hochsteckfrisur und in ihrem kleinen Kostüm von Hardy Amies die reinste Porzellanpuppe gewesen. Trotz ihrer zerknitterten rosa Jeans, der selbst geschnittenen und karottenrot gefärbten Haare und der baumelnden Perlenohrringe hatte Jane sich damals aufgeführt, als sei sie die Chefin des ganzen Restaurants, und die Kellner hatten sich gefügt. Sie hatte Billie unter ihre Fittiche genommen (das London jener Tage schüchterte Billie ein), weshalb Kate auf Francesca böse war. Francescas trübes kleines Flämmchen hatte es schwer, nicht vom Glanz ihrer alles überstrahlenden Mutter verschluckt zu werden. Vielleicht bedauerten sich Jane und Billie gegenseitig für die Zeit, in der sie ihre schwierigen Töchter hatten großziehen müssen.

Jetzt war Janes Gesicht erschreckend eingefallen, ihre Augen aber waren hellwach. Als Kate hereinkam, registrierte sie sie freundlich desinteressiert, ihre ganze Aufmerksamkeit galt dem geliebten Jungen, der ihr gegenübersaß. Ihre hochgezogenen Schultern und der vorgebeugte Rücken (sie hatte schon immer eine schlechte Haltung gehabt, wie viele hochgewachsene Frauen) zeugten von der Intensität, mit der sie auf ihn einging. Als die Glocke über der Eingangstür hinter Kate anschlug, sah sich Jamie aufgeregt um und winkte ihr zu. Dass er sie so überrumpelt hatte, würde sie ihm nie verzeihen; hatte er denn gar kein Taktgefühl? Aber sie sah auch, dass es ihm schon leidtat.

»Kannst du dich noch an Kate erinnern, Granny?«

Jane Bell guckte freundlich, aber sie hatte keine Ahnung. Wie hätte sie in dieser Frau mittleren Alters denn auch das unreife, griesgrämige Mädchen von einst erkennen sollen? Sie streckte ihr ihre große faltige, mit Sommersprossen übersäte Hand entgegen.

»Eine von Jamies Lehrerinnen?«

»Das wär ich gern gewesen«, sagte Kate. »Er soll ja ein sehr kluger Junge sein.«

»Ist er. Und ich kann ruhig mit ihm angeben, Großeltern dürfen das. Er hat sehr gut abgeschnitten in der Schule.«

»Ich hab davon gehört.«

»Sie ist eine Freundin von Francesca, Granny. Und von Carol. Die drei waren zusammen in London auf der Uni.«

»Ach, Kate Flynn!«, sagte Jane, die sich sofort erinnerte und nicht davor zurückschreckte, die Vergangenheit wieder auferstehen zu lassen. »Natürlich. Gleich als du durch die Tür gekommen bist, hat mich irgendwas Vertrautes angestupst, aber das passiert einem ja in meinem Alter andauernd, ich hab gelernt, mich nicht darum zu kümmern.«

»Ich hab gewollt, dass du sie siehst«, sagte Jamie. »Wollte mal sehen, ob du dich erinnerst.«

»Na, und das tue ich ja jetzt.« Seine Großmutter sah ihn lächelnd an. Auch sie hatte diesen Mund mit der leicht dekadent wirkenden vorgeschobenen Unterlippe.

»Wir haben ein bisschen Englisch zusammen gemacht«, sagte Kate.

»Er ist ein lieber Junge«, sagte Jane, als er Kaffee holen war.

»Ja, das ist er«, erwiderte Kate höflich.

»Mein liebster Schatz. Am Anfang noch wegen Francesca; aber eigentlich, weil er so ist, wie er ist, wir kommen prima miteinander aus, wir beide. Ihr habt euch wohl durch Carol kennengelernt, nicht wahr? Ich bin froh, dass Sie ihm etwas Nachhilfe gegeben haben. Das Gymnasium war nicht so besonders: Ich hab angeboten zu zahlen, aber David ist da empfindlich. Eigentlich ist man ja gegen Privatschulen, aber was bleibt einem weiter übrig? Carol sagt, Sie unterrichten irgendwo in London?«

Kate erklärte beiläufig, was sie gemacht hatte, sparte aber die Details weitgehend aus. Sie sah das weiße, schwammige Gesicht der Frau, sah, wie der Ausdruck allgemeinen Desinteresses sozusagen im Prozess des Begreifens eine wundersame Wandlung durchmachte. Jane konnte schließlich nicht erwarten, dass die Altersgefährten ihrer Tochter immer sechsundzwanzig geblieben waren, und doch fand sie es offensichtlich irritierend, dass Kate mit ihrer Art zu leben nicht das Gefühl zu haben schien, dass sie alles noch vor sich hatte. Kate hingegen hatte eine Vision, die sie schaudern ließ: Sie sah sich auf dem Abstieg, runter von Gipfeln, die sie noch gar nicht erklommen hatte.

»Ist bei David alles in Ordnung?«, fragte sie Jane, während Jamie an der Kasse bezahlte. »Carol macht sich seinetwegen Sorgen. Scheint so, als ob er es zu Hause grad nicht einfach hat.«

»Ich wohne ja nicht bei denen, wenn ich hier bin. Ich wohne immer bei Bryn und Betty, den zwei Lieben. Wir fühlen uns zueinander hingezogen – trotz allem. Sei's drum, ich will doch hoffen, dass bei David alles gut ist. Ich dachte, diesmal hat er sich die Richtige ausgesucht.«

»Er müsste glücklich sein.«

»Ja. Obwohl ... Glück ist vielleicht nicht seine Stärke. Er ist ja ziemlich ernst, nicht wahr?«

»Gerade diese Ernsthaftigkeit mag ich an ihm, wo heutzutage so viel dummes Zeug herumschwirrt, meinen Sie nicht auch?«

»Dummes Zeug hat's immer schon gegeben«, sagte Jane entschieden. »Aber Spaß muss man haben.«

Als Jamie ihnen den Kaffee brachte, fragte er seine Großmutter, ob sie Kates Haus schon mal gesehen habe. Sie glaubte nicht. Kate nahm an, dass er nicht recht wusste, was er mit seinen beiden Frauen anfangen sollte, nachdem er sie nun zusammengebracht hatte; als er den Plan dazu geschmiedet hatte, wollte er wohl sein Geheimnis auf die Probe stellen, indem er es mit etwas in Verbindung brachte, das in seinem anderen Leben eine Rolle spielte. Fatalerweise konnte er sich nicht verkneifen, die Räume der Villa Firenze zu beschreiben, sodass die Dinge, die dort passiert waren, jetzt hier an diesem Tisch irgendwie gruselig zwischen ihnen in der Luft hingen. Um ihn abzulenken, begann Kate, von ihren Großeltern zu erzählen, von der Emigration aus dem Osten, dem Kurzwarenhandel, dem Haus, das ursprünglich für eine Dynastie errichtet worden war.

»Sogar ein Türmchen haben wir. Ich seh darin immer so eine Art Wachturm. Mein Großvater hat nicht glauben können, dass er wirklich davongekommen war.«

»Haben Sie Ihre Großeltern noch gekannt?«

Kate schüttelte den Kopf. »Wir sind ja im Grunde gar keine richtige Familie. Wir haben vage Gerüchte übereinander gehört. Ich habe Fotos gesehen. Mein Vater ist sehr früh gestorben, ich hab ihn gar nicht mehr kennengelernt.

Es gibt nur Billie und mich, ein bisschen wenig für eine richtige Familie. Wir sind einfach zwei Individuen mit einer starken Bindung aneinander. Und was ist mit Ihrer Familie?«

»Gott, sie pflanzen sich halt fort, es ist ein Stamm, furchtbar in seiner Art. Ich habe sieben Enkelkinder. Aber Sie sollten unbedingt wieder dorthin zurückkehren, Vilnius besuchen. Das ist so eine interessante Stadt.«

»Ach ja? Waren Sie schon mal dort? Ich weiß nicht, ob da noch so viel übrig ist, was mit mir zu tun hat.«

»Sie war schon überall«, sagte Jamie.

»Ich finde, Jamie sollte reisen«, sagte Jane. »Finden Sie nicht auch? Aber jetzt will er rätselhafterweise nicht weg von hier. Ich weiß, er ist dabei, etwas zu schreiben.«

»In Cardiff tut sich ja auch eine Menge«, sagte Kate eilig. »Die asiatischen Einwanderer vermischen sich mit den Nachkommen der Bergarbeiter. Man kann ins Konzert gehen. Wenn man in diesen Städten in der Provinz lebt, trifft man überall Bekannte; es gibt ein gutes Café in der Stadt, in das alle gehen. In den Vororten findet man noch die letzten Reste des alten, beschaulichen Alltagslebens.«

»Provinz würde ich das nicht unbedingt nennen«, sagte Jamie. »Immerhin ist Cardiff eine Hauptstadt.«

»Ich meine ja nur«, sagte Jane, »es wär mal Zeit für eine Veränderung.«

Nach dem Café machten sie auf Janes Vorschlag einen Spaziergang durch den Park, um sich Kates Haus von außen anzusehen. Kate war ein wenig nervös, weil sie nicht wusste, wie sie sich hätte wehren sollen, wenn Jane vorgeschlagen hätte, mit hineinzukommen; aber eigentlich wollte Jane nur bis zu ihrer Abreise ihren Enkel für sich allein haben, und darum sah sie mit gespieltem Bedauern auf die große Herrenuhr mit dem elastischen Metallarmband, die sie in ihrer Jeans bei sich trug. Jamie ging nicht zwischen ihnen, sondern lief in seinem jugendlichen Ungestüm voraus, sah sich immer mal nach ihnen um, kam auch hin und wieder kurz zurück, Hände in den Taschen, und schien es nun, nachdem er die beiden zusammengebracht hatte, gar nicht erwarten zu können, dass sie wieder auseinandergingen. Im Angesicht der Villa Firenze, die im sanften Spätsommerlicht, das sich auf dem Wasser spiegelte, eher wie eine etwas unbeholfene Erinnerung an Venedig aussah, war Jane schließlich so beeindruckt, dass sie gern noch ein paar Minuten verweilen wollte. Sie schlug vor, ein Eis zu essen; Jamie, der Kate nur zu gut kannte, rechnete damit, dass sie ablehnen würde (wegen des Walöls), ging aber, höflich, wie er war, nach kurzem Schwanken los, um sich in der Schlange am Eiswagen anzustellen. Jane und Kate standen nebeneinander am Geländer und blickten über das verträumte Blau des Sees in die Ferne. In einem flachen Kahn waren zwei Männer damit beschäftigt, die Algen, die jetzt wegen der Phosphate in den Waschmitteln in geradezu grotesken Massen wuchsen (Jamie hatte Kate davon erzählt), von der Wasseroberfläche in großen Haufen zusammenzuharken. Ein rasselndes Miniatur-Förderband transportierte das Grünzeug ans andere Ende des Kahns, wo es sich stapelte.

Jane drehte sich um und sah Kate an. »Er ist ganz vernarrt in Sie«, sagte sie. »Ich glaube, er bleibt Ihretwegen hier.«

In der Sekunde, in der Kate unter Janes Blick in sich

zusammensackte, hatte sie genügend Zeit, sich auszurechnen, dass Jane noch nicht alles erraten hatte.

Sie lächelte zurück. »Das gibt mir das Gefühl, uralt zu sein. Obwohl es mir auch schmeichelt.«

»Ich hab mich schon gefragt, ob Sie's bemerkt haben.«

»Mit dreiundvierzig sollte man dergleichen schon bemerken. Natürlich wünschte ich, ich wäre noch mal achtzehn.«

»Und was werden Sie tun?«

»Tun? Gar nichts. Ich meine, ich werde ihm gut zureden, dass er weggehen soll, reisen oder studieren oder so was. Das müsste schon passieren, aber es ist nicht meine Sache.«

»Wir dürfen ihn nicht drängen, ganz egal was er mal werden will. Ich hab Vertrauen, Sie nicht auch? Dass es was Gutes sein wird.«

»Ich will mich nicht einmischen.«

»Sie wollen nicht, dass er weiß, dass Sie's gemerkt haben. Aber seien Sie trotzdem nett zu ihm und lassen Sie ihn nicht hängen. Ich glaub, Sie waren gut zu ihm. Sein Vater und die Suzie sind ja nette Leute, aber ich weiß nicht, ob ihnen überhaupt klar ist, was sie in ihm haben.«

»Ich werde sehr behutsam sein. Machen Sie sich keine Sorgen. Er ist wirklich ein besonderer Junge. Und ich mag seinen Vater sehr. Wir kennen uns schon, seit wir Kinder waren.«

»Da kommt er«, warnte Jane. »Jetzt müssen wir wohl dieses schreckliche Zeug da essen.«

»Sie fand dich nett«, versicherte ihr Jamie, als er am selben Abend in die Villa Firenze kam.

Billie saß am Klavier. Mit ihren Schubert-Impromptus übertönte sie sein Gespräch mit Kate; steif standen sie einander gegenüber, und in dem großen Spiegel über dem schwarzen Marmorkamin sahen sie neben sich ihr Spiegelbild, als stünden sie in einer nervösen Menschenmenge. Doch die sanfte Musik machte Kate wütend; in letzter Zeit kümmerte sie sich nicht mehr groß darum, was ihre Mutter mitbekam, es schien ihr eh nicht weiter wichtig. Am liebsten hätte sie Jamie geschüttelt, aber sie mochte ihn nicht anfassen; sie klang gründlich verärgert.

»Ich hab dich nur reingelassen, weil ich so wütend auf dich bin. Das ist das letzte Mal. Es ist aus. Du bist zu weit gegangen. Was hast du dir bloß dabei gedacht?«

Sie sah, wie sehr sie ihn in ihren paar gemeinsamen Wochen verändert hatte; er zuckte nicht mit der Wimper, wie ein Fels in der Brandung ließ er ihre Attacke über sich ergehen, senkte lediglich den Blick und leckte den Rand seines Blättchens (er konnte eine Zigarette einfach mit den Fingern drehen, ohne jede Ablage. Als sie achtzehn war, hatte sie Jungen schon für weniger geliebt).

»Das war doch überhaupt nicht wichtig«, sagte er seelenruhig. »Sie kommt da nie drauf, und selbst wenn, sie ist tolerant, sie ist für alles offen.«

»Tolerant! Hast du überhaupt eine Ahnung? Wenn du ein Mann wärst und es wäre deine Ehefrau gewesen, das hätt' ich durchgestanden – aber deine Großmutter!«

»Im Grunde ist sie ja gar keine Großmutter. Sie ist eine Persönlichkeit.«

»Umso schlimmer! Und ich glaub schon, dass sie's erraten hat, aber bloß zur Hälfte, Gott sei Dank, bloß, dass du in mich verknallt bist, du Dummkopf.«

»Du bist ja richtig spießig. Ich hab immer gedacht, du fürchtest dich vor nichts und niemand.«

»Du hältst mich wohl für blöd?«

Er suchte nach einem Feuerzeug.

»Jamie!« Um seine Beachtung zu erzwingen, schlug sie ihm ins Gesicht, so heftig, dass er die Balance verlor; Billie stockte mitten im Spiel. Kate hob den Arm, um Schwung zu holen und ihn noch einmal und noch heftiger zu schlagen, doch diesmal packte er ihre Handgelenke und hielt sie fest; er sah sie finster an, sein Griff tat ihr ein bisschen weh; auf seiner Wange prangte rot der Abdruck ihrer Hand.

»Spiel weiter, Mummy! Jamie geht sowieso gleich wieder.«

Schubert setzte schleppend wieder ein.

»Nicht doch, nicht«, redete er sachte auf Kate ein, ganz nah an ihrem Ohr, wie man ein Kind beruhigt, das einen Wutanfall hat. »Kein Streit. Wir wollen uns nicht streiten. Tut mir leid, wenn ich was falsch gemacht hab.«

Er nahm sie in die Arme und hielt sie so fest, dass sie ihn nicht mehr sehen konnte, weil ihre Augen verdeckt waren, und zu allem Überfluss noch die Musik, die auf sie eindrang und die in ihrer komplizierten Kostbarkeit etwas von einer Honigwabe hatte.

»Hier, die habe ich für dich gedreht«, sagte er leise.

Da gab sie nach und steckte sich die Zigarette an – das Feuerzeug war wieder da, er hatte es in der Tasche gehabt –, entzog sich ihm jedoch und blickte starr an ihm vorbei. Er sollte bloß nicht denken, dass er gewonnen hatte. Er drehte sich selbst auch eine und rauchte: Im Spiegel sahen sie einander beim Rauchen zu.

»Und was hat sie damit gemeint, dass du dabei bist, was zu schreiben?«

Jetzt zögerte er zum ersten Mal. »Dass sie davon angefangen hat, das war mir gar nicht recht.«

»Siehst du's jetzt? Wie wir in der Bredouille sind? Alles, was wir machen, ist gefährlich, auch wenn's noch so alltäglich ist. Da drüber darfst du nicht schreiben, das verbiete ich dir. Ist es ein Roman?«

»Nein. Eher nicht, glaub ich jedenfalls. Willst du's lesen? Ich weiß aber nicht, ob ich schon so weit bin, dass ich's dir zeigen möchte.«

»Nein, auf gar keinen Fall. Nie und nimmer. Ich will, dass du es vernichtest. Ich hab Angst, dass es einer finden könnte. Was ist denn, wenn du plötzlich stirbst? Wenn du da später noch mal reinschaust, dann sagst du garantiert, das ist der letzte Mist.«

Das war zu viel. Er musste erst mal tief durchatmen.

»*Nie und nimmer*? Meinst du das ernst, oder sagst du das bloß so?«

»Wie es der Zufall will, lese ich nie irgendwas, das nach 1930 geschrieben wurde.«

Auch das schluckte er. »Na gut, dann will ich eben nicht so sein wie du.«

»Bloß nicht.«

»Lass mich hierbleiben«, sagte er leise, damit Billie es nicht hörte.

»Nein. Soll das ein Witz sein? Ich hab dir doch gesagt, es ist aus.«

Im Licht der Lampe kam es ihr vor, als scheine hinter der gereiften Erwachsenenphysiognomie – lang gezogene, volle Wangen, darüber kräftige, gewölbte Knochen, die weichen Lippen und die Augen mit den schweren Lidern – noch das Gesicht des Kindes durch; sie musste aufpassen, sie durfte ihn nicht merken lassen, wie sehr er ihr imponierte und wie erleichtert sie war, als seine Naivität hervorbrach und sich wieder Gefühle regten in seiner Miene.

»Und außerdem wird Billie die ganze Nacht wach bleiben; sie hat ja heute Nachmittag stundenlang auf meinem Bett geschlafen.«

»Dann warte ich halt die ganze Nacht. Ist mir egal, wie lange.«

»Nicht heute Nacht. Vielleicht am Freitag.«

»Freitag?« Er seufzte. »Das ist ja noch ewig hin.«

»*Vielleicht* am Freitag.«

David gab sich alle Mühe, für die Kinder da zu sein, für seine beiden Jüngsten. Suzie kam und ging seit Wochen, wie es ihr gefiel. Sie redete auch nicht mit ihm, außer über das rein Praktische, das sie im Grunde aber herzlich wenig interessierte.

Wenn sie zu Hause übernachtete, schlief sie unten in seinem Arbeitszimmer. Sie kam ihm manchmal vor wie unter Drogen: kurzatmig, unlogisch, hektisch, und die Kinder guckte sie an, ohne sie zu sehen; er konnte nicht erkennen, ob all das die Folge psychischer Probleme war oder ob sie von ihren neuen Freunden mit Zauberpilzen und Peyote-Kaktus versorgt wurde oder mit irgendwelche Pillen. Aber offensichtlich schaffte sie es meistens in die Schule; er nahm an, dass sie sich hinterher noch stundenlang mit Giulia unterhielt, denn als er sich mit Giulia traf, spürte er, dass er ihr leidtat und sie Sachen über ihn wusste, die er normalerweise nicht jedem erzählte. Was mit Suzie war, berührte ihn jetzt nur noch am Rande; allmählich fiel's ihm schwer zu glauben, dass er jahrlang so eng mit ihr zusammengelebt hatten. Jetzt beurteilte er sie ganz kühl. Eigentlich hätte dieses Arrangement, getrennt und dennoch unter einem Dach zu leben, sich irgendwie überspannt anfühlen müssen, aber sie waren abgehärtet, passten sich an und gewöhnten sich daran.

Eines Abends hatten sie Jamie gebeten, als Babysitter zu Hause zu bleiben, und waren zusammen in den nahe gelegenen öffentlich zugänglichen Teil des Schlossgartens gefahren, um ein bisschen spazieren zu gehen; sie hätten ein paar Sachen zu besprechen, hatte David gesagt. Das alte Gebäude war vor Jahren abgebrannt, es war nur noch ein Skelett mit blinden Fenstern übrig, aber die Rhododendren blühten jeden Frühling, und in dem verkrauteten Teich laichten Frösche und Fische. Oben auf einem langen, sanft abfallenden Wiesenhang setzten sie sich nebeneinader ins Gras; an den Wochenenden machten hier Familien Picknick, spielten Kricket und ließen Drachen steigen, doch jetzt, unter der Woche, hatten sie den Platz für sich. David behielt seine Armbanduhr im Auge, um nicht die Schließstunde zu verpassen. Während er noch darüber nachdachte, was er sagen wollte, packte ihn auf einmal eine Wut, kam gleichsam aus dem Nichts über die offene Wiese auf ihn zugerast. Er tobte, er schrie Suzie an, was ihn an dem ganzen Geschehen so derart rasend mache, brüllte er, sei ihr total bescheuerter Irrtum, sei, dass sie auf irgendeine alberne Sexphantasie oder was auch immer reingefallen sei. Es wäre ja in Ordnung, wenn sie sich verliebt hätte oder wenn sie in einer Krise stecke oder was auch immer, aber sie hätte zumindest mit ihm darüber reden müssen wie ein erwachsener Mensch. Wie das unter intelligenten Menschen üblich sei. Seine Formulierungen waren so geschliffen, so perfekt, und plötzlich wurde ihm klar, dass er sich das alles zu Hause längst zurechtgelegt haben musste. Die Worte sprudelten aus ihm heraus, sein ganzer Körper bebte vor Erregung. Suzie ließ sich rücklings ins Gras fallen.

»Du hasst mich«, sagte sie. »Im Grunde hasst du mich. Das ist eigentlich der Kern des Ganzen. Wie kannst du so was sagen? *Es wäre ja in Ordnung gewesen.* Ist das dein Ernst, meinst du das wirklich so? Wenn hier einer bescheuert ist, dann du. Du begreifst überhaupt nichts. Du nimmst mir die Luft zum Atmen.«

»Ich? Du hast doch diesen ganzen Schlamassel angerichtet, du hast dich doch zum Narren gemacht. Und du wagst es, mir die Schuld zu geben?«

Sie drehte sich auf den Bauch, sodass sie mit dem Gesicht auf dem Boden lag, und sprach mit gedämpfter Stimme weiter.

»Du hast doch überhaupt keine Ahnung, was los ist«, sagte sie. »Du hast nicht die leiseste Ahnung, wie ich mich fühle.«

Sie trug einen Rock aus irgendeinem dünnen gemusterten Stoff, durch den er ihren runden Hintern und ihren knappen Slip sehen konnte. Und dann auf einmal, ohne recht zu wissen, was er tat, hob er Suzies Rock hoch und haute ihr mit voller Wucht hinten auf die Schenkel; verwundert kam sie auf die Knie und fing an, auf ihn einzuboxen, an die Schultern, an die Brust. Ein paar eigenartige Minuten lang rangen sie heftig miteinander, bis sie sich mit den Fingern in seinen Haaren verkrallte und mit aller Kraft daran riss; da schlug er sie von Neuem, diesmal ins Gesicht, und sie zerkratzte ihm den Hals. Zwischen den Bäumen unten am Wiesenhang tauchte ein Mann mit einem Hund auf, schaute kurz zu ihnen hoch und machte, dass er weiterkam, dachte vielleicht, sie sind beim Liebesspiel, dabei war es der pure Kampfinstinkt, vollkommen frei von allem Sexuellen. Dann merkte David plötzlich, dass sie weinte, und hielt erschrocken inne. Sie standen auf und klopften sich verlegen Gras und Erde von den Sachen; Suzie kramte ein Taschentuch aus ihrer Handtasche hervor, mit dem sie sich beide die Tränen abwischten. Als sie zum Auto zurückgingen, hatte Suzie den ganzen Weg über die Arme um den Oberkörper geschlungen und die Schultern zusammengezogen; ein, zwei Mal berührte David sie am Ellbogen, um sie in die richtige Richtung zu dirigieren. Und weil sie nie mehr über diese Szene sprachen, fiel es ihm hinterher schwer, zu glauben, dass sie tatsächlich passiert war. Für ihr weiteres Zusammenleben schien die Begebenheit jedenfalls keine Bedeutung zu haben.

David gab sich alle Mühe, dass die täglichen Abläufe für die Kinder weiter reibungslos verliefen: die Mahlzeiten, Hannahs Klavierstunden, Joels Töpferkurs am Samstagmorgen, ihre Schlafenszeiten, ihre Badezeiten und wann sie sich die Zähne putzen mussten.

Joel, der gerade in die zweite Klasse gekommen war, konnte seine neue Klassenlehrerin nicht leiden. Hannah hatte sich mit jemandem verzankt, sie heulte sich die Seele aus dem Leib, sie strich in ihrem Heft einige Namen aus der Liste ihrer besten Freundinnen und sortierte die Reihenfolge neu, worauf sich die von ihren angestammten Plätzen verdrängten Freundinnen gegen sie verbündeten und die Grausamkeiten zunahmen; das ganze Unterfangen wuchs ihr über den Kopf, sie war todunglücklich. Das ging so weit, dass David mit den Müttern der anderen Mädchen einen Waffenstillstand aushandeln musste für die Pausen auf dem Schulhof. Für ihn war klar, dass Hannahs Schwierigkeiten zum Teil sicher echt waren, zum Teil aber auch ein Ausdruck ihrer Verzweiflung angesichts der Situation zu Hause. Auf Suzies Bitte redete er mit den Kindern nicht darüber, dass sie sich vielleicht trennen könnten: Er erzählte ihnen, ihre Mutter sei erschöpft und habe Probleme auf der Arbeit. Jamie war wirklich unbezahlbar; David hatte ein schlechtes Gewissen, aber trotzdem schob er es immer wieder auf, sich um ihn zu kümmern. So kam sein achtzehnter Geburtstag und ging vorüber, ohne dass irgendwer ihm vorgeschlagen hätte, ihn zu feiern; immerhin besorgte Suzie eine Karte für ihn und schenkte ihm sogar Geld; seine Großmutter besuchte ihn und brachte ihm ein paar Bücher mit. Neuerdings machte Jamie den Kindern manchmal sogar Abendbrot, wenn er sie von der Schule abgeholt hatte, erledigte den Abwasch und steckte ihre Sachen in die Waschmaschine.

Einmal fuhr Suzie am Wochenende mit den Kindern in ein Ferienhaus auf der Halbinsel Gower; Evie und ihre Tochter Cara kamen auch mit (David fragte nicht, wer sonst noch dabei war). Als sie losgefahren waren, ging er in der Morgensonne zu seinem Auto, um ein paar Arbeitsunterlagen vom Rücksitz zu holen, und plötzlich merkte er, dass er es nicht ertragen konnte, zurückzugehen in das leere Haus (Jamie zählte nicht, der war irgendwann tief in der Nacht gekommen und schlief oben in seinem Dachstübchen wie tot). Da fuhr er einfach los, fuhr hoch ins Wye Valley, machte halt in Ross, tankte den Wagen voll und ging, ohne irgendetwas wahrzunehmen, durch die kleine Stadt. Wäre nicht der bräunlich bittere Geschmack hinten im Mund gewesen – wenigstens etwas, auf das er sich konzentrieren konnte –, er hätte hinterher nicht mal mehr gewusst, dass er irgendwo Kaffee getrunken hatte. Am frühen Nachmittag war er schließlich zurückgefahren nach Cardiff und geradewegs zum Haus von Kate Flynn, ganz selbstverständlich, als habe er die ganze Zeit schon vorgehabt, sie zu besuchen. Als er draußen vor der Tür stand, hörte er Musik; er fürchtete schon, sie werde ihn gar nicht reinlassen, weil sie gerade mit ihrem Quartett probte. Aber dann hörte er endlich Schritte in der leeren Halle und sah durch die Buntglasscheiben die merkwürdig verzerrte Billie, die langsam auf ihn zukam und ihn prüfend musterte.

»Ach, du bist's«, sagte sie mit einladendem Lächeln und öffnete ihm die Tür; er fragte sich, wen sie da wohl erkannt zu haben meinte. Sie glich einer gepressten Blume, verblasst und schwerelos und auf den Wangen wie von Elfenbein ein zarter fliederfarbener Hauch; doch als sie auf dem Weg zurück in den Salon sich auf ihn stützte – schwer, ganz die vornehme alte Lady –, krallten sich ihre Finger fest in seinen Arm, gruben sich ins Fleisch wie Klauen. Er fand, sie sehe nicht so wohl aus wie im Winter, als er sie zum ersten Mal gesehen hatte.

Der Gasheizofen im Salon verströmte mehr Wärme, als bei dem milden Wetter draußen nötig war; die Vorhänge waren halb zugezogen gegen die schräg einfallenden Sonnenstrahlen. Kate stand spielbereit mit einer blonden Frau, die er nicht erkannte, und gab ihm mit dem Geigenbogen zu verstehen, dass er aus dem Weg gehen und sich gegenüber auf das Sofa setzen sollte.

»Ab zweiunddreißig?« Sie schaute auffordernd in die Runde, die Bratschistin blätterte zurück, Billie nahm wieder auf dem Klavierhocker Platz, und dann senkte Kate entschlossen den Kopf und gab das Signal, loszulegen. Sie spielten das Rondo von Haydns sogenanntem *Zigeunertrio*. Kate trug sehr auffällige Schuhe mit sagenhaft hohen Absätzen, rosa mit einer schwarzen Wildlederblume drauf: Sie wirkte damit beinah groß und stand leicht schwankend da in ihrem rosenholzfarbenen Kleid, das ihren Busen, ihre gertenschlanke Taille und die Hüften eng umschloss, nach unten hin aber weiter wurde und die Knie umspielte. David hörte mit geschlossenen Augen zu, fand ihr Spiel angenehm und angemessen, hörte sie ein, zwei Mal stolpern und neu ansetzen (meistens war es Billie mit ihren kalten Fingern) und wusste, dass sie in dieser Geschwindigkeit nicht bis zum Schluss durchhalten könnten, dass sie aufhören und mit halbem Tempo weitermachen müssten. Und trotz der Unbeholfenheit des Spiels, ja, mysteriöserweise gerade deshalb, schien es ihm, als dringe er immer tiefer zur Wahrheit des schwer fassbaren Zaubers vor.

Dann stand Kate auf einmal über ihm; er sah die Unterseite ihres schwarzen Tabletts. »Sehr schmeichelhaft! Du bist eingeschlafen. Ich hab dir einen Kaffee gemacht.«

»Die Musik war Teil von meinem Traum«, entschuldigte er sich, und das war wirklich wahr: Wie ein Bilderbogen aus dem achtzehnten Jahrhundert war dieser Traum gewesen: mit Glas und goldenem Rokoko und Parks, in denen es lauschige Winkel mit steinernen Nymphen gab.

»Sehr guter Traum«, sagte die Bratschistin (Ann, so hatte er Kate sie nennen hören), blond und stabil, mit einem hübschen Kinn, das gerade so weit vorsprang, dass alles, was sie sagte, entschlossen wirkte. »Der Schluss war Mist.«

»Ich schlafe nachts nicht gut«, sagte er und fragte sich im Stillen, ob er sehr zerknautscht war und ob er nicht etwa die Sofakissen vollgesabbert hatte. »Und wenn ich mich dann mal entspanne, bin ich wie tot. Außerdem ist es ganz schön warm hier drin.«

»Ist schon in Ordnung«, sagte Ann. »Wir verzeihen Ihnen.«

Unter ihrem strengen Blick drückte er sich tiefer in die Sofaecke, und prompt fielen ihm wieder die Augen zu.

»Wer ist denn das?«, wollte Ann wissen.

»Das ist David Roberts, der Bruder von Carol.«

»Echt?«, fragte Ann ungläubig. »Er sieht ihr aber gar nicht ähnlich.«

»Er kommt eher nach seiner Mutter.« David spürte, wie Kate mit ihrem kühlen Finger über seine Schläfe strich; an ihren harten Ringen erkannte er, dass sie es war. Anscheinend wollte sie Ann auf irgendeine Eigenheit in seiner Physiognomie hinweisen, denn diese gab ihr zögernd recht.

»Hast du eigentlich noch mehr Männer, die hier reingeschneit kommen, um ein Schläfchen zu machen?«

»David ist einzigartig.«

»Möchte er wirklich Kaffee haben?«

»Wir lassen ihn lieber schlafen.«

Doch David war schon dabei, sich verlegen wieder in die Vertikale zurückkämpfen.

»Bei uns zu Hause läuft's grad nicht so gut«, platzte er heraus und war selbst überrascht von seinen Worten. »Daher auch die Müdigkeit.«

»Ach ja?«, fragte Ann mit mäßigem Interesse. »Und *was* läuft grade nicht so gut?«

»Ich glaube, meine Frau ist im Begriff, mich zu verlassen.«

»Du liest echt immer solche Typen auf«, sagte Ann zu Kate, die dabei war, Kaffee einzugießen.

»Wie kommst du denn darauf?«

»Na, zum Beispiel Ben. Cello-Ben?«

»Ach, der. Also, Ben hab ich echt nicht aufgelesen. Der ist mir zugelaufen. Willst du Zucker, David? Sahne?«

»Habt ihr Whisky?«, sagte Ann und sah sich um. »Wenn das echte Sahne ist, könnten wir Irish Coffee machen. Du weißt doch, wo man die Sahne über einen Löffelrücken reingießt.«

»Dort im Schrank. Aber ich hab keine Ahnung, wie das geht.«

»Ich mach schon!«

Ann rührte Zucker und Whisky in den Kaffee und goss dann mit voller Konzentration die Sahne zu, sodass sie obenauf schwamm. »Möchte Billie auch einen? Wo ist sie denn hin?«

»Sie mag alles, was süß ist. Machst du mir bitte auch einen?«

David fiel ein, dass er, seit er auf den Beinen war, noch nichts gegessen hatte.

»Das hier ist sicher nahrhaft«, versicherte ihm Ann.

»Und Suzie will dich wirklich verlassen?«, fragte Kate.

»Ich glaub schon.«

»Ist der Kaffee nicht köstlich?«, fragte Ann siegessicher.

»Und du meinst, das ist deine Schuld?«

Sie hatten alle einen weißen Schnurrbart von der Sahne: David sah damit vermutlich besonders albern aus, als er sich zu ihr umdrehte, um pflichtbewusst wie unter Eid zu antworten.

»Ich nehme an, sie findet, dass ich ein Pedant bin. Ein Langweiler. Dass ich nie gelebt hab, nie ein Risiko eingehe.«

»Pah! Risiko!«, sagte Kate sehr verächtlich. »Ein Risiko eingehen kann doch jeder! Und überhaupt, was ist denn mit Francesca, nur mal als Beispiel? War das mit der etwa kein Risiko?«

»Na ja«, sagte er vorsichtig. »Im Grunde hat Francesca mich genommen, nicht umgekehrt. Es hört sich vielleicht komisch an, aber mein Wille hat da eigentlich gar keine Rolle gespielt, ich bin einfach von ihr ausgewählt worden.«

»Sie hat dich nicht verdient.«

»Also, welche ist denn jetzt seine Frau?«, mischte sich Ann ein, »Suzie oder Francesca?«

»Diese Frage wird das Jüngste Gericht zu klären haben«, sagte Kate.

»Beide«, sagte David, doch als er das gerade erklären wollte, kam Billie – vielleicht auf der Suche nach Kuchen – wieder zurück, und keiner wusste, wo sie gesteckt hatte.

»Oje, Kate.« Sie zeigte ihnen ihren Unterarm, auf dessen weicher, blasser Innenseite ein langer roter Striemen zu sehen war.

»Du hast dich ja verbrannt!« Kate sprang auf und stellte ihre Tasse klappernd aufs Tablett, sodass der Kaffee überschwappte.

»Du lieber Gott, wie ist das denn passiert?«

»Schnell, erst mal unter kaltes Wasser halten!« David war ein praktischer Mensch.

»Ich dummes Ding! Ich hab gedacht, ich muss den Grill anmachen, ich weiß auch nicht wofür, und dann wollt ich ihn wieder ausmachen, und da hab ich mich verbrannt.«

»Vielleicht sollte man mal nachsehen, ob das Gas aus ist«, sagte David, worauf Ann sofort losstürzte.

Sie rannten mit Billie in die Gästetoilette unten im Erdgeschoss. David stützte sie und hielt ihren Arm ungeschickt über das kleine Waschbecken, drehte den Hahn auf, fing das Wasser mit der hohlen Hand auf und ließ es behutsam über die Verletzung laufen.

»Das ist ja eine schöne Schweinerei, die ich hier mache.«

Der ganze Fußboden schwamm; sie drängelten sich in dem engen Raum zusammen, Kate drückte sich von hinten an David und sah ihm über die Schulter. »Ist es denn schlimm? Schwer verletzt?«

»Nein, ich glaub nicht. Aber das Entscheidende ist, immer schön weiter kühlen, auch wenn man denkt, es ist schon wieder gut.«

Billie jammerte, das kalte Wasser tue ihr weh, und wollte den Arm immer wieder wegziehen.

»Nur noch ein kleines bisschen, Mummy. David weiß, was er tut.«

»Habt ihr Frischhaltefolie? Damit lassen sich Verbrennungen sehr gut behandeln.«

»Ich hab aber keine.«

»Dann tut es auch ein sauberes weiches Tuch. Und keine Sorge, wenn es Blasen gibt. Aber ich sollte vielleicht morgen früh noch mal nachsehen kommen.«

Obwohl er ganz auf Billies Arm konzentriert war, fühlte David durch Kates Kleid und seine eigenen Sachen hindurch die Heftigkeit, mit der sie sich von hinten an ihn drückte. Es war ein unerwartet leidenschaftliches Gefühl, und er hatte gedacht, sie müsse kalt sein unter ihren ganzen Lagen. Er drehte den Kopf, um ihr ins Gesicht zu schauen, das so nah an seiner Schulter war, dass er in ihrem Atem förmlich den Kaffee schmeckte.

»Soll ich morgen früh noch mal vorbeikommen? Das wär gar kein Problem.«

Erregt erwiderte sie seinen Blick, als habe sie etwas darin erkannt.

»Ach was«, sagte sie. »Danke. Das musst du nicht, lass mal gut sein. Billie wird schon wieder gesund. Ich werde unseren Hausarzt bitten, mal vorbeizukommen. Wir sind schon seit Jahren bei ihm in Behandlung, so ein netter Kerl, er kommt wegen jeder Kleinigkeit zu Billie, ist schon in Ordnung, sagt er immer. Stimmt's, Mummy, der ist ein bisschen in dich verknallt, der Doktor?«

David fühlte sich zurückgewiesen. »Könntest du vielleicht ein paar trockene Handtücher auftreiben? Am besten nichts Flauschiges, nichts, was anklebt. Ab liebsten was Glattes, so was wie Leinen.«

Dankbar machte Kate sich auf die Suche.

Zum Geburtstag schenkte sie Jamie einen Ring, den sie aus einer alten Hemdenbox fischte, in der Manschettenknöpfe, Kragenstäbchen, Krawattennadeln und sonstige früher gebräuchliche Accessoires für den Herrn lagen, Dinge wie ein Stiefelknöpfer, ein Schuhlöffel, eine goldene Taschenuhr, ein Rasiermesser und eine Haarbürste mit vergilbten Borsten.

»Bei uns ist ein paarmal eingebrochen worden, allerdings nicht in letzter Zeit, die haben nur lauter blödes Zeug mitgenommen, Toaster und Fernseher, Geld. Die haben Schmuck gesucht, aber nicht gründlich genug. In einer Schublade im Kleiderschrank ist ein Geheimfach, ob du's glaubst oder nicht. Ich hab gedacht, das muss einem sofort ins Auge springen, jedenfalls wenn man seine fünf Sinne beisammenhat und nicht auf Droge ist. Ich weiß noch nicht mal, ob die Sachen von meinem Vater sind oder von meinem Großvater. Für meinen Vater sehen sie eigentlich zu alt aus. Ich nehme an, Billie bewahrt den ganzen Kram hier auf, weil sie's nicht über sich gebracht hat, ihn wegzuwerfen. Sie hat sie alle drei gepflegt, weißt du? In Wirklichkeit ist sie nämlich gar kein so zartes Pflänzchen.«

»Welche drei?«

»Meine beiden Großeltern und dann meinen Vater. Eine war herzkrank (ich glaube, meine Großmutter ist jahrelang nicht nach unten gekommen), einer hatte Krebs (mein Großvater, der zuerst gestorben ist) und einer Wirbelsäulentuberkulose. Natürlich hatten sie auch Personal. Für meinen Vater hat sie eine Krankenschwester bezahlt. Die Frau sei nachts auf Zehenspitzen in die Küche geschlichen, um sich was zu essen zu holen, hat

Billie mir erzählt. Sie hat immer versucht, der Frau bei den Mahlzeiten mehr aufzutun, hat so getan, als ob sie selbst nichts haben wollte, und hat wie eine feine Dame stets etwas auf dem Teller liegen lassen. – Hier, nimm, damit du mich in guter Erinnerung behältst.«

Jamie betrachtete misstrauisch den schlichten goldenen Ring.

»Soll ich den wirklich nehmen?«

»Klar, aber tragen sollst du ihn natürlich nicht, zumindest nicht am Finger. Es soll ihn ja keiner sehen.«

»Und was soll ich dann damit machen?«

»Hast du denn gar keinen Sinn für Romantik? Trag ihn doch an einer Kette um den Hals, über dem Herzen. Meinetwegen kannst du ihn auch verkaufen und das Geld vertrinken. Mein Großvater muss jedenfalls Hände wie Bärentatzen gehabt haben. Dir passt der Ring bestimmt nicht.«

Tatsächlich aber passte er Jamie am Ringfinger wie angegossen. Kate würde ihr Bild von Sam Lebowicz korrigieren müssen.

»Ich brauche aber nichts, was mich an dich erinnert«, sagte Jamie und steckte den Ring in die Tasche. »Ich meine, ich will dich jetzt, in der Gegenwart.«

Nach jenem Tag, an dem David auf ihrer Chaiselongue eingeschlafen war, klammerte sich Kate noch heftiger an seinen Sohn. Sie erzählte ihm andauernd, sie müssten das beenden, sie könnten nicht so weitermachen; er habe ja nicht die leiseste Ahnung, sagte sie, was sie für ihn aufgegeben habe.

»Was denn zum Beispiel?«, fragte er kleinlaut.

»Chancen.«

Sie unterstellte ihm, dass er vor seinen Freunden mit ihr angab – mit seiner Eroberung. Er war erschüttert, dass sie ihm das zutraute, und sie wusste natürlich ganz genau, dass er zu so was gar nicht fähig war, konnte sich aber einfach nicht bremsen in ihrer Wut. Dann wieder gab es Zeiten körperlicher Leidenschaft. Wenn er nicht da war, musste sie fortwährend daran denken, wie es war, wenn sie sich liebten, sah es vor sich, spürte das Nachbeben in allen Sinnen. Seine Jugend war eine unüberwindbare Kluft, die sie voneinander trennte, auch wenn sie noch so nahe beieinanderlagen. Sie fragte sich, ob es ihr so erging wie einem Mann beim Liebesakt mit einer ganz besonders schönen Frau, wenn er sich sozusagen an ein Gaukelbild von dem Objekt seiner Begierde drückt, verzweifelt in die fleischliche Schimäre stößt, dass sie sich ihm ergibt und er sie in Besitz nimmt. Uneins mit sich, begutachtete sie schamlos Jamies Äußeres – die straffen Sehnen am Hals, die filigranen Ohren, das zarte flackernde Violett der Augenlider und, wer weiß, vielleicht auch die gekringelten Brusthaare, die langen Füße, den Bauch, der nach Schweiß schmeckte? – und suchte nach Ähnlichkeiten mit seinem Vater. Manchmal langweilte sie seine Jugend, und sie bestrafte ihn dafür.

»Es gibt so viele Dinge«, sagte sie, »die ich dir nicht erzählen kann.«

»Red weiter. Ich will alles hören.«

»Ich meine nicht, dass ich sie dir nicht erzählen darf oder es nicht sollte. Ich meine, selbst wenn ich es aussprechen würde, du könntest es nicht hören, es könnte nicht den Abstand überwinden zwischen uns.«

Er musterte sie aufmerksam. »Du kannst mir's doch

erzählen. Versuch es wenigstens. Ich will es wirklich wissen.«

»Das bringt doch nichts.«

Der einzige Ort, an dem sie mit ihm zusammen sein wollte, war das alte Schlafzimmer; ihm war Kates Zimmer lieber, wo sie ihre Sachen um sich hatte, doch dort konnte sie es nicht zulassen. Einmal nachts, als sie zusammen in dem großen Bett lagen, ging plötzlich die Tür auf, weil sie offenbar vergessen hatten, dass sie nicht so laut sein durften. Erschrocken rafften sie die Betttücher zusammen, um ihre Blöße zu bedecken, Kate rappelte sich mühsam auf, Jamie vergrub das Gesicht in den Kissen. Im Gegenlicht, das von dem Treppenabsatz hinter ihr hereinfiel, stand Billie da in ihrem Nachthemd, ihr silbergraues Haar war offen.

»Geh raus!«, schrie Kate. »Was willst du denn hier?«

»Mama?«

Zögernd kam Billie ein paar Schritte näher, unsicher, blinzelnd. Sie kam sonst nie in dieses Zimmer, sie hatte Angst davor.

»Verschwinde, Billie! Geh wieder schlafen!«

»Mutti?« Sie zitterte am ganzen Leibe, traute ihren Augen nicht, starrte die beiden unverwandt an. Sie sprach jiddisch, wo sie doch sonst immer so tat, als würde sie es nicht verstehen. »Bist du da? Bist du das?«

## *Zehn*

Bei Carol klingelte das Telefon. Es war Kate.

»Du hattest recht«, sagte sie. »Es ist nicht einfach mit Billie. Ich glaub, ihr Zustand verschlechtert sich. Sie läuft ständig hinter mir her. Sie redet über die Zensuren, die ich in der zehnten Klasse hatte. Ich denke manchmal, das bin ich, die den Verstand verliert. Mitunter frag ich mich, in welchem Jahrhundert ich gerade bin, und überlege, ob ich von den Toten auferstanden bin. Ich wäre so gerne mal allein, und wenn's nur ein, zwei Tage wären.«

»Willst du wirklich alleine sein?«, fragte Carol.

»Ja, um zu mir zu kommen.«

»Ich hab eine Idee, wo du hinkannst.«

Und so wurden sie sich schließlich einig. Carol zog für ein paar Tage zu Billie, während Kate nach Pembrokeshire fuhr, zum Parrog Beach. Betty und Bryn freuten sich, dass mal geheizt und durchgelüftet wurde. Betty ließ ihr Grüße ausrichten, sie wisse schon, wie schwer das sei, sie habe es sehr mutig gefunden, dass Kate zu ihrer Mutter ziehen wollte, und wenn sie helfen könne – herzlich gern! Im Wäscheschrank sei saubere Bettwäsche; wenn Carol sie hinbringe, könne sie ihr zeigen, wie der Raeburn funktionierte. (Der Herd hatte so seine Mucken; Carol machte sich Sorgen, ob Kate damit zurechtkam, doch das behielt sie lieber für sich.) Wenn man Carol irgendwelche Nachrichten anvertraute, ganz gleich worum es sich handelte, konnte man sicher sein, dass sie sie pflichtschuldig übermittelte.

Kate starrte durch die Windschutzscheibe und ließ sich nichts entlocken. Der Herbstregen zwang Carol, die Scheibenwischer einzuschalten, und die quietschten so entsetzlich, dass man sich dabei unmöglich unterhalten konnte; sie kaufte sich immer alte Autos und sparte sich die Mühe, kleine Mängel reparieren zu lassen. Wenn der Regen einmal aufhörte, redete Carol über ihre Arbeit, darüber, wie die Wohnungsbaugesellschaft unter Druck gesetzt wurde, die wertvollen Grundstücke im Stadtzentrum von Cardiff zu verkaufen und weiter draußen im Umland billiger zu bauen. Die Bäume waren immer noch dicht belaubt, die Blätter aber färbten sich schon an den Spitzen; das hohe Gras rechts und links der Autobahn war ausgeblichen und lag in silbrig beigen Schwaden da, wo der Wind es hingeweht hatte. Sie fuhren durch die verschorften Hinterlassenschaften der Industrialisierung entlang der Küste von Südwales: Die einstmals kahlen, braunen Hänge, die sich um Port Talbot drängten, waren spartanisch wiederbelebt worden; an dem flachen Küstenstrich gab es immer noch genug zu tun für rauchende Schornsteine, öde vor sich hin wuchernde Rohre, trostlose menschenleere Betriebshöfe. Kurz und feucht blitzte die Sonne auf in den Fenstern der schmucklosen Häuser am Berghang, die früher den Stahlarbeitern gehört hatten (die hatten nämlich in den letzten paar Jahrzehnten gar nicht schlecht verdient) und heute nichts mehr wert waren. Kate kuschelte sich tiefer in ihren schwarz-weiß karierten Mantel, nicht weil ihr alles das missfiel, sondern weil es sie schlicht nicht interessierte. Carol war es immer ganz anders gegangen. Als Kind hatte sie gehörig gelitten, wenn die Familie nach Parrog in den Urlaub fuhr und der Gestank sie zwang, die Autofenster hochzukurbeln. Einmal, als sie so acht, neun Jahre alt war, durfte sie mitkommen ins Stahlwerk in Cardiff, das ihr Großvater mitbegründet und geleitet hatte; das Abkippen des geschmolzenen Feuers, die schmutzigen, schwitzenden Männer, ihre entschlossenen Gesichter, all das hatte sich ihr unauslöschlich eingeprägt und eine Bedeutsamkeit erlangt wie vielleicht nie wieder etwas anderes in ihrem Leben.

Sie fuhren weiter nach Norden, hinauf in die grünen Hügel. Die Scheibenwischer hatten weitestgehend Pause. Kate schaute sich neugierig um, sie sei seit Jahren nicht mehr auf dem Land gewesen, sagte sie, und im Moment sei das genau das Richtige für sie; sie freue sich darauf, sich in die Arbeit zu vertiefen. »Und auf diese schlichte, saubere Gegend mit nichts drin.«

»Dass hier nichts drin ist, stimmt nicht, Kate. Es ist eine Kleinstadt am Meer, hier gibt's die Einheimischen mit ihren strengen alten Sitten und Gebräuchen und dann die Neuen, Zugereisten, die eher so spirituell drauf sind, mit heiligen Stätten und so, alles ziemlich dicht beisammen. Die Wege dieser beiden Spezies kreuzen sich beim Metzger, der sehr gut ist, walisischsprachig, Bio-Fleisch. Unser Haus liegt am Stadtrand, direkt am Kai.«

»Metzger brauch ich nicht.«

»Bist du etwa unter die Vegetarier gegangen? Du isst doch eh schon so wenig.«

»Bin bloß mäklig. Hab mir das Essen abgewöhnt. Bei mir zu Hause ist doch so ein Chaos, ich glaub, das hat mich krank gemacht. Kein Wunder, dass ich mich einfach nicht zu irgendwas aufraffen kann. Hier werde ich mir einbilden können, ich sei im alten Russland, Russland vor Napoleon.«

»Na, ganz so vorsintflutlich ist es hier unten ja auch nicht.«

»Ich bin gerade an einer Stelle im Buch, wo er die Wut des alten Gutsbesitzers beschreibt. Das ist ein liebenswürdiger, gutherziger alter Mann, aber wenn er wütend ist auf eine seiner Töchter, verprügelt er sie alle mit dem Stock und schleift seine Frau an den Haaren durchs Haus, und dann müssen sie in den Wald laufen und dort draußen in der Kälte übernachten.«

»Klingt aber nicht gerade liebenswürdig.«

*»Autres temps, autres mœurs.«*

»Wenn du genug hast, wenn du erlöst werden willst – einfach anrufen – jederzeit.«

»Ach, weißt du, ich sehne mich ja bloß danach, dass mich auch mal einer an den Haaren durchs Haus schleift.«

Auf den letzten paar Kilometern ging ihre Unterhaltung wieder im infernalischen Quietschen der Scheibenwischer unter. Und dann hatten sie endlich ihr Ziel erreicht. Das Haus war ein schlichter viereckiger Kasten aus Stein, regenverhangen und nicht unbedingt verheißungsvoll. Sie hatten sich, von Süden kommend, zunächst nordwärts gehalten, hatten den Zipfel von Wales geschnitten, waren dann weiter steil runter zur Westküste und hatten unterwegs auch eine ganze Weile das Meer gesehen. Es war jedes Mal dasselbe, wie ein Reflex, schon beim ersten Blick war Carol von einer Art kindlicher Ehrfurcht ergriffen. Heute war die See grau, und die Wellen mit ihren schmutzig weißen Kämmen krochen träge auf den Strand zu. Nachdem der Motor aus war und Carol den Kampf mit der widerspenstigen Handbremse gewonnen hatte, reckten sie die steif gewordenen Glieder und stellten sich dem Wolkenbruch. Dann flog die Haustür auf, heraus kam ein unangenehmer Kälteschwall, als würde das Haus seinen Besitzern entgleiten, wenn sie es zu lange allein ließen. Klatschnass betraten sie den Flur.

»Jetzt sei mal nicht enttäuscht. Ich mache gleich den Ofen an und setze Wasser auf, du wirst schon sehen.«

Kate fröstelte und stand nutzlos herum, während Carol sich in der Wohnung zu schaffen machte, um sie wieder zum Leben zu erwecken, und automatisch in die Rolle fiel, die normalerweise ihrer Mutter zukam. Dann tranken sie Tee, und Kate hatte immer noch ihren Mantel an und schien ihn gar nicht mehr ausziehen zu wollen.

»Ich würde den Tisch hier zum Schreiben nehmen«, schlug Carol vor. »An deiner Stelle. Das ist der wärmste Platz. Ich hab da immer meine Schularbeiten gemacht.«

Das Holz der großen Tischplatte war samtig weiß vom vielen Scheuern.

»Ich weiß noch, wie ihr immer in den Ferien hier wart.«

»Jeden Urlaub. Und wenn nicht, haben wir uns vor Sehnsucht verzehrt. Damals lebten unsere Großeltern noch, die Eltern von Mum. Wir sind hier aufgeblüht, das war richtig eine Art Leidenschaft. Und jetzt sind Davids Kinder da.«

»Du musst mir alles zeigen. Erzähl mir, was ihr macht in den verschiedenen Zimmern, wer wo schläft.«

Carol hatte gar nicht damit gerechnet, dass sich Kate so lebhaft für das geliebte alte Haus interessieren würde, aber sie führte sie bereitwillig überall herum, oben und unten, über den grauen Teppich ihrer Großmutter mit seinen beinah völlig ausgeblichenen rosa Rosen, in die kahlen hohen Zimmer mit ihren unverhältnismäßig großzügigen Fenstern. Es hatte was von einem Puppenhaus mit seiner strengen Symmetrie; man wäre gar nicht überrascht gewesen, hätte die Fassade sich wie an Scharnieren einfach runterklappen lassen. Als sie sich in ihrem Zimmer, Bettys einstigem Jungmädchenzimmer, das nach hinten rausging und auf eine kleine schwarze, farnbewachsene Klippe blickte, gleichsam mit Kates Augen umsah, bemerkte sie ein Bild, das sie vor dreißig Jahren selbst gebastelt hatte: Muscheln vom Strand, in Spachtelmasse eingedrückt.

»Billie hat immer nicht gewusst, was wir im Urlaub machen sollen«, erzählte Kate. »Weißt du noch, wie sie früher jeden Sommer mit mir nach Nizza gefahren ist? Weil ihre Eltern da immer mit ihr waren. Da haben wir in einem Hotel gewohnt, bis ich so vierzehn oder fünfzehn war. Die andern Gäste waren allesamt uralt, lauter stinkreiche Mumien. Ich hab gelesen bis zum Gehtnichtmehr. Ich hatte nie Kontakt zu andern Kindern. Wollt ich auch gar nicht allerdings.«

»Ich fand es damals immer seltsam glamourös, dass ihr dorthin gefahren seid.«

»Ja, seltsam war es in der Tat.«

Sie überquerten den Treppenabsatz und gingen auf die vordere Seite Hauses.

»Das hier ist das Schlafzimmer von Mum und Dad, wenn sie hier sind, sonst von Suzie und David.«

Das Fenster war vom Regen dunkel, die Bilder noch

dunklere Flächen an den hellen Wänden, breit ragte das Doppelbett in den ansonsten unmöblierten Raum, dessen Leere übertönt wurde vom Rauschen des Wassers, das sie umschloss. »Stell dir vor, du wärst in einer Ehe«, sagte Kate.

»In einer Ehe? Altmodischer Gedanke.«

»Aber wären wir ohne sie nicht *insubstanziell*?«

»Sprich gefälligst für dich selbst. *Mit* ihr ja wohl genauso, und außerdem trifft das auf jeden zu. Du warst doch verpartnert: immer wieder mal, zuerst mit Max, dann mit Tommy, dann mit Fergus und dann mit diesem, wie hieß er noch gleich, in Chicago. Wenn hier eine insubstanziell sein müsste, dann ja wohl ich. Und schau mich an! Substanziell vom Scheitel bis zur Sohle!«

»Aber immer wieder mal verpartnert ist nicht dasselbe. Ich wäre gern Teil von etwas gewesen, das größer ist als ich und das mich neu erschafft. Von einer Institution, nicht von einer Person. Etwas, das aus dem, was ich bin, etwas anderes macht.«

»Unsinn. Das hättest du gar nicht ausgehalten.«

»Egal, jetzt ist es eh zu spät.«

»Du redest ja, als ob wir schon hundert sind! Wer weiß, was alles noch passieren kann!«

»Für mich ist es zu spät. Aber bei dir kann ich mir schon vorstellen, dass du eine von diesen späten, abgeklärten Ehe führst, wo man zusammen Tai-Chi macht und seinen Urlaub auf einem Hausboot in den Norfolk Broads verbringt.«

Carol, die Kates Art gewohnt war, verzog keine Miene. Und sagte nur ein ganz klein wenig tadelnd: »Wie schaffst du es bloß immer, alles so schwarzzumalen? Woher willst du denn wissen, ob ich mir nicht genau das wünschen würde?«

Kate schrieb in ein Notizbuch, mit Handschuhen, im Wohnzimmer an jenem Schreibtisch, an dem, wie sie von Carol wusste, Bettys Mutter immer ihre Banküberweisungen ausgefüllt und Briefe an ihre alten Schulfreundinnen geschrieben hatte. Bettys Vater war Auktionator und Versicherungsvertreter für bäuerliche Kleinbetriebe gewesen. Kate behielt weiter ihren Mantel an und wickelte sich zudem in Decken ein; sie machte sich Wärmflaschen für die Füße. Am ersten Abend, nachdem Carol wieder abgefahren war, hatte sie vergessen, Koks in den Raeburn zu schütten, und prompt war er nachts ausgegangen, als sie schlief, und dann, am Morgen, schaffte sie es nicht, ihn wieder anzünden. Sie trug sämtliche Radiatoren aus den oberen Zimmern nach unten und schaltete sie alle ein. Nachts – sie schlief in Carols Zimmer – machte sie sich noch mehr Wärmflaschen, zog alles an, was sie mithatte, und türmte alle Bettdecken von sämtlichen anderen Betten übereinander. Weil sie nicht baden konnte, machte sie morgens Wasser im Teekessel heiß, um sich zu waschen. Die Kälte stellte merkwürdige Dinge an mit ihrem Geist, manchmal schärfte sie ihn fast bis zum Delirium, sodass sie durch die russischen Worte hindurch auf der anderen Seite den Schriftsteller zu sehen meinte, als sei das Blatt Papier nur eine Glaswand zwischen ihr und ihm; mit geradezu sinnlicher Freude exhumierte sie die kompakte Dichte des Russischen und formte daraus schlanke, feingliedrige englische Sätze.

Wenn es nicht gerade regnete, raffte sie sich jeden Tag

zu einem Spaziergang auf. Sie wusste, wenn man auf dem Lande ist, soll man spazieren gehen. Zwar hatte sie keine geeigneten Schuhe für die aufgeweichten Wege, aber in einer muffigen Garderobe hinten neben der Tür zum Garten stapelten sich Generationen von Mänteln, Stöcken und Stiefeln mitsamt den Leinen längst verstorbener Hunde, Treibholztrophäen und Vogelschädeln vom Strand. Kate suchte sich ein Paar eiskalte, klamme Gummistiefel aus. Die meisten waren riesig, aber die hier (vielleicht die von Davids Tochter oder von Betty?) gingen, und außerdem lieh sie sich ein Paar von den Wandersocken, die dort rumlagen. Sie entdeckte einen kleinen Spazierweg am Kai entlang und dann den Pfad hinauf, der an den Rand der flachen Klippe führte, und hatte ihre Freude am finsteren Meer mit seinem Wellenschlag, den Wogen, die zerstoben, sich entleerten, dem malträtierten Strand und den zerstampften, zertrümmerten Felsen; zurück über die Stoppelfelder und in die kleine Stadt, wo sie Lebensmittel kaufte und auch Zigaretten. Sie fühlte sich die ganze Zeit ein bisschen krank, zwang sich jedoch zu essen. Abends rief sie zu Hause an und sprach mit Billie. Es gab nicht viele Abende in ihrem Leben, an denen sie das nicht getan hatte. Als sie in London war im ersten Studienjahr, hatte sie sie jeden Abend aus einer roten Telefonzelle in einer dunklen Straße angerufen, und einmal hatte sie da draußen eine Messerstecherei mit angesehen und sich nicht wieder rausgetraut und den Hörer noch am Ohr behalten, nachdem Billie längst aufgelegt hatte, und so getan, als ob sie weiter in die Muschel sprach.

Jamie rief an. Sie hatte ihm nicht gesagt, wo sie hinwollte. Er hatte Carol ausgefragt.

»Was machst du denn da unten?«, sagte er. »Merkwürdige Vorstellung, dass du dort bist. Als Kind habe ich das Haus geliebt. In welchem Zimmer schläfst du?«

»Ich arbeite wie wild, den ganzen Tag. Abends lese ich alles, was hier in den Regalen steht. Ich nehme alles mit ins Bett. Sachen, die den Kommunismus widerlegen, Sachen, die die Todesstrafe anprangern. Bücher über das bäuerliche Jahr, in denen fröhlich für den Einsatz der neusten Pestizide geworben wird. Romane von Howard Spring und Joyce Cary, das Reader's-Digest-Witzebuch. Die walisischen Sachen kann ich nicht lesen. Oder Dylan Thomas, den aus Prinzip nicht.«

»Kann ich nicht auch kommen? Ich könnte trampen. Es würde niemand was davon erfahren. Wir wären wirklich unter uns.«

»Wenn du kämst, müsste ich gehen. Wir können hier nicht zusammen sein. Im Grunde können wir nirgends zusammen sein. Das ist ja gerade das Problem. Es wird allmählich Zeit, der Sache ins Auge zu sehen.«

Immer wenn Kate anfing, all die Dinge zu benennen, die für sie beide nicht infrage kamen, hielt Jamie einfach den Mund. So machte er's ihr schwerer, ihm standzuhalten, als wenn er Widerworte gäbe. Kate legte auf und merkte, wie sie sich spiegelte: Es gab im Haus nicht viele Spiegel, aber zur Flurgarderobe gehörte so ein schmaler mit abgeschrägten Kanten, die alles verzerrten; der war wohl einst dazu gedacht gewesen, dass man, eh man aus dem Haus ging, noch mal prüfen konnte, ob man auch anständig aussah. Sie schaltete das Flurlicht ein und musterte erbarmungslos ihr so verengtes Selbst, betrachtete von Nahem ihr Gesicht, das ganz verkniffen war vor

Kälte, die Haut, die schlaff herunterhing – ja, es ging wirklich los, sie wurde schlaff, nicht wahr? –, hier unterm Kinn. Mit ihrer Brille war sie eine Kreuzung aus Lehrerin und Hexe, die an der Spiegelkante abglitt und sich verwandelte in eine Schießbudenfigur. Was hätte Bettys Mutter wohl davon gehalten, dass sie sich so mit Jugendschönheit paarte?

An ihrem dritten Tag, ausnahmsweise war sie doch mal in der Metzgerei (sie wollte ja mehr auf sich achten, deswegen hatte sie beschlossen, sich dort anzustellen, der Proteine wegen), tippte ihr jemand von hinten auf den Arm.

»Kate? Du musst Kate sein.«

Sie drehte sich um und sah Suzie Roberts.

»Was machst du denn hier?«, fragte sie. Ihr erster Impuls war Abwehr, als habe Suzie sie heimlich verfolgt und sie hier aufgespürt. Suzies Gesicht war braungebrannt und offen, das Haar vom Wind zerzaust und von der Sonne ausgebleicht, und ihre Miene war vertraulicher, als man bei ihrer eher flüchtigen Bekanntschaft erwarten konnte.

»Ich bin übers Wochenende hier, Campingurlaub mit Freunden in Mwnt. Wir sind zum Delfine-Gucken hergekommen.«

»Ach, hier gibt's Delfine?«

»Jeden Tag so um die Abendbrotzeit. Sie sind wundervoll. Sag bloß, du hast sie noch nie gesehen! Ich meine, man sieht ja nur die Flossen und die Rücken aus dem Wasser ragen.«

»Aber warum hast du denn mit deinen Freunden nicht das Haus in Parrog genommen? Jetzt bin ich dort. Hoffentlich hab ich dir damit keinen Strich durch die Rechnung gemacht.«

Suzie hatte immer noch die Hand auf Kates Arm, sie schien sie gar nicht wieder gehen lassen zu wollen, sondern beanspruchte ihre ganze Aufmerksamkeit. Auf Kates Frage wurde sie rot. »Das sind nicht solche Freunde, die ich mit nach Parrog nehmen kann, da hätt' ich Bryn und Betty nicht drum bitten können, das wäre nicht gegangen. Die wissen wahrscheinlich gar nicht, dass ich hier bin. Ich glaub, das weiß noch nicht mal David.«

Jetzt stand Kate ganz vorne in der Schlange und hatte keine Zeit mehr, sich zu überlegen, was sie haben wollte. »Was soll ich denn jetzt nehmen?«, fragte sie panisch.

»Na, vielleicht Lammkotelett? Oder Würstchen? Die sollen hier ganz ausgezeichnet sein. Ich bin bloß reingekommen, weil ich dich gesehen habe. Meine Freunde sind Vegetarier.«

Kate kaufte beides, und dann blieben die beiden noch unschlüssig an der Ladentür stehen, als falle es ihnen schwer, sich zu verabschieden, dabei war Kate klar, dass sie Suzie besser abschütteln sollte. Neben der Metzgerei gab es ein Café, das aber wie so viele andere Läden außerhalb der Saison geschlossen war.

»Ich würde dich ja noch auf einen Kaffee einladen, aber im Haus ist es eisig.«

»Ach, hast du etwa Probleme mit dem Raeburn? Ich könnte das für dich regeln. Das kann ich richtig gut, auch wenn Betty mir das immer nicht glauben will.«

»Und deine Freunde?«

»Och, die sind nicht so, dass sie sich gleich Sorgen machen. Ich kann kommen und gehen, wie's mir passt.«

Falls darin eine Klage mitschwang, dann eine überaus dezente. »Ich hab das Auto hier. Komm, wir fahren. Bist du fertig mit Einkaufen? Lustig – du mit Gummistiefeln.«

Kate hatte immer geglaubt, Suzie sei eine von den Oberflächlichen, eine von denen, die jedes komplexere Gefühl wegdrücken. Doch heute war sie sichtlich nervös und schaltete hektisch und ruckartig von einem Gang in den anderen; sie hatte eindeutig abgenommen, sah richtig eckig aus in ihrem dicken ausgebeulten Pullover und mit all den bunten Schals, die sie sich um den Hals gewickelt hatte; die Haut um ihre Augen war bleich, die Sommersprossen am Verblassen. Sie ging voran ins Haus, forsch wie die Hausherrin, und gleichzeitig befangen wie ein Eindringling. Alles in diesem Haus atmete den Geist seiner Besitzer, ihrer Schwiegereltern, Kate konnte sich schon vorstellen, wie Suzie sich hier fühlte. Jetzt hatte sie endlich mal Gelegenheit, zu überraschen und sich aufzuspielen. Sie lachte über das kleine Nest aus Büchern und Decken im vorderen Zimmer – ein Indiz dafür, dass sich Kate dort häuslich eingerichtet hatte.

»Du bist ja halb erfroren! Ist dir denn nicht furchtbar langweilig, so ganz alleine hier?«

Das stritt Kate würdevoll ab.

Suzie räumte rasch den Raeburn aus und zündete ihn an, dann hockte sie sich davor hin, sah mit koksschwarzen Händen und koksverschmierter Wange zu, wie die Flammen um sich griffen, und verschob den Luftzugregler. Kate schaltete den Wasserkocher ein, um Kaffee zu machen; Suzie schaute nach, ob etwas zu trinken da war, und fand bei den Küchenvorräten eine alte Flasche Sherry.

»Wir kaufen einfach neuen und füllen die Flasche wieder auf, damit Betty nichts merkt.«

Kate setzte sich an den Ofen, der langsam warm wurde, und lehnte sich mit dem Rücken an die Metallverkleidung. Die Wärme breitete sich träge in der Küche aus. Jetzt merkte sie, wie sich ihre Muskeln in der Kälte verkrampft hatten. Der Sherry stieg ihnen sofort zu Kopf, und es war ja erst zwei Uhr nachmittags.

»Was ich dich schon immer mal fragen wollte«, sagte Suzie, die am Tisch saß und mit beiden Händen ihre Kaffeetasse umfasst hielt. »Hast du mich da an dem Tag tatsächlich nicht gesehen?«

»An welchem Tag?«

»Na, bei dem Unfall auf der Autobahn. Wir standen doch beide auf der Standspur. Ich dachte, du erkennst mich, aber du hast nichts gesagt.«

»Ach, du meinst, als dieser Schwan da abgestürzt ist? Du hast so ausgesehen, als ob du nicht gern angesprochen werden willst.«

»Also hast du mich gesehen.« Suzie guckte zufrieden. »Ich hab seit damals oft an dich gedacht. Das war komisch, als wir uns im Supermarkt getroffen haben. Irgendwie hatte ich immer das Gefühl, weil du ja mit dabei warst, wie's passiert ist, dass du etwas über mich weißt. Du hältst mich jetzt bestimmt für verrückt – genau wie David –, aber ich hab einfach das Gefühl, es war kein bloßer Zufall, dass dieser Schwan da ausgerechnet auf mein Auto gefallen ist und nicht auf irgendein anderes.«

»Aber er war doch auf ein anderes gefallen.«

»Ja, aber trotzdem, es war, als hätte er eine Botschaft für mich.«

»Was denn für eine Botschaft?«

»Ich weiß nicht. Darum wollt ich dich ja fragen.«

»Mich? Ach Quatsch! Ich glaube nicht an Botschaften.«

Suzie schenkte ihnen Sherry nach. »Darf ich dir erzählen, was ich dachte, als ich das Ding gesehen hab? Ohne dass du dich gleich aufregst und mir vorwirfst, ich würde irgendwelche alten Erinnerungen entweihen, die dir heilig sind?«

»Ich hab keine Erinnerungen, die mir heilig sind.«

»David kann es nicht ertragen, wenn ich davon reden will. Weißt du, der glaubt, ich denk mir das bloß aus, ich würde rumalbern mit einer derart ernsten Sache. Also, wie das Ding auf einmal angeschossen kam … ich hab gedacht, das ist Francesca. Nicht dass ich sowieso grade an sie gedacht hab oder was. Im Grunde habe ich so gut wie nie an sie gedacht. Klar wusste ich Bescheid, was mit ihr war, aber ich hab mir eigentlich nie ernsthaft vorzustellen versucht, was sie getan hat. Du warst ja mit ihr befreundet, oder? Und dann – einfach so, aus heiterem Himmel – bloß, dass der Himmel gar nicht heiter war, oder? Das Wetter war doch scheußlich – und dieser Körper, wie der plötzlich angeschossen kam … und knallt mir voll aufs Auto. Und der war so schwer, bei dem Aufprall hat das Auto richtig einen Satz gemacht. Ich war zu Tode erschrocken. Und irgendwie, ohne eine Sekunde nachzudenken, hab ich sofort gewusst, dass sie es ist.«

»Freie Assoziation. Vollkommen natürlich. Wahrscheinlich hast du doch öfter an sie gedacht, nur eben unbewusst.«

»Aber seitdem bin ich wie besessen.«

Kate suchte in Suzies Gesicht, das gesund und normal

aussah, nach einem Zeichen von aufflackernder Verrücktheit. Vielleicht waren solche bodenständigen Typen ja eher als andere für den nebulösen Spuk des Irrsinns anfällig, und wenn sie da mal reingestolpert sind, dann gibt's kein Halten mehr.

»Wirklich, du, das war, als ob in meinem Innern irgendwas ruckartig hochgeploppt ist, irgendwas, das ich seitdem einfach nicht wieder loswerden kann. Als Erstes konnte ich nicht mehr ertragen, dass mich David anfasst. Jedes Mal, wenn er mir nahe kam, hab ich gedacht, er hat irgendwas an den Händen. Den Tod oder so was. Denk nicht, dass ich nicht selber weiß, wie ungerecht das ist.«

»Du glaubst doch wohl nicht, David hätte sie *dazu getrieben*? Das gibt es nur im Film. Er war so rücksichtsvoll, so sanft, so anständig Francesca gegenüber, wie's nur ging ...«

»Nicht doch!«, fiel ihr Suzie schroff ins Wort. »Das weiß ich doch alles!«

»Sie war ja auch schon ausgezogen mit dem Baby. Mit Jamie. Sie war gemein zu David. Ich hab die beiden miteinander erlebt, als sie zusammenwohnten; obwohl – wie sie gestorben ist, war ich ja in den Staaten. Sie war einfach krank, die Arme, depressiv, sie hatte es ja vorher schon mal versucht, mit einer Überdosis. Ich glaube, als Teenager. Sie war eine ziemliche Nervensäge, alles in allem. Entschuldige bitte, dass ich hier so unfein über Tote rede.«

»Eine Nervensäge! Also, das hör ich jetzt zum ersten Mal.«

»Es kann vielleicht nicht schaden, wenn du das weißt.«

Suzie schauderte – ein wenig theatralisch. »Seit dieser

Sache mit dem Schwan benehme ich mich immer so gemein. Als ob die Botschaft lautet: Mach alles, was du hast, kaputt.«

»Du bist ja komisch«, sagte Kate. »Wie alt bist du eigentlich?«

»Fünfunddreißig«, erwiderte Suzie düster. »Ich hab mich so was von zum Narren gemacht.«

»Mit diesen Freunden da? Na, hoffentlich hast du dich wenigstens gut amüsiert.«

»Ich kann dir gar nicht sagen, was ich gemacht habe, ich schäme mich so.«

Sie schlug lachend die großen Hände vors Gesicht, die Haut rund um die Fingernägel war ganz wund und rissig. »In mir steckt etwas Böses. Ich wusste immer, dass es irgendwann zum Vorschein kommt. Da ist bestimmt meine vertane Jugend daran schuld.«

Kate fragte ruhig, ob sie denn die Absicht habe, sich mit David zu versöhnen.

»Genau das wollte ich von dir wissen. Soll ich wieder zurückgehen? Sind wir richtig füreinander? Du bist doch seine Freundin.«

»Nein«, sagte Kate. »Ich meine, nein, das werd ich dir nicht sagen.«

Suzie blinzelte zwischen den Fingern hindurch. »Du willst ihn selber haben, ja? Er mag dich, oder?«

»Ich weiß nicht, wovon du redest.«

»Na ja, ich hab gedacht, du magst ihn.«

Am späten Nachmittag fielen ein paar magere Sonnenstrahlen auf die Steine im Garten, und plötzlich erklärte Suzie, sie wolle ins Wasser gehen. Das werde sie nicht überleben, sagte Kate, vor allem nach dem vielen Alkohol (sie hatten die ganze Flasche ausgetrunken), und dann stand sie da, in Schal und Mantel eingemummelt, mit Handschuhen und Mütze, und schaute Suzie zu, die sich bibbernd am Strand auszog. Die kalte, tief stehende Sonne spiegelte sich verschwommen im schwappenden Wasser und zog ein silbernes Band vom Horizont bis hier zum Ufer. Suzie trug einen schwarzen Badeanzug unter ihren Sachen; langbeinig und schlank schritt sie über den Kies, lachte, zog Grimassen und balancierte mit weit ausgestreckten Armen.

»Du bist doch verrückt«, rief Kate. »Ich glaube, du bist wirklich verrückt. Komm lieber wieder zurück. Ich hab keine Ahnung, was ich mit diesen Lammkoteletts anstellen soll.«

Aber Suzie winkte, setzte einen Fuß ins Wasser, taumelte vor Schreck zurück, weil es so kalt war, wagte sich weiter vor bis zu den Knien, tauchte dann mit einem spitzen Schrei unter und kraulte mit kräftigen Zügen hinein in das glitzernde Band. Kate beobachtete die schwarze Silhouette ihres Kopfes, sah, wie sie sich bewegte, wie sie verschwand und wieder auftauchte; auf einmal kam sie sich verlassen vor, allein mit dem Geschrei der kreisenden Möwen, dem Tosen und Sich-wieder-Zurückziehen der Wellen, dem schneidenden eisigen Wind, der ihr unter die Kleider fuhr. Nach einer Weile fing sie an, sich Sorgen um Suzie zu machen, dass sie viel zu weit hinausgeschwommen war, dass es da draußen Strömungen gab, dass die See heimtückisch war; plötzlich ergriff sie der Gedanken, dass sie für immer allein hier am Ufer zurückblieb, mit diesen Handtüchern in der Hand. Was für eine absurde Situation: Sie war ganz alleine, die Häuser am Kai waren wahrscheinlich allesamt Ferienhäuser, weit und breit kein Mensch, den sie um Hilfe bitten konnte; was würde sie tun, wenn Suzie plötzlich nicht mehr auftauchte, wenn da nur noch die weite Leere der See wäre, die nichts bedeutete? Unfälle passieren nun mal: Es war wirklich leichtsinnig gewesen bei dieser Kälte so weit rauszuschwimmen, noch dazu, wo sie so viel getrunken hatte. Einen Moment lang kam das dumme Mädchen mit seinem rauen, ausgefransten Leben ihr rätselhaft und wie verloren vor. Kate malte sich aus, wie sie es David sagen müsste. Dann erspähte sie wieder den schwarzen wippenden Punkt: Suzies Kopf. Dankbar sah sie, wie er umdrehte und zum Strand zurückkam. Sie steckte sich die Handtücher unter den Mantel und drückte sie fest an sich, um sie anzuwärmen.

Es war noch sehr früh, als David aufwachte, vielleicht unmittelbar nach Sonnenaufgang. Er hatte einen Traum gehabt und war noch ganz erfüllt von Freude; selbst als er nach und nach wieder bei vollem Bewusstsein war, verschwand die Freude nicht, sondern blieb wie eine Richtschnur, wie etwas, woran er sich halten konnte. In letzter Zeit waren seine Träume meistens ein chaotischer Mischmasch aus kleinen Kümmernissen, unterdrücktem Groll und sexuellem Druck, auf den er nicht weiter achtete, doch dieser Traum bereitete ihm ein ästhetisches Vergnügen. Er hatte mit Kate Flynn zusammen in einem Zimmer gestanden, anscheinend in seinem eigenen Haus; jetzt kam es ihm vor, als sei der Raum ihm nur aus anderen Träumen in Erinnerung. Das Zimmer hatte an allen Seiten hohe Fenster, als könnte man von draußen geradewegs hindurchsehen; ein luftiger, lichterfüllter Raum; und immer wieder schossen Schwärme von Vögeln, wie aus den Bäumen ringsherum hereingeweht, an ihnen vorbei, und sie wussten beide, dass das nicht normal war, drinnen im Haus. Kate war lachend vor dem heranbrausenden Vogelschwall zurückgewichen und dabei ins Taumeln geraten; und er hatte sie mit beiden Armen festgehalten und ihr mit der freien Hand ins Kleid gegriffen, wo es mollig warm war, und etwas herausgeholt. Gemeinsam beugten sie sich über das braune Vögelchen, das heiß und still auf seiner Hand saß, zu verschreckt, um fortfliegen zu können; der ganze kleine Körper pochte vor Angst.

»Ein Zaunkönig«, sagte er und freute sich, das winzige Geschöpf an seiner holzbraunen gefleckten Brust, dem kecken, aufgestellten Schwanz erkannt zu haben.

»Was für eine schöne Metapher«, sagte Kate. Und David dachte in seinem Traum, wie typisch dieser Scharfblick für sie war, wie typisch klug, er selber hätte nämlich nie verstanden, was dieser Vogel zu bedeuten hatte, oder das richtige Wort dafür gefunden. Doch als er aufwachte, wurde ihm klar, dass natürlich er es war, der es verstanden hatte, denn alles, was in diesem Traum passiert war, gehörte ihm.

»In Wahrheit«, dachte er im Wachzustand mit absoluter Klarheit, »ist sie es doch, die ich begehre.«

Er hatte Angst, im Bett zu bleiben und weiter nachzudenken über seinen Traum, bis sich daraus vielleicht noch eine austauschbare sexuelle Phantasie entwickelte; rasch zog er sich an und ging nach unten. Von den Kindern war nichts zu hören; Suzie war hier und schlief im

Arbeitszimmer; auch Jamie war zu Hause, sein Fahrrad stand im Flur, die Treppe zu seiner Dachkammer war heruntergelassen. David nahm seine Autoschlüssel und verließ das Haus. Sollte doch Suzie ausnahmsweise mal die Kinder in die Schule bringen; es war ihm egal, ob sie ihn wegfahren hörte.

Draußen war alles grau in grau, aber aus dem einen oder anderen Fenster strahlte gelbes Licht, verheißungsvoll und anheimelnd, laternengleich; seine Schritte knirschten auf dem Kies der Auffahrt, der feucht war vom Morgentau. Als Kind hatte er es geliebt, im Bett zu liegen und den Autos zuzuhören, zu horchen, wie der Motor früh am Morgen ansprang und sie dann davonfuhren durch die noch schlafenden Straßen; jetzt kam er sich vor, als sei er mitten in einem jener bedeutungsschweren Abenteuer, die einst in seinen Augen etwas für Erwachsene waren. Er wusste noch nicht recht, ob er heute zur Arbeit gehen würde. Die meisten Straßen waren leer, durch die er fuhr; in seiner Vorstellung sah er sich freundschaftlich verbunden mit den wenigen Fahrzeugen, die ihn überholten mit Lichtern, hell wie seine eigenen, und die, genau wie er, sich ihres Ziels noch nicht ganz sicher waren.

Als er in die Straße vor der Villa Firenze einbog, war es bereits so hell, dass er durch das Geländer in den zugesperrten Park spähen konnte: Jedes Gebüsch, noch immer dicht belaubt, doch schon in winterlicher Starre, auch überm Rasen und dem See lag eine meterdicke Schicht wie schmutzige Wolle, allein die hohen Bäume ragten verächtlich aus dem Dunst. Der menschenleere Park schien ganz für sich allein zu leben.

Es war zu früh, um an der Villa Firenze zu klingeln.

David ahnte, dass man dort nicht so zeitig aufstand. Kate war aus Westwales zurück, wie er von Suzie wusste, die ihm berichtet hatte, dass sie sich unten in Parrog zufällig begegnet waren und sie Kate dann nach Cardiff mitgenommen hatte, damit Carol nicht extra rüberfahren musste, um sie abzuholen. David missfiel die Vorstellung, dass sich die beiden angefreundet hatten (Suzie hatte ihm erzählt, dass sie den Sherry seiner Mutter ausgetrunken hatten), und ihm missfiel auch Suzies kaum verhohlene Erregung, mit der sie ihm erzählte, wie sie geschwommen war und Kate ihr dabei zugesehen hatte.

Wenn er nicht so dämlich wäre, hätte ihm von Anfang an klar sein müssen, warum er immer alleine zu Kate gehen wollte: Er hatte Angst gehabt, ihre Beziehung zu verwässern, wenn er sie in sein Familienleben einbezog. Als er im Auto saß und spürte, wie die Kälte ihm, kaum dass der Motor abgestellt war, in die Füße fuhr und an den Beinen hochkroch, kam das Gefühl aus seinem Traum ihm wieder in den Sinn, als er Kate ins Kleid griff und sich seine Finger im warmen Dunkel um dieses kleine flatternde Geschöpf geschlossen hatten. War das eine Metapher, oder war's ein Gleichnis? Er versuchte sich zu erinnern, was er im Englischunterricht gelernt hatte. Und wenn es eine Metapher war, wofür dann wohl, für Sex oder für die Liebe? Es war wie eine Offenbarung, die ihn mit sich riss: Endlich hatte er begriffen, wie alles zusammenhing. Er konnte nicht mehr ruhig sitzen bleiben. Er stieg aus, um einen Spaziergang um den See zu machen – gesperrt war nur die Promenade ganz am unteren Ende –, und weckte die Kanadagänse und die Nonnengänse auf, die es noch nicht ins dunstig-kalte Wasser zog und die stattdessen dicht an dicht am ausgetretenen Ufer kauerten, das schwarz von ihrem Kot war. Sie fingen an zu schreien und umherzuwuseln. Die Schwäne drehten erhaben die Köpfe, um ihn zu mustern. Ihre letztjährigen Küken waren bereits ganz weiß, hatten jedoch noch unbeholfen steife Hälse, nicht so erotisch und graziös gebogen wie die der ausgewachsenen Tiere.

Jogger pflügten mit herausgereckter Brust den Morgennebel, ganz absorbiert von ihrem eigenen Keuchen, und eine Frühaufsteherin, die ihren Hund ausführte und angelegentlich beiseiteschaute, während das halb verdeckte Tier sich hinhockte und auf den vom Nachtfrost kalten Boden urinierte. Dann löste sich der graue Dunst allmählich auf, und bald war alles wieder im Alltäglichen gestrandet, erlangte unspektakulär von Neuem Sichtbarkeit, ließ wieder die vertraute Stadt zum Vorschein kommen. Die Inseln, von der Promenade aus gesehen daliegend wie im Traum, waren in Wirklichkeit gar nicht weit entfernt; unerwartet schnell hatte sie David hinter sich gelassen und war am Ende des Sees angekommen, wo sich ein kleines Wäldchen aus Büschen und Gesträuch befand und rundherum im Halbkreis ein paar Vorstadthäuser, von denen manche sichtlich im Erwachen waren: Es brannte Licht, Dampf stieg aus den Durchlauferhitzern auf, ein Radio brabbelte. Lauter Banalitäten, die seiner freudigen Stimmung nichts anhaben konnten. Ich könnte sie jetzt wecken, dachte er. Es sind noch andere Leute da. Jetzt wäre es nicht lächerlich, wenn ich Kate wecken würde.

David ging an der anderen Seeseite zurück, bis er an eine Straße kam und sich den Weg abkürzen konnte.

Unterdessen herrschte reger Verkehr, der Morgen hatte seinen Zauber eingebüßt. Da er annahm, dass die Tore noch zugesperrt waren, ging David außen um den Park herum, als ob im Innern dieses Parks sein Schicksal liege. Im Ticken seiner Uhr verrann die Zeit, bald würden sie die Tore wieder öffnen, und David wusste, durch das, was er täte, was es auch sei, konnte sich alles ändern. Natürlich war es möglich, dass Kate nicht an die Tür kam. Er konnte sich immer noch vorstellen, in sein Auto zu steigen und zur Arbeit zu fahren, als sei nichts passiert. Kurz vor der Villa Firenze überholte ihn ein Krankenwagen – ohne Sirene, weil gerade kein Verkehr war – und bog in Kates Straße ein. Im ersten Augenblick kam David gar nicht in den Sinn, dass ihn das etwas angehen könnte. Doch als er näher kam, sah er, dass der Krankenwagen an der Auffahrt zur Villa Firenze hielt, zwischen den beiden gemauerten Torpfosten, dessen einem der rot lackierte steinerne Knauf fehlte. Die schwarzen Torflügel standen immer offen, sie waren ins hohe Gras und Unkraut eingewachsen. Vor der Eingangstür der Villa standen zwei Sanitäter. David lief los. »Nicht Kate, nicht Kate«, flehte er unterwegs. »Noch nicht.«

Es ging natürlich nicht um Kate. Als sich die Sanitäter nach ihm umdrehten, sah er durch die Glasfenster der Veranda, dass auch sie gerannt kam. Sie riss die Tür auf, hatte sich eilig irgendeinen Rock gegriffen und einen nicht dazu passenden Pulli übergezogen, die Haare zum Pferdeschwanz zurückgekämmt und ihre Brille auf. David war sofort klar: ein Notfall. Als Kate ihn hinter den Sanitätern bemerkte, guckte sie verdutzt.

»Ja, kommen Sie rein, kommen Sie rein, sie ist oben. Sie

ist wach, sie sieht mich an, aber sie kann nicht sprechen. Was hat das zu bedeuten? Hat sie eine Gehirnerschütterung? Sie hat sich den Kopf aufgeschlagen, überall Blut. Ich dachte mir, ich sollte sie wohl besser nicht bewegen. David kann mitkommen, der gehört zu uns, außerdem ist er Arzt.«

Kate trat in ihrer Panik ausgesprochen ungeschickt auf, sie war anmaßend, fiel wieder in die ihr anerzogene Arroganz zurück. David war klar, dass sie sich damit nicht beliebt machte, und prompt meldete sich sein Beschützerinstinkt. Höflich erklärte er den Sanitätern, wer er war. Sie traten professionell, beruhigend und liebenswürdig auf, ihr fester Schritt im Flur und auf der Treppe gab den privaten Räumen, über die das Unglück jäh hereingebrochen war, gewissermaßen Halt und einen Rahmen. Oben im Haus war David bisher nie gewesen. Dort auf dem Treppenabsatz gab es ein Buntglasfenster, das eine Szene aus dem Alten Testament darstellte: Junge Mädchen trugen Wasserkrüge und schwebten gleichsam selbstvergessen über dem groben Eindringen der lauten Welt. Kates Story hatte noch nicht ihre Form gefunden, die sie später annehmen sollte, wenn sie sie wieder und wieder wiederholte: Sie sei aufgewacht, habe einen Rums gehört und ihre Mutter auf dem Fußboden im Badezimmer vorgefunden.

Um ins Badezimmer zu gelangen, musste man eine Stufe hinabsteigen, und dort auf dem Linoleum lag die alte Dame auf der Seite, zart und klein wie ein Kind, das Gesicht ganz welk und gelb, die Haare blutverklebt. Sie hatte sich im Fallen wohl den Kopf am Rand der alten Badewanne mit den Löwenfüßen aufgeschlagen. Kate hatte sie mit einer Decke zugedeckt. Sie lebte, hatte die Augen offen, in ihrem Blick lagen Verlegenheit ob ihrer Schmach und ängstliche Verwirrung. Sie schien Kate zu erkennen, die sich nun wieder neben sie hockte, vermutlich in der gleichen Haltung wie vorhin, als sie auf die Ankunft des Krankenwagens gewartet hatte. Jetzt werde alles gut, sagte sie zu ihrer Mutter, jetzt sei ja Hilfe da. Die Männer beugten sich über Billie; David hielt sich im Hintergrund, die Sanitäter wussten, was sie zu tun hatten. Einer davon, ein geborener Redner, hatte ein kleines, straffes Gesicht wie ein Jockey und beruhigende Hände; er erklärte der alten Dame alles, was er tat, wie man es ihm in der Ausbildung beigebracht hatte, egal ob sie ihn hören konnte oder nicht. Er brachte das Unbekannte ans Licht und schien sagen zu wollen, es gebe nichts, was er und sein Kollege noch nicht gesehen hätten. Einmal nannte er sie »Billie Darling«. David suchte nach irgendwelchen Anzeichen für eine herablassende oder gelangweilt routinierte Haltung, aber es gab partout nichts, was den beiden vorzuwerfen war.

Während sie Billie auf die Trage legten, trat Kate beiseite und griff nach Davids Arm, um sich zu stützen. Er fasste sie um die Taille, hielt sie fest und spürte, wie sie zitterte. Und nun erst kam sie dazu, sich über seine Anwesenheit zu wundern: »Wieso bist du denn eigentlich hier?«

»Ich wollte dich besuchen.«

»So früh am Morgen?«

»Ich bin im Park spazieren gegangen, um dich nicht so zeitig zu wecken. Hätte ich das mal lieber nicht getan. Dann wär ich da gewesen.«

»Wie geht es denn jetzt weiter?«

»Sie werden sie in die Notaufnahme bringen, alle möglichen Untersuchungen machen, feststellen, ob sie sich was gebrochen hat, warum sie gefallen ist. Soll ich mitkommen?«

»Aber du musst doch zur Arbeit.«

»Ich ruf an.«

»Gut. Dann komm, wir fahren im Krankenwagen mit. Ich hab so schreckliche Angst. Ich sag einfach, du bist mein Bruder.«

»Ich fahre mit meinem Wagen hinterher«, sagte David. »Ich möchte nicht dein Bruder sein.«

Die Diagnose war Schlaganfall. Das hatte David gleich vermutet, als er Billie sah. Wahrscheinlich war der Schlag die Ursache für ihren Sturz gewesen, nicht umgekehrt, und bei dem Sturz hatte sie sich die Hüfte gebrochen. Die Wunde an der Schläfe war nur oberflächlich, aber sie hatte ein paar böse Prellungen. David sorgte dafür, dass die Einweisung durch den Neurochirurgen erfolgte, zu dem er das größte Vertrauen hatte; man brachte sie auf die Intensivstation, sie bekam Sedativa und ein gerinnungshemmendes Medikament und wurde an Monitore angeschlossen. Kate erklärte man, für Billies Prognose seien die nächsten vierundzwanzig Stunden entscheidend; sie müsse darauf vorbereitet sein, dass es zu einem zweiten Schlaganfall komme. David blieb bei ihr sitzen. Am Nachmittag fuhr er in die Villa Firenze, um ein paar dringend benötigte Dinge zu holen; wenn Billie wieder zu sich komme, sagte Kate, dann wolle sie ihr eigenes Zeug um sich haben.

Es war ein seltsames Gefühl, alleine dort im Haus

zu sein. Unbeholfen und schüchtern kramte er in den Schubladen mit Billies Nachtwäsche und fand es schwierig zu entscheiden, was das Richtige war; Kate hatte ihn vorgewarnt, er werde Unmengen von Anziehsachen finden. Der Kater kam und strich ihm anklagend um die Beine; er gab ihm Futter. Er betrachtete die Liste, die ihm Kate gegeben hatte, und freute sich an ihrer dicken, spitzigen, seitwärts geneigten schwarzen Handschrift. Wo er schon mal dort war, machte er das heiße Wasser an, fand Chlorreiniger und wischte im Bad notdürftig das Blut weg. Und während er das alles tat, war er auf eine rätselhafte Weise glücklich. Die alte Dame tat ihm leid; er wusste, dass Kate eine schwere Zeit bevorstand, doch zugleich spürte er hier zwischen all den Dingen ihres Alltags, wie zwischen ihnen beiden eine neue Nähe sich entwickelte, eine neue Vertrautheit. Er sah das alte Haus mit anderen Augen, ganz anders als sonst, wenn sie daheim war, und warf auch einen Blick in das absurd geräumige, pompöse alte Schlafzimmer, das nach vorne rausging und wahrscheinlich seit der Fertigstellung des Gebäudes nie verändert worden war. In Kates Reich mochte er nicht eindringen, sondern blieb in der Tür zu ihrem Zimmer stehen und betrachtete von dort ihren Schreibtisch mit dem Computer und den aufgeschlagenen Büchern, die verstreuten Schuhe und Kleider, die an den Wänden lehnenden Gemälde, die überall herumliegenden Stapel von Papieren und Zeitschriften, das Federbett mit seinem leuchtend rot-goldenen Bezug, dessen eine Ecke Kate zurückgeschlagen hatte, als sie aus dem Bett gesprungen war: das ganze Durcheinander und das Drama und die Farben ihres Lebens.

Er rief zu Hause an, um Bescheid zu sagen, was passiert war und dass es später werden würde.

»Aber wieso bist du denn dort gewesen?«, fragte Jamie. »Woher hast du das denn gewusst? Um welche Uhrzeit war denn das?«

»Ich bin rein zufällig dort vorbeigekommen. Da hab ich den Krankenwagen gesehen. Ist Suzie wieder zurück?«

»Willst du sie sprechen?«

»Nein. Ich wollt's nur wissen.«

Es würde natürlich jede Menge Probleme geben: Er hatte noch gar nicht an die Kinder gedacht, daran, welche Folgen es für Hannah und Joel hätte, sollte Kate ihn wirklich haben wollen. Die zwei hätten am Anfang garantiert mit ihrem Misstrauen zu kämpfen und auch mit ihrer Abneigung, aber er hatte keine Angst.

# *Elf*

Billie bekam zwar in den nächsten vierundzwanzig Stunden keinen zweiten Schlaganfall, aber sie hatte für immer die Sprache verloren; im Krankenhaus blieb sie drei Wochen. Kate war beinah jeden Tag bei ihr (obwohl Carol sie überreden wollte, sich mit ihr abzuwechseln) und war dort mehr und mehr in ihrem Element, die Schwestern waren ihre Verbündeten oder auch ihre Feinde; die Geräusche und Gerüche der Klinik, das Rasseln des Wagens mit den Medikamenten, all das verfolgte sie bis in ihre Träume, nachts in der Villa Firenze. Es war jedes Mal ein Krampf, wenn Billie auf eine andere Station verlegt wurde, hatte doch jede ihr eigenes Regime und ihre eigene Atmosphäre. Kate brachte Bücher mit, Bücher aus ihrer Kindheit und Jugend, die sie wieder und wieder gelesen hatte; sie saß an Billies Bett und ging ganz in den alten Geschichten auf, versank förmlich darin, und fuhr schaudernd hoch, wenn sie wieder auftauchen und die Last auf sich nehmen musste, sich zu bewegen, zu reden, wieder sie selbst zu sein. Das Krankenhaus war für Kate eine Fabelwelt – von den oberen Etagen aus kam es ihr nachts vor wie ein riesiges, festlich illuminiertes Schiff, das hinausfuhr in die Finsternis –, aber es war auch ein realer Ort, wo sie mit klappernden Absätzen durch das Labyrinth der hell erleuchteten Korridore lief und genau wusste, wo sie langgehen musste. Noch nie zuvor hatte sie sich so tief hineingezogen gefühlt in die alltägliche Maschinerie von Leben und Sterben, deren Gesumm sie unter ihren Füßen wahrzunehmen meinte.

In den drei Wochen nach dem ersten Schlaganfall konnte Billie ihre linke Seite noch ein wenig bewegen: Manchmal griff sie krampfhaft nach Kates Hand, manchmal schien es, als übe sie auf dem Bettlaken Fingersätze. Sie konnte schlucken, wenn auch nur mithilfe einer Schnabeltasse, und flüssige Nahrung musste ihr mit einem Löffel verabreicht werden. Sie wollte nichts. Sie lag auf dem Rücken in einem Dämmerzustand zwischen Schlafen und Wachsein; ihr regloses Gesicht mit der großen gekrümmten Nase schien wie aus einem uralten Material geschnitzt, härter, fester als Fleisch, vergilbt und abgegriffen. Im Schlaf sabberte und stöhnte sie, und wenn sie wach war, brachte sie bisweilen unter großer Anstrengung ein paar Laute hervor; dann redete ihr Kate aufmunternd zu und erkannte ein vertrautes, widerwilliges Zucken in ihrem zur Maske erstarrten Gesicht. Das alles war so furchtbar hässlich, es ging Billie gegen den Strich, sie hasste hässliche Dinge. Es kamen Mädchen und brachten Blätter, auf die etwas gezeichnet war – eine Tasse Tee, ein trauriges Gesicht, ein fröhliches Gesicht, eine Zahnbürste –, sie setzten sich an ihr Bett und ermunterten sie, auf etwas zu zeigen, etwas mitzuteilen: doch nur Billies Augen sprachen. Sie war so eine gute Patientin, sie machte keine Schwierigkeiten, sie lag in ihren hübschen Nachthemden inmitten ihrer Blumensträuße und Glückwunschkarten, mit ihrem ordentlich gekämmten und geflochtenen Engelshaar (von Kate geflochten). Sie war nicht wie zum Beispiel diese fürchterliche Alte, die immer heulte und Theater machte und nach ihrer Mutter schrie und nachts stundenlang heftig und geräuschvoll die Füße aneinander rieb; ihr sanftmütiger Ehemann und ihre Tochter schlugen jedes Mal verschämt die Augen nieder, wenn sie sie besuchten, diese Frau, die früher ganz bestimmt auch sanftmütig gewesen war. Und sie war auch nicht so wie Kate, die sich, wenn sie nicht gerade in ihr Buch versunken war, manchmal beschwerte, dass die Schwestern arrogant zu Billie seien, und ihre Zweifel hatte, ob die Ärzte denn auch wirklich alles taten.

Eines Nachmittags ging Kate hinunter ins Foyer der Klinik und holte sich einen Kaffee, und während sie ihn trank, starb Billie. Im Nachhinein versuchte sie, sich daran zu erinnern, was ihr beim Kaffeetrinken durch den Kopf gegangen war. Das Foyer war vor ein paar Jahren renoviert worden. Früher war es ein nüchternes Vorzimmer des Schreckens gewesen, wo es nach Desinfektionsmittel roch und die Wände in Anstaltsfarben gestrichen waren; sie konnte sich an bandagierte und entstellte Patienten erinnern, die von ihren Besuchern an den Stand vom Roten Kreuz gerollt wurden, wo es Tee und Sandwiches gab. Jetzt sah es hier aus wie in einem Einkaufscenter; es gab eine Buchhandlung, Blumen- und Geschenkartikelläden und eine Filiale einer der gängigen Café-Ketten. Kate fand das eher schaurig. Bestimmt gab es Statistiken, die belegten, dass Kranke unter dem Einfluss bekannter Markennamen schneller gesund wurden. Sie hatte sich die Literaturbeilage der *Times* gekauft, die man hier erstaunlicherweise bekommen konnte, und darin eine Rezension zu einem Buch über Milosz gelesen; sie hatte an den verstorbenen Papst gedacht, mit dem

Milosz einmal zu Mittag gegessen hatte, und sich daran erinnert, wie der Papst einmal in einem Film angesichts von Demonstranten, die gegen die Verfolgung radikaler Priester in El Salvador protestierten, die Beherrschung verloren hatte. Dann war sie wieder zurückgegangen auf Station, und als sie dort ankam, waren um Billies Bett die Vorhänge zugezogen: kein großes Aufsehen, nur die eine Krankenschwester, Sarah, stand dort an Billies Kopfende, und da wusste Kate, dass Billie offenbar gegangen war, denn Sarah hielt nicht ihre Hand, sondern stand einfach nur da.

»Mein Beileid«, sagte Sarah. »Manchmal möchte man denken, sie haben nur darauf gewartet, dass die Angehörigen kurz rausgehen, damit sie sich leise davonmachen können.«

Sarah gehörte zu den Krankenschwestern, die Kate gern mochte, halb türkisch, mit dunklen Haaren, füllig, mit wachem, schnellem Verstand und immer ein klein wenig unwirsch. Sie drückte Kate an ihre großen, weichen Brüste, und Kate ergab sich der Umarmung, weinte aber nicht. Sie hatte das Gefühl, dass ihr etwas genommen worden war, was sich jedoch nicht auf Billie bezog, noch nicht jedenfalls, sondern auf diese Wochen ihrer Krankheit, das medizinische Zeremoniell, seine Bedeutung. Eine Stunde später verließ sie das Krankenhaus. Sie sagte, sie werde am nächsten Tag wiederkommen, um die Sachen ihrer Mutter zu holen. Es dämmerte, und es war windstill. Der Brunnen draußen war noch angeschaltet. In einem Teil des Klinikhofs, wo es Bänke und Bäume gab und einen schilfumwachsenen Ententeich, bewegten sich schemenhafte Gestalten, redend, rauchend; sie konnte nicht verstehen, was sie sagten. Zügig gingen Personal und Besucher aneinander vorbei, den überdachten Weg vom Parkplatz rauf und runter: Durch die Fenster sah sie in ein beleuchtetes Schwimmbecken, in dem jemand mit Schwimmbrille und Badekappe mühsam durch das kabbelige blaue Wasser stakste, das sich auf den weißen Fliesen spiegelte.

Sarah hatte Kate gefragt, ob sie zurechtkomme, ob sie jemanden habe, zu dem sie gehen könne. »Alles gut«, hatte sie unwirsch erwidert. Und nun blieb sie plötzlich vor dem Parkhaus stehen und hatte keine Ahnung, wo ihr Wagen war, auf welchem Deck sie ihn gelassen hatte. Tag für Tag war sie hier reingefahren, hatte ein Vermögen ausgegeben für die Parktickets, und plötzlich kamen ihr all diese Tage wie ein einziger Tag vor, und sie erinnerte sich an kein einziges Mal. Sie sah sich auf der Suche nach ihrem kleinen Citroën schon ein Deck nach dem anderen durchstreifen in diesem unbewohnten, hohlen, nach Öl stinkenden Monsterbau, wo es kein anderes Geräusch gab als das Dröhnen von Motoren und kein anderes Licht als das von Autoscheinwerfern, die rundherum die Rampen rauf- und runterfuhren. Gewiss lauerte dort etwas Grauenvolles auf sie. Und außerdem wusste sie plötzlich nicht mehr, welche Farbe ihr Citroën hatte. Jetzt bin ich in der Hölle, dachte sie, und nicht im übertragenen Sinne. Dann fiel ihr ein, dass sie in diesem Zustand sowieso nicht fahren sollte. Sie fand in ihrer Handtasche das Telefon, das David ihr gegeben hatte an dem Tag, als Billie eingeliefert wurde; er hatte ihr gezeigt, wie man das Ding benutzte, und gesagt, sie könne ihn jederzeit anrufen, wenn sie ihn brauche, Tag und Nacht. Doch das hatte sie nicht getan, weil er sie nämlich seinerseits jeden Abend zu Hause angerufen hatte, um zu erfahren, was es Neues gab. Und sie bekam abends immer eine Menge Anrufe.

Sie sprach jemanden an, der zufällig vorbeikam, einen jungen Mann, der einen gerade geschnittenen grauen Mantel trug und sich den Schal vor den Mund gebunden hatte. Vielleicht war es kalt? Kate hatte es nicht bemerkt. Sie gab ihm das Handy und fragte, ob er für sie die Nummer auf dem zerknitterten Zettel anrufen könne, den sie aus ihrer Tasche gekramt hatte; David hatte seine Nummer zwar im Telefon gespeichert, hatte sie ihr aber außerdem noch aufgeschrieben, weil er schon vermutet hatte, dass sie sie vielleicht nicht finden würde. Ihr fiel ein, dass Jamie vielleicht drangehen könnte oder Suzie, aber es meldete sich keiner von beiden.

»Bleib, wo du bist, warte auf mich«, sagte David. »Bleib einfach, wo du bist, und rühr dich nicht vom Fleck.«

Sie hatte das Gefühl, dass sie dort an der Kreuzung eine volle Stunde auf ihn wartete. Es gingen viele Leute vorbei, und manche musterten sie neugierig, nur dass die Straße keine öffentliche war, sondern zum Krankenhaus gehörte und sich auf dessen Territorium befand. Allerdings war hier jetzt am Abend eine Menge los. Sie schaute zu, wie sich Fußgänger in Gruppen an der roten Ampel sammelten und rübergingen, wenn die Ampel grün war und die Autos stehen blieben. Sie vergaß, dass von den Leuten ein jeder seinem eigenen Ziel entgegenstrebte, sah sie nur als einen einzigen Strom, der durch die Ampelschaltung mitgerissen wurde. Und schließlich hatte sie vergessen, worauf sie wartete. Bis endlich David kam. Er habe nur eine Viertelstunde gebraucht, sagte er. Er musste auf der anderen Straßenseite halten, mit eingeschaltetem Warnblinker, und zu ihr herüberkommen, mit ihr die Fahrbahn überqueren und sie auf dem Beifahrersitz einsteigen lassen. Erst als sie in seinem großen, warmen, bequemen Auto saß, wurde ihr bewusst, wie sehr sie eben noch gefroren hatte.

»Ich kann jetzt nicht nach Hause«, sagte sie, als er sich in den fließenden Verkehr einreihte. »Nicht ins Haus zurück, nicht heute Nacht.«

»Natürlich nicht«, sagte er. »Du kommst mit zu mir.«

»Ich weiß nicht. Und wer ist bei euch zu Hause?«

»Niemand. Ich hab das ganze Haus für mich alleine. Suzie ist mit den Kindern über das Wochenende weg.«

»Ach, es ist Wochenende? Und was ist mit Jamie?«

Wahrscheinlich wunderte er sich, dass Kate den Namen seines Ältesten noch wusste.

»Der ist bei seiner Großmutter. Francescas Mutter. Zum Fünfundsiebzigsten.«

»Ach, ich weiß nicht.«

Sie schloss die Augen. Ihr war alles egal.

Kate war noch nie bei David zu Hause gewesen. Sie kamen an den Stadtrand, dorthin, wo Cardiff sich allmählich auflöste und hineinfloss in das Dunkel ringsherum; als sie aus dem Auto stieg, hörte sie von der nahen Schnellstraße das Dröhnen des Verkehrs in andere Richtungen. Das Haus war eine Schuhschachtel neben etlichen gleichartigen Schuhschachteln, die sich in scheinbar organischer Folge in einer gebogenen kleinen Sackgasse aneinanderreihten und in deren neu angelegten Gärten noch kaum etwas wuchs. David ging voraus und schob dabei mit dem Fuß die überall umherliegenden Kindersachen beiseite – Turnschuhe, Schultaschen, Spielzeug. Er wollte sie nicht verschrecken, dachte sie; wollte sie nicht sehen lassen, wie sehr er feststeckte in seinem Leben hier mit diesen Menschen, einem Leben, in dem sie nichts verloren hatte. Das Haus war verlottert, das fiel selbst ihr auf, und sie war wahrlich keine gute Hausfrau. Wie merkwürdig, dass sie nun zum ersten Mal sah, was für einen Geschmack er hatte (oder, falls das alles hier nicht sein Geschmack war, dann doch zumindest das, womit er sich zufriedengab): rosa Teppich, schlampig geklebte pseudoviktorianische Blümchentapeten, goldgerahmte Klassenfotos. Welch eine Beleidigung für Kates erlesenes Stilempfinden, und doch beneidete sie David plötzlich um dieses Leben gänzlich ohne Sinn für Form und Qualität.

»Ich muss wirklich nur schlafen«, sagte sie. Fürsorglich nahm er ihr den schweren Mantel ab. »Ich bin so müde. Ich hab seit Wochen nicht mehr richtig schlafen können.«

»Darf ich dir noch was zu trinken machen? Was Heißes? Oder was mit Alkohol? Vielleicht einen Brandy? Der täte dir jetzt sicher gut.«

»Nein, wirklich. Ich glaub, davon würde mir übel werden.«

Die angebotenen Schlaftabletten nahm sie jedoch an; er brachte sie nach oben in sein Zimmer – offenbar war es seins, denn seine Sachen lagen überall herum und an einem der Heizkörper hing ein Trocknergestell mit seinen Socken. Er knipste die Wandlampe über dem Doppelbett an; um die Fenstervorhänge zu schließen, musste er zuerst die Raffhalter lösen und dann an einer Schnur ziehen (ganz gerührt sah sie ihm dabei zu, wie routiniert er das erledigte).

»Ich such dir rasch noch was zum Anziehen raus«, sagte er. »Irgendwo muss Suzie ihre Schlafanzüge haben.«

»Nein, nein, das geht schon, alles gut, ich muss bloß die Schuhe ausziehen und meine Kontaktlinsen rausnehmen. Ich hab nicht mal mehr Kraft, mich auszuziehen. Ich krabble einfach so unters Plumeau. Das ist doch ein Plumeau, nicht wahr?«

»Zuerst mal nehmen wir die Tagesdecke weg; und die Kissen hier oben, die sind nur zur Dekoration. Gib her, ich leg sie auf den Stuhl.«

»Dekokissen!«

»Die sind furchtbar, oder?«, fragte er.

»Nicht die. Nur ich bin furchtbar.«

Kate fummelte nervös an der winzigen Schnalle ihres Schuhriemchens herum; David hockte sich vor sie hin, hantierte konzentriert und schaffte es, und sie stellte sich vor, wie er seiner Tochter morgens, wenn sie zur Schule musste, beim Schuheanziehen half.

»Ich weiß nicht, ob das jetzt der richtige Moment ist«, sagte er. »Hoffentlich ist es nicht taktlos von mir, ich wollte dir bloß sagen, im Grunde gab es keine Chance, dass Billie jemals wieder so geworden wäre, wie sie war. Du wirst das jetzt nicht so empfinden können, aber es war wohl tatsächlich das Beste so. Als Arzt muss ich das ganz brutal so sagen.«

Kate nickte. »Ich weiß doch. Natürlich weiß ich das.«

»Natürlich weißt du das.«

»Und auch, dass ich dadurch jetzt frei bin.«

»Du bist frei.«

Sie kroch unter die Bettdecke und schloss die Augen.

»Möchtest du, dass ich das Licht ausmache?«

»Nein, lass es bitte an. Ich fürchte mich zu sehr im Dunkeln.« Sie wusste mit geschlossenen Augen, dass er sie betrachtete und die schöne Überraschung, dass sie hier in seinem Bett lag, auf sich wirken ließ.

»Kannst du vielleicht noch ein bisschen bei mir bleiben?«, fragte sie. »Ich mag nicht gern alleine sein.«

Er zögerte merklich, war sich nicht sicher, wie sie das meinte, und nahm schließlich unbeholfen, besorgt, nur ja nichts falsch zu machen, auf der Bettkante Platz. »Natürlich, gerne.« Als sie die Hand nach ihm ausstreckte, ergriff er sie begierig mit beiden Händen, und sie verlor sich in der kühlen Mulde seines Griffs. Er strich mit seinen stumpfen Fingerspitzen über das spröde Metall ihrer Ringe, als würde er Blindenschrift lesen.

»Willst du sie nicht abnehmen? Sind sie nicht zu schwer?«

Als sie nicht antwortete, drehte er ihr die Ringe einen nach dem anderen von den Fingern und ließ sie klirrend auf die Glasplatte des Nachttischs fallen, und dann lag ihre Hand in seiner (nackt bis auf einen alten Silberring, den sie als Teenager bekommen hatte und der nicht mehr abging). Ein paar lange Augenblicke lang, bevor die Schlaftabletten wirkten und der Schock und die Erschöpfung das Ihre taten, um alles auszulöschen, durchbrandete sie ein Verlangen nach ihm, als strebten ihre Sinne fort aus ihrem Körper, hin zu ihm. Doch sie rührte sich nicht. In dieser Situation mochten sie beide nicht den Anfang machen.

Als Kate wieder wach wurde, war es Morgen. Sie konnte sich nicht erinnern, wann sie zuletzt eine ganze Nacht durchgeschlafen hatte. David, ebenfalls voll bekleidet – nur sein Jackett hatte er ausgezogen –, lag mit dem Rücken zu ihr unter dem Plumeau. Als sie Anstalten machte, aufzustehen und das Bad zu suchen, fuhr er erschrocken hoch.

»Na also«, sagte sie, »haben wir endlich zusammen geschlafen.«

Mit dieser Art Humor konnte er nicht viel anfangen. Benommen blinzelte er zu ihr rüber, die Falten seines Kissens in die Wange eingedrückt; er war, wenn auch nicht aus dem Schlaf, so doch aus einer tiefen Trance erwacht. »War es dir unangenehm? Ich wollt dich nicht alleine lassen, und dann ist es so kalt geworden, und ich bin immer wieder eingenickt.«

»Red doch keinen Stuss. Es ist ja schließlich dein Bett.«

Seine Haare hatten sich so ulkig hinter einem Ohr verklemmt. Er hatte sie in letzter Zeit ziemlich lang wachsen lassen, wodurch sie weicher waren und nicht so ordentlich. Kate benutzte das an sein Schlafzimmer angrenzende Bad und schloss diskret die Tür. Sie wusch sich das Gesicht, lieh sich eine Zahnbürste, strich ihre zerknitterten Kleider glatt, betrachtete sich kurzsichtig – sie sah wahrscheinlich furchtbar aus – in dem Spiegel, in den Suzie, seine Frau, bestimmt schon tausendmal geguckt hatte. Sie benutzte auch Suzies Seife und warf einen Blick auf ihr Duschgel. Es war ungewohnt, nicht ins Krankenhaus fahren zu müssen. Sie wusste noch nicht, wie die Trauer aussehen würde, es kam ihr vor, als schleiche sie vorerst nur ängstlich um sie herum, um die Trauer, die auf sie wartete gleich einem neuen Ort, in den sie einziehen konnte. An diesem Morgen konnte sie es fühlen: Der Lebensbogen ihrer Mutter hatte sich vollendet; es war beinah wie eine Vision, wie ein Triumph und auch eine Erleichterung, aber da würde garantiert noch etwas kommen; es würde sicher nicht so bleiben.

David saß auf seiner Bettseite, die Schuhe hatte er schon angezogen, die Haare aber waren noch verwuschelt; als Kate aus dem Bad kam, stand er eilig auf. Sie steckte sich ihre Ringe an die Finger, legte die Armbanduhr um, hielt ihn auf Abstand und vermied es, ihn richtig anzusehen: Ohne ihre Brille sah sie ihn eh nur verschwommen.

»Ich hab einen anstrengenden Tag vor mir«, sagte sie. »Wie spät ist es eigentlich? Jetzt, wo es vorbei ist, gibt es komischerweise noch allerhand zu tun. Ich glaub, ich lass mein Auto einfach weiter im Klinikparkhaus stehen, für immer. Ich kann mir den Strafzettel nicht leisten. Weißt du, Billie und ich haben nie darüber gesprochen – ist das nicht schrecklich? – Dass wir nie darüber gesprochen haben, ob sie ein jüdisches Begräbnis möchte oder nicht. Na ja, geredet haben wir darüber schon, aber sie hat sich nie entschieden. Die waren so gemein zu ihr, als sie meinen Vater geheiratet hat. Was mach ich denn jetzt? Am besten frage ich mal ihre Freunde. Ich hab ihr irgendwann gesagt, *ich* will ein jüdisches, weil das so schön dramatisch ist, mit Kleiderzerreißen und so: Bitte denk da dran, falls ich mal vor dir gehen sollte, ja? Ich habe doch sonst keinen, der dran denken könnte, wenn's bei mir mal so weit ist. Und wenn die mich nicht haben wollen, dann aber wenigstens *die Auferstehung und das Leben* et cetera pp. Aber bitte bloß nicht so ein Eiapopeia wie bei den Humanisten, wo immer alle die falschen Gedichte raussuchen und ihre Texte aus dem kreativen Schreiben vorlesen. Das wär ja gruselig, meinst du nicht auch?«

Als sie nach ihren Schuhen griff, sie an den Riemchen herumschlenkerte und guckte, wo sie sich hinsetzen könnte, um sie anzuziehen, packte David sie plötzlich bei den Armen und versuchte, sie zu sich herumzudrehen und ihr in die Augen zu sehen.

»Ich muss dir sagen, was ich empfinde, Kate. Ich weiß, der Zeitpunkt könnte unpassender nicht sein.«

»Oh! Bitte nicht! Sag es mir nicht, ich bitte dich, nicht jetzt! Nicht heute.«

»Du siehst doch, meine Ehe ist im Eimer. Du wolltest neulich zu den Sanitätern sagen, dass ich dein Bruder bin. Würdest du dir das tatsächlich wünschen?«

Verzweifelt wippte sie auf den bestrumpften Zehen und riss sich von ihm los: Es war beinah wie eine Rauferei. »Ich möchte mich nicht von dir zwingen lassen, das zu entscheiden.«

»Wär's denn nicht vielleicht möglich«, beharrte er stur, »dass ich was anderes wäre?«

»Ich weiß nicht.«

»Nach heute Nacht kann ich es fühlen, ich fühle, dass es möglich ist.«

»Möglich ist alles. Wir sind doch schließlich die Generation, die beschlossen hat, dass nichts unmöglich ist – jedenfalls nichts in dieser Richtung?«

»Und was willst du damit sagen? Ich bin dumm, ich weiß, aber ich will jetzt absolute Klarheit. Ja oder nein?«

»Ich weiß es nicht. Warte. Ja, vielleicht.«

»Na schön«, sagte er bloß, unzufrieden, doch ohne den

Versuch zu machen, sie zu küssen, was sie halb erwartet und sich halb gewünscht hatte. »Lassen wir's erst mal gut sein.«

»In Ordnung«, sagte sie. »Warte. Ja, vielleicht. Wir werden sehen. Warum nicht?«

Und er ließ sie gehen.

Tage später – Kate konnte sich nicht mehr erinnern, wie viele es genau waren – traf sie sich einmal nachmittags in einem Pub mit Jamie. Sie hatte eine dunkle Brille auf und um die Haare einen dunklen Schal gewunden – als äußeres Zeichen ihrer inneren Verfassung. Das Begräbnis ihrer Mutter (schließlich doch ein jüdisches) war unerwartet grauenvoll gewesen; ihre Befreiung versetzte sie in Panik und – mit Blick auf ihre Zukunft – in eine kalte Aufregung. Alles ungewiss, eine einzige große Leere. Kate hatte Jamie während Billies Klinikaufenthalt und nachdem sie gestorben war, verboten, sie zu Hause zu besuchen. Als er doch einmal vor ihrer Tür stand, hatte sie ihn nicht hereingelassen. Dafür war sein Vater hin und wieder abends in der Villa Firenze gewesen, wenn Suzie daheim bei den Kindern war, und hatte Kate bei ein paar praktischen Sachen geholfen, größtenteils im Zusammenhang mit Billies Geld. (»Sehe ich das richtig«, hatte er sie besorgt gefragt, »dass du all diese großen Summen, die sie dir überschrieben hat, niemals versteuert hast?«)

David war ein Ausbund an Selbstbeherrschung, sie hatte ihm zu verstehen gegeben, dass er sich zurückhalten müsse, also tat er es und wartete auf ein Wort von ihr. Ihre gelegentlichen lauten Trauerausbrüche gestattete sie sich nie in Davids Beisein, das wäre ihr peinlich gewesen und hätte in keinem Verhältnis gestanden zu der stillen Tatsache von Billies Tod; womöglich hätte er gedacht, es sei nur Show. Auf der Arbeit war David an der Überwachung der Vorbereitungen zur Entwicklung eines Impfstoffs gegen eine mögliche Grippepandemie beteiligt.

»Es gibt natürlich noch keinen Impfstoff, weil es kein Virus gibt. Aber es gibt Dinge, die wir tun können, damit wir bereit sind, welchen zu produzieren.«

»Werden wir alle sterben?«, fragte Kate neugierig.

»Ach was. Wir wissen ja noch nicht mal mit Sicherheit, ob es dazu kommt, obwohl – die Wahrscheinlichkeit ist da. Und wenn es dazu kommt, ist mit einer etwas erhöhten Sterblichkeit zu rechnen.«

»*Eine etwas erhöhte Sterblichkeit.* Wie du das sagst. Und dann liegt unser aller Leben in deiner Hand.«

»Zum Glück nicht nur in meiner.«

Wenn David da war, war Kate ständig in Sorge, dass Jamie plötzlich auftauchte; dass ihr Verhältnis aufflog, riskierte sie auch damit, dass sie sich ausgerechnet in Carols Stammkneipe mit ihm traf. Das war ihr Deal mit der Hoffnung, als Gegenleistung für das, was sie getan hatte: Offen zugeben würde sie es nicht, aber sie würde sich auch nicht bemühen, es geheim zu halten. Nachmittags um zwei ergoss sich aus den Kneipenfenstern buntes Licht in die windige, dunkle Ecke, an der zwei lange, müllumwehte Häuserreihen aufeinandertrafen. Jamie hatte sein Bierglas schon halb ausgetrunken, denn sie kam zu spät; so sehr zu spät, dass es wahrscheinlich schon sein zweites Bier war. Vorn an der Tür blieb sie stehen – theatralisch, mit dem schwarzen Schal ums Haar.

Die Leute glotzten – sie entdeckte ihn, bevor er sie gesehen hatte. Wenn sie ihn nicht gekannt hätte, hätte sie ihn vielleicht für einen x-beliebigen jungen Kerl gehalten, einen von denen, die hier an der Theke herumjuxten und randalierten und freundschaftlich um die Wette tranken. Er wartete sichtlich nervös, schaute aber trotzdem hin und wieder auf das Spiel (Rugby?), das auf dem großen Bildschirm lief, der oben an der Wand hing. Als er sie sah, stand er brav auf: groß, entschlossen, die Haare hinters Ohr gestrichen, die Nase wehmütig kraus gezogen. Sie schlängelte sich zwischen den runden, mit Gläsern und Flaschen beladenen Tischen hindurch, bis zu der Ecke, in der er ihr einen Platz frei gehalten hatte.

Unbeholfen beugte er sich zu ihr runter. Da er sie nicht anfassen durfte, wusste er nicht, was er mit seinen Händen machen sollte. »Ich wollte dich wirklich sehen.«

»Da bin ich. Spendierst du mir was zu trinken? Hast du Geld dabei?«

Er fischte ein paar Münzen aus der Jackentasche seines zerknitterten kakifarbenen Blousons, marschierte los in Richtung Theke und vergaß glatt, sie zu fragen, was sie haben wollte.

»Du musst dir wirklich überlegen«, sagte sie, als er ihr einen Whisky brachte, »was du eigentlich studieren möchtest. Wenn du nächstes Jahr auf die Uni willst, musst du dich jetzt um einen Studienplatz bewerben.«

Er war erstaunt. »*Da*rum wolltest du mich sprechen?«

»Nach dem ganzen Schlamassel, den ich angerichtet habe, bin ich dir ja wohl wenigstens *etwas* Vernünftiges schuldig: eine ordentliche Berufsberatung.«

Er starrte in sein Bier. »Das ist alles?«

»Das war eben der Fehler, den ich gemacht hab, als ich in deinem Alter war – ich hab gedacht, das Einzige, was wirklich zählt, ist das Private. Wenn man nicht aufpasst, gründet man sein Leben auf Schall und Rauch.«

»Nein, alles andere ist Schall und Rauch.«

»Wie dem auch sei, das hier – das zwischen uns –, das zählt noch nicht mal als privat. Es war einfach ein Unfall, ist halt passiert. Apropos Rauch, ich habe aufgehört. In der Klinik konnte ich ja nicht, und seitdem will ich auch nicht mehr. Ist das nicht unglaublich, nach all den Jahren?«

»Du hast mich hierherbestellt, um mit mir Schluss zu machen«, sagte er. »Ich hab's gewusst, ich hätte nicht herkommen sollen. Wir hätten lieber bei dir zu Hause reden sollen, nicht hier, mit all den Leuten drum herum.«

»Es spielt keine Rolle, wo wir miteinander reden.«

Er nippte an seinem Bier und wurde zusehends betrunkener, es fiel ihm immer schwerer, seinen Blick zu fokussieren. »Ich kenne dich besser, als du denkst.«

»Du weißt so ziemlich das Schlimmste, was es über mich zu wissen gibt.«

In seinen Wangen bildeten sich Kerben von dem verbissenen Bemühen, sich zu konzentrieren. »Und du meinst, das war alles? War's denn für dich nichts weiter? Dann fandest du es also gar nicht schön?«

»Wenn du von mir hören willst, wie toll du bist und dass die Frauen dich lieben werden ...«

»Ich will keine anderen Frauen.«

»Doch, doch, du weißt es bloß noch nicht.«

»Du kannst doch nicht wissen, was ich fühle.«

»Stimmt. Was glaubst du, liegt das an dem Altersunterschied oder daran, dass ich's nicht versucht hab? Möchtest du noch ein Bier?«

»Nein. Das ist schon mein viertes. Falls es dich interessiert, ich hab mich für einen Studiengang entschieden, für den ich mich bewerben will. In Edinburgh.«

»Edinburgh! Sehr gute Idee. Ich könnte mir schon vorstellen, dass du dort den nötigen strengen nordischen Skeptizismus bekommst.«

»Ich will Altphilologie studieren und dazu Arabisch.«

Darüber musste Kate erst einmal nachdenken. »Siehst du«, sagte sie, »du bist eben was Besonderes. Klar, das ist genau das Richtige, hervorragende Kombination. Du kannst zum Außenministerium gehen. Du wirst Botschafter.«

»Jetzt übertreib mal nicht«, sagte er.

»Stell dir bloß mal vor, wie dir meine Übertreibungen mit der Zeit auf die Nerven gegangen wären.«

»Das kann ich nicht.«

Kate hatte ihren Whisky nicht angerührt: Sie nahm einen Bierdeckel und tunkte ihn mit der Kante in die kleinen Bierpfützen auf dem Tisch. Sie saßen sich gegenüber, Kinn in die Hand gestützt, Ellbogen auf der Tischplatte, Köpfe nah beieinander, das Gespräch plätscherte vertraulich dahin und schloss alle anderen aus. Sie stellte sich vor, die Leute hielten sie vielleicht für seine Tante.

»Ich möchte gern, dass wir so tun, als wäre diese Sache nicht passiert«, sagte sie. »Darum wollte ich dich bitten, deshalb bin ich hier. Und das ist nicht bloß so dahingesagt, das ist mein voller Ernst: Ich will, dass es verschwindet.«

»Wovon redest du?«

»Glaub mir, das geht. Ich hab früher auch immer gedacht, so wie du jetzt wahrscheinlich, dass alles, was wir tun, Bestand hat, Konsequenzen hat. Aber in Wahrheit ist es so, dass man bestimmte Teile wegtun kann. Wir entscheiden selbst, was passiert ist und was nicht. Ganze Teile dessen, was wir sind, verschwinden einfach, werden nirgends aufbewahrt.«

»Nein.«

»Es gibt Gründe, weshalb ich dich darum bitte, komplizierte Dinge. Ich werde dir auch sagen, was für welche. Ach, und übrigens, du musst mir versprechen, dass du keine Dummheiten machst.«

Im ersten Moment verstand er nicht, wie sie das meinte. »Ach so, du meinst, ich soll mich nicht umbringen?«

»Aber ich glaube, du kommst eher nach deiner Großmutter als nach deiner Mutter. Und Jane ist hart im Nehmen.«

»Sie hat ein paar Gedichte von meiner Mutter gefunden, das wollte ich dir sagen. Sie hat sie aus Zeitungen ausgeschnitten und in ein Sammelalbum eingeklebt.«

»Sind sie gut?«

»Ich weiß nicht. Vergilbt. Ausgeschnitten aus vergilbten Zeitungen.«

»Gedichte vergilben halt.«

»Ich konnte sie noch nicht entschlüsseln. Das ist wie so ein Code. Ich hab keine Ahnung, was wofür steht.«

»Willst du es versuchen? Willst du so tun, als wäre das alles nicht passiert?«

Er rieb sich müde das Gesicht. »Das ist doch gar nicht möglich. Aber gut, ich denk drüber nach, unter einer Bedingung.«

»Und die wäre?«

»Dass ich mit zu dir nach Hause kommen darf, jetzt gleich.«

»Zu mir nach Hause? Soll das ein Euphemismus sein? Weil – es geht einfach nicht.«

»Nur noch mal eine halbe Stunde, zum Reden. Ohne all diese Leute um uns herum. Danach mach ich, was du willst. Ich werd es jedenfalls versuchen.«

»In Ordnung. Wir gehen zu mir nach Hause. Für eine Stunde. Kannst du noch geradeaus gehen? Es ist windig draußen.«

»Der Wind macht mich wieder nüchtern. Du hast ja deinen Whisky gar nicht angerührt.«

»Ich mag nicht.«

David sah zu, wie der Wind eine junge Silberbirke, noch voll in ihrem gelben Blätterkleid, vor seinem Bürofenster zur Seite neigte. Der Himmel war zum größten Teil tiefdunkelgrau, die tanzenden, gewölbten Blätter aber und die langen Peitschen der Zweige glänzten schwarz im trüben Licht. Bei jedem starken Windstoß bogen sich die Äste, ganze Wolken von Blättern segelten davon. Joanne aus der Verwaltung saß mit dem Rücken zum Fenster, drehte sich aber hin und wieder nervös um und warf einen kurzen Blick hinaus; sie stellte für David die Ergebnisse eines Fragebogens zusammen, den alle Gesundheitsämter bekommen hatten. Wind könne sie nicht leiden, sagte sie; Regen mache ihr nichts aus, aber wenn nachts der Wind pfeife, dann könne sie nicht schlafen. David hingegen begeisterte der Kontrast zwischen der zweckbestimmten Ruhe drinnen, dem gleichmäßigen Licht und gedämpften Klappern der Keyboards, und dem ekstatischen Schauspiel da draußen, wo man nicht wusste, war's ein Angriff oder war's nur Spaß. Um sechzehn Uhr, eine Stunde früher, als er hatte fertig sein wollen, stand er auf von seinem Schreibtisch. Es war höchste Zeit, mit Kate Klartext zu reden. Die Heftigkeit seiner Gefühle machte ihm Mut: So heftig war er noch nie verliebt gewesen. Es machte ihm Freude, Joanne zu überraschen und gegen alle Gewohnheit Schluss zu machen, bevor die Arbeit abgeschlossen war.

Er fuhr die mittlerweile schon vertraute Strecke zur Villa Firenze; Kate rechnete nicht mit ihm, er hatte ihr nicht gesagt, dass er kam. Die Bäume im Park schüttelten sich wie wild, der Wind fegte im letzten Licht des Tages einen dunklen Schwall nach dem anderen auf die Straße, und man sah nicht, waren's Vögel, waren's Blätter. Als David in der Seitenstraße vis-à-vis von der Einfahrt parkte und auf das Haus zuging, wunderte er sich, dass die Haustür einen Spaltbreit offen stand. Er zögerte kurz, doch dann drückte er sie auf und ging hinein: Der Wind verstummte, es war, als sei er plötzlich in einem anderen Element gelandet. Auf der Veranda roch es muffig; nirgends im Haus brannte Licht, aber er meinte, irgendwo Stimmen zu hören. Er wollte schon rufen, konnte sich jedoch nicht überwinden, die Stille zu stören, und machte den Mund wieder zu. Da erklang ein Ton auf dem Klavier und dann noch einer, nicht so, als würde jemand spielen, eher so, als schlage irgendwer, der mit seinen Gedanken ganz woanders war, die Tasten an, um eine Pause im Gespräch zu überbrücken. Unter seinen Füßen wackelten ein paar lose Fliesen – kleine schwarze und weiße Quadrate.

Als er näher kam, löste sich das Gemurmel nicht in ein

Geplauder auf: Er hatte gedacht, seine Schwester sei zu Besuch. Vielleicht war das, was er da so angestrengt erlauschte, Tröstliches für eine trauernde Tochter – er war von sich schockiert (noch nie in seinem Leben hatte er gelauscht). Oder waren es vielleicht Einbrecher, die die Tür so unheilvoll offen gelassen hatten? Sollte er sie überraschen und verjagen? Er hatte ja schon immer zu Kate gesagt, sie sei zu unvorsichtig, sie brauche Sicherheitsschlösser an den Türen, wenn nicht gar eine Alarmanlage. Aber für Diebe klangen die Stimmen viel zu beseelt, es schwangen zu viele Gefühle darin mit, in seinem Kopf bildeten sie eine Partitur, er folgte ihrem Auf und Ab, den Pausen. Als er sich eingehört hatte, bestand kein Zweifel mehr: Es war die Stimme eines Mannes, die sich mit der von Kate vermischte. Und wenn da wirklich jemand jemanden tröstete, dann sie ihn, während der Mann es war, der jammerte und bettelte. David wusste, er hatte kein Recht, hier zu sein. Und plötzlich löste sich aus der Musik, die nicht recht zu entschlüsseln war, ein Satz, mit Nachdruck ausgesprochen, als rücke jetzt, an diesem Punkt, der Sprecher ab von Kate. Auch der Ton, den er auf dem Klavier anschlug, war anders, tiefer.

»Ich weiß ganz genau, wer es ist«, sagte die Stimme. »Glaub bloß nicht, ich hätte keine Ahnung.«

Kate antwortete nicht, aber sie musste sich bewegt haben, David hörte ihre Absätze über den Parkettboden klappern, und im nächsten Moment ging im Zimmer eine Lampe an, und aus dem Dunkel traten die Silhouetten der beiden hervor. Erschrocken duckte er sich hinter die offene Tür zum Salon. Bei seiner Flucht stieß er irgendwas um – einen Schirmständer. Wer hatte denn heutzutage noch einen Schirmständer? Verrückterweise blieb ihm noch Zeit für den Gedanken, dass da vermutlich lauter Regenschirme drin standen, die schon seit dreißig Jahren keinen Regen mehr gesehen hatten. Dann hörte er ganz deutlich Kates Stimme, jetzt nicht mehr leise murmelnd, sondern mit neuer Schärfe.

»Wer war das?«

Jemand antwortete, aber das hörte er schon nicht mehr.

Er ging zum Auto, stieg ein und blieb einfach sitzen. Wie lange, hätte er nicht sagen können, auch nicht, warum er nicht losfuhr. Doch dann schlug jemand – außerhalb seines Blickfelds, hinter der Stelle, wo die Einfahrt eine Kurve machte und die Araukarie ihm die Sicht nahm – die Haustür der Villa Firenze zu, und plötzlich wusste er, auf wen er wartete. Als das Licht im Salon angegangen war, meinte er, eine zerknitterte kakifarbene Jacke zu sehen, lässig auf die Eichentruhe in Kates Flur geworfen, die Ärmel wie üblich halb nach innen gekrempelt, eine Gedankenlosigkeit, die ihm so vertraut war, dass er sich zunächst gar nichts dabei gedacht hatte. Und außerdem, hatte er nicht die Stimme gehört?

Es war dunkel, doch als Jamie zwischen den gemauerten Torpfosten hervortrat, die Jacke über die Schulter geworfen, sah er ihn im Licht der Straßenlaterne warten. Er hielt kurz inne, schien aber nicht überrascht, seinen Vater dort zu sehen, und ging rüber zum Auto. David blieb hinterm Lenkrad sitzen; Jamie kam näher und lehnte sich schwer an den Wagen – er stemmte sich mit einem Arm auf die Motorhaube, mit dem anderen ans Dach, als wolle er das ganze Auto umstoßen – und starrte durch die

Windschutzscheibe zu ihm hinunter. Wenn er irgendeine Geste gemacht hätte, hätte David das Fenster runtergelassen, doch sie fixierten einander bloß durch die Scheibe. Der Junge war verzweifelt. David hatte keine Ahnung, was für Gefühle sich in seinem Gesicht ausdrückten, doch ihm kam der Gedanke, dass sie einander spiegelten, Vater und Sohn, und er in Jamies Miene genau das sah, was auch er selbst empfand – nur dass der Wind Jamie die Haare zauste, während die Luft im Wagen abgestanden war und unbewegt. Dann hievte Jamie sich wieder hoch, stieß sich ab und ging davon.

David blieb im Auto sitzen. Er wusste es, als könne er es sehen, dass Kate dort drinnen auf ihn wartete: Sie ging von Raum zu Raum, sie machte alle Lichter an. Ein Fenster nach dem anderen leuchtete hinter den sturmgepeitschten Bäumen auf, erst unten im Parterre, dann oben. Die Buntglasscheiben flimmerten wie falsche Edelsteine durch das aufgescheuchte Laub. Er bildete sich ein, ein paar Fetzen von einer Melodie zu hören, die Kate auf der Geige spielte. Einmal war ihm, als sei sie an die Haustür gekommen und halte nach ihm Ausschau; als komme sie sogar ein paar Schritte die Auffahrt hinunter, wo sie ihn hätte sehen können, und sei dort stehen geblieben, in irgendetwas eingehüllt, die Arme um die Schultern geschlagen, in ihrem dünnen Kleid, das wehte. Aber der Garten war stockdunkel, er konnte sich nicht sicher sein. Er hörte den Wind über den See heulen und dann irgendwann die Schreie von Gänsen, die mit den Flügeln laut ins unsichtbare Wasser klatschten; es krachte wie von Schüssen. Und da ließ er den Motor an, als sei dies das Signal für ihn, zu starten.

Auf dem Weg nach Hause passierte etwas. Natürlich achtete er nicht so gewissenhaft wie sonst auf seine Fahrweise. Auf den Straßen war viel los, der vorweihnachtliche abendliche Berufsverkehr. Die Geschäfte hatten schon die Festbeleuchtung an, die hellen Schaufenster verschwammen im Regen, der jetzt wie mit wütenden Fäusten auf die Windschutzscheibe einhämmerte, bis David fast nichts mehr sah. Minutenlang starrte er benommen vor sich hin, ohne auf die Idee zu kommen, die Scheibenwischer einzuschalten. Er brauchte eine halbe Stunde, bis er die Hauptstraßen mit ihren endlosen Autoschlangen und den zwischen ihnen die Fahrbahn überquerenden Fußgängern hinter sich gelassen hatte. Als er endlich in die Wohnviertel kam, musste er wohl zu stark aufs Gaspedal getreten sein. Der Wagen machte einen Satz nach vorn, und im selben Moment schlug auf einmal das Wetter um, und wie aus dem Nichts tauchte eine heftig sich bewegende weiße Gestalt vor ihm – oder vielleicht auch zwischen zwei geparkten Autos – auf. Er trat auf die Bremse, wollte ausweichen, der Wagen schleuderte kreischend zur Seite; doch anscheinend war es zu spät. Er musste etwas erwischt haben. Der Schlag schien eine Delle in der Karosserie zu hinterlassen, sein Herz pochte wie wild, als sei er selbst getroffen worden. In einer Wahnsinnsanstrengung hatte er an nichts gedacht. Das Schicksal war hineingeplatzt in diese willentliche Leere. Als er, auf das Schlimmste gefasst, aus dem Auto sprang, um zu sehen, was er angerichtet hatte, meinte er zu erkennen, was es war. Es war sein Schicksal, das im Verborgenen auf ihn gewartet hatte, aber er hatte die vertraute Gestalt nicht gleich erkannt.

Er konnte nichts finden. Nur die leere Straße, die

keuchte, taumelte, wieder zu sich kam und über dem zusammenschlug, was sie ihm da vor Augen geführt hatte. Was es auch war, was da so weiß und so lebendig schien, es existierte nicht; vielleicht war sein Phantom ja bloß die schmutzige durchnässte Zeitungsseite unter den Rädern seines Wagens, die der Wind für einen Augenblick zum Leben erweckt hatte. Ihm war so übel, dass er an die Seite fahren und dort halten und den Kopf am Lenkrad auf die Arme stützen musste. Er brauchte eine Weile, bis er weiterfahren konnte.

Als er endlich durch die Seitentür ins Haus trat, saßen seine Kinder in der Küche am Tisch und malten. Nach dem Sturm, der draußen wütete, wirkte die friedliche Stimmung hier drinnen geradezu unheimlich: ihr ruhiges Atmen, das leise Scharren der Stifte auf den großen Bastelpapierbogen, das Klirren der Pinsel in den mit trübem Wasser gefüllten Marmeladengläsern. Hannah streckte ganz versunken die Zungenspitze raus; Joel lutschte gedankenverloren an seinem Pinsel, was ihm blau gefärbte Lippen bescherte. Konzentriert betrachteten sie den Porzellanteller mit den Mandarinen, den ihnen Suzie offenbar zum Abmalen hingestellt hatte, gaben sich Mühe, jedes kleinste Detail richtig zu erfassen, und schienen selbst ein Teil des Arrangements zu sein.

»Ist Mummy da?«

Blinzelnd sahen sie ihn an und tauchten widerwillig auf aus ihrer Versunkenheit.

»Die duscht grad«, sagte Joel mürrisch.

David rannte die Treppe hoch, immer zwei Stufen auf einmal. Suzie hatte angefangen, Ordnung zu machen; das ganze Chaos auf dem Treppenabsatz war verschwunden, all das Zeug, das dort herumgelegen und darauf gewartet hatte, dass sich endlich jemand aufraffte, es in die Zimmer brachte und einräumte. Und sie war nicht unter der Dusche, sondern hatte sich ein Bad mit irgendeiner duftenden Essenz drin eingelassen und lag bei Kerzenlicht im Wasser. Unter dem Schaum zeichnete ihr Körper sich vage rosa ab, die Knie waren eine Insel. Rundherum auf dem Wannenrand und auf dem Fensterbrett brannten lauter kleine Kerzen, jede auf einer Untertassen klebend. David klappte den Toilettendeckel runter und setzte sich hin; Suzie blieb fast bewegungslos im Wasser liegen, wandte ihm nur den Kopf zu.

»Du bist mir doch nicht böse, oder?«

»Böse?«

»Wegen der Kerzen? Sind die nicht gefährlich?«

Er seufzte. »Bin ich denn wirklich so verknöchert?«

»So hab ich das doch nicht gemeint. Mir ist schon klar, dass das gefährlich ist, aber ich hab wirklich aufgepasst. Ich wollte mich bloß ein bisschen entspannen. Ich möchte gern ein schönes Wochenende zu Hause verbringen, mit dir und den Kindern. David? Geht's dir gut?«

»Ist Jamie schon zurück?«

»Ja, und gleich wieder weg, mit einer Tasche. Er hat gesagt, er geht zu Grandma Bell. Ich wusste gar nicht, dass sie verabredet sind. Ihr beide habt euch aber nicht gestritten, oder? Was ist los, David, du hast doch was?«

Ihm kam das alles irgendwie unwirklich vor, als fehlten ihm die Worte für das, was er erlebt hatte. »Ich hätte auf dem Nachhauseweg beinah einen Unfall gebaut. Mir war, als hätt' ich irgendwas gesehen.«

Suzie stand in der Badewanne auf, das Wasser rann an ihren Brüsten hinunter und an ihren Schenkeln; sie hatte immer noch so spitze, pralle Mädchenbrüste, auch nach zwei Kindern noch. Sie zog sich ein Frottiertuch vom beheizten Handtuchhalter, stieg aus der Wanne, rubbelte sich die Haare trocken und blieb vor ihm stehen, ohne sich darum zu kümmern, dass sie nackt war.

»Nein«, sagte er, »es geht mir nicht so gut.«

»Ich weiß, dass eine andere Frau im Bad war«, sagte Suzie. »Nicht hier, in dem neben dem Schlafzimmer. Ich hab ihr Parfüm gerochen, und sie hat meine Seife benutzt. Aber das ist schon okay. Ich möchte nicht, dass du mir was davon erzählst. Belassen wir's dabei, in Ordnung? Ich werde dir auch nichts von mir erzählen. Wir werden beide schweigen. Glaub mir, es ist besser so für uns.«

David saß immer noch auf dem Toilettendeckel. Suzie beugte sich über ihn, wickelte ihn kurz mit in ihr Handtuch ein, zog ihn fest an sich und drückte sich mit ihrem aufgeheizten, feuchten Leib an seine Kleider.

# *Zwölf*

Carol stieg den Zickzackpfad hinauf, der von der Uferstraße zur Villa Firenze führte. Oben angekommen, blieb sie stehen, nicht weil sie außer Atem war – sie konnte immer noch problemlos die fünfunddreißig Kilometer bis zum Brecon-Beacons-Nationalpark wandern –, sondern um alles noch mal in sich aufzunehmen, denn es war vielleicht das letzte Mal. Die Bäume und Sträucher in den winterlichen Gärten und im Park dahinter hatten jegliches Leben oberhalb der Wurzeln eingestellt; die starren Zweige waren wie versilbert, die dunkle Erde glitzerte im kalten Sonnenlicht. Auf dem Pflaster klirrten Schritte, eisenhart: von Schulkindern, die es nicht eilig hatten heimzukommen, und von Spaziergängern mit Hunden, die in kleinen Hundemänteln steckten. Man hatte ihnen einen harten Winter prophezeit, und jetzt, so Carols Eindruck, war da so was wie ein kollektiver Geist, der dafür sorgte, dass man die Entbehrungen in Kauf nahm. Kate war im Begriff, die Villa zu verkaufen; sie hatte schon ein Angebot erhalten, das zwar weit unter ihrem Wunschpreis lag – die Makler drängten sie, doch bis nach Weihnachten zu warten, wenn sich der Markt erholen würde –, sie aber wollte die Verträge so bald wie möglich unterschreiben, und wie es aussah, konnte sie das Haus gar nicht schnell genug loswerden. Carol neigte zu engen Bindungen sowohl an Orte als auch an Personen.

Im Berufsleben war sie sehr pragmatisch, doch wenn sie daran dachte, dass sie dieses verrückte, fabelhafte Haus verlieren sollte, dann wurde ihr ganz anders. Der Käufer würde es natürlich umbauen lassen und Luxuswohnungen daraus machen – was denn sonst? Das Gleiche war auch schon mit anderen großen Häusern passiert hier in der Gegend. (Aus beruflicher Sicht hätte sie sich eigentlich wünschen müssen, dass man einige obdachlose Familien dort einziehen ließ.) Die kostbare Vergangenheit entglitt in Schüben: Vereinzelte Todesfälle fielen weniger auf als das Verschwinden von Raffgardinen an den Fenstern, vom gelegentlichen Blick am Abend in ein Zimmer mit Bildern, die an einer Bilderleiste hängen, von sommerbunt gestreiften schützenden Markisen über Hauseingängen. Die Villa Firenze war wie ein letztes Band gewesen, nicht nur zu ihrer eigenen Vergangenheit.

Kate sollte eigentlich ausmisten, doch Carol hatte jedes Mal, wenn sie vorbeikam, um zu helfen, den Eindruck, dass sie kein Stück weiter war: Im Flur standen zwar ein paar Kisten herum, aber in denen waren größtenteils die Sachen, die Kate vor einem Jahr aus London mitgebracht hatte. Manchmal fand Carol sie in einem der Zimmer, die schon seit Jahrzehnten nicht mehr benutzt wurden: im Frühstückszimmer, in dem Zimmer, das Billie stets als ihr Büro bezeichnet hatte, oder in einem der Gästezimmer. Diese Räume waren durchweg trostlos und vernachlässigt, auch wenn die Frau von *Mopp & Bucket* gelegentlich mal Staub gewischt hatte. In feuchten Ecken rotteten Papiere vor sich hin; der Holzwurm hatte sich von den Möbeln bis in die Dielen durchgefressen; im oberen Geschoss, da, wo das Dach undichte

Stellen hatte, rochen die Teppiche moderig. Kate kramte Sachen aus Schubladen und Schränken hervor und vergaß dabei die Zeit – einmal fand sie in einem Versteck ein Bündel Briefe ihrer Eltern und las sich fest und fuhr, als Carol kam, erschrocken hoch, dann wieder zauderte sie plötzlich oder fand alles fad, warf lauter Zeug auf eins der Betten oder mitten auf den Boden – ein Teeservice aus Porzellan, schwarz angelaufene Silberbestecke und eine Menora, Arme voll feuchter Notenblätter, Dünndruckbände in Hebräisch mit Stichen ehrwürdiger rabbinischer Gelehrter auf dem Frontispiz, fast hundert Jahre alte Dankschreiben an Kates Großmutter, weil sie Geld gespendet hatte für die Zionisten, stockfleckige weiße Damasttischdecken, die Geige ihres Vaters mit gerissenen Darmsaiten.

»Das ist ja die reinste Fundgrube«, sagte Carol. »Du musst alles schätzen lassen; du brauchst einen Antiquitätenhändler, der dir sagen kann, was die ganzen Sachen wert sind. Und du musst dich entscheiden, was du selbst behalten willst.«

»Ich weiß«, sagte Kate. »Du bist immer so vernünftig. Aber ich kann mich einfach nicht aufraffen.«

»Beim Volkskundemuseum hätten sie vielleicht Interesse an den Kurzwaren. Es sei denn, du möchtest sie verkaufen.«

Die Räume oben im Turm waren abgeschlossen, immer schon, solange Kate denken konnte. Ein Schlüssel von der Größe eines Bühnenrequisits mit einem Schild daran mit der geheimnisvollen Aufschrift *Lager*, der schon seit eh und je an einem Haken in der Küche hing, hatte ins

Schloss gepasst, als Carol ihn probierte. Dort drinnen waren zwei runde, durch eine Wendeltreppe miteinander verbundene Zimmer mit winzigen Fenstern, die sich nicht mehr öffnen ließen, weil ihre Rahmen festgerostet waren, und durch die schummriges Licht hereinfiel; in diesen beiden Zimmern befand sich alles, was von Sam Lebowicz' Geschäft noch übrig war. Alles in gutem Zustand, verglichen mit dem meisten anderen Zeug im Haus, was vielleicht daran lag, dass hier so gut wie keine Luft hereinkam. Da gab es stapelweise flache Schachteln mit Strumpfmustern in allen Braun- und Beigetönen, immer eins aus gerippter Baumwolle und eins aus Seide, hauchzart, zusammengefaltet und mit Seidenpapier dazwischen; dazu zwei rosa Gipsfüße mit zusammengeklebten Zehenspitzen zum Vorführen der Muster, Büsten mit Gesichtern ohne Ausdruck, bemalt und übermalt im Stil verschiedener Jahrzehnte, Hüfthalter, Schlüpfer und Korsetts, Büstenhalter, Mieder, Leibchen, Strickmuster, Wollknäule in braunen Packpapiertüten, eine Flut von Rechnungen. Alles roch alt und nach Lavendel. Kate hatte das alles ein paar Stunden lang bestaunt und sich an der Verarbeitung gefreut, am jungfräulichen Reiz der unberührten Stücke, an der Idee verführerischer Weiblichkeit, die hinter dieser Unterwäsche in Babyrosa oder Creme, aus seidigen Stoffen und mit winzigen Knöpfen und aufgesteppten Bändern stand: Welch ein Kontrast zu den unvollkommenen, blutbefleckten Körpern, die sich einmal dort hineinzwängen würden. Sie befühlte die seidenen bestickten Nachtgewänder und Unterröcke. Wer so was wohl gekauft hat? Wenn man bedenkt, wie wenig Lohn die Bergleute bekamen. Vielleicht verträumte junge Bräute oder altjüngferliche Lehrerinnen? Doch dann hatte sie das Interesse verloren und die Tür wieder abgeschlossen.

Diesmal fand Carol ihre Freundin in eine Daunendecke eingemummelt im Salon, wo sie auf dem Sofa vor sich hin döste, während der Gasheizofen und die Zentralheizung auf vollen Touren liefen. Um sie herum auf dem Fußboden diverse aufgeschlagene Bücher – moderne Taschenbücher, keine alten.

»So viele, Kate? Mein Hirn schafft es immer bloß, ein Buch zu lesen.«

»Nichts von dem, was heute so geschrieben wird, hat irgendwas. Sobald ich sehe, wo sie drauf hinauswollen, muss ich nach einem anderen greifen; alle verfolgen immer bloß ein und dieselbe Richtung.«

»Du immer mit deinen Vorurteilen. Ich hab in letzter Zeit ein paar ganz vorzügliche neue Romane gelesen.« Carol nahm den Schal ab, kämpfte sich aus ihrem Pullover und drückte ein paar Tasten auf dem Klavier. Sie seufzte. »Ich kann's immer noch nicht glauben, dass Billie nie mehr darauf spielen wird. Ohne sie ist das Klavier auch tot. Es konnte doch so schöne Lieder.«

»Mir fehlt die Wärme ihres Körpers«, gab Kate zu. »Sogar ihr alter Körper war noch eine Hilfe. Wir beide zusammen haben mehr Wärme entwickelt, als ich es jetzt alleine schaffe.«

»Hier drin ist eine Affenhitze. Mit dir stimmt irgendwas nicht.«

»Mit mir stimmt überhaupt nichts mehr.«

Carols Gesicht glühte förmlich, sie widerstand dem Drang, die Fenster aufzureißen, und sah Kate streng an.

»Du bewegst dich nicht genug. Weißt du, es ist gut, dass du hier weggehst.«

»Du bist so was von abgebrüht. Du willst mich loswerden.«

»Es zerreißt mir das Herz! Du kannst dir überhaupt nicht vorstellen, was dieses Haus – mit euch beiden darin – für mich bedeutet hat. Ich hab es so genossen, dich dieses Jahr bei uns zu haben. Aber dir tut es nicht gut. Ich bin froh, dass du hier rauskommst, es hält dich ja jetzt nichts mehr. Ich wünschte nur, ich könnte sicher sein, dass du weißt, was du vorhast, jetzt in London. Kannst du wieder zurück in deinen Job? Diese Leute, die sind doch immer noch in deiner Wohnung, oder?«

»Es gibt ja auch noch die von Max«, sagte Kate vage.

»Soll das ein Witz sein? Du kannst doch nicht zu Max zurück und bei ihm wohnen! Jedenfalls nicht, solange Sherie dort ist.«

»Oder halt Amerika. Das gibt's ja auch noch.«

»Amerika?« rief Carol. »Das ist neu. Was wohl bedeuten dürfte, dass es etwas Ernstes ist. Ach, Kate: Amerika ist so weit weg!«

»Ja, findest du?«, erwiderte Kate zweifelnd. »Ich frag mich grade, ob es weit genug ist.«

»Hast du noch deine alten Freunde dort?«

»Du meinst meinen liebeskranken Professor? Mit dem hab ich seit fünfzehn Jahren kein Wort geredet, vielleicht sollt ich wieder mal bei ihm vorbeischauen. Vielleicht hab ich in letzter Zeit gemerkt, dass ich Sehnsucht nach ihm habe. Vielleicht meld ich mich mal bei ihm.«

»Aber war der nicht verrückt? Hatte der nicht zu viel LSD genommen?«

Kate blickte versonnen vor sich hin. »Die Zeit heilt alle Wunden.«

»Aber keine kaputten Synapsen. Auf jeden Fall ist er inzwischen uralt und macht sich Sorgen um seine Rente. Falls er noch rechnen kann.«

»Ich mach mir auch Sorgen um meine Rente. Ich sollte wirklich langsam sesshaft werden.«

»Irgendwann wirst du das wohl auch. Warum rechne ich eigentlich immer damit, dass du mich wieder mit was Neuem überraschst?«

»Ich kann aber nicht ständig weiter zu deiner Unterhaltung für Überraschungen sorgen.«

»Und was willst du mit Sim machen?«

»Das wollt ich dich gerade fragen.«

David sah Kate Flynn nur noch einmal, bevor sie Cardiff verließ. Er wusste von Carol, dass sie die Villa Firenze verkaufen wollte und die Absicht hatte wegzugehen. Als er mit seiner Mutter ins Millennium Centre ging, um *Figaros Hochzeit* zu hören, fragte er sich, ob er Kate wohl dort treffen würde: Er wollte vorsichtshalber keine Karten kaufen, aber dann hatte Betty welche besorgt, und da dachte er sich, so riesig, wie das Centre ist, wär es doch eher unwahrscheinlich, dass Kate auch dort ist, aber selbst wenn – wir werden uns wohl kaum über den Weg laufen. Er gab sich Mühe, überhaupt nicht an Kate zu denken: Es war, als müsse er mit aller Kraft eine sehr schwere Tür zuhalten, damit das, was er wusste, und das, was passiert war, nicht herausgelangen konnte. Was immer es auch war, das er sich ausmalte, als er in jener Nacht in seinem Auto draußen vor der Villa Firenze saß, er musste es sich vom Leibe halten. Es war genau die Sorte Chaos, die Frauen wie Kate anrichten konnten. Es war besser, wenn er nicht zu viel wusste, es war besser, dass der Junge fürs Erste zu seiner Großmutter gegangen war. Offenbar half Jane ihm bei seinen Bewerbungen für die Universität. Wahrscheinlich war Jamie in Kate verknallt; kennengelernt hatten sie sich vermutlich durch Carol. David konnte heilfroh sein, dass er raus war aus diesem Schlamassel. Er musste daran denken, wie er im Auto saß und Kate nach draußen in den Garten kam, ihn suchen – im Dunkeln und bei diesem Wind –, und er war felsenfest entschlossen, nichts zu unternehmen, außer wenn sie zu ihm kam und ihm alles erklärte, um alles wieder in Ordnung zu bringen. Er gab sich Mühe zu verdrängen, wie bescheuert er ausgesehen haben musste, der reinste Puritaner, hockt da hinter seinem Lenkrad wie ein Crashtest-Dummy und delektiert sich daran, wie er sie verachtet. Aber er konnte es nicht ändern, er war nun einmal, wie er war. Er hatte wirklich Glück, dass aus der ganzen Sache nichts geworden war. Sein Leben mit Suzie hatte sich wieder eingerenkt, sie waren wieder freundlich zueinander, sie schlief wieder bei ihm im Ehebett; er war dankbar und erleichtert.

Betty ging für ihr Leben gern mit ihrem Sohn in die Oper. Bryn konnte mit Oper nichts anfangen: Das sei ihm alles zu überspannt, sagte er, da werde er ganz hibbelig. Sie hatte sich in Schale geworfen, trug ein neues grünes Seidenkleid und ihre beste walisische Wollstola; in der ersten Pause trafen sie ein paar Bekannte, unterhielten sich und tauschten Pläne aus für Weihnachten. Wie seine Mutter es bloß schaffte, alle Jahre wieder so zu tun, als sei sie ganz verrückt auf Weihnachten, alle Jahre wieder die Weihnachtsdeko oben aus dem Schrank zu holen und nachher alles wieder wegzuräumen? Über *Die Hochzeit des Figaro* hatte sie sich ihr Sprüchlein zurechtgelegt: Wie froh sie sei, dass man in Originalkostümen aus dem achtzehnten Jahrhundert spiele; ja, gewiss, sie sei altmodisch, das sei ihr schon bewusst, aber sie hasse nun mal dieses Rumgemache mit den Kleidern. David ging die vorbestellten Getränke für die Pause abholen. Als er nach dem Tablett griff, fiel sein Blick über den hinter der mächtigen Fassade mit den ausgeschnittenen Gedichtzeilen liegenden Rang auf die nächsttiefere Ebene, und plötzlich sah er Kate mit ein paar Freunden, die alle lachten, lärmten und sich mächtig aufspielten. Er erkannte den blonden Amerikaner, den er auf Kates Party gesehen hatte, und Ann, die Bratscherin. Keiner schaute nach oben, niemand bemerkte ihn.

David war schockiert: Er hatte irgendwie die Vorstellung gehabt, dass Kate als trauernde Hinterbliebene zutiefst betrübt und ganz alleine in dem alten Haus dort saß. Auch als er besorgt gewesen war, ihr in der Oper zu begegnen, war er davon ausgegangen, dass sie, wenn, dann allein hier wäre; stattdessen saß sie da in ihrem flamboyanten silber-schwarzen Rock, hatte die Beine übereinandergeschlagen und hielt anscheinend Hof, während die anderen um sie herum standen; als jemand einen Witz machte, warf sie den Kopf in den Nacken und umfasste ihr Knie. Ihr großer, eckiger Modeschmuck funkelte im Licht, ihre knochigen Schultern waren nackt. Die ganze Truppe trank Bier aus Flaschen, ganz entspannt, die machten hier Party, während die anderen Leute alle steif und artig wirkten. Einer aus der Truppe fing an zu singen: schlecht, aber mit Gefühl. Kate sang zurück; noch mehr Gelächter; dann tat der Blonde so, als würde er dirigieren, holte weit mit den Armen aus und klopfte mit den Händen winzige Spannungsbögen in die Luft. David war irritiert, doch es gelang ihm nicht, sich einzureden, die Typen hätten kein Niveau oder seien selbstverliebte Gecken; aus seiner Perspektive, oben vom Balkon, waren sie als Gruppe allenfalls von interessanter Hässlichkeit. Kate trug die Haare kurz, und noch etwas anderes hatte sie gemacht, das David nicht gefiel, obwohl es funktionierte, wie er sah, denn es fiel auf: Außer der echten durchzogen jetzt noch weitere weiße Strähnen ihr dunkles Haar, wodurch die Wirkung der natürlichen verloren ging – oder vervielfacht wurde.

All das müsse ihm guttun, dachte David. Er hatte sich Illusionen gemacht, irgendwann eine Rolle in Kates Leben spielen zu können. Aber ihre Freunde, das waren diese klugen, eleganten Leute, mit denen er niemals hätte mithalten können und die er nicht einmal leiden konnte. Und so, innerlich gefestigt, trug er das Tablett mit dem Sherry für seine Mutter und dem Orangensaft für sich selbst (er war mit dem Auto unterwegs) zurück zu Betty, die in ihren eigenen Kreisen die Königin war und in der Zwischenzeit einen alten Freund seines Vaters herangewinkt hatte, einen pensionierten Frauenarzt, der viele Jahre an der Uniklinik gearbeitet hatte. David und er blieben bis zum Klingeln stehen und fachsimpelten ein bisschen. Diese Männer aus der Generation seines Vaters saßen noch vor Kurzem fest im Sattel als Herrscher über das System als Ganzes, sie wandelten durch die Klinikflure, als würden sich für sie die Wellen teilen. Und jetzt waren sie auf einmal nicht mehr mittendrin, ihre Meinung interessierte keinen mehr. Was Wunder, dass sie nun im Ruhestand auf jegliche Veränderung mit einer Mischung aus Arroganz und Trübsinn reagierten? (»Und außerdem«, sagte der Frauenarzt mit einem Augenzwinkern, »wer hat schon etwas übrig für das staatliche Gesundheitswesen?«) Bemüht, dem Älteren nicht zu nahe zu treten und dennoch bei der Wahrheit zu bleiben, widersprach ihm David freundlich, aber bestimmt, und war froh, als er wieder neben Betty saß und sich innerlich auf den nächsten Akt einstimmen konnte. Die Handlung von *Figaros Hochzeit* war in seinen Augen nichts als ein alberner, banaler Vorwand für die erhabene Musik; oft schloss er beim Zuhören die Augen. Und gleich sah er im Geiste Kate und ihre Freunde.

Das Bühnenbild für den letzten Akt war am schlichtesten gehalten. Ein paar schwach grün beleuchtete Stoffbahnen und Bänder bildeten den nächtlichen Garten; es gab eine Bank, es gab eine Tür, vermutlich zu einer Grotte oder einem Sommerhaus, durch die hindurch der Graf versuchte, die verschleierte Frau, die er für Susanna hielt, zu verführen. David machte die Augen wieder auf: So konnte er die Leichtigkeit, das Unbestimmte der Andeutungen besser ertragen. Für den letzten Akt, da hatten sie ganz recht, brauchte es Konzentration, damit die Verzückung auf den schmalen, unbestimmbaren Raum zwischen den Liebenden verengt wird. Auf der Bank küssten sich Figaro und die vermeintliche Gräfin, schmusten miteinander und trieben den Grafen in den Wahnsinn. Ganz unwillkürlich fühlte David sich mit hineingezogen in die allgemein bekannten Irrungen und Wirrungen; die Geheimnisse, das Verschleiern, die Sehnsüchte, die Tricks und Finten, die mit einer Nadel zugesteckten Briefe, die verheißenen Freuden. Woher sonst kam die Musik? Und Röcke raschelnd huschten die verkleideten Frauen zwischen den verwirrten Männern hin und her, die ihre Herren waren. Dann war es aus, und die Figuren liefen eilig fort aus den Kulissen hinten auf der Bühne, paarweise, Hand in Hand, als wollten sie sich in den unsichtbaren, dunklen Garten flüchten. David war traurig. Und als sie wieder auf die Bühne kamen, um den Applaus entgegenzunehmen, waren sie nur noch Sänger und Schauspieler. Da hatte David einen Kloß im Hals, er konnte gar nicht richtig schlucken, er kam sich ausgeschlossen vor, ein Hinterbliebener.

Kate blieb nicht mit nichts zurück. Nein, es war komplizierter.

Eines Morgens, ein paar Tage nachdem sie zum letzten Mal mit Jamie geredet hatte – immer noch in der Hoffnung, dass sich David bei ihr meldete –, wachte sie in dem ganzen Durcheinander des unaufgeräumten Hauses auf und wusste plötzlich etwas, das sie seit Wochen zu verdrängen suchte.

Jeden Morgen musste sie sich übergeben, sie fühlte sich schwer krank, ihre Periode war ausgeblieben, ihre Brüste waren geschwollen, sie hatte keine Lust zu rauchen; sie hatte sich geweigert, diese Dinge miteinander in Verbindung zu bringen, hatte sich eingeredet, das sei alles der Erschütterung über Billies Tod geschuldet, über den ganzen Aufruhr in ihrem Leben. Aber es hatte schon vor Billies Krankheit angefangen, sogar schon, bevor sie nach Parrog gefahren war. Das war wie lange her? Es kam ihr wie ein dummer Zufall vor. Und außerdem, sie war doch wohl ein bisschen alt für so was, oder? Sie lag im Bett, in ihrem müffelnden, zerknautschten Bettzeug, und hörte, wie der Kater hungrig durch die leeren Zimmer streifte und die Türen eine nach der anderen verächtlich mit der Pfote aufstieß. Zur eingestellten Zeit sprang die Zentralheizung ratternd an und schaltete sich Stunden später wieder aus. Das Telefon klingelte nicht.

Das war ihre Strafe, weil sie lebte, als sei das Leben nur ein Spiel, das man sich selber ausdenkt, während man es spielt. Das jetzt sollte sie umhauen – im alttestamentarischen Sinne, nicht so wie ein Flirt – nein, das war ein echter Tiefschlag: natürlich körperlich, da, wo man immer, immer schwach war. Sie musste an ihre Mutter denken, die war auch schon über vierzig, als sie erfuhr, dass sie schwanger war, und hatte sicher nicht damit gerechnet. Ihr Mann war deutlich jünger und schon krank, er schlug sie, wenn er seine Wutanfälle hatte, er trank, er blieb bei anderen Frauen, so lange, bis er es kaum noch nach Hause schaffte und man ihn pflegen musste. Kate hatte nichts entdeckt in all dem alten Plunder hier im Haus, das irgendwie auf Babys hinwies. War das nicht sonderbar? Dabei waren zwei hier geboren worden – und ihre Großmutter hatte angeblich schon etliche Fehl- und Totgeburten gehabt, bevor sie Billie kriegte –, aber es gab keine Kinderbetten, keine Babywagen, keine Strampelanzüge, obwohl man doch sonst alles aufgehoben hatte, ihre Kinderfahrräder, ihre Schulhefte und Tennisschläger. Es war, als ob die Säuglinge in diesem Haus schon von Geburt an laufen oder sprechen konnten.

Natürlich sah Kate keinen Grund, die Sache durchzuziehen (obwohl – im wievielten Monat war sie eigentlich schon?). Sie glaubte doch wohl nicht im Ernst, dass sie das durchzog. Allerdings rührte sie sich nicht aus dem Bett, um ihren Arzt in London anzurufen, der vollstes Verständnis haben würde (er hatte schon einmal vollstes Verständnis gehabt). Erst am späten Nachmittag, als es im Zimmer schon dunkel genug war, dass sie sich anziehen konnte, ohne in den Spiegeln auch nur den allerblassesten Abglanz ihres Körpers sehen zu müssen, stand sie auf; sie kämpfte sich aus ihrem viel zu knappen Nachthemd (eins von den rosaseidenen aus Sams Lager), und die durchs Fenster hereinbrechende Nacht war wie Gänsehaut auf ihren Schultern. Von Krämpfen und von Übelkeit geplagt, schlich sie sich zu dem Laden, der versteckt in einer kleinen Zeile von Backsteinhäusern aus den sechziger Jahren lag, zu Fuß nur zehn Minuten entfernt von ihrem Haus und von dem ehrwürdigen See aus nicht zu sehen, und kaufte sich etwas zu essen: Obst, Milch und Vollkornbrot und eine Dose Sardinen (wieder zurück, ekelte sie sich vor den Sardinen und gab sie Sim). Wahrscheinlich würde sie es sowieso nicht durchstehen: Sie hatte ja nie auf sich achtgegeben, ihr Körper wär bestimmt nicht zäh genug, um das ihm Eingepflanzte zu behalten, zumal Durchhalten eh nicht ihre Stärke war. Irgendetwas würde schiefgehen. Jedes Mal, wenn sie aufs Klo ging, rechnete sie damit, Blut zu finden.

Max war gekommen, um ihr beim Packen zu helfen, wobei er eigentlich keine große Hilfe war, weil er sich zu leicht von den Geschichten ablenken ließ, die in allem steckten; er kam gar nicht mehr aus dem Staunen heraus und schleppte immer noch mehr Schachteln und Bündel an, die er in den Tiefen der Schränke gefunden hatte. Anfangs stand Kate genervt dabei, doch dann ließ sie ihn machen und ging weiter ihr Buch lesen. Sie stellte sich vor, wie er – charmant wie eh und je sowie mit jugendlich frischem Enthusiasmus – seinen Freunden bei einem von Sherie zubereiteten Abendessen von jenem fabelhaften alten Haus erzählte: unberührt, voller gehorteter Schätze aus dem Leben seiner verblichenen Bewohner. Sie dachte daran, mit welcher Energie und Zielstrebigkeit David hier alles ausgeräumt hätte, schweigend, froh, den ganzen alten Trödel endlich loszuwerden. Doch dieser Gedanke traf sie wie ein Schlag in die Magengrube. Meistens ging es ihr gut, jawohl, es ging ihr gut, sie verbot sich, an David zu denken. Sie durfte nicht dran denken, was für eine Wut er auf sie hatte, bloß nicht dran rühren! Wie blind starrte sie auf die Worte des Romans, den sie gerade las.

Max rief Leute an, die er kannte, Antiquitätensammler, Händler, und trug auf der Veranda ein paar besondere Stücke zusammen, die er behalten wollte – Keramiksachen von Clarice Cliff, einen alten Messerkasten aus Birnbaumholz, der vielleicht noch aus Litauen stammte, den grauenhaften Messingkronleuchter aus dem Flur und die eine oder andere Kleinigkeit. Kate wusste, dass ihr Max die Sachen anständig bezahlen würde – sogar mehr als anständig, aber das war ihr egal. Sie schwor ihm, dass sie nichts davon behalten wollte, sie sei froh, das alles loszuwerden, auch den Messerkasten, bei dem er sich gedacht hatte, dass sie daran vielleicht Interesse haben könnte, falls er tatsächlich ein uraltes Erbstück war. Die Menge an zurückgelassenem Zeug schien sich durch das, was Max sich reserviert hatte, kein bisschen zu verringern: Entmutigt streiften sie zusammen durch die Zimmer.

»Es wird immer mehr! Kaum guck ich mal nicht hin, ist schon wieder was dazugekommen. Wie in dem Märchen vom süßen Brei. Ich glaub, ich muss allmählich anfangen, alles in Müllsäcke zu packen.«

»Müllsäcke! Du bist gut! Man bräuchte eine ganze Deponie.«

»Oder eine Haushaltsauflösung. Sollen sich die Leute doch einfach nehmen, was sie wollen.«

»Du bist ja mutig, Katie. Ist das dein Ernst? Das ist doch hier eine komplette Familiengeschichte. Meinst du nicht, es wird dir später einmal leidtun, wenn du das jetzt alles weggibst?«

»Später! Später bin ich tot.«

Kate gab sich alle Mühe, Max zu täuschen; bevor er eintraf, ging sie zu Vidal Sassoon, sie benutzte ihren hellsten Lippenstift, sie wählte Kleider und Röcke, die locker saßen und unter denen man die leichte Wölbung, falls schon eine da war, nicht bemerkte (zum Glück war das gerade modern, unter der Brust leicht ausgestellt, die Taille luftig umspielend). Manchmal hatte sie das Gefühl, dass sie sich selber etwas vormachte; manchmal kam ihr Bauch ihr hart und rund vor, wenn sie die Hand drauflegte, geschwollen wie eine Nuss, nicht so weich wie erwartet. Nach und nach fühlte sie sich nicht mehr so krank. Sie hatte noch niemanden aufgesucht wegen ihres Problems und hatte sich stattdessen eingeredet, es sei das Sicherste, nichts zu unternehmen, weder in die eine noch in die andere Richtung, was immer das auch heißen mochte. Nicht mal einen Schwangerschaftstest hatte sie gemacht. Sie ging mit Max in die Oper – Ann hatte Karten, jemand aus ihrem Freundeskreis war kurzfristig abgesprungen – und ins Kino; Sherie hatte ihm anscheinend freigegeben, für drei Tage gehörte er Kate. Bis zum Ende des letzten Abends zeigte sich Kate von ihrer eloquentesten und fast schon unerhört geselligen Seite. Wenn sie von Billie sprachen, war sie sentimental, heiter gelassen und versöhnlich. Max beobachtete sie intensiv, was ihr beinahe Gänsehaut machte (wer kannte sie schließlich besser als er?); er war fast, wenn auch nicht ganz, überzeugt, dass wundersamerweise alles in Ordnung war. Taktvoll, wie er war, fragte er nicht nach ihren Affären.

Als sie nach dem Kino heimkamen, zog er in der Bibliothek die Vorhänge zu und fragte Kate, die vor dem gerade angezündeten Gasheizofen hockte und sich die vor Kälte gelben Fingerknöchel rieb, ob sie einen Kaffee wolle. »Keinen Kaffee, nein.« Es sollte leicht nachdenklich klingen, nicht unwirsch und angewidert. Auf dem Weg zur Tür blieb Max stehen – rank und schlank, energisch, hochgewachsen, den weiten Kamelhaarmantel aufgeknöpft, den lila-gelben Paul-Smith-Schal lose um den Hals – und fasste sie ins Auge. Sie sah garantiert aus wie eine alte Hexe, sie wusste, dass Max sie durchschaute, er hatte ihr schon immer angesehen, was in ihr vorging. Max bewunderte die vielen Schichten von Geschichte hier in ihrer dunklen alten Höhle, aber darin leben konnte er nicht; wo Max hinkam, musste er sein stilvolles, kultiviertes Licht leuchten lassen. Sie zwang sich, aufzustehen und ihn mit einem strahlenden Lächeln in die Irre zu führen. »Vielleicht ein bisschen heißes Wasser.« Sie hatte neuerdings gemerkt, dass sie abends um diese Zeit gern eine Tasse heißes Wasser trank. Aber nur eine von den kleinen Tassen auf dem Abtropfbrett, die mit Goldrand und Rosenknospenmuster. Aus einer anderen Tasse schmecke es ihr nämlich nicht.

»Katie!«, rief er. »Großer Gott! Du bist ja schwanger!« Staunend, außer sich vor Entzücken, kam er herbeigerannt, um sie genauer zu betrachten. »Ich wusste doch, dass da was ist: Im Schein des Feuers hat man es gesehen. Ich hab die ganze Zeit gespürt, etwas ist anders, aber ich muss zugeben, *da* bin ich nicht drauf gekommen. Stimmt doch, oder? Gestern Abend in der Oper, komisch – ich hab immerzu deine Brüste angeschaut in diesem wunderschönen Kleid, das du anhattest, aber ich hab mich nicht gefragt, warum.«

Er streckte den Arm aus, um hinzufassen, die Hand gewölbt, sodass sie sich bewundernd um den kleinen Hügel legte, der, wie sie jetzt entdeckte, unter dem weiten Top zum Vorschein kam, wo sich die Seide an den Körper schmiegte. Blitzschnell – sie dachte, flink wie eine Ratte – packte sie ihn am Handgelenk und hielt ihn ab.

»Wage es ja nicht, Max! Wag ja nicht, mich anzufassen.«

»Aber ich hab recht, nicht wahr?«

»Du redest mal wieder Blödsinn, wie üblich«, sagte sie.

Versöhnlich wand er seine Hand aus ihrem Griff. »Also, ich hab recht. Ist ja gut. Sei mir nicht böse. Es merkt ja sonst keiner, nie im Leben! Man sieht fast nichts.«

»Es gibt ja auch nichts zu sehen.«

»Na klar, überhaupt nichts. Du scheinst zu denken, dass ich dich nicht kenne! Freust du dich denn nicht? Tut es dir leid?«

»Egal, was du gesehen zu haben glaubst, du hast gar nichts gesehen.«

Sie umklammerte seine Oberarme ganz fest mit beiden Händen, stellte sich auf die Zehenspitzen, straffte sich und grub ihm mit aller Kraft ihre Fingernägel ins Fleisch, um ihm so wehzutun, wie sie nur konnte; er hörte gar nicht wieder auf zu lächeln, als könne er einfach nicht anders, als an freudige Ereignisse zu denken.

»Weiß sonst noch wer Bescheid? Hast du es deinem braven Doktor schon gesagt? Ich nehm doch an, es ist von ihm.«

Sie stieß ihn so hart von sich, dass er das Gleichgewicht verlor, zurücktaumelte und gegen den schwarzen Marmorkamin prallte, ausrutschte, sich die Schulter stieß und sie sich leise fluchend rieb; dann hockte sie sich wieder vors Feuer. Worauf Max sich mit seinen langen Gliedern umständlich vor ihr auf dem Teppich niederließ, die Arme um die Knie geschlungen.

»Tut mir leid«, sagte sie.

»Nein, mir tut's leid. Es geht mich doch nichts an.«

»Aber ist das denn nicht unglaublich? Ausgerechnet ich.«

Er sagte vorsichtig, er habe schon immer das Gefühl gehabt, dass sie eine ganz großartige Schwangere wäre.

»Aber egal, was du zu wissen glaubst, mein Lieber, mir zuliebe, versprich mir bitte ein für alle Mal, dass du nichts weißt.«

Er war beeindruckt. »Natürlich verspreche ich es dir. Weißt du denn nicht, dass man mir trauen kann?«

Sie nickte zerknirscht, tätschelte ihm das Knie.

»Und was wirst du jetzt machen?«

Als Kate es aussprach, sah sie plötzlich alles ganz klar vor sich. »Ich krieg es in Amerika. Es wird einen amerikanischen Vater haben.«

Max dachte nach (er hatte sich womöglich einst gewünscht, dass er dieser amerikanische Vater ihres Kindes sein könnte); in seinem hellen, makellosen Gesicht zeigten seine Gefühle sich in winzigen nervösen Muskelzuckungen.

»Und darum soll ich wohl zukünftig nicht wissen, dass du derzeit schwanger bist.«

»Genau! Das heißt, falls ich tatsächlich schwanger bin. Ich hab's nämlich noch niemandem erzählt.«

»Bist du glücklich, Katie?«

»Wie kommst du denn darauf? Mal abgesehen von Billie – ich hätte nie gedacht, dass sie mir so sehr fehlen würde! Ach, Max, du hast ja keine Ahnung, wie sehr ich in der Patsche sitze … Aber du kannst ruhig aufhören zu fragen, ich werde es dir nämlich nicht erzählen.«

»Ich wünschte, du tätest es.«

»Es ist so seltsam, dass man plötzlich Pläne machen muss. Ich bin's gewohnt, mein Leben als Metapher zu betrachten. Und jetzt dieses Eindringen von realen Tatsachen – Pläne, Termine, Monate, Versteckspiel. Der Lauf der Dinge, dem ich mich nicht entziehen kann: das Unvorhergesehene.«

»Aber es hat doch was Erhabenes.«

»Erhaben? Du wortgewandter Werbetexter, du. Ich

kann ja mal versuchen, mich am Erhabenen festzuhalten, wenn's mir dreckig geht.«

Kate vergaß immer wieder, der Putzfirma zu kündigen, und so tauchte Alison von *Mopp & Bucket* bisweilen unerwartet auf. Kate mochte sie. Sie war nie in Panik geraten, hatte nie das Handtuch geworfen, mochte das sagenhafte Chaos in der Villa Firenze auch noch so groß sein; seit sie hier putzte (sie arbeitete schon ewig bei ihnen, schon lange, bevor Kate wieder eingezogen war), hatten zumindest die Zimmer, in denen sie sich aufhielten, fast so geglänzt wie früher, als man noch Personal hatte, auch wenn hinter den blanken Oberflächen blankes Chaos herrschte. Sie war so alt wie Kate und hatte vier Kinder, das jüngste war vierzehn; sie putzte einen Tag in der Woche, um ihren Studienkredit abzustottern, und nebenbei beendete sie ihre Ausbildung zur Arbeitstherapeutin (sie bügelte auch für andere Leute). Sie hatte wirre schwarze Locken, eine Haut wie kalter Milchkaffee und blasse Sommersprossen; ihre Mutter stammte aus den Valleys, ihr Vater aus den Docks, und ihr Großvater war ein Seemann aus Sierra Leone.

Einmal in den letzten Wochen hatte Kate gerade eine Bonbonniere aus dem Schrank im alten Schlafzimmer hervorgeangelt, als Alison kam, ein ziemlich schweres Ding mit Gummis drum, die schon so dünn und ausgetrocknet waren, dass sie sofort zerbröselten, als Kate sie anfasste. Auf dem Deckel war eine Frau in einer weißen, pelzverbrämten Robe und Stöckelschuhen abgebildet, die sich eine Praline aus einer anderen Bonbonniere in den Mund schob. Kate sah Alison hilflos an.

»Fotos«, sagte Alison. »Pralinenschachteln werden gern genommen, um Fotos darin aufzubewahren.«

»Aber ich werde niemanden erkennen. Wir sind nicht so eine Familie. Es wäre mir lieber, wenn ich dieses Zeug gar nicht gefunden hätte. Ich war immer froh, dass keine Fotos existieren.«

»Nun mach schon, das ist sicher interessant. Wetten, dass da Bilder von dir und Billie drin sind?«

»Keine Ahnung. Die schwirren doch alle in irgendwelchen Alben rum. Könntest du dich bitte zu mir setzen, wenn ich sie aufmache? Ich bin total nervös.«

Kate kochte Tee für sich und Alison, konnte ihren aber gar nicht trinken; er stand dampfend auf dem Küchentisch, während sie am Deckel der Schachtel herumfummelte. Als er aufging, quoll eine ganze Lawine von Fotos heraus, ergoss sich über den Tisch und rauschte auf den Boden. Alison sammelte sie staunend ein.

»Guck mal, hier ist Billie! Das ist sie doch, oder? Als kleines Mädchen – sieht sie nicht entzückend aus? Und guck nur, was sie anhat! Und der Hut!«

Kate nahm sich zusammen und warf aus sicherer Entfernung einen Blick auf das Bild. »Und meine Großeltern. Die hab ich gar nicht mehr kennengelernt. Ich habe natürlich Fotos gesehen, aber nicht dieses hier.«

»Wie elegant sie sind!«

»Das scheint dasselbe Hotel in Nizza zu sein, in dem Billie und ich immer gewohnt haben, als ich ein Teenager war. Ja, das könnt es wirklich sein: die Palmen, dieses steinerne Ananas-Dingsda unten an der Treppe. In meiner Vorstellung vom Fegefeuer spielt dort immer ein Streichtrio leichte Klassik.«

Die Fotos hatten keine richtige Reihenfolge: Billie im Profil als Mädchen, verträumt und doch gestochen scharf (die Nase ein wenig verändert?), dann als misstrauisches Kind in einem Garten (der Villa Firenze?), weißblond, sich ein Plüschäffchen ans Ohr haltend; dann als lachende junge Frau im Pierrette-Kostüm inmitten von anderen jungen Leuten, alle verkleidet, als Zigeuner, Piraten, Clowns – einer mit einer Gitarre. Billie machte es Freude, sich vor der Kamera zu produzieren; ihre melancholische Mutter, stämmig, mit einer kleinen goldgeranderten Brille, ließ sie gewähren. Witzigerweise hatte auch Sam Lebowicz sich hin und wieder ablichten lassen, ohne einen Hinweis auf seine Straßenhändlerherkunft, voll Schwung und ebenso gut angezogen wie seine weibliche Begleitung; mit seinem glatt rasierten, hageren Gesicht und seinen hohen Wangenknochen hätte man ihn ohne Weiteres für einen Geiger oder einen Doktor halten können; dass er sich Sorgen machte ums Geschäft (was für einen Schlamassel seine Leute wohl wieder anrichten würden, während er sich hier der Muße hingab?), verriet sein lässig übers linke Knie gelegter rechter Fuß, der ganz verschwommen war, weil sein Besitzer zu nervös war, um das Zittern abzustellen. Ein Foto zeigte die Villa Firenze: eine enttäuschende Aufnahme, wie die meisten alten Fotos von Gebäuden, das Haus sah fast genauso aus wie heute, nur dass auf der Uferstraße keine Autos fuhren; die Villa bleich und unaufdringlich im fahlen Licht, als sei sie bloß eine Kulisse. Auf Sams Türmchen wehte eine Fahne. Du lieber Gott, was ist denn das für eine Fahne? Egal, wie sehr sie sich bemühten, sie konnten's nicht erkennen.

Auf die bekannten Gesichter, die in der Schachtel obenauf gelegen hatten, folgten lauter fremde – ein buntes Durcheinander von Studioporträts aus der Zeit vor dem Ersten Weltkrieg und Schnappschüssen von Picknicks und Partys aus den zwanziger und dreißiger Jahren. Eine Frau mit Bubikopf, die an einem Klavier posierte und lächelnd ihre kleinen weißen Zähne zeigte; ein Junge mit Sommersprossen auf der Stupsnase und einem Hund, der ihm die Pfoten auf die Schultern gelegt hatte und ihm das Gesicht ableckte; ein Paar in mittleren Jahren, beide mit Pelzkragen, kam im Sonnenschein, der starke Schatten warf, auf einer breiten, von Bäumen gesäumten Straße direkt auf die Kamera zu. Alison entzifferte die rechts unten in der Ecke eingeprägte Adresse des Fotografen einer traurigen Familie, acht Kinder mit spitzmäusigen Gesichtern, die mit großen Augen geradeaus blickten, während ihre Eltern im Blitzlicht verblüfft wirkten, als wunderten sie sich darüber, wie exzessiv sie sich entwickelt und vermehrt hatten.

»Sierakowskistraße?«, mutmaßte Alison. »Und das andere hier, Wilenska-Straße. Polen?«

»Vilnius vielleicht. In Litauen, wo meine Großeltern herkamen. Das hier, das könnte meine Großmutter sein, als Mädchen. Aber sie könnte auch das hier sein. Ich denk mir, dass sie ein paar Fotos mitgebracht haben; die anderen wurden sicher später per Brief geschickt. Das da müsste eigentlich die Familie meiner Großmutter sein, nicht die von meinem Großvater; der hat sich hochgearbeitet, der kam aus dem Nichts, der hatte niemanden.«

»Aber ein paar von ihnen müsstest du doch kennen.«

»Sie sind alle tot. Juden, alle umgekommen, im Krieg. Darum konnte ich sie niemals kennenlernen.«

»Ach so, verstehe.«

»Na ja, das ist leicht übertrieben. Ein Großonkel und eine Großtante, die Geschwister meiner Großmutter, sind in den zwanziger Jahren nach Südafrika gegangen. Ich glaub, da unten gibt es noch ein paar von uns. Und auch die Söhne von Billies Cousin, die sind kurz vor Kriegsausbruch nach Amerika gefahren, wollten eigentlich nur kurz dort sein, aber dann sind sie dageblieben; Billie stand jahrelang mit ihnen in Kontakt. Ich weiß nicht, welche entkommen konnten. Billie hat sie mir nie gezeigt, sie hat nicht gern davon gesprochen. Als würde sie sich schämen.«

Alison nahm ein paar der Fotos in die Hand und sah sie sich noch mal mit anderen Augen an. Dann legte sie sie ehrfürchtig und behutsam auf einen Haufen in der Mitte des Tisches. »Was wirst du mit ihnen machen?«

»Ich weiß nicht«, sagte Kate. »Soll ich sie mitnehmen? Sind sie mein Eigentum?«

»Wie soll ich denn das wissen.«

Kate war bei ihrem Anwalt gewesen und ging danach durch den Park nach Hause. Der vordere Teil des Parks war nicht eingezäunt; er bestand aus einem langen, mit weißen Linien markierten und mit Torpfosten versehenen Stück Rasen, dessen Rand, längs der Straße, von einem schmalen Weg und einem friedlichen kleinen Bach gesäumt war. Über den letzten Ausläufern der Stadt war der Himmel ungeheuer leer. Drüben auf der anderen Seite waren große Häuser (in noch schlimmerem Zustand), scheinbar weit entfernt und eindimensional wie Spielzeughäuser in einem Bilderbuch. Die Wurzeln der hoch aufragenden Buchen, die zwischen den Rasen und den asphaltierten Weg in einer langen Reihe gepflanzt worden waren, hatten dafür gesorgt, dass der Asphalt huckelig und an manchen Stellen aufgerissen war; auf viel zu dünnen Zweigen, die sich bedrohlich bogen, vollführten Elstern Balanceakte mit ihren Schwänzen; obwohl kein Nebel war, konnte man die Kälte als grauweißes Miasma sehen, von dem sich alles überdeutlich abhob. Links von ihr, zwischen den Bäumen, erkannte sie ein paar Jungen oder junge Männer, die etwas spielten – Rugby? Fußball? –, sie rannten wie die Wilden über den hart gefrorenen Modder, keine Seitenlinien, bloß Striche in den Boden gekratzt, und noch nicht mal vollzählig. Wie hielten die das bloß aus? Kate schauderte allein bei dem Gedanken. Sie zog sich ihren großen Kaschmirschal hoch bis an die Nase, um sich an ihrem Atem zu wärmen. Die eisige Luft nahm den Rufen der Jungen die Schärfe, sodass sie fast poetisch wirkten an diesem abgedämpften Nachmittag; auf dem hart gefrorenen Rasen hallte das Stampfen ihrer Stiefel wider, die Vibration war bis zu ihr zu spüren. Es war, als führten sie absichtlich den Zusammenprall herbei, vielleicht zum Aufwärmen, und ließen sich dann mit erschöpftem Stöhnen im Rudel auf den Boden fallen (also Rugby), während Kate in ihren warmen Sachen, eingehüllt in Kälte, sich ausgeschlossen fühlte.

In ihrem schwarz-weiß karierten Mantel musste sie deutlich zwischen den Bäumen zu erkennen gewesen sein, falls irgendwer Notiz von ihr genommen hatte. Ein paar junge Burschen in Jogginghose und T-Shirt spielten Fußball; viel Mühe gaben sie sich nicht, alberten herum und rissen derbe Witze. Es war klar, dass sie nicht ernsthaft trainieren, sondern einfach Spaß haben wollten. Einer löste sich aus der Gruppe und glotzte zu ihr rüber: Sie blieb nicht stehen, aber er musste gesehen haben, wie sie den Kopf drehte und ihn musterte. Ein paar lange Sekunden lang starrte er sie an. Klar, dass jeder, der sie kannte, sie in diesem Mantel wiedererkennen würde. Seine Freunde merkten es, guckten rüber, hatten kein Interesse (zu alt! – selbst auf diese Entfernung) und meckerten: »Nun mach schon, verdammt noch mal!« Kate ging ohne Zögern weiter; sie musste immer wieder auf den Weg schauen, um nicht über die Unebenheiten zu stolpern. Durchaus möglich, dass es Jamie war. Er musste doch mitunter Fußball gespielt haben, in einem anderen Leben, mit anderen Jungs.

Als sie sich noch einmal umsah, war sie nicht mal sicher, welcher von ihnen es war, der sie angestarrt hatte; jetzt rannten wieder alle. Zwei der Jungen trugen schwarze T-Shirts; von Weitem hatten beide Jamies jugendliche Anmut und sein langes Haar. Es hätte jeder sein können. Kate sah auf die Uhr. Nicht mehr lange, dann würden die Tore zugesperrt werden; sie musste sich beeilen, um in den hinteren Teil des Parks zu kommen, wo die Bowlingbahn war und die Tennisplätze und wo der Bach sich unter einer moosbewachsenen Brücke dahinschlängelte. Das Ganze glich dem Bühnenbild einer alten Operette. Kate ließ sich auf eine der Bänke fallen, die mit Plaketten an irgendwelche Leute erinnerten, die diesen Ort geliebt hatten. Überall ringsherum vertrautes Rascheln und Geticke, wie ein diskretes Zeichen, eine Botschaft für sie, bis sie erkannte, was es war: die ersten Regentropfen, die warnend auf den von dichtem Immergrün bedeckten Boden fielen. Sie sollte gehen. Ob das wirklich Jamie gewesen war? Vielleicht hatte sie es sich nur eingebildet. Allmählich hätte sie fast glauben können, dass sie sich alles eingebildet hatte, alles, was ihr hier widerfahren war, wäre da nicht das Kind gewesen, das ihr eingepflanzte. Jetzt wurde es zum ersten Mal lebendig, das Kind, wurde real und deutlich wie ein Geist aus der Zukunft, der ihr hier auf dem Weg entgegenkam und sie mit seinen unbekannten Augen mürrisch musterte. Es würde ein Mädchen sein, ganz bestimmt. Sie war sich sicher, dass sie eine Tochter bekommen würde.

Und dann setzte der Regen ernsthaft ein. Kate spannte ihren Schirm auf und ging rasch weiter durch die winterlichen Vorstadtstraßen, durch die das Wasser prasselte und rauschte, läuternd und reinigend, und einen Duft heraufbeschwor nach Kompost und nach Asphalt, gurgelnd in Gullys lief, sich in Pfützen sammelte, gestaut von totem Laub und Tannennadeln, und ihr die Füße in den viel zu dünnen Schuhen durchnässte.

# *Danksagung*

Ich danke Shelagh Weeks, Richard Francis, Richard Kerridge und Sara Hayes, die die frühen Fassungen dieses Romans gelesen haben und deren Rat nicht nur unsagbar wertvoll war, sondern auch befolgt wurde. Und ich danke Dan Franklin und Caroline Dawnay – für alles.

*Tessa Hadley*

Tessa Hadley, 1956 in Bristol geboren, wechselt zwischen zwei Rollen hin und her: Ihr »soziales Ich« kümmert sich um ihren Ehemann, ihre drei Söhne und ebenso viele Enkelkinder, während ihr »schreibendes Ich« geduldig hinter den Kulissen warten muss, bis es wieder auftreten darf. Aber das eine gäbe es nicht ohne das andere: Auch in ihrem Schreiben beschäftigt sich Hadley, wie ihre großen Vorbilder Jane Austen und Jean Rhys, mit dem Familienleben und sozialen Beziehungen. Bevor sie sich dem Schreiben widmete, arbeitete Tessa Hadley kurze Zeit – sehr unglücklich – als Lehrerin. Mit Ende dreißig studierte sie Kreatives Schreiben in Bath (wo sie heute unterrichtet) und promovierte mit einer Arbeit über Henry James. Ihren ersten Roman veröffentlichte sie erst mit sechsundvierzig. Für ihre Romane und Kurzgeschichten erhielt sie zahlreiche Preise, 2009 wurde sie zum Fellow der Royal Society of Literature gewählt.

Im Kampa Verlag erschienen die Romane *Zwei und zwei*, *Hin und zurück*, *Freie Liebe* und *Für einen Sommer* sowie der Erzählband *Sonnenstich*